「糖？你不就是我的糖么。」
萧昱春风得意，
蓦地吻上了唐艾的唇

宠卿有道

CHONG QING YOU DAO

鬼马非马 著

贵州出版集团
贵州人民出版社

图书在版编目（ＣＩＰ）数据

宠卿有道 / 鬼马非马著. -- 贵阳 : 贵州人民出
版社, 2017.9（2020.3重印）
　　ISBN 978-7-221-14365-5

　　Ⅰ.①宠… Ⅱ.①鬼… Ⅲ.①长篇小说－中国－当代
Ⅳ.①I247.5

中国版本图书馆CIP数据核字(2017)第233373号

宠卿有道

鬼马非马 著

出 版 人：苏　桦
出版统筹：陈继光
选题策划：大鱼文化
责任编辑：潘　媛
特约编辑：陈　思　廖　妍
装帧设计：Insect
封面绘制：猫君大白
出版发行：贵州人民出版社（贵阳市观山湖区会展东路SOHO办公区A座
　　　　　邮编：550081）
印　　刷：三河市华东印刷有限公司
开　　本：880×1230毫米 1/32
字　　数：276千字
印　　张：9
版　　次：2017年11月第1版
印　　次：2017年11月第1次印刷
　　　　　2020年3月第2次印刷
书　　号：ISBN 978-7-221-14365-5
定　　价：45.00元

目录

CHONG QING YOU DAO

目录

CHONG QING YOU DAO

单元一
尸影幢幢

树下的少年，容颜宁逸翛然、衣袂随风轻摆，生得是真好看。日头说巧不巧地打在他身上，使得他遍身上下，好似隐散着一层熹微且缱绻的光。

01 身边有鬼

　　唐艾当下是个死人——看上去死得透透的那种。

　　苍国边陲小镇的荒土地拔凉拔凉的，唐艾就这么孤零零地躺在这儿，身上遮着张破烂的草席子。冷风才不会跟一个死人客气，草席子的一角不断被吹起，吧唧吧唧地拍打着她的脸。

　　可惜，作为一个没了生气儿的人，她是做不得一丁点儿反抗的。

　　不多时，唐艾就被收尸人扛上了一辆破车。

　　车上不单一具尸首，胳膊搭着腿、脚丫子冲着脸的还有七八具。这些尸首都是男性，唐艾是女子，却作男装打扮，躺在一众男尸中，绝对不违和。

　　车轱辘咣啷啷轧在路上，拉车的驴时不时哼唧两声，收尸的这位边赶路边骂娘。他带着一车尸首往北走，这么走下去，用不了多久就会到国界。与苍国东北边境接壤的小国家，是高丽国。

　　这时候，路那头传来一阵鬼哭狼嚎，简直要了人老命。原来，两个小孩正在哭丧，哭的就是身前躺着的死人。

　　他俩大老远瞅见驴车，更是一把鼻涕一把泪，像是生怕收尸的瞧不着自己。

　　"哟，今儿是咋的了，净撞上年纪轻轻就没了命的！"收尸人这头可乐呵了，麻利地把这具男尸也抛到车上。

　　直到驴车走没了影，小瘦子才站直了身子，用胳膊肘捅捅小胖子："不大，行啦，别嗷嗷了，公子人都走远啦！"

　　小胖子不大吸溜着鼻涕泡，废了老半天劲也没能把气儿捯匀："不小，公子说一定要亲……亲自会会唐艾。那唐艾到底什……什么来头？咱们可从来没见过公子对……对什么人这么在意……"

小瘦子不小道："公子不是说了嘛，唐艾是六扇门的人，这案子六扇门也在查。剩下的事，我知道的一点也不比你多！"

天寒地冻，驴车也不知走了多久，大风号得越来越邪乎，紧跟着，鹅毛大雪就呼啦啦地落下来。

收尸人从车板子一侧扯出个篷子来，但是很显然，这块破布篷子四角豁了仨，为尸体们遮风挡雪的作用非常有限。

可惜收尸人并没见着，就在篷子被封起的那一瞬，一直呈挺尸状的唐艾竟突然变得不一样了——她的眼珠子在紧闭着的眼皮底下动了动，紧接着胸膛便开始微微起伏。

这情景，俗称诈尸。

堂堂六扇门的新锐干探，自然不会真的是个死人。唐艾是来办案的，她的"死亡"也是由她自己一手策划的。

苍国东北边陲，正有大量尸首被偷偷地运往高丽国。高丽人要苍国的死人干吗，没人知道。六扇门接获这条线报已有了好一阵子，直到近日才派出人手展开调查。

人手除了唐艾，就再没第二位。

使苍国同胞魂归故土，这是多么崇高的使命！唐艾日夜兼程赶赴边境，靠着一颗祖传的绝气丹成功"断气"。不出两个时辰，她的体温便降得不可思议，旁人更是再难查探到她的脉搏心跳。

绝气丹的药劲还没散净，唐艾眼睛睁不开，暂时也没力气动弹，可风声雪声都能听得清清楚楚。

于是，她便也听到车里暮地响起了另一种声音。不是冷风声，不是车辙声，也不是收尸人的骂骂咧咧声。

"小唐大人，幸会。"那声音道。

音量很轻，却清亮洒脱，还捎带着点玩味。

活、见、鬼、了……

如果唐艾可以，那她一定已经一个激灵跳了起来！

冷汗沿着她的前额往下流，又粘在她的发梢上，不一会儿便结成粒粒透亮的冰晶。

与此同时，外边的大风忽地换了个号法，之前是肆无忌惮毫无章法，现下则是聚拢成巨大的风束，似是从某个深渊中直袭而出。

驴车正朝着山洼洼里走，而唐艾的身体在向车前倾斜，躺在她旁边的尸身也随势贴上了她的肩。

不过片刻之间，唐艾又感到身底下猛地一晃。这一晃可不得了，真要说，那只能用"天翻地覆"来形容。

只听震耳欲聋的轰隆声从天而降，同一时刻，收尸人发出了数声杀猪般的惨叫。而木板车在剧烈的震颤下哗啦散架，木条子啪啪断裂，一车尸体一个接一个跌入雪地上的大坑。

唐艾也不例外，最后一个跌下来，身体不受控制地砸在身旁的那具尸首上。好在这是块人肉垫子，给她个不小的缓冲，她还不至于摔断胳膊跌折腿。

谁知，那惊天动地的轰响非但没结束，反而变本加厉，整座山好像随时都会碎成渣渣。

对唐艾来说，这倒不见得是件坏事，因为，绝气丹的药力在此番震动下迅速失效，唐艾能动了，睁开眼的那一瞬，她只见到天地间一片浩然之白。

这是场雪崩，惊天地泣鬼神。

初始之时，倒霉催的收尸人似乎想要抓住倔驴兄弟这棵救命稻草。不过驴兄也想着逃命，一蹄子踹中他的命根子。收尸人就此一命呜呼，一汪红光在皑皑白芒间尤为扎眼。驴兄则在千钧一发之际跑到山坳外，逃出生天。

然而，这些都不是重点。重点是，山雪崩塌，进山的路被顷刻掩埋，唐艾被困雪山，线索全断不说，连能不能活着出去都成了问题。

其实，这也都还不是最骇人之处。最骇人之处是，唐艾又一次听到了那个声音。

"小唐大人，求你别再趴这儿了。"空谷回音如是道。

别说，这声音清朗明澈，音色听来不夹一丝的杂质，却又微微带着点戏谑，在雪谷中空灵回荡，乍一听，还真挺好听。

这一次唐艾听得真真切切，这声音绝非是她的幻觉！她一双眼睛睁得浑圆，将视野所及之处瞄了个彻底。可惜，四面八方除了雪还是雪，没有路，也没有活物。

声音的来源，就在唐艾身下。意识到这一点，她一个激灵跳到坑外，嗓子眼里一通痉挛。

极度不可思议的一幕在唐艾面前发生——刚才还在给她当垫子的尸首腰杆一挺，竟然轻轻晃着站直了身！

现如今，他已不是具死气沉沉的尸体，而是个活人，像唐艾一样，胳膊腿哪儿哪儿都能动的大活人！

"多谢小唐大人起身相让。"大活人从容地转过身来，用左手掸落肩头雪，动作随性，宽袍广袖于风中摇曳。

这是一个少年，年纪与唐艾相差无几，容颜清逸，衣装出尘。

他笑望着唐艾，目光深邃且儵然，仿佛有种超脱世俗的潇洒，只不过他的面色太过幽白，似是无形中缺少了些年轻人应有的血气方刚。

时至此刻，唐艾终于相信，还能喘气儿的不光她一个。

这位仁兄身形翩跹、落地无声，唐艾瞧得出他身手不凡。她也曾听说过一门高深莫测的闭气功夫，习得者运用之时可使身体进入假死状态，效果跟服食了绝气丹没差。

在木板车上时，她便是与这人并肩而躺；山雪崩塌时，也是这人垫在了她身下。

再来，这人长得也是真不赖，尤其是那对暗藏桃花的眼睛，漾着让人心荡意牵的光。

唐艾却没心思管他好看难看。

"你是什么人？装成尸体的目的是什么？有没有同伙？还有，你如何会知道我的身份？"她全神戒备，暗暗攥紧拳头。

"小唐大人不愧是六扇门中人，随时随地都保持着如此之高的专业素养。我叫萧昱，小唐大人直接叫我名字就好。"

萧姓算不上常见，却是苍国的国姓。

萧昱显得一派轻松，冲着收尸人的尸体伸出手。

"你要干什么？！"唐艾大喊一声，本能地怀疑他此举不安好心。

萧昱慢悠悠地转回身，同时缓缓抬起胳膊——从收尸人身上剥下的皮袄，正被他抓在手里。

"小唐大人，御御寒吧。"他将皮袄抛给唐艾，举止温和。

唐艾心头一晃，手上多了一份沉甸甸的重量。

萧昱似笑非笑："我跟你一样，是来查案的。非要说起来，要我来的人，是你能想到的最大的官儿。"

他一边说着话，视线一边越过了唐艾的身躯，突然异常严肃道："小唐大人，快过来，那边危险。"

唐艾警惕地瞥瞥周围，并没察觉出哪儿有异样。

"你最好快点交代清楚自己的身份，否则我——"岂料，她一句话还没说完，身后又一次传来震耳欲聋的巨响。

又雪崩了。

唐艾就站在山壁之下，巨响便是自她身后发出。

漫天雪雾滚滚来袭，把唐艾一口生吞，也就是一眨眼的工夫。

就在这刹那之间，萧昱敏捷的身影倏然而至，一把拉起唐艾的手腕便向一旁飞掠。

轰响声尽，尘埃落定，唐艾与萧昱皆毫发无伤，倒是那积雪深处的山峰下，豁出一个小洞隙，里面隐隐泛着幽光。若非再度来袭的雪崩，这小洞隙怕是打着灯笼也难寻。

唐艾脸上一热，火速甩开萧昱的手："你刚才用不着过来的！"

"小唐大人身手矫捷，当然能够独自脱险，我这多此一举还请你别介意。不过小唐大人，咱俩要不想困死在这儿，就得找出路。"萧昱浅淡一笑，冲那山洞豁口走去，只留给唐艾一束衣袂随风的背影。

唐艾缓过神来时，他已走出八丈远。不知为什么，唐艾觉得他右侧的身躯稍微有点怪，至于到底是哪儿不对劲，她却说不上来。

那边，萧昱却在洞口悄悄凝望起唐艾，自言自语："唐艾，你一定不记得咱俩之间的那笔债了，很多年前就欠下的那笔债。"

唐艾眼瞅萧昱进洞，纵然心中迷雾团团，也只有紧绷着心弦，咬牙跟上。

阵阵阴风从洞穴深处吹来，直教人腿肚子打战。

没想到，这洞里边还真有条蜿蜒向黑暗的路。而且这路不像是天然形成，倒似是人为修建。

萧昱摸出个火折子，煞有介事地把火光凑向唐艾的前胸："刚刚那一下摔得那么狠，我的后背到现在都还隐隐作痛，可小唐大人你的胸膛却是完好无损，当真是铁骨铮铮，啧啧……"

唐艾"唰"的一眼瞪回去："你看什么看？要找路就找路！"

她贴身穿着硬甲护胸，胸膛看起来就是一马平川。可被一个男人这么直勾勾地盯着胸部瞧，她长这么大来也还是头一回。

"是是是，我当然知道小唐大人你武艺卓绝，只是方才那一下确实跌得太狠，此地又极尽严寒，我才不禁担忧小唐大人你是否有恙。"萧昱赶忙做个卑躬屈膝的样子，扬起火光继续向前探路。

说起来，唐艾可是新官上任。这个萧昱，也是第一个用"小唐大人"称呼她的人。

作为蜀中巨贾唐不惑的掌上明珠，唐艾绝对活出了真我。许是因为祖上曾是江湖人的缘故，她打生下来就喜欢舞刀弄剑，从来都不是一个安静的美女子。

去京城，入六扇门！女扮男装偷偷跑出渝州城的那一刻起，唐艾便发誓要做出一番成就来，满腔热血一点就着。

东北这旮晃民风剽悍，又总有女真部作乱，向来不太平。吃不了兜着走的差事，根本没人乐意去。也就唐艾初生牛犊不怕虎，才会想着主动请缨。

几个同年入门的兄弟，嘴里虽说着艳羡她被委以重任，但给她送行的时候，就差唱一句"风萧萧兮易水寒，壮士一去兮不复还"。

当然，唐艾把自己的胸脯捂得严严实实，迄今为止，六扇门上下都还没人发觉，眉清目秀的小唐，是"她"不是"他"。

这方洞穴深不可测，脚下的路似乎永无尽头。

萧昱渐渐放缓步子，却将手上的火折子高举过头，似是对远处某地产生了极大的兴趣。他也不多废话，仔细勘察下周遭环境，直直走上前去。火光随他的步伐移动，唐艾立足之地便又暗淡下来。

前方微弱的火光下，突然显现出一片晶莹剔透的光亮，怎么瞧怎么不对头。唐艾瞬间就要往前冲，萧昱却扬起左手将她拦下。

"小唐大人，我劝你还是别过来。"

"为什么不能过去？有危险？"

"那倒不是，只不过……"

"让我看看！"唐艾从萧昱手中夺过火折子，一把将他推到一边。

萧昱趔趔退后两步，一脸无奈："算了，看就看吧。看过之后，可别说我没提醒你。"

现于唐艾眼前的，是一方足有一人身长的冰晶。火折子接近，冰面便映射出光亮。这块冰晶注定不普通，因为，它里面真就躺着个人。确切点说，是躺着个一丝不挂的男子。

唐艾眼睛疼，生生疼。

火折子的光束再往前照，只照出与此相同的冰晶无数。这些冰晶分排在道路两侧，每一块冰晶中都有一个赤裸的男子，少说得有百人。

"早说了要你别看的嘛。"萧昱小声嘟囔，又瞅瞅唐艾，"小唐大人，看来我们是误打误撞找到了收尸人的藏尸之所，这洞穴的蹊跷也怕是不止于此。"

唐艾耳根子着火，压根没听着萧昱说了什么。

萧昱却眼神倏变，一把拽起唐艾躲到山壁后。

"嘘，小心，有人来了。"

还真被萧昱说中了，洞那头不多时便传来窸窣的脚步声，这证明这洞穴确实另有出口。妖风卷着鬼火，牵出两道女子的身影。

来人像是一主一仆，衣着发饰与中原人迥然相异。主人面上遮着层薄纱，只露出双美兮兮的眼睛，身姿婀娜得不像话。至于侍女嘛，长得还真是……一言难尽。

两人口中的话黏黏糊糊，就像含了口热茄子，愣是没有一个字能让人听懂。不用说，这两位姑娘就是山那边的高丽人。

萧昱双眸一转，往脸上头上抹了两把湿泥，让自己看起来狼狈不堪，本来面目尽被遮掩。

"你干吗？！"唐艾差点儿跳起来。

"咱们能不能出去，就靠那两人了。"萧昱冲她眨巴眨巴眼。

那两个女子立马朝着动静的方向来，转个弯就见着了唐艾跟萧昱。

"你们……是什么人？！"高丽国友人的惊讶程度丝毫不亚于唐艾。原来她们会说汉话，蒙面女子字正腔圆，侍女的泡菜味儿却浓重得不行。

萧昱愣怔地看着两人，忽然开了哭腔："俺们……俺们老大没啦！"他居然干号起来，且将收尸人的大茬子口音学得神乎其神。他说自己和唐艾都是收尸人的手下，不幸遭遇雪崩，只求能够活着出去，好一个声泪俱下，天地动容。

京城曲艺界近年来流行评选最佳伶人，每年一次，也是皇城根下的年度盛事。唐艾鸡皮疙瘩掉了一地，只觉得萧昱妥妥的演技派，不去报名实在是浪费人才。

蒙面女子将唐艾跟萧昱两人上下扫视了一番，视线最终在唐艾身上定格。她又用高丽话对侍女低语了几句，随后妖娆地扭身走远。

侍女则抽出两条布带，往唐艾和萧昱眼睛上各一招呼："带你们出去，可以。但是这条路，你们不准看。"

这下可好，唐艾跟萧昱就这么被剥夺了视觉。

侍女又拿出来一根绳子，一头系住唐艾的右手，一头系住萧昱的左手，把两人捆了个形影不离。

唐艾双眼抓了瞎，脚底下又坑洼难行，肩头便一个劲儿撞上萧昱。

萧昱装得蔫蔫的，嘴里边鬼叫着，肩膀却悄悄换个姿势，在唐艾撞上来时轻轻一顶，不但卸去了她的撞击之力，还让她即时站稳。唐艾一心琢磨着出洞后当如何，对此却是未曾留意。

两个人如此被侍女牵着前行，也不知过去了多久，终是被带到了洞穴的另一头。

冷风仍撒了欢似的在咆哮，刮在脸上能掉一层皮。

侍女领着他们俩再走一阵平路，突然没征兆地停在一辆马车旁。她把绑在萧昱手上那头的绳子哗啦一松，随后扯下萧昱蒙眼的布带。

萧昱重见天日，对着侍女又是一通感恩戴德，随手就要去解唐艾眼睛上的布带："兄弟，咱们走啦。"

岂料侍女狠狠推他一把，毫不客气地吼："那边走，是大路。你，回你的苍国去。这个人，留下！"

"这个人"，指的当然是唐艾。

萧昱挣扎着又靠过来："大姐，你是要带俺兄弟去哪儿啊？"

侍女恶狠狠瞪着他："不想撕（死），就快走！"

"不撕，不撕，"萧昱一哆嗦，也像吃了辣白菜炒饭，"那……俺能和俺兄弟道个别不？"

他一下贴上唐艾的胸膛，似与唐艾做生死之别："小唐大人，那蒙面女子看来身份显赫，你俊朗非凡，肯定是被她看上了啦。大好机会深入敌营，你可千万别放过，咱们就暂且分头行事咯。"

对准唐艾耳边说完这话，他才唯唯诺诺地放开手。唐艾却被侍女撑着登上马车，只剩下欲哭无泪。

戴面纱的高丽女子，早已等在车舆中。

她对着唐艾一声娇笑，以纯熟的汉话道："中原人，我见过你们许多人的尸首，却没见过像你这般俊俏的男子。尤其是，你并不是尸首，而是个活人。"

这位姑娘一手揽上唐艾颈侧，轻悠悠地解了唐艾蒙眼的布带："从今以后，你就是我的人了。"

唐艾后脖子滚下一颗大汗珠，嘴角不自觉地抽搐。

不管萧昱再怎么欠扁，但他至少有一句话说得对，这蒙面女子便是唐艾如今最重要的线索。破案途中必定险阻重重，唐艾早就有了牺牲小我的觉悟。

半晌过去，她终于逼着自己挽起个笑容，可惜，笑得比哭还难看。

载着唐艾的马车没了影，太阳没多久也下了山。

山顶上吹来阵猛风，道旁树枝上的积雪纷纷而落，不讲道理地砸在萧昱肩头。萧昱却似无所察觉，背倚树干轻合着眼帘，眉间隐着些许苦涩。

这时，雪地里冒出来两束小身影，嗷嗷叫唤着"公子"。这俩小崽子，正是白天里哭丧的人。他俩手上都没空着，小瘦子不小抱个狭长的木匣子，开合处暗设机括，头尾两端连有银丝带扣，可使人将其负于背脊；小胖子不大则举着个小瓦罐子，一掀盖儿，麦芽糖甜腻腻的气息就飘了出来。

"公子，你是不是身子又不舒服了？！"

"公子，你……你可千万别强撑着！"

他俩扑到萧昱身边，气儿都顾不上喘。

萧昱这才缓缓睁眼，笑看两个小不点："别担心，我没事。我要你俩准备的东西，准备好了吗？"

不小把木匣系到萧昱身上："备好啦备好啦！沿着这条路一直往山上走，转过好几个弯弯绕，能看见棵歪脖子老松，东西就埋在树下！"

不大也"嗯嗯"地附和，憨憨地把瓦罐子举到萧昱面前。

萧昱摇着头浅淡一笑，左手在他俩脑门上各敲了一下："我有预感，高丽国很快会有大事发生，与我朝交界一带会变得很危险。快回去吧，你们俩得知道惜命。"

俩小孩却不依不饶，一个摇着萧昱的袖子，一个抱着他的腿："公子，再派个任务给我们嘛！"

萧昱无可奈何地轻叹口气，扭过俩小崽子的头，指指边关的方向："往回走的路上有处山坳发生了雪崩，我朝子民有多具遗体被掩埋在积雪中，你俩去找小徐将军，请他让守关将士开路，将那些人好生安葬。办好了就回京城去，不许再在路上耽误一刻。"

蒙面女子向唐艾揭下面纱的同时，也向唐艾揭露了自己的身份。她是高丽国的贞熙郡主，其兄长李敏智是高丽国的右都统使，足智多谋又骁勇善战。

贞熙郡主那叫一个美，眼睛鼻子嘴无不完美得像是经过了细致的雕琢，与她的侍女简直天壤之别。

唐艾的愕然倒不在郡主的容颜。她只关心案子，只惊异于郡主的身份。事关重大，"忍辱负重"也就越发理所当然。

月黑风高，马车终于在一座府邸前停下。

称这点着寥寥几盏灯的地方为府邸，也没那么合适，但这几座砖瓦檐子，确实比一路上的草坯屋子好上了许多。

贞熙郡主领唐艾踏入门中，万分自豪道："中原人，你可知道这里是什么地方？这里便是我的兄长、高丽国大将李敏智的行宫。在这奢华瑰丽的宫殿里，你会过得很安乐。"郡主的汉话还真是好到了一定境界。可唐艾词穷，跟着郡主往里边走，"嗯""啊""哦"成了她说得最多的话。

屋子里已有一排侍女恭敬地候着，看架势竟是要让唐艾沐浴更衣。

"我等着你。"贞熙郡主咯咯笑着退出去,呱唧一下合上门。

侍女们则一窝蜂地扑向唐艾。

"中原人,我们高丽国的无穷花,是世上最美丽的花,你一定没见过。"有人去解她的衣襟。

"中原人,我们高丽国的烧露酒,是世上最香醇的酒,你一定没尝过。"有人去扯她的腰封。

"中原人,我们高丽国的子民,是世上最聪明的人,你一定想不到。"有人去扒她的靴子。

这几个人的汉话比跟着郡主的那个侍女好点,但也有限。

"你们……你们放手!求你们别跟进来,我洗完了自然就出来了!"唐艾浑身渗汗,一溜烟逃到屏风后。

木澡盆呼呼冒着热气,水里还浮着碎花瓣。唐艾还真有那么一丢丢的动心。自打从京城出来,她一路奔波,到现在都没洗过一个像样点的澡。

唐艾抻抻胳膊蹬蹬腿儿,怀边却掉出一样不属于她的东西——是薄薄一张纸,纸上曲溜拐弯的线条,构成了一幅画。

这幅画竟然就是这处府邸的地图!

能把这地图放到唐艾身上的,只有一个人。还要不被唐艾发觉,此人就只有一个时机。

看样子,萧昱是一面与她"泣泪诀别",一面趁着两人胸膛相贴时下的手,他倒也不算太没良心。

唐艾清楚了地图来历,却没空琢磨萧昱是怎么弄到这地图,又是如何未卜先知的。她将道路走向铭记于心后,便把地图吞下了肚子,一气呵成毁尸灭迹。

解气!

下一刻,唐艾再度与贞熙郡主相见,地点是郡主的床上。这进展,神速得让人瞠目!

"良宵一刻,与君同酌。"贞熙郡主自斟一杯,微醺。随后,她在唐艾面前宽衣解带,解完了自己的,就去解唐艾的。

"郡主殿下,这是不是太快了?我……我还没做好心理准备!"唐艾第一时间护住了前胸，不顾一切跳下床去。

"竟然会害羞，我发现我是越来越喜欢你了。"贞熙郡主一把拽住唐艾的手臂。

出于本能，唐艾回手就是一拳。

砰！

这拳直接打在贞熙郡主的下巴上，郡主弓着背不动了，而她的下巴已经不在该在的位置。它跑到了郡主脸颊的一侧，像极了一颗畸形的肉瘤子。

唐艾悚然。

贞熙郡主则两肩发颤，低吼起唐艾完全听不懂的高丽语。

不一会儿，一群侍女踏着细碎的脚步赶来，见状后一个个惶然失措地用高丽语惊呼起来。

贞熙郡主捂着脸就往屋外走，侍女们也紧跟着鱼贯而出，唐艾却被最后的一名侍女拦住。

"中原人，郡主有令，她回来之前，你哪里都不许去！"侍女凶巴巴地对唐艾道。

府邸大门前马车已备好，贞熙郡主被两名侍女搀扶着登上车后狂奔离去，剩下的侍女目送郡主走远，用高丽话低声嘀咕着退回了府宅内。

路那头，积雪后面发出轻微的响动。

萧昱从暗处转了出来，步履轻逸，袖摆长摇。他望望马车奔驰的方向，又瞧瞧府邸高耸的围墙，若有所思地扬起一抹笑意："唐艾，你的本事还真是大得出人意料。这要是换作他人，早不知道死了十次八次。看来，贞熙郡主对你绝对是真爱。"

郡主大半夜都还未归，唐艾便一直被锁在屋子里。虽说郡主不知去向，唐艾却没放弃寻找蛛丝马迹。

于是，她在这屋子里发现了极其瘆人的一幕。

屋子最里层的柜子上，有一只取不下来的瓶子，竟是一处隐蔽的机关。碰触机关后，墙体便旋转而开，露出后方的一间密室。

密室里整齐划一地坐着一排人——个紧贴着一个，都是衣冠楚楚、相貌俊美的年轻男子。

唐艾咂舌不已。

密室里的男子们却仿佛没瞧见她一般，目光呆滞、面无表情，如一尊尊石像般正襟危坐。

过了片刻，唐艾壮起胆子走到了这排男子面前："你们……你们怎么会被关在这里？！"

没人理她。

"你们听得见我说话吗？！"

仍没人理她。

"喂！"她用力摇了摇一名男子的肩。

"咣当——"这名男子栽倒在地。他一倒，后面的人也连珠似炮的一个接一个倒下。

唐艾终于察觉到一个惊悚的事实——没呼吸、没心跳，这些男子都是死人。高丽国贞熙郡主的寝室里，藏着一溜儿死人！

这些人死去多时，尸身却不腐，并且还有一个共同的特点——年轻英俊。

毋庸置疑，郡主喜男色。郡主曾对唐艾说，唐艾是个活人。

唐艾吞了口唾沫，有了一个大胆的猜测：这密室中的男子尸体，便是自那洞穴而来。

若然真是这样，这些男子就应当是苍国人，而非高丽人。

唐艾将男尸一一复位，默哀半晌，心思沉重地关上密室。当务之急，就是想办法出去，然后找到贞熙郡主。

天将亮，屋外才好不容易晃过一个人影，唐艾赶忙凑到门边上："我饿了，我要吃东西！"

屋外的侍女不知用高丽语答了句什么，踩着小碎步走了。

过了会儿，这侍女便又回来开锁，同时举过来一碗酸唧唧的面，还是冷的。

门缝打开的那一霎，唐艾一只手礼貌地接过面，但她的另一只手就没那么礼貌了。这只手出其不意，一掌劈在了侍女的脖子上。侍女连"啊"都没来得及"啊"一声，就被击晕过去。

唐艾把侍女拖进屋，三下五除二扒了她的衣衫，往自己身上一套。

屋外听不见声响，应是没人经过。唐艾仔细瞅了下四周，一个闪身蹿出屋子。

这府邸说大不大，说小也不小，就是弯弯绕绕多。

唐艾屏着呼吸一路疾走，路上偶然碰到一名男侍从，幸好那侍从与她有点距离，她又极力用手遮着头脸，那人瞧不见她面貌，便只当她是早起做工的侍女。

唐艾听不懂高丽话，当然谈不上应声。她只顾低头往前走，终于赶着没人发觉的空当，奔到最隐蔽的出口。

府邸最外侧的院墙开了扇小门，这就是唐艾的出口，可一把大铁锁将门锁得死死的。好在唐艾轻功了得，只见灵动的身影一晃，她已嗖的一下翻到院墙外。

出逃尚算顺利，唐艾轻盈落地。

郡主能去哪儿呢？该是找大夫去了。奈何，天知道高丽国专给达官显贵们看病的医馆在哪儿。唐艾生怕府邸里的人发现自己逃跑了，只能贴着墙檐踩猫步。

晨曦微露，寒风凛冽，本是空荡荡的路上，突地冒出个人影来。这家伙，可不就是那位神奇的萧公子嘛！

"好你个萧昱！"唐艾牙咬得嘎吱响。

萧昱把脸凑近唐艾，上上下下地打量一番，面露诧异："我道是谁，原来是我们深入敌营的小唐大人！不过，小唐大人，你这是唱的哪一出啊？"

唐艾这才意识到，自己还穿着侍女的衣衫，颊上微热："这是……这是权宜之计！"

"果然好计策！"萧昱做恍然大悟状，"小唐大人清朗俊逸没得说，身着女装竟毫不违和。"他说着左手胳膊肘一拐，从身后也抖出件衣裳，"瞧，小唐大人，咱们英雄所见略同。"

这衣裳是高丽男子的服饰。唐艾正把高丽女装往下扒，他却已将高丽男装披上身。

唐艾猛地一回神，急不可耐道："你到这里多久了？可看到贞熙郡主去了哪儿？"

这话还没问完，府邸外墙的那扇小门竟被一人打开。不凑巧的是，这人就是刚刚瞥见唐艾的那名侍从。

萧昱虽是背对着小门，耳朵却灵敏地一动。

"小唐大人，快点靠近些来，有人正看着我们。"他冲唐艾一声耳语，同时在唐艾袖口一拽，速度迅雷不及掩耳。

唐艾嘴巴都还没张开，萧昱就已按低她的脑袋，将她的身躯严严实实挡了起来。

侍从那头，就只能瞅见萧昱一人的背影。

唐艾也没觉得萧昱用了多大劲儿，可就是被他搂得死死的。她此刻就像个牵线木偶，脑袋被萧昱用胸脯顶着，腿在他膝盖的撞击下不由自主地向后退。

萧昱这边却自在从容，整个一没事人："小唐大人，这也是权宜之计，多有得罪还请见谅。"他带着唐艾走，两个人一个向前、一个往后，看起来真真和一个人无异。

男侍从揉揉眼睛，又朝这边看了看，末了，缩回脑袋关上门。

萧昱偷偷瞄了眼唐艾，隐隐泛起笑意，也不告诉唐艾危机已过，仍旧顶着她前行，一路走到一片荒地。

唐艾都快要喘不过气了。

"萧昱，你——够——了！"她终于忍无可忍，惊天动地一声吼，声音都被闷得变了调。

萧昱戛然止步、戛然松手、戛然一跳八丈远："小唐大人，别激动，有话好说！"

"说什么说！我和你没话好说！"

唐艾气得肝疼，头发梢儿指甲盖儿都跟着一块胀气。奈何萧昱蹿得飞快，她愣是连他的衣服角都没碰着。

"小唐大人，还请稍待片刻。"萧昱蓦地转了身，一晃进了荒林。

唐艾正要紧追，却听林子里发出不小的动静，不出片刻，便见萧昱骑着一匹英姿挺俊的黑马回来。唐艾咂舌，没想到，这位爷竟还有本事弄来一匹马。

萧昱向唐艾伸出左手："上马。"

可唐艾站着不动，眼睛里的火能把人烧死。

萧昱沉下音色，脸上表现出少有的认真："你不想知道，贞熙郡主去哪儿了吗？"

"贞熙郡主"四个字，被他着重强调。

唐艾双眉紧蹙，瞟瞟马又瞟瞟萧昱，终于冲萧昱伸手。只不过，这只手是个大巴掌，吧唧就把萧昱的手打落。

"你知道郡主的去向？"唐艾冷哼着飞身马背，直直坐在萧昱身前，一把扯过缰绳。

萧昱"哎哟"一声号叫，大幅度地点点头，下巴故意朝着唐艾肩头撞："首先，咱们得穿过这片林子。"

他偷偷地笑笑，身子自然而然地往唐艾背脊上一倾，左手揽住唐艾腰际。

唐艾心里一突突，耳根子热得似被蝎子蜇了："萧昱，你是你，我是我，没人和你是'咱们'！"

她一门心思想破案，铆着劲压住怒火，缰绳一抖策马入林。

骏马疾驰，荒林很快被两人甩在身后。走了约小半日，远方竟又出现了皑皑雪山。

"怎么回来了？"唐艾惊道。

"这儿是案件的源头。"萧昱望望山峦，又扭过头瞅瞅唐艾，"小唐大人，你饿不饿，要不要吃东西？"

这位爷上下两句话，话题切换得真够神速。

"不要！"唐艾冷眼相对，肚子却非常应景地咕噜噜一阵空响。如果她当初在府邸时珍惜一下那碗冷面，现在或许就不会这般尴尬。可惜，为时晚矣。她嘴上说着不要，身体却很诚实。

萧昱倒也没接话，直冲无人的山脊去。

他在一棵歪脖子老松下驻足，脚下不断东踩踩西踩踩，似在寻着地上不同的声响："小唐大人，帮个忙可好？"

"帮什么忙？你又想干什么？"

"挖地刨坑。"

"什么？！"

"别误会别误会，我只是把灯影牛肉、陈皮兔丁，还有麻辣香肠藏在了地底下。"萧昱拾起两根粗树杈子，嘴里一吸溜，"真是想想都要流口水。"

这几道都是久违了的家乡菜，唐艾吞了口唾沫，向萧昱立足之地一瞥。那里的积雪，好像确实与周围不同，似乎曾被人好生折腾过。

萧昱已开始掘地三尺。

唐艾犹豫着走上前，就瞧见坑里头躺着口大箱子。大箱子里边套着小箱子，加一块儿少说七八口。小箱子被打开来，便露出了一个个油纸包。一层一层的纸取下，食物的香气终于飘出来。

三合泥、叶儿粑、樟茶鸭，箱子里的吃食远不止萧昱说的那几样。

唐艾的肚子叫得更欢实了。在鸟不生蛋的地方，看见亲切诱人的食物，她的幸福感已油然而生。她不得不承认，萧昱这事干得不赖。至于他是怎么做到的，她却顾不上细想了。

"怎么样，不算亏待你吧。"萧昱从一堆箱子里拨弄出一个小磁罐子，慵懒地靠上树干。

他此刻不说话、不乱动，便仿似变作了另一个人。

唐艾心底哼了一声，目光不由自主地在萧昱身上定格。树下的少年，容颜宁逸翛然、衣袂随风轻摆，生得是真好看。日头说巧不巧地打在他身上，使得他遍身上下，好似隐散着一层熹微且缱绻的光。

唐艾在京城时，有钱有势的公子哥们见得多了去，可没有一人值得她多瞧上一眼。她就这么瞥了萧昱两瞥，窝了一路的火竟消散了不少。

"萧昱，你怎么不吃？"

"小唐大人莫不是怕我下毒害你？冤枉啊！费尽心思备下的东西，我当然得吃，可就算吃也得吃得舒坦才行，"萧昱消停不过一刻，眼底泛起无辜的光，"小唐大人，这些东西本就不是热菜，呛风冷气地吃对身子更是有害无益。快站过来，这儿风小。"

这话说得有道理。唐艾踱到萧昱身边，却见他手上拿着的是一罐子白砂糖。

"先来片牛肉。"萧昱把糖罐子往矮枝上一搁，拈起灯影牛肉戳入糖罐子。

"再来口兔丁。香肠看起来也相当不赖。"

兔丁香肠最终也未能幸免与灯影牛肉一样的命运。这还不算完，萧昱搅了搅糖罐子，然后仰起脖子，竟一股脑地将罐子里的糖和肉一并倒入口中，嚼得嘎嘣响。

唐艾的嘴巴合不上了："萧昱，你不怕被齁死吗……"她真是头一遭碰着这么奇葩的人，居然拿糖当饭吃！

"唇齿留香，回味无穷。"萧昱满足地咂咂嘴。

这位仁兄岂止不是一般人，他简直不是正常人！

唐艾从一堆吃食中挑出几样，默默地背过身，小心与萧昱保持着距离。她是想通了，不要钱的东西，不吃白不吃，她犯不着跟自己的肚皮作对。

几口大肉入了腹，她便精气神全满。

萧昱掸掸手，冲着山坳望了望，又冒出一句话："所谓登得高望得远，果然不是没道理。小唐大人，你看那是什么。"

日头偏西，光线恰好照到山坳里极隐秘的一点，那里露出了贞熙郡主的马车一隅。

唐艾惊喜万分，忙道声"快走"，就三步并作两步冲下了山。

萧昱不慌不忙，把大小箱子踢回坑里，跟在唐艾身后偷乐："干劲儿这么大，看来是吃饱了，不大、不小俩小崽子这趟总算没白跑。"

郡主的马车藏在雪山脚下，怎知车里车外四野无人，雪地上也是连个脚印都没有。

奇哉怪也，没有脚印证明没人下车，郡主还能凭空消失了不成？

唐艾急出了一身汗，萧昱却在车里转悠来转悠去，视野遍及每一个犄角旮旯。

"呦呵，端倪在这儿呢。"他轻轻地撞撞唐艾的胳膊肘，指指马车尾部。

原来车厢尾巴顶着山壁，并有一道暗门与山壁相连。

唐艾两眼放光，照着暗门便飞起一脚。

暗门自然是支离破碎，而与车尾对接处，一条燃着幽火的暗道惊现山壁之中。

"小唐大人实在好身手。"萧昱扶额，佯作叹谓。

"你少给我废话！"唐艾瞪他一眼，走进了暗道。

贞熙郡主该去找大夫才对，怎么会往深山里钻？自从回到山沟沟

宠卿有道

019

里，这问题就一直困扰着唐艾。

壁上的火晃得人鸡皮疙瘩掉满地，幽径深处静悄悄的，只有冷飕飕的风不时吹过。别说是敌人，两人实际上连个鬼影都没见着。

不遇危险反倒更令人提心吊胆，唐艾把喘气都放得极轻。

"小唐大人，听口音，你不是京城人士吧？"萧昱冷不丁地在唐艾身后头问道，声音比蚊子还小，"让我猜猜，你的家乡应该在蜀地，是不是渝州？"

在这环境下，再小的声响也能听得一清二楚。

居然被他猜中了……唐艾没好气地白了一眼。

萧昱又道："渝州好啊，人杰地灵。对了，蜀中巨富唐不惑就是渝州人，他也姓唐，说不定百十年前，和小唐大人你还是本家呢。"

听到老爹的名姓，唐艾心里头狠狠一膈应。

谁知萧昱没完没了："小唐大人少年英杰，在六扇门中一定是屡破奇案。"

六扇门中屡破奇案的当然大有人在，不过唐艾不在其列。

她一腔热血，在六扇门里待了快一年，到头来却还是个闲置状态，大案重案碰都没碰过不说，就连见到顶头上司的次数，都是屈指可数。直到高丽国突然不老实地搞起事情来，她才抓着这次不可多得的机会。

所以说，这次边关之行，可是唐艾出的第一个任务。

萧昱哪壶不开提哪壶，唐艾再也不能忍了。

"你说够了没有？！"她猛地扭过头，狠狠一瞪眼。

"其实我还想问问，小唐大人你冷不冷？"萧昱正将身上的高丽男子衣袍取下。

"不冷！"唐艾再没有好脸色，憋着气稍稍提高了音调，"萧昱，从现在开始你最好给我闭嘴，不要让我再听到你发出一点声响！"

一语言罢，她头也不回地向前走去。萧昱望望手中的衣袍，又瞧瞧唐艾的背影，无奈又无声地垂目轻叹。

这幽径曲折得不像话，越走越深、越深越冷，唐艾的手脚早就冻得发僵。

越往前行，她便越觉得不对劲。不知从什么时候起，她背后再没一丁点动静。待到她回头时，眼底已只剩下晦暗的空径。

萧昱的脚步声刚才还在她身后，怎么一会儿工夫，人就不见了呢？唐艾心跳加速，奈何又不敢大声喊，只能以极低的声音叫着"萧昱"，又一步步往回走。密径中回荡着她的脚步声与喘息声，纵是她自己听来都觉汗毛直竖。

黑暗中，一张淌着血的脸静悄悄地出现。唐艾不知道，她与这张脸的距离正越缩越短。

一缕阴风袭来，吹得壁上幽火乱窜，这张脸倏地就被窜过来的火光照出。唐艾惊得倒退三步，她已意识到，这张脸的主人，她认识。

"萧昱，你……你怎么了？！"她终究忍不住惊呼出声。

02 雪山凶间

萧昱一动不动地站着，一道血线从他的眉心淌到了鼻翼。不单如此，他的衣衫上也有好几处沾染了血迹。

"萧昱，你在流血……你受伤了？！"唐艾极力压低自己的声音，却莫名心慌，她压根瞧不出来萧昱到底有事没事。

萧昱沉默不语，眼睛里却闪过一瞬星华，在唐艾焦灼的注目下，直视幽径顶端的山壁。

啪嗒，啪嗒。

山壁上正有水珠滴落，一下下砸在萧昱脑门上。唐艾定睛一瞧，心里顿时凉飕飕的。

这水珠是红色的，血红。

萧昱向旁边挪了两步，方才被他身体挡住的地方，赫然显现出另一条更为狭窄幽暗的路径。唐艾方才走过此地时，竟然完全没察觉还有另一条路在。

萧昱漫不经心地用袖子抹抹脸上的血渍，二话不说就向前走。

唐艾总算是闹明白了，这人根本没受伤。他身上脸上沾着的血，都是从高处的山壁上滴下来的。

山壁上竟会有血珠滴落，这着实瘆人。唐艾想要解惑，萧昱却一反常态地三缄其口，只拿唐艾当空气。

唐艾气又不打一处来了，跑到萧昱身前低吼道："萧昱，你给我站住！一声不吭就没了影，你是不是该好好解释解释！"

萧昱似笑非笑一声叹，特别听话地站定不动，终于开口："小唐大人，明明是你不让我出声的。"

唐艾气结："你——你是存心和我过不去是不是？！"

"岂敢，小唐大人让我闭嘴我就闭嘴，让我停步我就停步，我应是谨遵了小唐大人的旨意才对，"萧昱贴到唐艾跟前，"刚刚……你莫非是在担心我？"

"……"唐艾感觉自己膝盖中箭。她懊恼地回过头，足下生风冲向暗径。

这是一条上行的路，阶梯一级连着一级。唐艾脑瓜顶的岩壁上，血水如潺潺细流，从高处蔓延而下。

雪山被人为挖空，寒冷至极，万物不生。血水不可能来自动物，就只能来自于人。不管活人死人，山体上方都必然暗藏猫腻。

唐艾想到这一点，便知道萧昱肯定也一早瞧了出来。

这时，暗径尽处射来一束光，将路面与岩壁一齐照亮，简直要把人闪瞎。前方的通路突然变得异常狭窄——因为通路的两侧，一边排着一溜人。准确来说，是一群排列在路两边的男性死尸。

死尸们除了没有被冰晶封存起来，就跟唐艾最开始见到的尸首一样，浑身上下光溜溜的，连块遮羞布都没有。

唐艾咬咬牙，屏住呼吸快速穿行。

萧昱跟在她身后，视线却在尸体周身打转。他甚至提溜起当中一具尸首的胳膊，又把耳朵贴在尸身上，不知要听哪门子的动静。

这条路虽站满了死人，却瞧不出一丝的危险。到目前为止，山中仍旧平静得出乎想象。

前方视野豁然开阔，出现了一间宽敞的石室。

室内正中有一方足以躺人的石台，台面上血迹未干，还在向着地上滴答。

石台下的地面刚好有道裂缝，血迹便又渗入了地缝中。如果这地缝够深够长，一直向下延展，那便给了淌血的岩壁一个合理的解释。

石台上还有一样白不溜丢的小玩意儿，也沾着几缕黏糊糊的血丝，用手一碰居然软乎乎的。

萧昱拈起小玩意儿来，把血丝蹭干净，眼神在这东西和唐艾的下巴间来回游移："小唐大人，我记得你在来时路上说，贞熙郡主的下巴被你一拳打歪了。你还说，郡主半夜离府，应是去找大夫。我想，郡主和大夫不久前应该就在这石室里，这东西，就是郡主的'下巴'。"

"'下巴'？"唐艾打了个寒噤，眼瞅那玩意儿被萧昱丢回石台，还在台子上微微弹了弹。

"不如这么说，这东西是大夫从郡主的脸上卸下来的，并不是郡主的真下巴，"萧昱像是经过了细致思考，"小唐大人，郡主是不是美得冒泡？"

"是又怎么样？"

"美人在侧，小唐大人却怎的没有一点怜香惜玉之心？哦，我知道了，小唐大人睿智非凡，自是洞察一切，早就瞧出了郡主的美貌并非是从娘胎里带出来的。生得不美或者不够美的女子，为了求美而做点什么，也都无可厚非。小唐大人，你说是不是？"

唐艾没法接话了。

萧昱倒也不似期待她评论一二，绕着石台走了一圈："我苍国地大物博，流传着各种各样的精妙技艺。有一种超凡的技法便糅合了医理与美学，与易容术有点像，却能做到永远改变人的面容。当然，想要通过这种方法改变长相的人，必然得遭点罪。这技法对施术者的造诣要求也极高，据我所知，高丽国境内绝不会有识用此法者，就是当今苍国恐怕也寥寥无几。不过，若真有苍国人将这技法传予高丽人，倒是高丽人之大幸。嗯，高丽人该将这技法发扬光大的，这样一来，他们子孙后代都会受益匪浅。"

高丽人藏尸的目的尚未可知，但是唐艾已获得了另一条重要线索——若萧昱所言非虚，那么这件案子，便很可能还有身份未知的苍国人参与。

"萧昱，你说贞熙郡主不久前还在这里，那她现下又去了哪儿？"

萧昱瞄瞄石室的另一侧出口："苍国与高丽便是以这雪山为界，山体中空，由暗径相连，先前你我走过的那条路，大概可以通向苍国。而这里的这条路，只能通往山顶。"

"郡主在山顶？"

"也许。"

唐艾压着嗓子道："高丽人也是够可以的，居然能想到把偌大的一座山挖空。"

"高丽人才没有这个能耐，他们这掏山修径的法子，大抵也是由我们苍国人教授的，"萧昱挑了挑眉头，"小唐大人，你我已经在这里转悠很久了。你我在别人的地盘乱闯，跟逛自家的后花园没两样，早该被逮起来了才对。你我在明而对方在暗，我要是他们，就会来一个瓮中捉鳖。"

萧昱这话如此有道理，唐艾只剩点头的份。

危机便在此刻悄然来临。

这时，一缕缥缈却尖锐的声音自山顶而来，阴凄诡异，直教人听了心里发毛。

"这声音是——"唐艾头发丝直竖。

"大约是笛音。"

萧昱话音未落，来时路上已发出另一种沉重夯实的声响。那声响听来是脚步声，却又不那么纯粹，仿佛不是活人的脚步声。

咣当，咣当……脚步声越来越近。

石室无处藏身，当下唐艾和萧昱能做的选择只有两个：一是扭头就跑，一是正面迎敌。

扭头跑只能上山顶，不定有什么么蛾子。所以，唐艾以最快的速度做好了和来人硬碰硬的准备。

可惜她忘记了一件事，也是相当要命的一件事——她和萧昱加在一块统共也就两人，对方的实力则到现在仍一无所知。

还好，来人不多，就一个。

火光很快将来人映出七七八八。这人身形高大得没边，头顶岩石脚顶地，活脱脱一堵行走的墙壁。还是一个没穿衣服的人，整个身躯赤裸裸地暴露在外，将石室入口堵得水泄不通。形态看起来也相当不正常，面如死灰目无光，双手双足都僵硬如石头。

来人并非活人，而是来路上，那些裸体男尸中的一具。

一具在行进的尸体！

匪夷所思，却是惊人的事实，想不信都不行。

尸体动作虽迟缓，却力大无穷。他出现的唯一目的，似乎就是要将唐艾与萧昱捏碎碾平。唐艾差点被他一巴掌呼在岩壁上，萧昱此刻所处的位置则正在他身后。

"萧昱，你还愣着做什么？！"唐艾险中逃生，在接下来的时间里，与这具尸首展开了殊死搏斗。找到机会，她便一掌劈下来，"咔嚓"一声劈裂了死尸的肩骨。然而并没有什么用。尸首这手动不了了，另一只手却仍拍向唐艾。

"萧昱，你是死了吗？！"唐艾再度陷入危机。

萧昱当然没死。他的目光定格在死尸的脑瓜门上，左手则按下背后木匣的机括，木匣中嗖地弹出一把匕首，他瞬间将匕首抛向唐艾："攻击他的头部！"

唐艾愣神了约莫万分之一刻。

在这万分之一刻内，匕首被抛至她手中，而那尸体的手臂也已与她的身体仅余半寸。以这死尸的力气，拍死唐艾就像拍死一只苍蝇。

千钧一发之际，唐艾绝地反击，手臂一挺将匕首戳进了尸体的眉心。尸体哐当倒地，不过一息之间，便不再动弹分毫。

过了片刻，这具尸首脸上凡是有孔的地方，就有数只不及一寸长的肉虫蠕动而出。这些肉虫的身体半透不透，内里隐泛着血红之色，看得人百爪挠心。

唐艾惊魂未定，喘着粗气节节退后，压根没注意到有肉虫从尸体体内爬出来。一个死人被"捅死"了，她不由得对自己多年来的认知产生了质疑。

萧昱所站的位置也刚巧挡住了唐艾的视线。他照着一条肉虫掷出匕首，戳起虫尸收入袖中，拉起唐艾就走："小唐大人，笛音未停，你我恐怕还会遭受攻击，须得走了。"

可惜，为时已晚。多具赤裸的身躯已一拥而来。

唐艾想到了小时候听过的鬼神故事，这些尸首好像有个别名——僵尸。对付一帮来势汹汹的僵尸，最好的方法就是让他们再"死"一次。

萧昱终于也加入战局，把匕首送回唐艾手中，又在尸群中穿梭，将一具具尸首的脑瓜仁按到了唐艾手边。

僵尸脑袋上白刀子进红刀子出，唐艾撂倒一个算一个，与萧昱两人合作无间。可那从高处飘来的笛音越来越邪乎，这群死人也随着那笛音，变得越来越生猛。唐艾再骁勇，萧昱再敏逸，也架不住寡不敌众，不一会儿，两人就被逼到了石室另一端的出口。回头路是铁定走不通了，他俩只有飞快地向上跃进。

路径果然通往山顶。岩壁上方裂出道缝隙，朔风飕飕地往里钻，一刮一个大嘴巴子。

这道缝隙越裂越大，直至变成了接连天地的大窟窿。窟窿外能看到阴郁的火光，和着皑皑白雪，刺眼又瘆人。

谁承想，山顶上赤裸的身躯更多，已是立地成军。火光之后则黑影幢幢，诡谲的笛音游荡而出。不用说，站在火光后的是人，活人。

活人才能吹笛子，庞大的僵尸军好似是在受笛音操控。

唐艾与萧昱已经隔开老远，各自被一大群僵尸包围。

有光火的那一头，又有人影攒动。一小撮人马拥护着其中两人，正从不同方向转移下山。

唐艾模糊不清地听到了那两位的对话，当中的一位似乎在说：什么什么制造精良、什么什么验收成功、什么什么还请安心、什么什么必死无疑。

萧昱此时，正被挡在僵尸群的另一头。

"三哥……"这位萧公子在回避尸群攻击时，目色冷不丁地一变，自语般道出俩字。

唐艾的脑子里正火速闪过三个念头：
第一，那被拥护着的两人，就是此案的始作俑者。
第二，不能让那两人跑了。
第三，追。

她以雷霆之势一跃而起，眼瞅就要突破重围。然而这时，笛音突来一声尖唳，能把人的耳膜刺穿。僵尸群听闻笛音，仿佛被注入新的力量，一个个狂躁不已，鬼爪子一齐抓向唐艾。

唐艾一阵剜心之痛，小腿肚子多出几条又深又长的大口子。她"砰"的一下砸在地上，顿时没了招架之力。几个僵尸趁势围了过来，一眨眼的工夫就能将她开膛破肚。

电光石火之际，一道闪电冲破尸群，瞬间来到唐艾身边。

萧昱就是这道闪电，快得没法形容。他用自己的身躯罩住唐艾，凌空飞旋横扫千军。这一扫可不得了，僵尸群你撞我顶你，噼里啪啦倒下一大片。萧昱则趁机搂紧唐艾，一路奔逸。

唐艾已在混沌边缘。她能感觉到有人在带着她疾行，却瞧不清前路向何方。

萧昱带着唐艾直达悬崖峭壁，而两人身后，一大波僵尸正在靠近。唐艾再也支撑不住，脑袋一沉，思绪断片，一头栽倒在萧昱肩上。

萧昱看看不断逼近的尸群，又冲崖下谷底望了两望，最后侧目睨了睨唐艾，眼神中闪过零星怜惜。

"唐艾，你的简单正直，最是要人命。"他叹了口气，背起唐艾一纵而下。

萧昱跳崖了。在旁人看来，这行为无异于自杀。

但萧昱只是背着唐艾跳下了山谷，至于两人是不是摔了个粉身碎骨，粉身碎骨又碎在了哪儿，站在山顶上的人，是不会有答案了。

两人的身影消失后不久，那悚然的笛音也戛然而止。火光后，吹笛人的影子若隐若现。

笛音一停，乌泱泱的僵尸群也立即停止了一切动作。苍茫的雪山、灵异的妖火，再加上好几百号呆立不动的裸尸，情景不要太诡谲！谁要闲着没事闯上山来，保证被吓个屁滚尿流。

一个时辰以后，萧昱衣袂飘飘地从雪山谷底转了出来。月色深沉，山谷苍冷，秃树杈的影子像极了豁牙的老妖怪。

唐艾与萧昱两人，正身处雪山腹地之中。这地方绝对是块风水宝地，隐蔽得连条道都找不着。

唐艾仍在重度昏迷之中，萧昱将她小心安置在了一株长青的雪松下。她的腿还在淌血，不知什么时候起，鲜红的血化为了黑色。

萧昱凝眸细看唐艾腿上的伤处，刺啦一下撕掉她裂开的裤腿，她的小腿便被暴露在外。

唐艾的腿笔直修长，光滑白皙，没有丁点多余的赘肉，除去几道触目惊心的大口子，剩余完好的皮肤绝对称得上秀色可餐。

"幸亏没伤到骨头。"萧昱左手飞快地点住唐艾腿上的穴道，又着力按压伤口周边，"不过，口子这么深，又沾染了尸气，不可能不留疤了。"黑血在外力的压迫下不断外流，最终淌得干干净净，伤口周围即使再有渗血，也恢复到了鲜血本色。

萧昱将自己衣摆的一端咬在嘴里，另一端用左手用力一拽，衣摆便被撕成布条。

他用布条为唐艾谨慎包扎好伤处，一面抖开那件高丽男子的罩衫，把唐艾身子严严实实地盖好，一面惋惜地摇头："如此美好的腿，真是可惜了。"

唐艾一点要转醒的迹象都没有，她的头发丝在风中凌乱，整张脸都被糊了起来。

"明明是个女孩家，却偏偏要扮糙汉子，唐艾，你到底存的是什么心思啊？"萧昱有一搭没一搭地捋顺了唐艾脸前的乱发，"拼死拼活，连轴转了三四十个时辰，誓要弄出一身伤来才肯罢休。这回，可有得你受咯。"

他静逸地望着唐艾的面庞，意兴深远地浅笑道："这么个如花似玉的小闺女，在六扇门待了快一年，竟然没有一个人瞧出来是女扮男装，六扇门的男人是得有多瞎。"

他也背倚着树干坐下来，落座时却稍显吃力，右腿并没有像左腿一般自然地弯曲。末了，他伸懒腰似的耸耸肩，后脑勺往左手心里一搭，朝着远方山峦眺去："徐湛，本来还想着到了你该帮忙的时候，如今可好，也不知道要等到猴年马月才能再见着你了。"

一支精锐的小部队，正潜身在雪山一侧。

队伍的统领是个面容严肃的青年人，剑眉星目，一身戎装，那匹将唐艾与萧昱两人带回雪山的黑色骏马，就在他身侧扫尾。青年突地接连打了好几个大喷嚏，可饶是这样，依然站得笔挺。

"将军，有高丽人的动向了！"几个士兵从远处快步奔回，齐刷刷向青年抱拳，"萧公子与六扇门的那位大人，也该离这儿不远。"

青年把剑眉拧成了川字，向手下众人一挥手："你们几个继续留守此地等待消息，其余的人都跟我来！"

唐艾背靠雪松躺过了整个大白天，醒过来的时候，天色已晚。她能转醒，大抵可以归结为两方面原因：一是饿，二是疼。

睁开眼睛，她见着的头一样东西，就是萧昱的脸。

萧昱这时正半蹲在她面前，他的鼻尖就快要贴上她的鼻尖，嘴唇与她的嘴唇已相隔不到半寸。而他的左手则插入了她肩侧的发丝中，紧挨着她的脖颈子抵在树干上。

一股糖香在不经意间缓缓漫入唐艾的鼻腔，这是萧昱身上散发出的味道，淡淡甜甜，清清冷冷。

唐艾的脑子仍处于一片空白，但她的身体已有所行动，左手抡起一记狠拳，拳头撒了丫子照着萧昱的右肩就去。

吭！

这一拳实打实击在萧昱身上，虽未运内力，却也力道惊人。萧昱直接跟跄着跌到了积雪里。

"萧……萧昱？"唐艾这才意识到自己的举动，慌忙冲着雪堆喊了两声。

老半天过去，积雪后才晃晃悠悠露出半截身子。

"小唐大人，你这下手也太狠了点，该不会把我也当成僵尸了吧。"萧昱呼哧带喘，好像还有意克制着咳嗽。

不知怎的，他的步履看起来竟满带蹒跚，可惜，唐艾并没注意到这一点。

"明明是你无声无息地凑过来，下盘不稳才会跌倒！"她朝着自己受伤的腿瞄瞄，却发现伤处已被小心处理，脸上不禁微微发烫，同时生出了一点愧疚之心，"萧昱，是你帮我包扎的伤口？"

"要不然呢？"萧昱向着雪松这边走来，"你已经昏迷快一天一夜了，要是再不醒，我就要对你出绝招了。"

绝招……唐艾冒出一身虚汗。她回想萧昱刚才的姿势，立马就联想起某种强效的救命法子。这法子也不说多难，就是需要嘴对嘴吹气。她不敢再往下想，只得赶紧转移话题："这儿……这儿是什么地方？"

萧昱答道："不知名的山洼洼。"

"你……是怎么把我带到这儿来的？"

"从山顶上咻的一下就蹦下来了。"

"蹦下来？！"唐艾思绪恢复，便想到现实的问题，"那山顶上那些人呢？"

"死人大约还在山上，活人或许已从密径下了山。估计他们以为你我已经摔了个尸骨无存，所以没派追兵。"

唐艾稍稍放松，强忍着痛楚往前抻了抻脖子，却瞥见萧昱手里提着个奇怪的东西。起初，她以为自己眼花，等睁圆了眼再细瞧，却只换来一阵恍惚。

一截断臂！

她看见萧昱的左手上，拎着一截断臂！

月光七零八落地洒在地上，枯树枝的影子斑斑驳驳，如鬼魅般跃动。萧昱在月色下站直了身，右侧的身躯变得与以往任何时候都不同。冷风过隙，他一只右手广袖飘摇，看来竟也如鬼似魅。

那摇曳的长袖中自然应是萧昱的胳膊，可唐艾觉得那袖管里此时已空无一物。而萧昱的左手里，正拎着一条手臂。

"萧昱，你手里拿的是——手……"唐艾脸色发紫，盯着那只"手"久久不能移目。

"嗯，说的是呢……小唐大人果然明察秋毫，"萧昱垂眸，"其实，这玩意儿是从我身上掉下来的。"

唐艾目瞪口呆："那你的右手——"

"——断去许多年了。"

唐艾一时说不出话了。

萧昱却又往前走了两步："小唐大人仔细地瞧瞧，这条胳膊是假的，不过是块木头而已。说起来，我还得谢谢小唐大人你呢。你一拳打在我肩上，我撞着了雪堆里的大石头，才捎带着也把这假手撞脱了扣。"他显得没有一丁点所谓，"因为收尸人只收全尸，我才费劲把这玩意儿戴上。我一早就嫌它碍事，这回好了，我终于可以找个理由不再遭它的罪。”

唐艾慢慢回过点劲儿。当初她瞧着萧昱的背影时，就觉得哪里不对劲，现下想来，萧昱的右手就是不对劲的地方。萧昱所有的动作，都是由一只手完成的，左手。他的右臂则一直隐于广袖之中，从来没动过。当然，这仅是萧昱身躯看起来有点怪的一部分原因而已。另一部分原因，似乎也在萧昱身体的右侧，在他的右腿。

“小唐大人，小唐大人？”萧昱举着义肢在唐艾眼前晃了三晃。

唐艾老半天才把义肢拨弄开：“萧昱，刚才对不住了。我相信你的能力，也感谢你帮我处理伤口，可咱们查案就是查案，你以后不许再没正经！”

她虽仍是一板一眼，但语气已不知不觉比先前缓和了许多。

跟萧昱两人一块儿骑马的时候，唐艾可是放了“你是你，我是我，没人是‘咱们’”的狠话。

她却没注意，自打她说了这话，萧昱立马就将“咱们”麻溜地改成了“你我”。现在，她倒是自己把话忘得一干二净。

萧昱悄然一笑：“小唐大人，你现下虽已醒了，可毕竟伤得不轻，体力也不可能很快恢复，还是先别乱动。趁此时间，咱们不如来梳理梳理这案子的脉络。”他从袖子里抖出一样小东西，对着月色仔细瞧了瞧，“高丽人收集尸首的目的，我大约知道了。”

“你想到了什么就快说，别打哑谜！”唐艾靠在树下，所处的位置比萧昱矮了一截，根本看不见他在干什么。

“小唐大人，你看这是什么？”萧昱冲着唐艾一甩手。

于是乎，唐艾手里出现了一条蜷缩着的大虫子，白白胖胖，还半透着光。

唐艾整个人都不好了！

一声尖叫随之而来，恨不得能把天空戳出个大窟窿。想她唐艾天不怕地不怕，风里来雨里去，偏偏就是见不得这种软乎乎还没骨头的大肉虫子！

萧昱似是没料到唐艾的反应如此之大。

“小唐大人，原来你怕这个？”

“怕……谁说我怕！把条虫子扔给我，你几个意思？！”唐艾故作镇定，可脸色比山上边的僵尸还难看。

萧昱撇过头憋笑："这虫子是从僵尸身上爬出来的。当时你光顾着杀敌，却没注意尸首倒下后会有不止一条虫子，从他们身体里爬出来。"

唐艾极度不可思议："僵尸体内……有虫子？！"

萧昱点头道："苗疆曾盛行蛊术，包罗万象变换无穷，当中最耸人听闻的就是以蛊驭尸之术。咱们太祖老爷子视其为巫毒邪法，便下令将苗人所建之蛊屋、所饲之蛊虫全部焚毁，苗疆这一流传千载的秘术就此失传。"

"苗疆驭尸术？你难道是想说，那些尸体会向你我发动攻击，完全是被驭尸术所操纵？可你刚刚才说，苗疆蛊术早已失传，更何况苗疆与高丽相距着十万八千里！"

"地是死的，人是活的。保不齐有谁躲过了老爷子的法眼，偷着摸地把这秘法传承了下来，继承者便又将这法子带到了高丽。我看这尸首中爬出的虫子，就像是蛊虫。"

"你又没见过，你如何知道？"

"小唐大人一定还记得当初那笛音。不知你发现了没有，只有当笛音响起时，僵尸才会出动攻势。而当笛音消弭时，僵尸便会停止一切动作。我曾看过些奇闻志异，当中提及蛊虫之说，饲养得极好的蛊虫，即可受乐音控制。"

萧昱说得没错，那让人汗毛直竖的笛音，的确蹊跷。

唐艾凝眉道："即使你的推断没错，可你还是没说高丽人为什么要以蛊虫驭尸。"

"既然是尸首，自然是没知觉也没神识，除非卸了脑袋，否则不会再死第二次。若是能集合数以万计的尸首，组建成一支军队，威力怎可小觑。"

唐艾大惊："高丽人莫非是想以此军团对抗我苍国？！"

"太祖老爷子当年开疆拓土，对待高丽却实行怀柔政策，并未将高丽纳入版图，反而将我朝先进的技术传授给他们。当时的高丽王对老爷子感恩戴德，子孙后代岁岁进贡，若他们真敢对抗咱们苍国，那就是忘恩负义了。高丽近年与骁勇善战的女贞打仗，输多赢少，若以此军队对抗擅长骑射的女贞部族，倒是大有可为。不过，我总感觉高丽背后好似是还有一个人，又或者说，是由一人操控的一股势力……"萧昱最后的那句话声音极低，并不像是说给唐艾听。

他转转双眸，一时半会儿没吱声，又不知在想哪一出。

唐艾却再也坐不住："高丽若只是想要应对女贞也就罢了，但我苍国子民却因此失去尊严、不能魂归故里，这事绝对不能忍！"

她咬咬牙，后背顶着树干就要起身，可屁股刚一离地就感到一阵眩晕，同时小腿上又传来剧烈疼痛，身子不受控制地又跌坐回去。一次不行就来第二次，她把自己折腾得大汗淋漓。

萧昱一步蹦过来，轻轻按下唐艾的肩膀："小唐大人，你再动弹只会让伤口裂得更大。"他在唐艾面前转了个身，拿后背对着唐艾，躬腰浅蹲，"来吧。"

唐艾有点蒙："你……想干吗？"

"知道你心急，这鬼地方也确实不宜久留了，所以我就只好再勉为其难一回咯。"萧昱把腰又弯低了些。

唐艾顿时脸红脖子粗。

萧昱摆明了是要背她走，"再"的意思就是说，他这已经不是第一次了。唐艾晕过去的时候，肯定是被萧昱一路背着到了山沟里。

况且，萧昱虽然没点明，但就冲她刚才号的那一嗓子，难保不会又将高丽人引来。

"萧昱，我自己能走！"唐艾再度挣扎，再度失败。不单失败，这回她身子一个不稳，照着萧昱的后背就撞了上去，两条胳膊刚好搭在萧昱前胸。

萧昱背脊一挺就将她背起，云淡风轻地笑了笑："小唐大人，我只有一只手，你可得搂紧些。"他没给唐艾一点动弹的机会，仅以左手托住唐艾，冲着皑皑白雪迈开步子。

唐艾再没动弹，在萧昱背上沉默了好一阵，几次想开口，却又都把话生生吞回了肚子里。此时此刻，她觉得自己说什么都不合适。

现在她高高在上，视野好得不得了。可惜她瞧不明白萧昱这是在往哪儿走，只觉得眼里边的景一直没带变。

更闹心的是，她又饿得发慌了。距离上回吃东西已过去了一天还多，她的肚皮是又敲锣来又打鼓。这动静，传出方圆十丈不是事儿。

过了没多久，萧昱边走边道："小唐大人，帮个小忙可好？我怀里有个小包裹，你能把它拿出来吗？"

唐艾愣了两愣。一是因为她并不清楚萧昱想干吗，二是因为如果她照做，就要把手伸进萧昱的胸膛。第二点占主导地位。在六扇门的时候，唐艾也没少和同僚们勾肩搭背；装尸体的时候，她更是贴着男尸们翻滚。可她就是犹豫了，就是仔细琢磨起孤男寡女这档事了。

即使，眼下的状况是孤男对"孤男"。

唐艾最终还是把手向前伸了伸。萧昱的胸膛凉凉的，心跳浅浅的，和她认识的兄弟们大大不一样。她果然在萧昱怀里摸出个小小的油纸包，这小纸包竟还隐隐带着一股桂花香。

萧昱道："劳烦小唐大人把这纸包打开。"

油纸包里裹着的是几粒桂花糖，小一半已碎成渣渣。唐艾此刻看见能入口的东西，两颗眼珠子都直了。

萧昱又道："小唐大人，吃糖。"

唐艾确认自己没听错："萧昱，没想到你还随身带着吃的！"她头昏眼花，再也顾不得矜持，一口气就把桂花糖吃了个精光。

"说吃完就吃完啦？好歹给我留一口啊。"萧昱带着点无奈，无奈中却又藏着点笑意。

唐艾张嘴的时候，还真没考虑过这问题。她随即便发现一大串更值得思考的难题——她像是欠债了，且还有越欠越多的趋势。这可不行，所谓的债主，和她连朋友都还算不上。

其实……朋友好像也不是不能做。

唐艾终于决心把话敞开说："萧昱，我绝不是不记恩情的人，你相助过我的地方我当然都知道。可当前案为重，等到把涉案的高丽人一网打尽，我再去……再去多谢你！还有，你以后不要再叫我什么小唐大人了，我叫唐艾，你叫我的名字就行了。"

两声轻咳就是萧昱的回音。

他已背着唐艾走出了很长一段路，前方却还有更长的路要走。

许是雪地太难行，又或者是背负唐艾太耗体力，萧昱的身躯轻微地晃了晃，步履略显不稳，两脚落地时的姿态变得有点不平衡。行走间，他的右腿似是越来越吃力，迈出的步子渐渐小过了左腿。

"唐艾，还是让我先多谢你吧，因为，我又需要请你帮忙了。"

萧昱没停步。他仍是笑着的，音色却藏着微微的苦涩。这苦涩唐艾察觉不到。

萧昱要唐艾取他背上匣子里的东西。匣子里暗藏玄机，不单只收有一把匕首。唐艾稍稍抬身，依萧昱所说触碰另一处暗格。

这一次，匣子里弹出一根木质手杖，打磨精细，手感一流。手杖分为可收拢的两截，中端由机括相连，从木匣子里弹出来时前后两截便自动契合。

唐艾有点搞不清楚状况。萧昱居然随身备着一根手杖，就像是早料到了有天走路会费劲。

"喂，别愣着了，把手杖给我吧，"萧昱轻声笑笑，"这回你可真得搂住我了，我不能再用手托着你了。"

有了手杖的支撑与助力，他的身躯稳当了一些，但左右两脚迈出的步子还是不一样。唐艾过意不去了，她觉得自己就跟大爷似的在享福，萧昱则在干苦力。

"萧昱，你在与僵尸群搏斗时是不是也受伤了？你的腿没事吧？"

"我又不是你，哪会那么轻易就让自己挂上彩？我惜命。"

"你的右腿明明很吃力。"

"那也不是因为受伤。"

"总之……总之你放我下来！"

"不放，不放不放就不放。"萧昱没脸没皮地一哼哼，反倒加快了步伐。

唐艾心里边不爽了。这人压根不把她的好心当回事儿！再说，她也绝不能就让这人这么背着一路走下去。

既然如此，干脆她自己放手！

吧唧！

唐艾一屁股摔在雪地上，屁股疼，受伤的小腿更疼。

萧昱皱着眉回身，脸色比起初又白了几分："唐艾，唐兄，唐大人，我不是要你搂紧了我吗，你这手瓢得也是可以。"

唐艾强忍着痛道："我体力已恢复，要自己走！"

"那几粒桂花糖，塞牙缝都不够，居然能有那么大能耐！"萧昱皮笑肉不笑，看不出是开心还是忧心，"算了，你既执意自己走，我也勉强不来，这个就先借你使使呗。"他把手杖往唐艾手里一搁，唐艾连拒绝的机会都没有。

　　凛冽的寒风呼呼刮着，唐艾拄着手杖一点点站起来，脸生疼，腿生疼。她受伤的那条腿只能在地上拖行，每走一步都备受煎熬。萧昱走在她身旁，右腿的步子并没多大的好转。两个人前进的速度明显减慢。
　　"萧昱，你确定朝这方向走就能走出雪山？"
　　"不确定。"
　　"那你还走？！"
　　"总比坐以待毙强。"
　　"你——"
　　"好吧，其实我还没来得及告诉你，咱们可是有援助的。"
　　"援助？什么援——"唐艾话没说完，已被萧昱嘘断。
　　"等等，先别出声。"萧昱竖起了耳朵。
　　又是那骇人心神的笛音。声音从很遥远的地方传来，隔着十万八千里，偏偏又听得那么真切。
　　"那笛音又响了，僵尸军又在被吹笛人操控！"
　　萧昱点头："嗯，应是大部队在转移。"
　　"转移去哪儿？"
　　"不清楚，或许是高丽与女贞交战的战场。"
　　"不行，我苍国子民的尸首到了战场，就更难回家了！"
　　"所以咱们必须得找到援助了，现在只有援助才有能与僵尸军抗衡的力量。"

　　雪地无垠，唐艾、萧昱走在这头，望不见的那头，则潜行着一支精锐的小部队。他们正在悄悄跟踪另一票人，高丽人。
　　高丽人本来走得不紧不慢，却在笛音飘来时停止行进。当中的一男一女两道人影似乎出现了争执，女的似乎说话不便，男的却将黏糊糊的高丽话吼得震天。他几嗓子吼完就不再搭理女的，一个人往另一个方向奔去。
　　小队伍中的士兵急道："将军，高丽人分散开了，咱们怎么办？"
　　青年将军凛目："我略懂些高丽话，那男子便是高丽大将军李敏智，女子是他妹妹贞熙郡主。李敏智……就由我去追。"

不知为什么，后面的那句话，他说得挺勉强。

唐艾与萧昱还在山洼洼里缓慢移动。

唐艾的伤处又在渗血。不仅如此，她的头也开始剧烈地疼痛，那感觉好比有人举着把大铁锤子，正往她脑袋里拼命凿钉子。她咬紧牙关，吭哧吭哧地在白雪地上留下点点殷红。自己选择的路，跪着也要走完！

可惜的是，这条路到半截就折了。

冷风送来嘚嘚的马蹄声，萧昱眼睛转了两转，胳膊肘一拐便将唐艾拦腰抱起，滚入厚重的积雪堆后，动作虽说快得没边，放低唐艾时却又极轻极柔。

眨眼间，策马骑行的高丽男子风驰电掣而至。

这人瞧年岁该是没到三十，两条腿比寻常人长出了老大一截，也称得上是英姿勃勃，眼睛不大，但目光如炬，一看就不是好惹的主。

高丽长腿哥哥翻身下马，正好踩在唐艾留下的血迹上。他瞟瞟四行深浅不一的脚印，眼神里透露着不可置信，自言自语地说了一大堆的高丽话。

萧昱悄声对唐艾道："你的魅力实在是大得没谱了，迷得贞熙郡主七荤八素不说，竟还使得她的兄长亲自出动。"

唐艾头痛欲裂，可还在死撑："那人就是高丽右都统史李敏智？他在找什么？"

"你。"

"我？"

"——的尸首。"

"我还没死！"

"对呀，他原先不知道，现在也知道了。"

唐艾的脑袋就快炸开锅，接下来的时间，她的眼里只剩下一束光。

萧昱就是光源，忽而清晰、忽而模糊，远远近近、若即若离。他伏在唐艾身旁，用手背探了探唐艾的脑门，唐艾立时感到冰雪般的清凉。她本能地抓住这股凉意，意识却趋于混沌。

很久以后，萧昱才一点点抽回手。他拾过被抛弃的手杖，轻缓的气息吹拂在唐艾的脸颊："不该逞能的时候偏要逞能，脑袋这么烫，滋味一定不好受。"跟着，他手起杖落，在唐艾周身筑起一堵雪墙，风寒顷刻被阻挡在外。

唐艾迷糊哼唧一声，彻底不动弹了。

萧昱最后看一眼唐艾："睡吧，得亏了你体质极好，睡一觉便顶得上别人恢复三天，那种睡着睡着就背过去的事，肯定轮不着你。等你睡醒了，事情也就差不多该了结了。"

离着唐艾远了些，萧昱广袖飘摇，就这么孑然出现在李敏智的视线里，一根手杖仿似撑起了他身体的全部重量。

"没想到咱们这么快就又见面了。"他冲李敏智笑道。

看到萧昱的瞬间，李敏智只用汉话说了四个字——"果然是你。"这四个字很有味道，泡菜炒年糕的味道。

他一眨不眨地审视了萧昱一番，才又开口："敢冒险从悬崖跳下去的人不多，能从悬崖跳下去而毫发无伤的人就更少。你于月前去找我时，我竟还只当你单纯想见我这老大哥。"

萧昱无辜地眨眨眼："我当初当真只是想找你叙旧。多年不见，你取得的成就已让我顶礼膜拜。非要说我做了什么不可，那也不过就是捎带记了记你那府邸的格局。"

李敏智冷哼："废话少说。你们苍国六扇门的那人若没有你相助，不可能找到我们在山中开凿的洞窟。"

"你这话我可不认同，从来没人敢小觑我们苍国的六扇门。那位小唐大人不仅有以一敌百的本事，长相还难得的俊俏非凡，我想这点你妹妹比你清楚。"

"贞熙是在一开始就受了你们的诓骗。"

"应该这么说，是小唐大人从一开始就赢得了郡主的一片痴心。你到这儿来，难道就不是为了帮她寻找我们的小唐大人吗？"

李敏智的小眼睛射出锐利的光，不偏不倚落在唐艾藏身的雪堆："姓唐的苍国人伤得不轻，你们不可能走出山谷去。"

"说的是呢，光靠我和小唐大人俩，的确有难度，"萧昱认同地点点头，目光却偏向一边，耐人寻味，"幸好……我们并不是两个人。徐湛，藏着猫着可不像你。"

被萧昱瞄到的地方传来一阵脚步声，现身的人，就是那个步履铿锵的青年将军。

萧昱笑望徐湛，云熙风微："你再不来，黄花菜都凉了。"

徐湛严肃地看看他，面容紧绷，又僵硬地扫了一眼李敏智，半晌没说话。

李敏智则脸色铁青，同样缄默。

除了萧昱，剩下两人的眼神都不对劲。

萧昱瞧瞧这个，又瞅瞅那个，微微蹙眉："我八百辈子到不了一回边关，你俩之间该不会是发生了点什么事，我不知道吧？"

两人仍旧不吭声。

"那就是有咯，"萧昱耸耸肩，往李敏智身侧走走，"你和徐湛到底什么仇什么怨？"

李敏智脸已经憋紫。

萧昱又冲徐湛道："你也哑了？"

徐湛似在用生命演绎沉默是金。

萧昱叹口气："我认识你俩的时候，还不到十岁。当年咱们都还小，嘴巴说不通的事，就喜欢用拳头解决。"说到这儿，他潇洒地转个身，给两人让出好大一片空地，"打吧，我正好歇会儿。"

李敏智跟徐湛互看一眼对方，眼神足以说明一切——他们对这一提议均毫无异议。

于是，这两人真就打了起来，从山洼洼的这头打到那头，又从那头打回这头，只搅得雪花激扬，八方云动。

至于这一战的战果，不详且不重要。重要的是，打完了架，两人的脸上都呈现出一种不同以往的释然。

天渐亮时，李敏智与徐湛拣了块大石头坐下，各自喘着粗气。萧昱撑着手杖走上前来，也在两人身边一坐，虽是浅淡地笑着，却显得有气无力。

"你痛快了？"他先用手肘捅了捅李敏智。

李敏智点点头。

"你舒坦了？"他又觑觑徐湛。

徐湛也点点头。

萧昱呵呵一笑："你俩打架的时候，我琢磨了下，贞熙她小时候，不长现在这样吧。"

李敏智叹道："贞熙整个人……都已脱胎换骨。"

萧昱道："一个人甘心遭罪去改变天生的容貌，并不是件容易的事，贞熙总得为了点什么。徐湛，你说是不是？"

"你都猜到了，何须再问我。"徐湛低低"嗯"了声，不再言语。

萧昱收起笑意，对李敏智道："我推测，贞熙曾向徐湛表明爱慕之心，但是徐湛顽固迂腐，压根领会不到她的真情。你这个人又是妹妹大过天，肯定要帮贞熙出面。可惜徐湛这人脑袋有坑、五行欠揍，凭你好说歹说，他就是转不过弯来。我想那时候，他一定和你说：'我只当贞熙是妹妹。'贞熙感情错付，变得郁郁寡欢，终于把症结都归罪于自己的形貌，你也就此与徐湛结下了梁子。直到后来，贞熙遇到了一个人，这个人能为她改头换面，事情才出现转变。"

李敏智怒道："不错，贞熙变了容颜之后，性格竟也与从前一去千里了！"

萧昱道："那山上由众多尸首组成的军团，也该是出自这位大拿的手笔。我想，这个人的本意根本不是帮贞熙改变相貌，他真正的目的其实是你……他知道你护妹心切，贞熙即是你的弱点，便以贞熙来要挟你。"

李敏智跺脚道："既然到了这一步，我也不用再隐瞒。我们高丽国大量从你们苍国收集尸首，就是高丽王的授意。那人不知怎么获取了高丽王的信任，在山中进行尸首试验，蛊惑我们的国王，利用尸体组建军队去攻打女贞！"

萧昱接道："这位大拿搞定了高丽王，却搞不定你。对于用我苍国子民的尸首建军一事，你必然是极力反对的，所以这人才会想到从贞熙处入手。你重情重义，这人帮助贞熙便等于是使你受他馈赠，于是你不得不遵了高丽王的旨意，身不由己地配合这位大拿开山藏尸，这人从而也将你牢牢掌控。"

他顿了顿，凝神看看李敏智："所以，这位大拿是谁？"

李敏智同样凝重地看着他："我……不知道。他被高丽王封为上宾后，我连见王的机会都不再有。我只知道，他从你们苍国而来。"

萧昱又问道："贞熙是不是比你更了解这人？"

"她……她只是被此人利用，偶尔与你们苍国的收尸人接头。"

萧昱倒没显得多惊讶："果然你们没人清楚这人的真身。高丽与女贞之战持续数年，劳民伤财，国内的男人都已少得可怜，可你们那位高丽王仍没一点止戈的意思，你一定不愿看到高丽国力继续因战争而耗损。我知道你已不能忍耐，可惜王命不可违，你空有为国之心又有什么用。所以，与其继续受人摆布，倒不如……"

说到这儿，他却把话一收，仅以沉着冷静的眸光看向李敏智。那眸光中有期许，也有迫使。

"倒不如破釜沉舟，"李敏智起身远望，毅然凝色，"僵尸军的操纵之法只有那人懂得，他此时应正控制大军向女贞领地行进，你们的安危暂时不用担忧。可是我手中的军队现在尽数听命于他，想要阻止他们几乎不可能。"

"你没人，我有！"徐湛噌地抬起眼。他一直没出声，好像到现在才回过神来。

李敏智跟他对个神色，两人透露出一种经年形成的默契。最终，这二位决定，由李敏智先不动声色地回到那人身边，徐湛则趁此时间回苍国调兵，最后里应外合。

他们俩随即又同时望向萧昱："喂，你呢？"

萧昱苦笑："快饶了我吧，你们俩看不出来，我已经连站都站不稳了吗？"

"你的身体没事吧？！"两人同步瞪眼，都关切得不行。

"给我找一张床，让我闷头睡大觉，我就死不了……好啦好啦，不开玩笑，我其实是担心我们兢兢业业的小唐大人。她的伤着实不轻，不能再多耽搁了。"

徐湛急忙道："你说得对，高丽始终不宜久留。事不宜迟，我会即刻找下属来护送你们回去。"

"这时候你的脑子倒是转得挺快，"萧昱乐呵呵地咧嘴，"二位壮士请上路，就准我偷了这个懒，回去等你们的好消息。"

风萧萧马鸣鸣，徐湛与李敏智两人纵马远去。萧昱长长舒了口气，神情轻松了一点，脸色却不怎么好看，惨白得有点吓人。

唐艾还躺在雪墙后，徐李两人打架弄出那么大的声响，也没能吵到她睁眼。

萧昱又把手背贴上她的脑门，动作依然轻柔和缓。唐艾虽然还在浑身冒热气，但睡了这么一两个时辰以后，脑瓜门的温度已不如先前吓人。打个比方，之前她的脑门可是能煎熟鸡蛋，现在，也就是一个烧得稍微烫了点的小暖炉。

在浑噩的状态下被冰凉一激，唐艾两只手扑腾几下，不自知地嘟囔道："萧昱，你刚才……在做什么……"

既是不自知，她说这话时便不可能下意识地去装男子，清清脆脆的本音流露出来，藏不住女孩独有的气息。

"别闹。"萧昱斜眼瞥瞥她，启唇轻笑。

徐湛派过来的救援小队在天亮透了时到来，经过两天一夜的颠簸，唐艾与萧昱终于重回苍国国境。

萧昱不知灌了唐艾哪味药，两天一夜，唐艾的伤处和脑仁不那么疼了，但一直处于一种不明世事的境况，也不能说是不舒服，就是对时间没了概念，途经的地点和路上发生的事，一概记不太起来。

唐艾真正清醒过来，是在到达徐湛军营的五天以后。

那天晚上，天冷得能把耳朵冻掉。一缕寒风突地蹿进营帐，唐艾一个激灵就睁开了眼。

帐子里只有她一个人，她立马瞧出这是苍国的军帐。

她噌地从床上坐起来，发现自己整个人都被一条大棉被裹着，烧是彻底退了，就是伤腿上包着厚厚的绷带，牢牢固定住没法儿动弹。被子底下，她的外衣内衫，该是怎么穿的还是怎么穿。

唐艾稍稍松了口气。昏晃的油灯颤三颤，她顺着光瞟到帐门口，再接着，就瞅见了那个放风进屋的浑蛋。

"唐艾，你可醒啦。"萧昱大摇大摆地就走进了帐子。他没拄手杖，手里边却也没空着——他举着两串冰糖葫芦，这两串山楂底的糖葫芦，还都夹着豆沙馅。

没待唐艾说话，他已一屁股坐到唐艾床边，就跟回了自己家似的，把糖葫芦在唐艾鼻尖下晃晃："一串你的，一串我的。"

唐艾有点转不过筋儿来。

她在渝州家里的时候也不知道糖葫芦为何物，到了京城才知道这是皇城根下特有的小吃食，还必须得等到隆冬时节才有得卖。

"萧昱，这你从哪儿弄来的？"

"野红果没那么难找，豆沙馅也没费多大工夫，就是熬糖需要点时间，火候掌握好了，也都不是事。"

"你该不会是想说，这是你自己做的吧？"

"你就放心吃吧，我的手艺可不是一般人随意就能尝到的。"

唐艾不得不承认，萧昱自制的冰糖葫芦是真真真好吃。这是一串充满了能量的糖葫芦，唐艾的脑子飞速地运转起来。

"萧昱，我们不是在高丽吗？怎么会一下子就回到苍国来了？这儿……这儿一定是徐湛将军的营地，你认识徐将军？！"

萧昱听她说完，才浅笑着道："我认识你的时间比较长。"

"那这案子——"

"这案子已经由我和你说过的'援助'去接手处理了，对，徐湛就是我说的援助。如无意外的话，最多再过半个月，你就能回京城结案了。这案子可不小，你居功至伟，到时候升官发财，也不知道还能记着我不能。"

信息量略大，唐艾需要点时间理清头绪。

谁知就在她垂眼的空当，萧昱忽然一个高抬腿，身子一拧巴，就上了她的床。

"萧——昱！你——想——干——吗？！"唐艾本能地大嚷一声，足足震落帐顶三层灰。

"大半夜的，不睡觉还能干吗？"萧昱一脑袋直接仰倒。

03 后会有期

唐艾必须得思考一下萧昱那话的意思。也就是在这咽口唾沫都嫌不够的工夫，萧昱的后脑勺已沾着了枕头套。

敢情，这位爷是要和唐艾同床共枕了！

"萧昱，这军营中就没有其他地方给你睡觉了吗？！"唐艾一口气憋死在肺里。

即使是在初入六扇门的时候，一大帮子新晋兄弟搁一屋里打呼噜，那也是一人一个床位，她唐艾什么时候有过和别人共用一张床的历史？唐艾无法形容现在的感觉，硬要说，那只能是被雷劈了。

萧昱打着哈欠翻了个身："徐湛这破地儿，还真就这么个能招待人的帐子，咱俩这样凑合挤着，不也过了这么些天？"

这么些天……些天……天……

如果说刚刚那道雷劈着了唐艾，那她现在就是外焦里嫩了。合着她一直不知道，自己迷糊着的这几天，萧昱每天晚上都在她边上躺着！

唐艾一点都不冷了。相反，她出了一身大汗，恨不得赶紧跳进冰窟窿里。

萧昱此时背对着唐艾，却把身子向唐艾拱拱，一点不把自己当外人："往里边挪挪，给我腾点地方。"

他一副困得不要不要的样子："我不行了，要先一步撒手闭眼。你也早点睡，明天见。"

这人也真神，说睡就睡，没过多久便酣然入梦，喘息声也变得相当平缓。

唐艾窝在床角，无言以对。

首先，床上有这么大号一活人，她的每一根汗毛都在表示抗议。可是这人都已经睡熟了，她再把他轰下去，貌似也不太合适。毕竟，这人再怎么混账，也还是帮了她不少。

其次，她还有一大堆没弄清楚又放心不下的事。假使没受伤，她大可以继续调查案子，变着法跟高丽人周旋。可这位大爷把她弄回了苍国，导致她对案子后续没了一点谱。这个且不说，光是这位主本身，也够让她受的了。她头疼，左边疼完右边疼。

再者，她在军营躺了这些天，所穿的衣衫仍原样未动，似乎可以证明她的女子身份并没被识破。但是不怕一万就怕万一，她不得不仔细考虑如何继续保密。

历经一番激烈的思想斗争，唐艾最终决定，成全别人，难为自己。

至少，今夜暂时得这样。

她硬邦邦地躺下，两只手都攥成了拳头，从头到脚绷成一条线，打算保持警觉到天亮。

然而，事与愿违，她这个状态也就持续了不到两刻。萧昱微微一声梦呓，哼哼着翻了个身。翻身也就算了，他又冷不丁地伸了个胳膊。伸胳膊本来也不叫事，问题就在于，他这胳膊一落，就刚巧搭在唐艾的胸脯上。

如果唐艾手上有一把刀，那么萧昱唯一的左手也一定不保！

幸亏她没有。所以，她只能捏着萧昱的袖子，大气不喘地把他的手提溜到一边。

没过多久，萧昱用手指蹭蹭鼻子，手臂又是一抬一落。于是，唐艾的胸脯上就又多出来一只手……连位置都没带变！

唐艾整一张生无可恋脸。

一字箴言：忍！萧昱的手再一次被她挪开。

事不过三，要是萧昱再敢把手搁过来，她就一不做二不休，请他吃一记自己的胳膊肘！

别说，自从唐艾这么想了，萧昱真变老实了。此后小半个时辰，他都没再搞事情。

唐艾却不能有半点放松，东一出西一出地思索。

徐湛子承父业，戍卫苍国边塞。唐艾初来乍到时，就想过与小徐将军相见。可她后来一想，还是低调行事为好，也就没去知会徐湛。

以她的伤情，独自返回高丽国也不太可能。既然徐湛也参与了案件调查，那她想要了解后续案情，就只能等见着徐湛再说了。

徐湛虽身在边疆，但威名远扬，她在京城的时候就听过他的事迹。

他父亲徐老将军，是屡建奇功的一代名将。据传，当今圣上也曾陷入储位之争，能登上皇位，徐老将军可说居功至伟。只不过，数年前徐老将军竟在府中离奇暴毙，死因至今未明，令人唏嘘不已。而徐老将军的独子徐湛，子承父业戍守边关，为人尽忠职守耿直不阿，在军中也颇受将士爱戴。

这个萧昱，指不定跟徐湛什么关系。

唐艾想了一大通，眼皮又变得沉甸甸。

别睡！千万别……睡……在对自我的告诫中，她还是俩眼一闭，昏沉沉地进入了梦乡。

唐艾睡着后，萧昱笑眯眯地睁开了眼。他无声无息地转过脸来，无声无息地用胳膊肘撑起身子，又无声无息地俯望唐艾。

唐艾的杏目宁静地合着，长长的睫毛小扇子一般盖在眼帘上，在眼周投出小片的阴影。

萧昱的目光在她的眼睛、鼻子、嘴上各逗留了一小会儿，似在欣赏一件至美之物。

"看来往糖葫芦里加一味安神药，还真是加对了。就是徐湛这鬼地方什么鬼气场，弄得你也这么不禁逗。"他静悄悄地起了身，拉起大棉被给唐艾掖好肩胛与脖颈，眼底的笑意温润而静谧。

这时帐子外传来一阵有条不紊的脚步声，萧昱熄灭帐内的灯，侧身钻出帐子，不带一点响。

来人是一名军中士兵，见了萧昱便恭谨地抱拳，看样子是专门找过来的。

"这么快就来了捷报，徐湛的效率还挺高。小唐大人刚刚才又睡下，我们不要吵到她。"萧昱带着士兵一路走到营地边缘，"按理说，即使是徐湛加上李敏智的部队，也没可能这么快就把那僵尸大军全部撂倒，徐湛这时候传来消息，一定是事有变化。"

他停了稍会儿，斜目沉吟："是不是掌控僵尸大军者弃军队不顾，自己逃之夭夭了？"

士兵点头："正是！我们当时正与僵尸军激烈作战，眼看已占据上风，岂料笛音忽地就停了。将军见到尸群中蹿出一道人影，料定那人就是操纵军队之人，立即前去追击，但那人影形如鬼魅，一晃眼就不见了踪迹，将军令我先行回来禀复，自己则仍带领其他手足在四下搜寻。"

萧昱垂眸半晌："烦请小哥再跑一趟，去请你们将军回来吧。"

士兵着急道："萧公子这意思，是让我们放弃追捕？！"

"此次事件说来太复杂，"萧昱冷静地笑了笑，"你照我说的，去通知徐将军就好。"

士兵领命后又道："萧公子，我们将军还差我再相告一事，是有关那高丽国的贞熙郡主。那郡主像是有着什么非同一般的要事，定要来一趟咱们苍国不可，我们只有奉将军之命，在回来时也将她护送了来。"

萧昱扶额笑叹："你们把郡主安置在哪儿了？"

"三十里外的那处小镇子。"

士兵传完话便匆匆而去，萧昱则不紧不慢地往回晃悠，笑意中带着几分无奈、几分烦忧。他在唐艾帐子门口悄然停步，末了转了个身，始终是没再入内。

星月交替，次日天气还是很冷，但难得风朗云稀。

唐艾一觉睡到大天光，醒来时衣衫齐整，精神也相当不赖。她安安心，暗骂自己夜里没撑住，同时发现萧昱早已没了影。

唐艾的伤腿不怎么能活动，左右只能在床上烙饼。大半天过去，她见过的人就只有送饭的小兵。

干耗着哪行，太阳快下山的时候，唐艾一股脑地落了地。受伤的那条腿，仍处于废用的状态，伤处该疼还得疼。幸好，疼归疼，至少已没当初那么要人命。她扶着床檐挪了才两步，后脖颈子突又起了一层鸡皮疙瘩。

帐子外又有冷气闯进来。

这只能是萧昱来了。和昨晚上一样，他手里边一点没闲着。这回，他给唐艾提溜来了一只鸡，一只香喷喷还直往外冒热气的烧鸡。

唐艾将将扭过头，脚后跟却跟不上节奏，身子一歪，就往地上栽去。可惜，她并没得到与地面亲密接触的机会，而是又一次栽进了萧昱怀里。

"我的面子好大，竟然能让小唐大人起身相迎。"萧昱搂着唐艾的腰，慢悠悠带着她坐回床上，不费吹灰之力，"别激动，坐。"

两人虽说是都坐了，萧昱的手却没从唐艾腰上撤走。那只烧鸡还在他手上，唐艾的腰被熏得暖乎乎的。

不单暖和，还痒，痒得唐艾想骂娘。

万恶的根源，皆来自于萧昱那只不带消停的手。也不知道他是不是故意的，就是好巧不巧戳中了唐艾腰上的痒痒肉。

唐艾强绷着劲，不再和萧昱客气："姓萧的，把你的手拿开！"

"姓萧的……"萧昱噱噱嘴角，乖乖松了手，掰下一条鸡腿送到唐艾嘴边，"来，姓萧的给你带来了关外驰名的吃食，趁热。"

吃饭不积极，脑子有问题。唐艾再想不开，也犯不着和美食作对："你今天跑出去，就是为了弄来一只鸡？"

"可以说大部分原因确实是这个。"

"那剩下的原因又是什么？"

"别提了……"

"怎么就不能提了？难道说你遇着了什么麻烦不成？"

"真被你猜着了，不光是麻烦，还是我解决不来的麻烦，真是愁啊。"萧昱叹息。

唐艾看着萧昱愁眉苦脸，居然有那么点幸灾乐祸。不过她也没心思琢磨，得是什么样的麻烦，才能让这位爷犯愁。她还有更重要的事："徐将军——"

"徐湛很快就会将咱们苍国子民们的遗骸带回来，信我。"萧昱的目光真切且笃定。

唐艾竟有点无所适从。她与这位仁兄相处这么些时日，见到他认真严肃的样子总共没超过三回。而此刻，萧昱眼中仿佛有一种魔力，让人不可抗拒。

"萧昱，你究竟是什么人？"

"来查案的人。徐湛是我相识多年的朋友。"

"我是六扇门的人，你不说我也能查到！"

"当然，我从来不怀疑你的能力。"萧昱又恢复了那副散漫不羁的样子。

他也没干别的，就是努着鼻子在唐艾身边嗅了嗅："我说，你要不要洗个澡？"

唐艾神经一紧，忍不住瞟了一眼帐子角。她老早就瞅见那里摆着个大澡盆。能洗澡谁不想啊，可这得是在有万全法子的前提下！

她正纠结，萧昱却已站起身往外走去："行啦，你等着吧，我去找人弄热水来。"

"喂，姓萧的你回来！"唐艾着急忙慌地喊道。

然而萧昱走得太快，她再喊什么都已于事无补。

得，洗吧洗吧，洗洗更健康。

热水说来就来，几个抬水来的小卒退出帐外，萧昱却还杵在帐子里。唐艾等了半天，也没见他有一星星要出去的意思。

"姓萧的，你怎么还在这儿待着？"

"说得对，再待下去水就要凉了，来吧。"萧昱非但没退后，反倒走上前两步。

唐艾立即觉得不对："你干吗？！"

"洗澡呀，"萧昱说着就把外衫一脱，"这澡盆子这么大号，肯定装得下咱俩。"

唐艾差、一、点、背、过、去！

"我不习惯和别人一起洗澡！你给我出去！出——去！"她一掌拍在澡盆边上，盆里的水愣是震出三丈远，打湿了萧昱半面身子。

萧昱停住脚，清逸幽白的面容仍噙着笑，一双眸子若初绽之桃花。他此时半身沁着水，脱了罩衫的身躯略显清癯，失缺的右臂一条衣袖空荡荡的，有点儿灼眼，借着幽幽晃晃的光，又给人一种他将羽化登仙的错觉。

"唐艾，我以为咱俩在高丽国同生死共患难，怎么着也算是有了过命交情的兄弟。兄弟之间，当然是坦诚相待、不分你我，一起打个牙祭泡个澡，多惬意！"

"滚！"

"得得得，消消气。我不洗，你一个人好洗。"萧昱把外衣往肩上一搭，倒退两步，"那个……滚出去有点难度，容我走出去成不？"

这家伙如果再贫下去，唐艾喷出来的火就得把帐子点着了。

她看着萧昱后脚出了帐门，突又喊道："姓萧的，你……你别走远！你就在门口等着，别让其他人进来！"

她这么急赤白脸，是因为忽然想起来，萧昱要是真走远了，万一哪个没眼力见的小兵闯进来，她照样很"危险"！

"留也不行，走也不行，我们的小唐大人真是难伺候。"萧昱停在帐门口，乖乖听话。

从唐艾这儿望过去，他的影子在军帐外壁上拖得高高长长的，广袖飘零，肆意画着如水波浪。

"唐艾，你腿上的伤口不宜沾水，洗的时候可千万小心点。"

唐艾带着气闷闷"嗯"了声。这道理她自然懂，就是从萧昱嘴里边听到这句话，她总感觉怪怪的。

能洗上个热水澡，确实是个挺幸福的事。

唐艾一边盯着萧昱投在帐上的影子，一边宽衣解带。伤腿太碍事，她只有把四分之三的身子浸入热水中，留下那条腿跷在澡盆外。

这个澡唐艾洗得足够长。

她洗了多久，萧昱就在冰天雪地里冻了多久。

等到唐艾换好了衣衫叫他进来，他才感叹着往桌前一靠，抖抖衣摆上的冰碴："贵妃浴可算洗完了。"

唐艾发现他脸色白得不对劲："你很冷吗？"

"还好，也就一般般冷，"萧昱撇撇嘴，又往帐外去，"你歇吧，我走了。"

"你又要去干什么？"

"我去找糖吃！"

萧昱这一走，直到午夜都未归，唐艾躺着躺着，便又去见了周公。这一夜，她做了一堆不着边际的梦，梦里的主角竟然是萧昱。梦醒后，她却又记不起一丁点内容。

清晨，床上仍只有唐艾一人，也瞧不出来萧昱回来过没有。跟着一整个白天，唐艾啥事都没有，等到萧昱再出现，又已是傍晚。

照例，萧昱又给唐艾带来一大堆吃食。看着唐艾吃完，他拍拍屁股就闪人，简直不带走一片云彩。

此后半个月，萧昱白天总是不见人影，晚上却又带着美食晃荡到唐艾前面，一天一个花样，一点儿不重复。

唐艾这些日子嘴就没闲着，腿上的伤也可谓恢复神速，好了一多半，就是这腰，也不可幸免地跟着粗了一圈。现在，她已经渐渐能自己扶着边边角角，在帐子里外小范围地动弹动弹。

这天下午，军营里突然响起特别大的动静，萧昱破天荒地在大白天溜达到唐艾面前。

"走，带你出去晒晒太阳。"他把手杖塞给唐艾，拉着她就走。

唐艾被萧昱一溜烟领到一片空地，紧接着就被眼前的景象给惊着了。一点不带夸张，她见着的这场面要多壮观有多壮观，要多浩大有多浩大。

偌大的空地上躺着少说千人——全是死人。

这些人，就是被徐湛从高丽国运回来的苍国子民遗骸。他们的尸身均经过了小心处理，每个人都衣衫齐整，露于外部的脸和手也都被擦净血污。

"怎么样，没骗你吧。"萧昱迎风而立，目色很宁静，"能寻回来的人都已经寻回来了，当中极少数能找到亲属家眷的也已去找，剩下的大多数，我们的小徐将军会将他们好生安葬。"

唐艾鼻子泛酸，眼眶顿时润润的。

"萧昱，谢谢你……"她太激动，好多话卡在嗓子眼里。

"咱们的同胞能回来，都是徐湛的功劳，你得谢他。"萧昱摆摆手，忽又促狭一笑，"我想起来了，你是说过要多谢我的。"

唐艾正色道："君子一言快马一鞭，我不会说话不算数。你说吧，我能为你做点什么？"

萧昱的表情讳莫如深："这一时半会儿的，我还真想不出来能让你干吗。不过嘛……眼下确实还有另一档事，大概只有你出马才能摆平！但是我得先声明，这档事可不是为我做的。"

"是什么事？！"

"别急，这事急也急不来。我看你这伤也好得七七八八了，你先收拾收拾回京城的东西，等我晚上慢慢给你说。"

"等等，回京城？！"唐艾立马想到，子民遗骸虽都已被运送回来，可那个以笛音操纵僵尸军的神秘人还没落网，高丽国也还没给苍国一个说法，这案子怎么也不算完，自己怎么能就这么一走了之了呢！

萧昱没接话，只冲远处瞄瞄，神色不明。

那方向走来的人，正是徐湛。

"二位大人慢聊，我先回避。"萧昱说走就走。

唐艾在徐湛的地盘待了这么多天，还是头一次与徐湛正式会面。

徐湛这人剑眉星目、体格雄健，神情总是一丝不苟。一句话，靠谱！唐艾心里，自然而然就对他充满好感。

两人相互认识关心了几句，唐艾赶紧向徐湛询问案情。

徐湛简明扼要地叙述了与僵尸军交战的过程后，凝重地将一封书信交予唐艾："小唐大人，京师来了八百里加急，也有你一封。"

信封上有着六扇门的大红戳，唐艾免不了惊讶，急忙把信拆开。

信是刘大人写的。

刘和豫是六扇门的最高统帅，唐艾的顶头上司。那时候，他正为去边塞的人选犯愁，焦头烂额地在后园子里踱步，就瞅见一束风一般的身影从眼前划过。

不用说，这束身影就是唐艾。

听说刘大人最近几日，动不动就往后花园里跑，唐艾再也按捺不住，逮着时机就去晃悠，时刻准备毛遂自荐。

皇天不负有心人，她总算进入了刘大人的视野。刘大人见着这么个初生牛犊不怕虎的，又身手矫捷、言辞恳切，立马转忧为喜，郑重其事地命她不日起程。

这封信上洋洋洒洒好多字，总结出来就一个意思——尊圣上手谕，边境一案到此结案，六扇门派往探查者唐艾速回京城。

皇上亲自下的旨，唐艾不敢不从，再有天大的事也得放下。向回走时，她犯了一路嘀咕，居然忘了跟徐湛打听萧昱的底细。

萧昱就在帐门口候着。

唐艾心事重重地与徐湛暂别，压根顾不上搭理萧昱，一瘸一拐地收拾起包袱。

萧昱撇撇嘴，一声没出跟进屋去。

唐艾忙活完，才想起萧昱："手杖还你，我明天就回京城，你想说什么赶快说！"

"案子都结了，就别丧着个脸了。"萧昱在她身边一坐，拿肩头顶顶她，"我也要回京城，咱俩同路，不如就一起走呗。"

"我是在问你，你想让我解决什么！"

"听我说呀，咱们走的时候，顺道在距此地三十里的那座小镇子停一停，也就是你说上几句话的事。"

"就这么简单？"

"就这么简单。"

前些天，萧昱都是早出晚归，今天却是大半夜往外跑。他出了帐子，就朝徐湛的将军帐走，轻车熟路弯都没带拐。

徐湛脑门上大写个"川"字，正借着烛火仔细研读京中来信——八百里加急，给他的那封。

萧昱拍拍他的肩："想不明白就别想了，你要是能弄懂老头子在想什么，他那把椅子就该换你坐了。"

徐湛从信上移目，极其严肃道："你让我莫再追捕那神秘人，也是皇上的旨意？"

萧昱摇摇头："当时只是我的意思，不过现在看来，这的确也是他的意思。"

"你……不问问我这信上还说了些什么？"

"我可不想被老头子定个妄议朝政的罪状。"

"你什么时候回京？"

"明天，和唐艾一起！对了，你也算是和唐艾聊过了，你觉得她这人怎么样？"

"小唐大人尽忠职守心系国家——"

"谁问你这个啦！算了，算了，就知道问你也是白搭。我走了，回见啊！"

这一晚，唐艾睡得很不踏实，一直睡睡醒醒、醒醒睡睡，所以很清楚萧昱没再回来。

一大早穿戴完毕后，她也没管萧昱在哪儿，径直去向徐湛辞行，走路时虽还跛着，也总算在日趋好转。

一辆马车停在军营外，唐艾只不过瞄了那车一眼，就见着萧昱从车里探出脑袋。

"上车！"萧昱嘿嘿乐着挪到车前，给唐艾腾出好大的地方。

"萧昱，你从哪儿弄来辆马车？"唐艾和萧昱并肩坐着。

萧昱驾车扬长而去："你天天在床上养着，我可没闲着，又要到处寻摸好吃的，又要抓紧做回程的准备，还得——"

"你少给我废话！那镇子怎么还没到，你是不是故意绕路了？"

"这不是就快到了嘛。"

三十里外有座小镇子，萧昱的目的地，是镇上的小旅店。

"哎？这家店……咳咳咳……"唐艾没被自己的唾沫呛死。

边荒之地鲜有来客，小破店一整年没迎着一个活人，光是堂里面的积灰，就能呛死人。直到那天唐艾到来，情况才稍有改善。

唐艾就是在这儿"嘎嘣"的，蹬腿时，掐着脖子满地打滚不说，还撞翻了桌椅板凳不计其数，即使没死得轰轰烈烈，但是至少做到了丁零哐当。

旅店当家的和婆娘低头一合计，就把她这不幸的外乡人抬去见了收尸人。

"小唐大人，用你浮夸的演技，再一次征服全场吧。"萧昱贼笑着推唐艾进门。

来迎客的，是旅店当家的儿子。

"妈呀……"看见唐艾的脸，他直接吓晕过去。

当家的和婆娘闻声而来，先瞅见了儿子，再就瞅见了唐艾。当家的尿了，婆娘跟着也尿了。

接下来还有人现身。

这人见着唐艾，反应和那一家三口不太一样，可是也一点不比那仨人小。

来人是贞熙郡主。

"欧巴！"郡主飞奔上前，在唐艾毫无防备之下一瞬搂住唐艾，深拥而泣。

这回轮着唐艾受到了惊吓。她别的高丽话听不懂，郡主这一声"欧巴"却是懂了。刚从京师到边境的时候，她也不记得听谁说，"欧巴"在高丽话里是"哥哥"的意思，貌似只有女子在唤敬爱亲近的男子时，才会这么说。

"郡主，有话好说！呵呵，呵呵呵呵……"她小心翼翼地尝试与贞熙郡主拉开距离。

奈何，郡主把她搂得快窒息："欧巴，我已知晓了你的身份。没关系，我不怪你！我只要与你在一起就好！从今以后，你去哪儿我就去哪儿！"

"郡主，我……我哪儿好？"

"你哪儿都好！"

"呃……"唐艾的脸惨绿惨绿的，眼珠子都快被郡主勒得爆出来。同时，她发现萧昱已经消失在视野范围内。

"郡主，请——你——自——重……"唐艾嗓子眼里憋出几个字，费死了劲从郡主臂弯里抽身。

郡主的半面脸被纱巾遮着，大眼睛扑闪扑闪挂着泪，模样好一个楚楚可怜。

"欧——"她还想继续说，但只说出来个"欧"，接下来的"巴"却没能出口。

因为唐艾点了她的穴。唐艾点的并不是贞熙郡主的哑穴，郡主没了音，只能是被这出其不意的一伸手给惊着了。

唐艾一点点后退，终于破门而出。

"欧巴，卡基马（别走）！"郡主终于又出声了。她人虽动不了，娇音却追出了小旅店。

外面冷风仍在号着，萧昱横坐在马车上，衣袂纷飞："哟，这么快就完事啦！"

"完事你大爷！"唐艾一把揪住他的衣领，"姓萧的，你是故意把我诓到这儿来的吧！你到底安的什么心？！"

萧昱表现得特无辜："郡主为爱走天涯，你怎么能一点怜香惜玉之心都没有？"

"你少在那儿装蒜！"

唐艾一个挺身上车，拉起缰绳就往马屁股上抽。

"哎哎哎，这怎么要走了呢？"

"我惹不起还躲不起吗？！"

"躲什么？躲贞熙郡主？郡主倾国倾城，情牵于她的男人，排着队能把高丽国绕上一圈，她却偏偏对你情有独钟，这可是像我这种人羡慕都羡慕不来的呀。"

唐艾急红了眼："贞熙郡主……她那是一厢情愿，我怎么可能和她相好！”

“为什么不行？”萧昱睁圆眼问道。

这话问得简直找打。

唐艾吼道：“你懂什么！总之不行就是不行！”

“就算是不行，你这么一走了之也不合适吧。郡主再怎么说也是个姑娘家，你走得挺潇洒，她却被一个人丢在这荒村野店，这可并非君子所为啊。再说了，郡主的执着你也看到了，你现在是躲过去了，但是保不齐，她一路追你到京城。”

唐艾被萧昱揶揄得没话说，大半晌才顶回去：“你是君子，那你倒是教教我该怎么办？！”

萧昱摊摊手：“你自己惹下的桃花债，难道还巴望着别人替你解决不成？”

他顿了顿，扭过脸对着唐艾，突然把眼睛瞪得比牛还大，端详了唐艾老半天：“嘿，等等，我还真就替你想出了一个招，还是一个一劳永逸的招。”

下一刻，萧昱掉到了车下边——被唐艾一巴掌呼下去的。

要不是听了萧昱的那番说辞，唐艾肯定不会这么做。可听了以后，她不这么做觉得对不起自己！

萧昱对她说：“唐艾，你从郡主府邸跑出来那天，不是扮过女人嘛，那时候你的装扮惟妙惟肖，压根瞧不出一点破绽。不如……你再扮一回女人？郡主横不能对女人也有兴趣吧！”

唐艾七窍生烟，驾着马车就跑，过了没片刻，却又勒转马头回到萧昱跟前。她不得不承认，自己的确找不到比这更好更高端的办法。

“喂，姓萧的，我要上哪儿去弄女子的衣衫和饰品？”

萧昱背冲唐艾道声“来吧”，跟跄着钻进车里，倒没显得多在乎唐艾那一记重手。

唐艾紧拧着眉毛，也迟疑地跟了进去。

马车里堆着好几口大箱子，也不知道都装着些什么玩意儿。

萧昱掀开其中一口的盖子，从里边翻出个布包袱。碧罗裙金雀钗，脂泽粉黛一样没落，这包袱里裹的，居然是一整套苍国女子的装束！

唐艾看着萧昱把物事一样样抖开，下巴差点掉到地上。

萧昱则笑得坦荡："别惊讶，这可是我前两天专门买来，准备留着给我娘子的。"

"你娘子？你已经成亲了？"

"眼下还没，不过也是迟早。"

唐艾服了，彻底服了！

她用两根手指捏起裙子角，象征性地在身上比了比。裙子出乎意料地合身。

"萧昱，我就照你说的试试。你出去，我要换衣服了！"

"别着急，慢慢来，要我帮手就吱声。"萧昱识趣地点点头，又给唐艾鼓捣出面镜子来，随后退到车舆外。

唐艾当然不能让萧昱帮手。

她三两下就把衣衫换了，绑了个最简单的女子发髻，举着钗往髻上插。可还没触到头发，她又把钗给扔了。

她是"男人"，普通男子又怎么会晓得这么多只有女孩家才懂的门道呢！她绝对不能露馅，那些黛粉胭脂也随即被她推到一边。

换装完毕后，她故意大剌剌地迈起垮步，整一混不吝。

萧昱就靠在车旁边，注视着唐艾下车的整个过程，目不转睛。

唐艾瞅见他眼睛里闪光，贼光。

"姓萧的，你那是什么眼神？！"

"唐艾，你真乃神人也，"萧昱两片嘴唇一碰，看得更是光明正大，"就是……似乎少了点什么。"

"少什么了？！"

"喷，就是那个呀！女子胸前……那两个——"

"停！"

唐艾知道萧昱指的是什么了。她虽换了衣服，束胸却还戴着，胸前当然是一马平川。

"那是真女子才有的东西，我可没辙！"

她好不容易理直气壮了一回。

"这可不行，没有那两样东西不就穿帮了吗？等我再去寻摸寻摸。"萧昱从车里拉出来另一口大箱子，箱子上还摆着金钗脂粉。他把水粉胭脂拨弄到一边，取出箱子里两个密封的小圆罐子，在手上掂量了掂量，又搁唐艾胸前比画了比画，"就这个了，凑合着使使吧。"

"使……就使！"唐艾忍着没爆发，左手右手一个慢动作，右手左手慢动作重播，拿这俩罐子当了胸前的填充物。

萧昱挑开胭脂盒，趁着唐艾低头整理衣襟的空，手指蘸了红粉就照唐艾脸上糊。唐艾一个没躲开，脸颊一下被戳中。

萧昱站得离唐艾撑死一拳，看起来很是聚精会神。他的指尖清清冷冷的，劲儿也不大，触在唐艾脸上，只留下一片淡淡的凉薄。

唐艾心头却已激起千层浪，一层胭脂涂出了七八层的效果。

"做戏就得做全套，"萧昱放下胭脂又捻起黛粉，开始着手在唐艾脸上施工，"侧个脸，对，就这么待着别乱动。"

胭脂水粉涂抹完毕，他又将金钗送进唐艾的发髻，末了，像模像样地掸掸手："得嘞，齐活！"

唐艾简直被他当成了一件艺术品来欣赏。

此时，唐艾的内心是崩溃的。她夺路而逃，火速把脸塞进镜子里。

"……"画面太美她不敢看。

她已改名叫翠花，家住沟帮子镇靠山屯，今天刚刚找村口的王师傅烫了头。

"唐小姐，请。"萧昱毕恭毕敬地邀请唐艾上车。

唐艾不理睬他。实际上，她连想杀人的心都有！

返回小旅店的路上，唐艾一个字都没说。如果眼神能致命，那么萧昱早就死了百八十次。

小破店转眼就到。

唐艾腿还瘸着，下车时一脚没踩稳，就被裙子角给绊着了。还是萧昱眼疾手快扶住她，她才不至于摔个大马趴。

萧昱顺手就在她脸上呼噜了一把："你还真是细皮嫩肉的，不做女人实在是可惜了。"

唐艾要疯了。不对，是已经疯了！

"不许跟进来！"她冲萧昱一通嚷嚷，面红耳赤地闯进店去。

店里头，一家三口抱成一团，在角落里不住筛糠，贞熙郡主则还保持着被点穴时的姿势。

唐艾定下神，直视郡主道："郡主殿下，你瞧瞧我，我就是你所谓的……'欧巴'。"

　　郡主惊叫："你是女子？我不信！你快解了我的穴！"

　　"你答应我不会再扑上来，我才给你解穴。"唐艾无奈。

　　"我……我什么都答应你！"

　　唐艾略微松口气，抬手给郡主解穴："郡主，我没骗你。我和你一样，是女子。"

　　"你用什么证明你是女子？"

　　"我……我有胸！"

　　"你的胸是假的！"郡主刺啦撕开唐艾的衣襟。

　　当当两声，唐艾衣服里的两个罐子全砸在了地上。这俩小圆罐子里装的是蜂蜜，罐子一碎，蜜汁就流了一地。

　　唐艾一咬牙，自己剥开内衫，把束胸向下一扯："真的在这儿！"

　　她牵起郡主的手揣进自己怀里："郡主，我回来就是想和你说清楚，还请你不要再……不要再错付芳心。"

　　郡主颤抖着抽回手，眼神变得空洞木然。

　　"你们苍国女子果然了得，巾帼不让须眉，让我好生赞佩。"她痴痴笑笑，摘下了覆面的纱巾，泪流满面。

　　她的下巴已好端端地回到原位，就是下半张脸浮肿得吓人。

　　唐艾竟有点于心不忍："郡主，有人送你回高丽去吗？"

　　郡主怏怏道："不用你关心，兄长说高丽会有变故，让我暂时留在苍国境内。你走吧，我不想再看见你……"

　　唐艾无话可说，只得遮好胸口走出旅店。

　　她冲进马车扒了衣裙，以最快速度换回男装，把脸上的脂粉抹个一干二净，唰唰背起行囊。

　　她要和萧昱分道扬镳！

　　必须！

　　马上！

　　唐艾跳下车，咣咣咣便朝镇外走，任凭萧昱怎么叫唤，就是打死不回头。她铆着劲儿踏地，再加上路走得多了，伤处又开始疼起来。

　　不只是腿疼，她的小腿肚子也在跟着抽抽。

萧昱驾着马车，没多久就追上了她。他控制着车速，刚刚好在她身边移动。唐艾不说话，直不愣登地盯着路，仍在一个劲儿往前冲，跛态严重。

"嘿，别走了，再走你腿上的伤口就要裂开了！"萧昱将马车一停，居高临下地看着她，"有车不坐偏要走路，你怎么这么想不开？"

唐艾被迫停下来，一口气抑郁在胸口。她就是忍不住地窝火了！怎么样吧！

"萧昱，我不坐你的车了！大路朝天各走一边，你让路！"

萧昱小声轻叹："好端端的，干吗突然要走啊，咱们不是说好了一块儿回京城吗？"

"谁跟你说好了？昨天我只是答应帮你到这里来说几句话，谁知却是来见郡主。如今郡主之事总算了结，我也就不跟你计较了，你少在这儿废话，快给我让开！"

"不让，我偏不让。"

"你别不讲道理！"

"这怎么叫我不讲道理呢？你要讲道理，我就和你讲道理。敢问唐兄，那贞熙郡主看上的是你不是我，她与我又有何干系？我昨天就和你说了，这事不是为我做的。你到这儿来，明明是在帮你自己啊！非得算一算不可，那也只能说是我为你成功解决这事，推波助澜了一把。"

"你——"

"也不知道是谁有板有眼地说，要好好多谢我来着。我当时没想到，现在想到了。此去京城路迢迢，我一个人旅途寂寞，就想找个人来陪。你要多谢我，就陪我走完这一程咯。"

浑蛋！无赖！胡搅蛮缠！臭不要脸！

唐艾万里长城心中堵，默默咒骂了萧昱一千八百遍，然后——

认栽。

"走……就……走……"唐艾要做君子，必然得守信重诺。坑是自己挖的，闭着眼睛也得跳。

"外面冷，进去坐。前面还有好长一段盘山路，今晚要是走不出去，就只能在荒山野岭风餐露宿了。"萧昱冲唐艾笑了笑，不掩痞气，桃花眸浅浅荡荡春风。

唐艾心里一突突。说实话，萧昱那笑容虽然看着坏了吧唧的，却又没来由地特别暖，像是能把冰雪化开，真好看。

可越好看，唐艾心越累。

坐进车里倒正合了她的意思，眼不见为净！

"火气这么大，难道是要来那个了？"萧昱眼瞧唐艾归位，摸摸下巴悄然自语。

约莫着五六天以后，唐艾与萧昱两人已从山区进入平原。

这几天，唐艾一个人气呼呼地跟车里窝着，基本上就没和萧昱对过正脸。

这天早上，她只觉得肚子非常不对劲，像是坠着个千金坨，动不动就撕扯着她的脏腑与筋骨，让她如坐针毡、要死不活。

她不断变换花样换地方，一会儿趴在车座上，一会儿靠在箱子旁，却仍然怎么待着怎么难受。不仅如此，她的胸脯还涨得特夸张，束胸眼瞅着就要绷不住。

这些都只说明了一件事——她月事将近。

说不定不是将近，是已经来了，只是她自己对此仍毫不知情。

唐艾活了这么些年，就没尝过月事的酸爽，该吃吃该喝喝，骑马射箭更是不在话下。家里边的丫鬟捂着肚子满床打滚，她还只当她们是偷懒不干活。

所以说，她对这种要人命的感觉压根没概念，当然不会想到胸涨腹坠乃月事前兆。

她这么翻腾来翻腾去，气力很快被耗尽。最终，她把自己卡进了俩箱子中间那道缝，脑袋一歪，睡着了。

天渐黑，马车还被萧昱赶着杠悠行进。瞧瞧天色，他缓缓停车，悄摸钻进车里。

唐艾正熟睡着，萧昱取出件衣裳给她盖上，又在一旁悬起盏小灯。微弱的灯光恰好照亮唐艾的下半身，唐艾两腿间红了好大一片。

"天，怎么说什么中什么。"萧昱发出句无声叹谓，哭笑不得。

他面对唐艾站了片刻，随后便往一口箱子里寻摸，捣腾出个小罐子。这罐子里放的是红糖。

"红糖，好东西，要能加上生姜就完美了。"萧昱指尖蘸了一抹糖，在嘴里一唆，又从其他箱子里掏出一堆炊具。

他搂着糖罐子下车，接着便捡柴生火，熬出一大锅红糖水。

唐艾睡了一觉，身体舒服了一丢丢，要醒不醒的时候，隐约听见噼噼啪啪烧干柴的声响。她揉揉眼睛，盖在身上的衣衫随动作滑落，恰恰遮住了她腿上的血迹。萧昱正好在这时走进车里。

"哟，醒啦？来，趁热喝口红糖水，驱寒暖胃。"他在唐艾身边坐下，将手里的大碗举到她面前。

唐艾刚醒过来，明显不在状态，被碗中热气熏得脸发痒。鼻里蹿入甜香，她本能地伸手。

"当心烫手，我端着你喝就好。"萧昱手腕一斜，将碗口顶上她的嘴唇。

红糖水咕嘟嘟涌进唐艾嗓子眼，甜是足够甜，烫也是足够烫。现下喝着将将好，可要是再烫半分，她就得满嘴泡。

这一大碗甜水，差不多得有半个锅，唐艾如何能一口气喝下，才下去小半碗，就已经撑得不行。萧昱却没停手的意思，还在可劲儿往她嘴里灌。

唐艾受不了，忍不住去抢碗。大碗在她眼前拦着，她也瞧不清，一个准头没找好，俩手就打在萧昱手上，劲儿还特别大。

吧嗒！

剩下的大半碗水，都被唐艾打翻在自己身上。好在她穿得够多，衣服湿了里外三层，总归没怎么被烫到。

萧昱的手却没这么幸运。他肤色幽白，手背被水烫得又红又肿，与没被烫着的地方一比，立马泾渭分明，看着竟有如梅花落雪。

"啧啧啧，真浪费。"萧昱把手放在嘴边吹吹，拾起空碗就走。

唐艾弄了一身湿，肚子里又噜噜冒火。

萧昱站在车下，从外边敲敲车窗："唐艾，快把湿衣服换了，当心着凉。"

"用得着你说！"唐艾揪起湿答答的衣角，挪挪位置。

她终于感到两腿之间不太对。

红糖水正顺着她的大腿根向下滴答。向下滴答的红色液体，却不仅仅只是红糖水。

"……"唐艾的窘迫飞出天际。

还好萧昱没发现！她窃窃庆幸，火速扒拉包袱，寻找一切挽救措施。可惜的是，包袱里什么都没有。她只有抓起地上的那件衣裳，发了疯似的擦抹血迹。

萧昱隔着窗又道："喂，那糖水黏糊糊的，我刚又烧了锅清水，去擦擦身子吧。"

唐艾手忙脚乱，听见这话马上大吼："不——许——进——来！"

"呵，说得像是我稀罕看你，"萧昱在车前弄出点动静，"水搁这儿了，你需要就自己舀。还有，角落里有口小箱子，那里边有干净的布帛，你也可以拿出来用。"

唐艾透过窗缝向外瞄，见萧昱没在跟前，才把开水拽进车内，着急忙慌地擦身子，跟着去找他所说的那口小箱子。

谁知箱子还挺不好找，她一连掀开两三口，只瞧见一堆乱七八糟的破玩意儿。更不靠谱的是，这堆箱子里最大号的那个，装着满满一箱子的糖。白糖红糖砂糖冰糖、花生糖芝麻糖杏仁糖关东糖，叫得上名的叫不上名的，琳琅满目应有尽有。

唐艾对萧昱的评语只剩下俩字——有病。

她好不容易找着那个密封完好的小箱子，一掀盖，又被一股药味给呛着。这口箱子里，一侧码着各种治疗跌打损伤的瓶瓶罐罐，另一侧就是唐艾找了半天的长卷白布。

她赶紧扯了一截布条，折了折垫到身下，然后换身干净衣裳，把染血的衣裤在包袱里塞个密不透风。

唐艾折腾一通，脑门不禁掉汗珠。她暗自喘了一口气，又推窗去瞅萧昱。

巧了，萧昱也正往车上瞅："怎么样，能走了没？"

唐艾冷冷一哼，表示默认。

萧昱挺挺腰，扶着路旁的老树站起来，右腿却好像不那么稳当，身形摆动的幅度有点大。

"看看你干的好事。"他冲着唐艾晃晃通红的手背。

"你该！"唐艾毫不示弱地顶回去。

"真是好心没好报。"萧昱转身弯个腰，也往那医药箱里伸手，捏出一个小瓶子。

他拿牙咬开瓶塞，将瓶子伸向唐艾："帮忙上个药呗，我自己也不是不行，就是有点麻烦。"

萧昱举着瓶子的手在唐艾前面戳着，的确被烫得不轻，贼碍眼。

唐艾竟从他的眼睛里，瞧出点可怜巴巴的期许。

闹心，真闹心！她夺过瓶子，草草在萧昱手背上倒了药剂。

"唐艾，像你这么个上药法，上了等于没上，得把这些药轻缓地揉开才行。"

"你少给我蹬鼻子上脸！"唐艾的狮子吼威力无边。

萧昱讪讪缩回手，在糖箱子里拿了一袋子牛皮糖，坐回车前头，表情略带苦楚，却又暗藏些许笑意。

他将牛皮糖在衣摆上摊开，嘟囔着："唐艾，我算准了你打翻碗的时机，却没想到你还能把我给烫了，真是不让人省心。"

他漫不经心地摆弄起牛皮糖："我欠你的，你欠我的，我欠你的，你欠我的……"每说一句，他就把糖拨弄开一颗，直到这堆糖被分摊成了两半。

"最后一颗，我欠你的……哈哈，唐艾，看来还是我欠你的比较多。"萧昱拿起这最后一颗糖放进嘴里，嚼了个嘎嘣脆。

唐艾的月事走得干净，是在六七天以后。

说来也怪，在她提心吊胆就怕露馅的这几日，萧昱倒像转了性，既没招她也没惹她，顶多就是插科打诨，说上两句无关痛痒的玩笑话。

圣上的旨意唐艾不敢怠慢，好不容易肚子不疼腿不抽了，她便火急火燎地往车外一坐，从萧昱手里扯过缰绳。

自从唐艾掌管驾车权，萧昱就又开始一边吃糖一边贫，天文地理风土人情，有一搭没一搭地嘻嘻哈哈。

唐艾起初烦得可以，后来听着听着，竟发觉萧昱懂得真不少，渐渐禁不住也侃上个一两句。她私底下琢磨，这位爷虽说总做些让她心烦气躁的事，但初衷总是好的，倒也不至于让她下辈子都不想见。

总而言之，她与萧昱两人的关系，应是正在良性发展。

两人走得飞快，只用了小一个月便进入了中原，京城仿佛已遥遥在望。

此时关外仍是雪色苍茫，关内却已开了春，天气一天比一天暖和，除了时不时刮起一阵沙尘暴，其余的花花草草还是赏心悦目的。

这天下午，风沙大得离谱，人和马都被吹得倒着走。唐艾和大风做了半天抗争，眼睛被沙子迷得瞧不清路，最终被萧昱硬拉进车里。

"再揉就成红眼怪了，求求你快别揉了。"萧昱把唐艾的手扒拉下来，用两根手指撑开她的上下眼皮，"来，我给你吹吹。"

他早起吃了芙蓉糕，身上仍弥留着甜糯淡远的香气。

唐艾本来瞅着什么都糊，眼珠子被萧昱吹来的风轻轻一拂，立马舒服了好多。没过多久，萧昱脸部的轮廓就在她眼中清晰起来。

这家伙到底怎么投的胎，才能生得这么好看！唐艾不由自主散思维，耳根子随即烧得厉害。

"好了好了，不用吹了！"她使劲儿推开萧昱的胳膊。

萧昱把她往座位上一按，把两件衣裳团在一起，在她后脖颈子垫着："京城没两天就到了，急也不急在这一时。你操劳了大半天，能睡一会儿是一会儿吧。"

唐艾确实累得够呛，坐下就开始犯迷糊。萧昱驾车缓缓前行，耳朵忽然一竖，不动声色地瞄向路旁。

大风中夹杂着些许极轻微的异响，萧昱目光一扫，几道黑影正鬼祟地在沙土中移动。

"终于发现我们没死，派人来了。"萧昱悄悄抓起身边的牛轧糖，玩味地低喃，"如果真是老三，那他这次的办事效率委实慢了点。"

黑影们唰唰快攻而来之时，萧昱的话音还未落。

"嗖——"这是牛轧糖飞出萧昱手中的声音。

"砰——"这是牛轧糖击中黑影脚踝的声音。

"嗖嗖嗖——砰砰砰——"牛轧糖一块接一块地飞出去，黑影们一个接一个地倒下去。

牛轧糖打脚脖子，铁定死不了人，所以这票人只是失去了行动之力。萧昱冷眼看看来人，又探头往车内瞅瞅唐艾。

小唐大人睡得挺香，刚才那点声响在她梦中的感觉，估摸着也就是车轮子多轧了几块小石头。

萧昱扭回头来继续赶车，眉宇间却蓦地隐露痛楚，身子几下摇晃。

"老毛病这么快就又犯了……"他吃下仅剩的一块牛轧糖，靠在梁上低声喘息，脸色幽白，笑意凉薄。

唐艾一晃昏睡两个时辰，这期间萧昱有何举动，她一概不知。要不是腿上忽感一袭冰意，她还醒不过来。

一睁眼，她就瞅见萧昱猫在她脚边，俩眼一眨不眨，手里晃悠着那把锋利的匕首。

"萧昱你干吗？！你别乱来！"她慌道。

"哼哼，你不乱动，我就不乱来。"萧昱满脸的不怀好意，一下挑起唐艾的裤腿，匕首尖刃来回游动。

唐艾就快被寒光闪瞎，心脏一通疯跳。

谁知萧昱的手腕突然变换角度，只听刺啦一声，唐艾腿上的绷带便被匕首划开。一道长疤赫然趴在她的小腿肚上，十分有碍观瞻。

萧昱咯咯笑道："别误会，别误会，我就是想看看你这伤好得怎么样了。"

唐艾的脸却紫得发黑。她这几天小腿痒得不行，应是伤处渐好，结的痂正在脱落。

"别这么开不起玩笑嘛！你睡得挺香，我哪敢吵醒你？我看你这腿再有个三五天也就全好了，这样吧，我来帮你换这最后一服药，就当向你赔个罪。"萧昱不理唐艾臭脸，拉过身后的小药箱，取出药粉就冲唐艾腿上倒。

唐艾刚想拒绝，萧昱已抖开长布帛，一圈圈小心翼翼将唐艾的伤疤包裹。等到最后，他独手扯着布条的一端，另一端靠牙齿咬着，把布帛打了个结，还是个漂亮的蝴蝶结，动作敏捷从容，毫不比双手健全的人逊色。

唐艾没辙，不想注意萧昱，又偏偏移不开视线。萧昱手背上的烫伤还在隐隐泛红。

眨眼间，唐艾的火气就烟消云散："你有话直说不就完了，我又不是小心眼的人！"

萧昱乐呵乐呵："你这腿……啧啧，光滑细腻，长得就跟大白萝卜似的。"

他拽起右手广袖，袖摆一垂遮住唐艾的脸："要是只看你这腿，还真有可能当你是个大姑娘。"

唐艾脸上一热，一手掀开萧昱的衣袖，一手火速撸下裤管，自己不愿多瞅，也不让萧昱多瞧："你成天就知道胡说八道！"

萧昱挑挑眉，一屁股坐她身边，随后便望着小油灯发呆，大半刻没吭声。

他举动反常，倒让唐艾奇怪。

"萧昱，你刚才不是话还挺多的吗？怎么现在一声不吭了？"

"我在想，用不了两天就要到京城了，咱俩差不多也是时候散伙。不知道……以后还能不能再见面。"萧昱叹了口气，竟有点落寞。

"怎么会不能，你不是也住在京城吗？以后空了闲了，你可以随时到六扇门来找我。你这个兄弟，我认了！"唐艾故意笑得像个粗豪的大男人。

"呵呵，兄弟……"萧昱歪歪嘴，站起身朝车外走去。

两日后，大箱子里的糖被萧昱吃了个精光，马车也被唐艾停在了京城巍峨的城墙下。

最近这些年，京师地界的气候越来越差，呛死人不偿命的雾霾天，总是动不动就来。可全国人民依旧精神可嘉，前赴后继拥向京城。

唐艾刚进六扇门的时候，算过一笔账，依她如今的俸禄，想在京城置业简直是天方夜谭，辛辛苦苦一整年，大概也只能在边缘地带买个一张床的大小。

"唐艾，我不往城里头去，就在这儿散了吧。你说过的话，我可都记着呢，咱们后会有期。"萧昱洒脱地跳下车，就在城门口与唐艾分手，车也不要马也不要。

熙熙攘攘的人流穿梭于市，唐艾眨个眼，他已消失得无影无踪。

"那么爱吃糖，简直就和三岁小孩一样，萧三岁！可是，也没见他牙口不好……"唐艾无端生出点低落，却不自知。

从德胜门入城后一路向南，沿着西苑三海绕过皇宫大内，再折而向东，就到了各部衙蜀。六扇门因为机务特殊，没和六部挤一块儿，而是藏在了稍远的总铺胡同。

当然，太祖皇上亲笔御提的金漆牌匾搁那儿悬着，风风雨雨这么些年，六扇门绝对可谓低调奢华有内涵。

唐艾健步如飞，没多久就转进胡同口。她的顶头上司刘和豫正带着一堆人站在大牌匾下，看样子竟像是专门候着她归来。

这么大阵仗当真少见，唐艾尚在莫名其妙，刘大人已堆着笑将她迎进府衙内。一段时日没见，刘大人的秃顶居然比以前有所好转。

"唐艾，你可真行，单枪匹马就把高丽人给办了！"有个兄弟拍拍唐艾的肩，眉飞色舞，"咱们六扇门好久没破获过这种大案子了！皇上已对咱们大大嘉奖，来宣旨的公公正在里边等着你呢，你就等着升官领赏吧！"

唐艾领旨谢恩，半天才回过神。

从今以后，她唐艾就不再是六扇门内那个籍籍无名的小旗，而是统领手下一千人等、官拜正六品的百户啦。

升职如此之快，怎么着也得向家乡的老爹炫耀一番，唐艾一方面有那么点小得意，另一方面又着实有些心虚。她其实清楚得很，这案子不能算是真正侦破，最大的功劳更不在她，是小徐将军带领手下将士，奋力阻止了高丽人利用僵尸军的阴谋。

想到徐湛，唐艾自然就又想到了萧昱。在她看来，这人就算没功劳也有苦劳。有机会再见着他，她少说也得请他吃上一顿。至于这顿饭得等到哪个猴年马月，就不是她能掌控的了。

日渐西斜，萧昱面迎夕阳，朝着城外西山而行。

京城西郊山脉绵延，乃是上风上水的宝地。古刹钟鸣，霞光漫天，萧昱撑起手杖，走上苍松翠柏间的曲折山径，眸光倜然，神色宁逸。

这时，远方山上飘起袅袅烟迹，一时紫一时红，平常的炊烟远没有如此明媚。

萧昱驻足眺了眺那颜色怪异的烟云，转转双眸又向前行。

山路转过几个弯，有座被林木遮掩着的宅邸，不算大，但胜在清幽。萧昱走得不快，甚至说是有些慢，被从宅子里奔迎出来的俩小崽子撞个正着。

"公子，你总算……总算回来啦！"小胖子不大顾不上喘气，一股脑扑向萧昱，激动得两眼泪汪汪。

"不大你轻点，你劲儿那么大，也不怕撞疼了公子！"小瘦子不小揪开不大，自己却可劲儿往萧昱怀里蹭蹭。

萧昱揉揉两人的头，暖暖笑笑。

俩小崽子互相瞥瞥对方，仿佛都有话说，却又不约而同吞吞吐吐。

萧昱笑看两人，摇头轻叹："老头子来了，是不是？"

两人赶紧拼命点头："还带来了一大箱子黑乎乎的糖，据说是由西方使臣进贡的，叫什么……巧克力！"

"是吗，那你俩尝了没？味道如何？"

"公子没回来，我俩连看都不会去看一眼！"

"少来，我看你俩的哈喇子都已经飞流直下三千尺了。行了，老头子专程而来，我总不能一直晾着他，你俩一边玩去吧。"

宅邸正厅里站着个男人，看岁数已是知天命的年纪，但身姿伟岸、不怒自威，衣着配饰皆属世间绝品，与屋内清雅朴质的氛围格格不入。

萧昱淡漠地睨了这人一眼，收起手杖自顾自地坐下，啜了一口桌上的蜜茶。

男人转而面对萧昱，凝眉凛目间隐露王者之气。

"高丽国如何了？"

萧昱没正形地靠在椅子背上："高丽区区小国，早就尽在您的掌控之中。"

男人目光如刀："你知道我问的是什么，是谁在勾结高丽人？"

萧昱散漫不羁地侧目："论运筹帷幄谋策人心的本事，天下间又有什么人能和您相比？您想放长线彻底地查出身边异己，难道不该耐心等等吗？"

"哼，你是没查到，还是不想说？"

"我能做的都已依着您的意思做了，剩下的事不归我管，我自然没话可说。"萧昱说着站起来，身体却晃了两晃，扶住桌角才站稳，"我累了，想休息，您请回吧。"

男人皱眉道："你脸色不好，最近身体没有大碍吧？"

"一时半会儿还死不了。您日理万机，就算是我将来哪一天死了，也不劳烦您操心。"萧昱不带感情地抛下这句话，抬脚就往内室走。

"站住！"男人勃然大怒，一掌击在桌子上，"逆子，你这是和我说话的态度吗？！"

　　"说得对，的确不是，"萧昱慢悠悠转身，一撩衣摆单膝及地，目色漠然无波，"恭送圣驾，吾皇万岁万岁万万岁。"

单元二
祥云渺渺

　　唐艾的脸刚好就在萧昱胳膊旁边，头发丝儿可劲朝着萧昱手上戳。

　　萧昱没有动窝的意思，只拿眼睛一眨不眨盯着唐艾。

　　唐艾心头一突突：不得了，这家伙眼睛里都是星星，一闪一闪亮晶晶。

01 自寻死路

小唐大人——这是同僚们对唐艾的新称呼。有些人是发自内心的钦羡，还有一些人却藏不住酸溜溜的小眼神。

唐艾新官上任，也没空理会那些有的没的，很快便接手处理了一大摞案件。这些案子大多都是顺天府转过来的疑难杂案，要不然就是疑犯未锁定，要不然就是真凶未抓获。

此后的两个多月，她风风火火奔走在四九城的大街小巷，拿了采花贼、缉了抢劫犯，还为顺天府尹司马大人的第四房姨太太寻回了失窃多时的玉如意。

唐艾破案效率奇高，也是因为这些案子和边塞的僵尸相比，实在是没什么技术含量。

某个霞彩流溢的傍晚，她甚至有幸随同刘大人一块儿走了趟皇宫，赴了次宫宴，坐在文武百官的末席，远远地瞻仰了圣上的帽檐和衣服穗。又过没两天，唐艾带着手下例行上街巡检，却被几个年轻小子追着不放。

这几个家伙，自称是《皇朝时报》的见习街探。

《皇朝时报》是京城几乎人手一份的私刊，大到国家政局、小到绯闻花边，没有不敢登的。这几人正是准备以六扇门为蓝本，做个惊世骇俗的专题。

"惊世骇俗"是他们的原话。

唐艾"呵呵呵呵呵"，手下几个却使劲儿地撺掇，她只得敷衍几人两句，随便讲了讲自己的边关之行。

当月《皇朝时报》出刊，朝内版头条是万岁爷新设亲军都尉府、统辖仪鸾司；朝外版则是高丽国内乱、李氏篡位。

这天上午，唐艾与大理寺移交完犯人，手头上的事情算是处理得七七八八，好不容易忙里偷个闲，也就换上便服，绕着皇城转悠了转悠，随手在街上买了份报纸。

她往里边翻了几页，就瞧见了八卦杂谈版下，《六扇门神探勇闯夺命窟》的大标题。

这篇文章跟高丽国一案只沾了芝麻绿豆点的关系，其余九成九都是杜撰，最劲爆的，就在于凭空捏造了一出爱情悲剧，由苍国少年神探与高丽纯良少女联袂上演，凄美哀怨得不行，简直可以当作话本小说来看。唐艾一字不落地拜读完，除了哭笑不得，就只想送一个大写的"服"字。

她沿城墙根走着，肩上忽然被人拍了一下，接着便听到有人捧腹大笑，声音熟得很，就是好些时日没听见了。

"萧昱！"唐艾黑着脸转身。

"六扇门干探……哈哈！谱写一曲缠绵悱恻的爱情绝唱……哈哈哈哈哈！"萧昱挥着另一份《皇朝时报》，笑得要岔气，"唐艾，这文章是谁写的，也太传神了！"

"哪里好笑了！哪里好——笑——了！"唐艾一把抢过报纸，友谊的小船说翻就翻。

萧昱稍微收敛了点："咱俩好久没见了吧，今天也真赶巧，一起溜达溜达呗？"

唐艾最近忙得不亦乐乎，偶尔才能想起来还有萧昱这号人，既然今天撞上了他，那找个地方小酌上两杯也不是不行。

京城有家专营川菜的馆子，名曰东坡楼，唐艾就是想请萧昱去那儿尝尝。

东坡楼两年前甫一开张，立马风靡京师，为四九城的高档餐饮业做出了极其巨大的贡献。

据说，东坡楼的老板姓张，年纪轻轻却经历颇丰，不单只身游历过九州，几年前还曾随着苍国的船队下过西洋。楼里的大厨都是张老板亲自从蜀中请的，所需食材也有许多是自四川专门配送。

从宣武门到崇文门，萧昱的笑声就没停过。两人大老远就看着一群身高体壮的男子，把酒楼门前守得水泄不通。唐艾上前询问，掌柜的只答是有大人物包场，这几日都不接散客了。

"大人物是得有多大？"唐艾打算理论理论。

萧昱却一下把她从门口拉走："大人物就是大大大。你在京中为官，消息怎么还不如我灵通？三个月以后就是当今天子的寿诞了，老爹过生日，做儿子的当然得回来贺寿，你看这块牌子上写的是什么？"

他说着抖抖胳膊，袖子里滑出块雕刻精细的令牌，上书三个大字——惠王府。

很明显，唐艾和那堆人掰扯的时候，萧昱从当中一人的腰间顺来了这块牌子。不出岔子的话，包下东坡楼的大人物，就是当今圣上的二皇子萧承义。

皇上子嗣成群，成年皇子有三人，其中嫡长子萧承仁已被册立为太子多年，次子萧承义被封为惠王，就藩西安，三皇子萧承礼则被封恭王，藩地在岭南。

唐艾略吃一惊，自问还没本事惊扰惠王的大驾。

还有，萧昱这可算是犯了盗窃罪。唐艾身为维护京城治安的执法者，再小的罪行也不能姑息。

"萧昱，你快把这牌子还回去！"

"急什么，惠王又不会明天就走。"萧昱一点都不在乎，向街边的小贩买了好些绿豆糕，又对唐艾道，"时候尚早，要不要到别的地方转转去？"

"去哪儿？"

"跟着来就是了。"

这时候已是暮春，天气渐渐热起来，加上城里喧嚣繁杂，人就难免燥得慌。想要不发燥，估计只有躲到山里去。

萧昱还真就带唐艾去了城外的西山。这可是个好去处，苍松翠柏万古长青，空山新雨清静怡然。

萧昱也没怠慢唐艾，出了西直门就雇了辆马车，一路直到山脚下。

唐艾忙忙碌碌了好些时日，此时漫步山径，听听山间的鸣泉莺语，只觉神清气爽、难得惬意。

她同萧昱走了一阵，却没注意到萧昱的步子渐渐不稳。

萧昱慵懒地往林间石台上一靠，随意问道："唐艾，你有一年多没回家了吧？这么长时间不见爹娘，你不想念他们吗？"

唐艾一时没答话——说不想是假的。

上个月，不，上上个月，家里的商队从渝州到京城接洽生意，她还偷偷跑去见了管家坚叔一面，托他把报平安的信带回去。

太阳眼瞅要落山，萧昱冲唐艾莞尔一笑："天色不早，你就是现在往回赶，城门也一定关了，倒不如上我那儿去歇一宿。我就住在这附近，不远，拐两个弯就到了。"

西山上风上水，地价高得要人命，能在这儿置办产业的人非富即贵。唐艾本就不知萧昱什么来头，现在对他的身份背景就更有兴趣了。

一进院门，她就瞧见一胖一瘦俩小孩冲着萧昱跑过来，一口一个"公子"地叫着。

俩小崽子在萧昱身边磨叽了一会儿，然后笑嘻嘻地冲唐艾扮了个鬼脸："不大、不小见过小唐大人！"

唐艾被萧昱领进屋，俩小不点则跑去院子外玩耍。

不小揪揪不大的脸："公子还真把唐艾带回来啦！哎哎哎，你说咱们公子是不是对那个唐艾太好了点？"

不大揉揉脸上的疙瘩肉："有吗？"

"怎么没有！怎么没有！当初要不是唐艾受了伤，咱们公子早就从关外回来啦！他要是能早些回来，就能早些把身子养起来。还有，你特爱吃的那个巧克力，公子专门和我说了，不准让你都吃光了，得给唐艾留几块！"

"啊？真哒？"

"我骗你干吗！我和你说，前两天公子身体好了点，猫在屋里边画人像，被我偷瞄着了人像的脸。我看，公子画的那人就是唐艾！"

"不会吧，难道说咱们公子……可唐艾是……男人，咱们公子也是男人啊！"

萧昱宅子的书房里，还真挂着幅肖像画。

当然，并不是唐艾的肖像。

唐艾一边享用着萧昱献上的巧克力，一边望着那幅画。

巧克力固然是她从未尝过的美味，将她深深吸引的却是画中人，以至于她都不记得问问这巧克力是何方神物。她对画艺从没有过研究，但整幅画卷行云流水，也看得出作画人功力了得。

画上女子是真美，美得沁人心脾、润物无声，尤其是那双世间难寻的桃花眸，清幽逸动、浅漾春光。

唐艾恍然发觉，萧昱的眉目与这女子竟是十足十相似。

"喂，你盯着那幅画好久了。"萧昱坐在一旁喝茶。

唐艾转过脸："这是你自己画的？"

"嗯啊。"

"你还会画画？"

"何止会画画。"

"她……是谁？"

"……"

"怎么，不能说？"

"她是我娘。"萧昱放下茶杯站起身，也静静地看看那画卷。

唐艾有点意外："你娘……真年轻。"

"在我印象里，她就是这样的。"

山里的晚上还带点冷，风一吹便是满地落英。

萧昱亲自做了几道小菜，温了壶桂花酒，与唐艾树下共酌。

一片叶子刚巧落在唐艾的脑瓜顶上，萧昱手一晃，就将这叶子拈起。他用嘴唇抿抿叶子边缘，拿这小小的叶片当作乐器，吹奏出一曲悠扬的小调。

菜是真真香，酒是真真醇。唐艾微微醉，看着萧昱身上满洒月华，竟忘乎所以地傻呵呵一乐。

这一夜，唐艾的睡眠质量挺不赖，一觉就到大天亮，醒过来的时候对昨晚的事已记不太起来。不大不小送来早点，她因为着急赶回六扇门，只扒拉了两口就往门外走。

唐艾前脚出了门，萧昱抽出手杖，后脚就跟上，只道他也要去城里边溜溜，与唐艾一前一后地走着。

唐艾看他即使撑着手杖，走路仍然好似不太稳，右足像是使不上力气，忍不住多瞟了两眼："萧昱，你的腿……"

萧昱却笑着登上马车，不待唐艾多问，他已抬头看向天边。

唐艾顺着他的目光望去，只见远处一片七彩烟霞隐隐升天，姹紫嫣红，好比传说中的祥云。

她觉得那烟云美得可以，真心认定西山是块风水宝地，大清早的就能瞧见祥瑞之兆，倒是没再多在意萧昱的腿脚。

到京城以后，萧昱便也说想去南城逛集子，愣是赖在唐艾边上不走，一直到了正阳门前的棋盘街才和唐艾分道扬镳。

唐艾没时间再搭理他，拐个弯往六扇门衙署所在的总铺胡同去，却见着两个兄弟一脸焦色地奔行而来。

唐艾起疑拦下两人，却从两人口中得知一个震惊消息。

——昨夜时分，顺天府尹司马琸殁。

目睹司马大人之死的，是常年在天桥底下卖夜宵的老白。据老白称，司马大人是在昨夜子时三刻，自己走到天桥上跳的桥。

也就是说，司马大人是自杀的？！

天桥并不是一座桥，而是三座桥的统称。中间那座是汉白玉单孔桥，为帝王祭天专用，寻常百姓只能走两侧的木桥。桥下本有沼泽河道，后来逐渐演变成了龙须沟。

司马大人跳下去的时候，脑袋撞着了沟里的大石头，当时就没气儿了。

六扇门已将案发现场严密封锁，司马大人的尸首虽说早被家里人抬走，但唐艾站在桥上往下瞧，还能瞅见大石头上四溅的血。

司马大人死得凄惨，让官场同僚不胜唏嘘。几天后他出殡，朝上朝下来了好些人。

唐艾的顶头上司刘和豫刘大人和司马大人私交甚笃，司马大人最宠爱的四姨太便将鼻涕眼泪全抹在了刘大人的袍子上。

唐艾听见四姨太口口声声对刘大人说，她家老爷绝不会平白无故地自杀，一定是被人害死的！

唐艾本是随同刘大人前来吊唁，听了四姨太的话也不免起疑。司马大人当官正是风生水起，确实没理由这么想不开。

第一，司马琸身为正三品的顺天府尹，职位显赫、油水肥厚，绝非其他地方知府可比。不说他为官多清廉，但至少任内这几年，京城也还算治安合格，并没屡见什么罪犯滔天的大案子。

其次，唐艾为四姨太寻回玉如意后，司马琔为表谢意曾设宴款待过她，席间还踌躇满志地说，要为四姨太在城郊单门置办套宅子，压根瞧不出来哪儿不如意。

再者，司马琔从一个小县令，一路从贵州把官做到了京城，为人自然圆滑了得，从没听说他有什么能被人要挟致死的把柄。

这天夜里，唐艾又独自一人回到命案现场。

现场已被解禁，天桥大街渺无人迹。也只有在这种夜半时分，偌大的皇城才会享有几分宁静。

此时街上仅有的摊位，就是老白的牛肉面摊。

司马大人出事后，老白很快被传去问话。奈何到头来，六扇门的一众干探，也没问出个所以然。老白拖家带口，为了生计，只得麻溜地回归铺位。

夜里边光线暗，唐艾只被他当成食客招呼着坐下来。摊子太小，统共就两张桌子，对面那桌已坐了个人。那人整个身子都埋在阴影里，正闷头吃面，只能瞧出来使筷子的手是左手。

唐艾开门见山："老白，我觉得司马大人之死还有很多疑点，能不能请你把那夜看到的情形再详细给我回忆一遍。"

老白这才瞧出来唐艾："还说？刚才那位大人才问完，小唐大人你又要再问，你们六扇门怎么没完没了的！"

"哪位大人？"

"就是跟那儿吃面的那位啊！"老白朝对面桌子一指。然而，对面桌子人去茶凉，只剩下个空面碗和一锭白花花的大银子。

一碗牛肉面能值几个钱？那位大人出手也是真阔绰。

刘大人是出了名的铁公鸡，属下们面上不说，背地里没少埋怨他不带大伙儿吃香喝辣，所以那个人绝对不会是他。

唐艾想了想，却不知六扇门里还有谁既是土豪出身，又一样对司马大人之死心存疑虑，只能硬是让老白把话再说一遍。

老白收了银子便不再埋怨，十分配合道："那天我正准备收摊回家，突地瞅见木桥栏杆上冒出个人，我冲那人吆喝危险，那人却给我来了个倒栽葱。我过来一瞧，好家伙……还不得赶紧去报官！后来大人你们来了，我才知道他就是咱们顺天府的府尹大人。"

他的话与那日被传召时并无出入。

唐艾锁眉道："你确定没看错？当时司马大人身后就没跟着什么形迹可疑的人？"

"没有，真没有。当时那个点，大街上哪还能有人！"

唐艾徒劳无功，只能打道回府，走在半路上却又忽觉有人尾随。

"是谁在装神弄鬼？！"她猛地一回头。

城墙根下转出一束清影，踏着月色，广袖飘摇。这人唐艾不可能不认识。

"萧昱，又是你这家伙！大半夜不睡觉，你想干吗？"

萧昱笑呵呵地往她身边走来："我没睡，你不也没睡吗？你胆子也是真肥，今天可是司马琸的头七。"

唐艾立马想到了那个重金买面的土豪是谁了。

"再肥也肥不过你，前两天偷盗惠王府的令牌，眼下居然还敢冒充官员！看我今天不拿你治罪！"

"小人知错，小人知错！大人你被案子烦，也犯不着拿我出气啊！"萧昱朝着一边躲，"实不相瞒，我之所以假借六扇门之名向老白问话，是因为我和你一样，也是为了司马大人一案来的。"

唐艾停手斜眼："你——也？"

萧昱点个头，小心保持着与唐艾的安全距离："有人觉得司马大人死得蹊跷，便请我来调查。"

"有人？该不会又是那个'最大的官'吧？"

"小唐大人果然料事如神。当然啦，大人你洞察先机，肯定一早瞧出了此案端倪。"

唐艾转个念："你倒先说说你查出了什么？"

"这个嘛……"萧昱若有所思地咂咂嘴，"老白的手艺很不错！"

这真是没法儿好好聊了。

"你走！"唐艾气结，一声闷吼。

萧昱没挪窝。

唐艾："……"

萧昱还是没动地方。

"你不走是吧？那……那我走！"唐艾气呼呼地弃萧昱而去，冲回六扇门，冲进自己屋，最后冲上床——睡觉。

可惜，她被子还没焐热，房门又被刘大人叩响。

又出事了。

这回事出在吏部侍郎熊国正熊大人身上。

唐艾与刘大人第一时间赶赴现场。

熊大人和司马大人一样，也是自己从高处跳下去，然后脑袋开了花。不同之处只在于，司马大人跳的是天桥，熊大人跳的则是钟楼。城门守卫哥儿几个夜里边偷闲喝了两杯，就这么撞见了熊大人跳楼。

刘大人抹抹额上的汗，力不从心地拍拍唐艾的肩："小唐啊，善后工作就交给你好生处理吧。"

熊大人葬礼上的人更多，六部尚书无不列席，连太子萧承仁都写来了悼念信。

事后，唐艾回到六扇门，越琢磨越觉得二位大人自杀身亡之事绝不仅仅只是巧合，于是借机向刘大人打听二位大人的过往。

"他俩初为官时都没什么背景，算是自己奋斗着有了今天的地位，在朝中人缘也都还不错。可惜啊，斯人已逝，"刘大人长吁短叹摇摇头，"说白了，这就是命。"

又过七日，又至子时，只听哐叽一声巨响，阜成门内妙应寺的白塔下，督查院右副督御史齐修远齐大人的脑浆迸了一地。

刘大人带领唐艾等手下赶赴事发地点时，痛心疾首得就差一头撞柱子，也随着齐大人一块去了。

一月之内，朝中连续三人攀至高处自杀而死，还都是正三品的大官，再没人相信这三次事件只是简单的巧合。

"第三个了！第三个了！司马熊齐三位大人绝对是死于非命！下一个不知道又会是谁？"

齐大人去世不足一日，朝野上下已流言四起，人人自危，说什么的都有。而《皇朝时报》也紧追时事，对三位朝官之死大肆做了报道。

当日晚些时候，刘大人又被皇上单独召入紫微垣。回来以后，他只对六扇门上下说了俩字——开会。

这会一开就是一夜。

刘大人传达圣意，拽出来方针政策一大堆，重中之重就在于向众人点明，皇上要六扇门彻查三位大人的命案，限时七日。

这也不难理解，三位大人每隔七天死一个，若当真有所联系，那照着这样死人的频率，下位大人甭管跳桥跳楼还是跳塔，也就该在七天后，自己把自己给了结。

会后，众人各自分散去寻查线索，刘大人则当即下令，将四九城所有有高度的建筑物全都封锁起来。

唐艾马上请仵作验尸。司马大人与熊大人都已被好生安葬，再把他们挖出来，未免大不敬，现下就只有齐大人尚没入土为安。

仵作把齐大人翻了个底儿掉，撂下一句话："小唐大人，齐大人的胳膊腿哪儿哪儿都断了，真的是摔死的！"

唐艾叹口气，只得再找别的路子入手。

刘大人瞧她也没头绪，更是一筹莫展，脑瓜顶上才长出来的几根毛又都谢没了。

干坐着肯定不是个办法，唐艾即刻挨了走了一遍三位大人出事的地点，又仔细询问了三人家属，了解三人出事以前是在做什么：

司马大人与四姨太本在床上，突然和衣穿靴，说是想去外边走走，至此不回。

熊大人在戏楼听完戏，邀一名他很欣赏的伶人赏月，随后便独自往城北而去。

齐大人则因督查院事务繁忙，好晚才处理完公务，回府途中遣走了随从。

三位大人死亡前夕都很正常，除去赴死之时都无人相伴，三人之间再没什么共通之处。

一晃七日之限将近，六扇门上下依然没能取得突破性进展。

唐艾一个头两个大，在大街上走路已顾不上看路，以至于听见萧昱那句"当心脚底下"时，还是一脚踩空跌进了坑里。

她早忘了北海附近有条烂尾路。这条路大概两年前开始修，本是项利民工程，可主持工程的工部侍郎张大人突遭弹劾，被落了大狱，原因似乎是亏空公款中饱私囊。传闻张大人在狱中自尽身亡，修葺工程也就这么搁置下来，久而久之，路上的小坑就变成了大坑，大坑则变成了天坑。

"你怎么了？也想学着那三位大人英勇就义？"萧昱斜挎着个鼓鼓囊囊的大口袋，抻长脖子往下瞅，看热闹的不嫌事大。

唐艾没好气地瞥了他一眼，从坑里跳上来继续闷头走。

"等会儿，等会儿，"萧昱追上她，"我正有话想跟你说呢。"

"那就快说不然别烦！"

"喂，我这几天可没闲着，也了解到了某些可能对案情有帮助的边边角角。"

唐艾猛地停步："你了解到什么了？"

萧昱拍拍大口袋："衣服铺盖我都备齐了，等到了六扇门我再和你细说。"

萧昱这话的意思，唐艾需要花点时间来理解。

然后她懂了，萧昱摆明了是要跟着她回六扇门，绝不是溜达一圈就拉倒！

"你吃错药了吧你！六扇门乃京师机要，又岂容闲杂人等随意入内？"她咆哮。

萧昱却大模大样地直接朝前走："我这个闲杂人等，可是也在受人之命查这案子，要是助你顺利破案，说不定也能在六扇门里谋个一官半职呢。"

唐艾犹豫了一会儿，横眉冷对道："萧昱我告诉你，到了六扇门以后，你一切都得听我的！"

"这个当然，六扇门又不是菜市场。"

同僚们大多还在外面寻访线索，两人回到衙署内，压根没人注意。

刘大人屋子的房门半掩着，唐艾见刘大人正面对镜子挠秃瓢，也就没和他打招呼，直接把萧昱领进了自己屋里。

"你先在这儿待着，我去找人给你安排一个房间。"唐艾准备去找管事。

"别急别急，眼下整合案情要紧，坐，喝口水。"萧昱一点不拿自己当外人。

唐艾心浮气躁："说吧，你查到什么了？"

萧昱解开大口袋，先扯出衣裳，再拽出被褥，最后掏出了一沓带字的纸。

唐艾一瞧，这些都是近两年的《皇朝时报》，最上边那期的出刊日是天元十八年正月初一，也就是前年的年初第一刊。

萧昱翻开这份报纸，把东坡楼开张酬宾的大广告推到唐艾眼皮下。广告里附着一张画，同框四个人一溜排开，正在酒楼门口眉开眼笑地剪彩。

唐艾只瞧一眼，就觉得当中一人特眼熟："咦，这个没头发的……不是刘大人吗？！"

"瞎说什么大实话，你也不怕被他听见！你再仔细地瞧一瞧其他三个人。"

"这三个人……是司马大人、熊大人和齐大人！"

"说对了。两年前东坡楼开业，专门请了这四位大人去剪彩。据说这几位好川菜这一口，都是出了名的。"

东坡楼这个地方，就是刘大人介绍给唐艾的。可是光凭四位大人口味相似这一点，仍旧很难推断出什么。

萧昱又道："你大概还不知道，司马、熊、齐三个人死亡前夕，都去过东坡楼。"

唐艾不禁眉毛紧皱："东坡楼不是一早就被惠王包下来，谁也不让进了吗？"

"你去肯定不让进，但几位大人的面子在那儿搁着，说上几句话，想要进去应该也不难。又或者还有种可能，他们根本用不着开口，就已经被人请了进去。"

"与三位大人之死有关的人……是惠王？！没根据的事你可千万别瞎说！"

"唉？这句话是你说的，我可什么都没说。"

这家伙每天从早贫到晚，口水怎么那么多！唐艾一通腹诽，也懒得和萧昱理论，又垂目凝视起那张图。一张图里四个人，已经死了仨，而剩下的那一个……

唐艾心道糟糕，昨天她查访回来，瞧见刘大人也刚从外边进屋，现下回忆，当时刘大人身上，就是一股水煮鱼的麻辣香味。

想到这儿，唐艾一个箭步到了门口。刘大人刚巧迈出自己的屋子，看样子也正要往外走。

萧昱在唐艾耳边道："瞧出来了吗？刘和豫的眼神不对劲。咱们也别打搅他，偷偷跟着就是。"

这时候已是大半夜，刘和豫也没带随从，出了总铺胡同就开始摸黑走夜路，方向正冲城北。

唐艾忧虑得不得了，和萧昱两人远远跟在后面，竟一路绕过皇宫大内到了万岁山。

万岁山也属京城内的高大地段，七天前还是刘大人亲自下令封锁的全山。

守山的弟兄见是顶头上司到来，一个个恭谨地退后。刘大人也没"嗯"一声，迈开步子就往山上爬，贼快的。

唐艾一瞧傻了眼，再也不能藏着躲着，一个飞身追上山去。

刘大人距离山顶已是一步之遥。他昂首阔步，凛然挺立，然后……摆好了往下跳的姿势！

"大人，别！"唐艾如离弦之箭般飞蹿而出。千钧一发之际，她拽住了刘大人的裤腰带。

刘大人体重超标，可能已经接近一头幼年的牛。唐艾一记猛扯，让他摔了个四仰八叉。而唐艾直接被他压在身下瞧不见人，当了人肉垫子不说，简直就快窒息而亡。

刘大人眼神空洞，嘴里念念有词，一手拼命捞向空中，明显神志不清："祥云……"

唐艾使出了排山倒海的劲儿，才抽出身子："大人您说什么？"

"祥云……"

唐艾冲着天上瞅瞅——祥云没有，乌云倒是挺厚。那云层就像贴在人的脑瓜顶上，用不了多久就得下大雨。

果然，一道闪电将天幕划开条大口子，紧接着便是一声响彻天地的惊雷。

刘大人似遭雷击，突地打了个激灵，两眼眨眨惊讶地看着唐艾："小唐，你我怎么会在万岁山上？！"

唐艾又急又喜："是您带我来的呀！您刚才……哎，大人，这件事解释起来太复杂，您还是先和我回六扇门吧！"

六扇门守卫众人正挑灯拥向山顶，每个人的眉毛都惊得飞起。

萧昱则撑起手杖，慢吞吞地随在众人身后。六扇门众人看他起先和唐艾在一块儿，这下也没人还有心思理他到底是哪位。

"回……回六扇门！"刘和豫既错愕又尴尬，表情好比生吞了一只青蛙。

唐艾与一众手足火速护送刘大人离山，萧昱虽也向下走着，可离大伙还有好长距离。他一个人孤单地走在风中，清癯的身影竟似带了几许落寞。

唐艾也不晓得动了哪门子的"恻隐之心"，咬咬嘴唇对众手足道："你们先走，我随后就到。你们一定要保证大人安然无恙返回六扇门，回去以后也要有人寸步不离大人左右！"

瓢泼大雨说来就来，刘大人与六扇门众人走远没片刻，雨水已跟湍急的小瀑布似的，从石阶上一级级哗啦啦地淌落。

唐艾躲到棵大树下避雨，冲着还在缓慢移动的萧昱喊道："蜗牛，再不快走是想变成落汤鸡吗？"

萧昱的确走快了点，也扬声对唐艾道："变成落汤鸡总好过被雷劈。我要是你就不站在那儿，站在那儿容易被雷劈。"

"你才会被雷劈，你全家都被雷劈！"唐艾气得肝疼，"哼，好心没好报！"

"我认真的，前面不是有个亭子嘛，到亭子里去！"

萧昱话音刚落，只听"咔嚓"一声裂响，大树枝丫已被滚着火的电光劈断，咣地砸下来。唐艾得亏反应快，瞬间转移了位置，才没被火星燎着衣服。

"看吧，这就是不听话的结果。"萧昱一步迈进亭子，把手杖靠在一边，抖抖衣衫上的水。

"明明就是你乌鸦嘴！"唐艾窝着火拎拧头发，没空和他置气，"刚刚刘大人居然要往山下跳！他就像……就像是中了邪！"

"别激动，刘和豫那行为我瞧见了。只能说……你真勇猛。"

"对了，'祥云'是什么意思？我听见刘大人说'祥云'！"

"祥云……"萧昱没往下接话。

不过顷刻，暴雨便下得彻底没谱儿了，山石树木都瞧不出原本的模样。

水漫万岁山，处处可观海。唐艾跟萧昱两人想下山，似乎就只能坐等雨停了。

天亮时就到了圣上限定的七日之期，而唐艾如今做到的事，就只是救下了刘和豫一人，顺带查到了一丢丢疑似相关的小线索，至于案件背后的真相——呵呵，差得真不是一星半点的远。

她一心想要赶回六扇门，焦躁地在亭子里来回踱步，出了一身大汗。萧昱倒是挺优哉："心急也没用，不如借这空当歇会儿。"他一边说着还一边从怀里掏出了几块芝麻糖，胳膊朝着唐艾一伸。

唐艾没理他，在另一侧坐下。这都什么节骨眼了，她哪还有心思吃糖！

萧昱往唐艾跟前蹭蹭，然后再蹭蹭、再蹭蹭，直到和唐艾肩并了肩、腿挨了腿："你的眼睛好红，得有几天没睡好了吧？"

唐艾拿余光瞥瞥两人紧靠的腿，赶紧朝边上挪挪，冷哼了一声。实际上，她不是没睡好，而是压根没得睡。

她冲一边挪，萧昱跟着就又蹭过来，仍是臭不要脸地紧贴上她，似笑非笑。

唐艾起了一身的鸡皮疙瘩。她居然觉得萧昱的眼神有点色眯眯的！

回想起和萧昱相识以来的日子，唐艾不禁马上就联想到了这家伙的种种可疑行径。

他喜欢对她动手动脚！

他钟意和她睡一张床！

他还要跟她一块洗澡！

不得了，这人莫不是有……有断袖之癖龙阳之好？

唐艾的脸色变得比便秘还难看，她被自己的这一想法吓着了！不不不，这家伙在边关的时候，还说过"娶老婆"那种不着边际的话。所以，一定是她想多了！一定！

唐艾干咳了三声，小心翼翼地又向柱子挪腾了挪腾。

"哎哎，别挪了，要撞上了！"萧昱不忍直视地捂上了眼睛。

唐艾果然撞上了柱子，脑门一侧立马肿起个老大的包。

　　"好好坐着等雨停不就好了嘛，乱动什么呀！"萧昱带着点怜惜，微微使力拨弄开唐艾的手，"别自己乱呼噜，你这样只会越揉越肿。还是让我给你降降温、消消肿。"

　　唐艾脑袋瓜生疼，连带着心里装的事太多，整个人都不清醒。她还没琢磨明白萧昱想干吗，萧昱的手已轻轻搭上她的脑门。

　　他的手掌如冰雪般清凉，在这股凉意的刺激下，唐艾的脑海就像被注入了一缕清风，再也不是一锅乱炖。她发现萧昱就快把脸贴到她脸上，而那个大包好似突然就不疼了。

　　萧昱那双清逸幽邃的双眸闪着点点光华，藏着些微笑意，犹若桃花漾春风。

　　在他的瞳孔中，唐艾面红耳赤，她噌地站了起来。

　　真巧，这场大暴雨也在这时说停就停。

　　唐艾咽了口唾沫就往山下冲，别别扭扭地保持着与萧昱之间的距离，刻意不去瞧他。

　　按理说，她现在满脑子想的应该都是刘大人和案子，可她明显不能集中精神，因为"萧昱"俩字总是恼人地跑来打岔。

　　她又开始对萧昱有所怀疑。其实吧，喜欢女人还是喜欢男人，都纯属个人取向。所以，甭管怎么样……她都应该尊重！

　　唐艾一个劲儿地飞奔，萧昱则在后边晃悠，说快不快说慢不慢。

　　两人下到山脚时，天都还没亮。

　　万岁山正对着的就是皇宫大内的神武门，门旁神不知鬼不觉地停了辆华贵的车辇。

　　一个没胡子的干瘪老头坐在车外，正时不时地冲着山上张望。他瞧见两人人影近了，赶忙把灯笼往车前一挑，就像是故意引人注意。

　　萧昱瞄瞄火光，眉宇似蹙非蹙："唐艾，你走得比我快，先回六扇门去看看刘和豫缓过劲儿来没有，我随后就到。"

　　唐艾当然知道这事至关重要，一刻都耽误不得，于是对萧昱点了个头，以最快速度奔向六扇门。

　　萧昱跟着她的方向走了两步，却转个身冲那车辇而去。

干瘪老头给萧昱让出上车的路，毕恭毕敬道："四殿下，请。"

"蔡公公，求您千万别再那么称呼我。我受不起，怕折寿。"萧昱随意睨一眼车辇，"我不觉得他会想要看见我的脸，有什么话，我就站在这儿说。"

"这……"

"蔡福，不用管他。"威严的低音从车内传来。

"是，陛下。"瘦干的老太监蔡福无奈退到一旁。

他这声"陛下"，应的自然就是坐在车里头的人。除了苍国当今的天子萧擎，世上再没人能被称为"陛下"。

萧昱不屑一顾地转身，拿后脑勺对着车辇："皇上宵衣旰食，大半夜的还要御驾亲临，也是为臣子安危操碎了心。不过现在您可以稍微安心，刘和豫没能跟司马熊齐仨人一般自尽，六扇门人才济济，他已经得救了。至于往后……大概也不会再有哪位大人出事了。"

萧擎自车内凛厉道："你已经查明了这几人自尽背后的真相？"

"真相？呵呵，我说的话都不过是我自己的臆测，您还是别信。天快亮了，我可不敢耽误了您上早朝，就不打扰您为江山社稷劳心劳力了。"萧昱一语言罢抬脚就走。

蔡公公像是还想跟萧昱说上两句，却被萧擎喝令上车，只能眼瞧着萧昱走远。

"陛下，请恕老奴多嘴。老奴瞧着四殿下和上回相见时相比，又清瘦了许多。那时候，他还不需时时靠着手杖支撑身体。这案子您既然也交托了六扇门处理，那四殿下是否就可以不再参与了？"

"不行，"萧擎斩钉截铁道，"他方才的话已经说得很明白，他应是已弄清了几人之死的前因后果，只是目前还缺少确凿的证据。"

"可是四殿下的身子……"

"朕起初让他暗地去调查，也是因为死者只有司马琸一人。然而在司马琸之后相继又有熊国正、齐修远，这几人之死已惊动朝野，即使单纯是为安抚人心，朕也自然会要六扇门承担探查之责。等这案子彻底了了，朕会让他好好休息的。"

"陛下，说到底，您心里边始终还是挂着四殿下的。父子俩，哪来的隔夜仇。"

"隔夜仇……他已恨了我十九年。"

唐艾跑回六扇门，第一件事就是查看刘大人的安危。

刘大人正在院子里焦躁地踱步子，光溜溜的脑瓜顶上边冒汗边反光，走到哪儿就被两个手下跟到哪儿。他瞅见唐艾进门，连呼三声"小唐"，抓住唐艾死不放手。

唐艾尴尬地安抚了他几句，急迫地切回正题："大人，您是不是去过东坡楼？"

"这……"

"大人，您差点连命都丢了，还有什么可藏着掖着的！"

"哎……面子上的功夫，不做不行啊！"

"谁的面子？是不是惠——"

"别说别说，可不能说！"

果真是惠王。

东坡楼唐艾是一定要去的，去之前，她还不死心地问了句刘大人何谓"祥云"。结果不出所料，刘和豫对先前发生的事一概没印象，只把脑袋摇成了拨浪鼓。

唐艾疑窦丛生，只得再三叮嘱兄弟几人："你们一定要与大人形影不离，能跟多紧跟多紧！"

这厢唐艾话没说完，那厢，老太监蔡福已自皇宫大内而来。

蔡公公贴身侍奉萧擎多年，眼下正是奉了萧擎的旨意，来请刘大人进宫面圣。

唐艾只道是皇上怪责六扇门逾期仍未能破案，这就要拿刘大人问罪，有如蹿天猴一样蹿到蔡公公面前，焦灼地解释说案件已见端倪，望皇上能再宽限些时日。

蔡福眯起老眼，喂了唐艾一粒定心丸："今天早些时候发生的事，陛下已经知道了。小唐大人无须担忧，陛下只是以表关心，没有为难他的意思，小唐大人你尽管放手去查案便是。"

唐艾松了一口气，但也不敢多耽搁，送走蔡公公一行人，便飞出六扇门。

萧昱就靠在外墙的墙檐下，半耷拉着眼帘，衣袂随风，一副似睡非睡似醒非醒的疲态。瞅见唐艾出来，他撑撑眼眶，漫不经心地冲唐艾歪嘴一乐："刘和豫没什么事了吧？"

他这笑容似是带着点落拓不羁的味道，只教唐艾心烦意乱。她咬着嘴唇点点头，努力避开萧昱的视线，闷声不吭朝前疾行。

萧昱在她身后道："你走得急也没用，进不去东坡楼都是白搭。"

唐艾不得不停下脚步："你知道我要去东坡楼？你又有办法？"

萧昱还没答话，路那头就走过来几个抬轿子的壮年男子，个个衣着光鲜。

"小唐大人，我家主人有请。"为首的一人上来就对唐艾施礼，腰间令牌上"惠王府"三个大字闪闪发光。

没想到惠王居然会派人找上门来，这倒是省了唐艾好大一番工夫。

"多谢你家主人的盛情。"她配合地坐入轿子。

萧昱刚要跟上来，却被几人毫不客气地一把推开："你是什么人？我家主人只邀请了小唐大人一人！"

唐艾挑开帘子往外望，却见萧昱嘟嘟囔囔地揉着肩走远。

她本以为萧昱怎么着也得死缠烂打一会儿，这时见着他就这么走了，反倒有点不自在。她把窗帘一放，暗自哼声"走得好"，决意暂且不管萧昱，独自去会会惠王。

然而唐艾不知道，萧昱其实并没真的一走了之。他拐过街角便缓缓停步，掏出惠王府的令牌："得亏我早留了一手。"

东坡楼门前还是老样子，被一排大汉里一层外一层地围着。

来给唐艾掀轿帘的人是个青年男子，白白净净，装束朴质。这人一面恭恭谨谨对着唐艾躬身欠腰，一面谦逊有礼地道出了自己的身份——他就是东坡楼年轻有为的大老板，张其睿。

东坡楼建得老高，一圈一圈绕上顶层可是个体力活。

张老板引着唐艾往上走，很是儒雅淡定。唐艾旁敲侧击地打听惠王包场的前因后果，他都避重就轻地答着，大概意思也就是权贵不可违抗，他很身不由己。

唐艾对举止沉稳话不多的人向来有好感，仿佛对张其睿的无奈感同身受，也就没再多问。

东坡楼顶楼的厅室，必然高端大气上档次。浅雕屏风后飘出一缕淡淡的香烟，一个男子托着烟袋杆子转了出来。

这位爷就是惠王殿下，萧擎的次子萧承义。

萧承义三十岁上下，一身玉冠锦衣，连手上的烟枪都精雕细琢、镶金嵌银。他相貌并不出众，八字眉搭着八字胡，第一眼望过去，引人注意的绝对不是脸。

瞧见唐艾，萧承义马上两眼冒光："你就是那个从高丽破了案回来的唐艾？来来来，快给我讲讲你在高丽国都有些什么奇遇！"

唐艾哪能想到，惠王殿下一上来就是这么一句。

屏风前的紫檀木几上还搁着一份《皇朝时报》，正是登着《六扇门神探勇闯夺命窟》的那一期。

萧承义亢奋地往锦榻上一坐，吞云吐雾，兴致勃勃："唐艾，本王专门请你来，就是想亲耳听你讲讲你的那番经历，想来肯定是比这报上说的还要精彩十倍！"

唐艾有点吃惊，合着惠王请她来，只是为了听她讲故事？她直觉这位惠王殿下要么就是在扮猪吃老虎，要么就是真的缺心眼。

张其睿焚上角落里的香炉，淡雅宁逸的薰香很快弥漫开来。

唐艾与萧承义的身份之间，隔着道九天银河宽的鸿沟，可她使命感爆棚，还是决定开门见山："承蒙惠王殿下抬爱，其实就算您不请我，我也会来。我正想要请问王爷您，顺天府尹司马琸、吏部侍郎熊国正，还有都察院右副督御史齐修远三位大人之死，您当知道吧？"

"什么？！司马琸、熊国正和齐修远都死了？！"萧承义眉毛胡子一块拧巴成一团，"张老板，你也知道这事？！"

张其睿正要退出去，这时只得尴尬地抬眼："几位大人……的确是在日前身故了。听闻，都是自尽而亡。"

"啊，本王得抽口烟压压惊！"萧承义瞪着眼猛嘬了一口大烟杆，惊愕的神态怎么看都不像是装的。

唐艾选择继续不动声色："王爷也看报，难道就没瞧见报上对几位大人之死的追踪报道？"

萧承义蔫蔫地坐下："本王对时局向来没兴趣，只喜欢看些奇闻轶事，要张老板给我找的《皇朝时报》都是以前的，刊载的故事必须得是特别有意思的那种。"

他擦了一把脸，又睁圆了眼睛："不过这事……也有点意思！快说快说，那仨人是怎么一块吃饱了撑着想不开的？！"

唐艾简述三人之死，同时暗中观察着萧承义的脸色。萧承义听得入神，不时扼腕抵掌。如果惠王殿下是在演戏，那他的演技实在是浑然天成，捏开了揉碎了都寻不着一丝的破绽。

末了，萧承义一拍大腿："本王好歹也和这几个短命鬼有点交情，怎么着也得去拜拜他们。张老板，替本王摆驾！"

张其睿低眉顺目地应了一声"是"，实际上两眼写满五味杂陈。

惠王的大驾说走就走，唐艾也被邀请同行。

唐艾当然没拒绝。她可得好好看看，惠王殿下的葫芦里，到底卖的什么药。

京城西郊山脉连绵，司马、熊、齐三位大人连挑坟头都跟约好了似的，在西山宝地找了块平缓的小山坡，坐北朝南地辞世长眠，有事没事，还能在阴曹地府唠唠嗑。

要是刘大人也"有幸"跟了来，那就不再是三缺一，四个人凑一桌，刚好可以愉快地玩耍。

萧承义屏退手下一干人等，哼着"良辰美景奈何天"，把三位大人的坟头挨个坐了遍。

一旁，唐艾远远地瞧着萧承义，张其睿的位置只比她更远，就快找不见人。

那边萧承义还在坟前哼悠，这边唐艾的胳膊肘却被一人轻轻一撞。她机警地一转脸，就瞅见了一副不怀好意的尊容——萧昱一身惠王府侍从的打扮，腰上挂着招摇的大令牌，大檐帽遮去半边脸，就这么冷不丁地现身。

他压着声音，先唐艾一步开口："别惊讶，我好不容易才混进来，可不能因为你一嗓子就前功尽弃。"

这话有道理，唐艾忍住没出声，装作若无其事地随便张望。萧昱则泰然自若地回归侍从队伍，只是视线并没落在萧承义身上。

萧承义也是心大，拜完了三位大人，就跟没事人似的，烟枪一摆往回走，优哉地踏起了青赏起了景，顺带把唐艾跟张其睿又叫到身边。

"本王在屋子里待得久了，难得出来舒活舒活筋骨。张老板，本王记得你说的那个制香坊就在这附近吧？本王长这么大，香薰用了不少，却还从没见过制香之法，今日如此凑巧，你就带本王去那制香坊去转一转呗！"

张其睿一脸为难："王爷，那制香坊距此尚有路程。"

"那就趁天没黑赶紧走哇！"萧承义容光焕发。

天色渐渐暗淡下来，制香坊却还连个影都瞅不着。

"停停停！都给本王停！"萧承义很快没了耐心，"什么鬼地方要走这么老远，不去了不去了！"

张其睿听了这话轻松了不少："王爷，荒郊野岭晚来风大，为您的贵体安康着想，还是回京城吧。"

"回什么京城！本王今儿个还就要在这儿安营扎寨了！"萧承义叫嚷着跳下车辇，往大树桩上一坐。

王爷殿下的话自是没人敢违抗，大部队就地停歇。惠王府一众手下开始忙忙叨叨拾柴生火，张老板则又偷偷愁眉苦脸。

"唐艾、张老板，你俩都过来坐！"萧承义招招手，让唐艾和张其睿在身边坐了。

他一会儿挤眉一会儿望天，突然又用一丝不苟的眼神盯着两人，严肃地问道："你们说，本王是不是一个彻头彻尾的二百五？"

惠王殿下出此一问，唐艾与张其睿面面相觑。

还是唐艾打破僵局，小心道："王爷何出此言？"

"哼，别人暗地里怎么说本王，别以为本王不知道！"萧承义一脸的众人皆醉他独醒，"我打小就不招父皇喜欢，自打把我分封出去，他就再没招过我入京。这回要不是他的万寿诞，我这辈子估计都回不了京城！"他鼓着腮帮子大口嘬着烟嘴，越说越不忿，"太子偶尔给我写封信，却总说我玩物丧志、不思进取，从不知为父皇分忧。老三就更别提了，在父皇面前装得人五人六的，私底下根本不理睬我！就连老五、老六那两个乳臭未干的小兔崽子也跟着瞧不上我，背着我和宫人们说我不上道！"

萧承义把自称从"本王"换成了"我"，家族成员被他数落了一溜够。他像是稍稍解了气，老半天没再说话，光顾着抽闷烟。

唐艾却微微蹙眉。

她发现萧承义话中说到圣上、太子、恭王萧承礼，还说到尚未成年的五皇子和六皇子，偏偏对四皇子只字未提。

这个四皇子还真是神秘得很，朝野内外似乎从来没人提起过他。

萧承义蓦地又道："我不就是好抽这一口嘛！这也有错？人还不能有点爱好了？"

他噼里啪啦又说了一堆有的没的，吐出一个烟圈，慢慢叹口气："唉，说多了都是泪……我母妃走得早，没来得及看到父皇登基，妃位都是后来才追封的。当年，就只有祈妃对我还好些，可惜她却被父皇赐死，连带着老四也……"

说到这儿，萧承义似是忽地意识到什么，把后面的话硬生生憋回了嗓子眼。

历朝历代，皇室内庭都得有点不明不白的事情，道理谁都懂。张其睿找了个借口去准备吃食，唐艾虽说头一回听到有人提及四皇子，可关心的重点也不在这儿。

这时候山前大道那边冒出来一片火光，没过半晌，几缕鬼火就幽幽飘了过来。

还好，来的不是鬼，是人。老太监蔡福大老远地寻了来，鬼火就是他手上挑着的灯笼。

蔡公公身后还跟了一群骚兮兮的小太监，同样迈着小碎步，灯笼光火摇摇晃晃。

萧承义没好气地跳起来："蔡公公，本王差点被你吓死！"

蔡福擦擦汗："老奴本也不想来叨扰王爷您的雅兴，奈何皇后娘娘今夜设宴，太子、恭王、五皇子、六皇子，还有馨宁公主等人都被请了去，皇后娘娘也一定要老奴来请您。"

"人可凑得够齐的。"萧承义吧唧吧唧嘴，没有要动身的意思。

蔡福卑躬屈膝不顶用，憋了一会儿后，踮着脚冲萧承义的耳朵眼道："王爷，今儿个是家宴，皇上忙完了，晚些时候也会过去。您要是再不走，那皇上可就要比您先到了。到时候他瞧不见您……"

萧承义闻言态度立马转变，拍拍屁股转三转："父皇要去你倒是早说啊！"

他麻利地跟着蔡福上了轿子，不忘嘀嘀咕咕："这回我可得在父皇面前好好表现，再不能让太子还有老三他们小瞧咯！"

蔡公公说话细声细气的，萧承义却是个不折不扣的大嗓门，随随便便一个字都恨不得传出十万八千里。"父皇""太子""老三"这些个不一般的字眼，在场众人自然是没法屏蔽。

萧昱匿在惠王府的一众侍从中，不着痕迹地勾了勾嘴角，淡漠地垂下眸子。

萧承义一个"走"字出口，大部队便浩浩荡荡地再度出发。唐艾和张其睿都被抛在后面，摆明了是得自己解决去处。

唐艾没证据证明萧承义与三位大人的命案有关，也不能追着萧承义跑到皇宫大内去，便想着先回六扇门，将现有的线索告知刘大人。

张其睿没和她商量，抬腿迈步却也朝着回城的方向走。

"小唐大人请。"

"张老板请。"

两人不约而同点头一笑，氛围那是相当的融洽。

然而，大队伍里总会有那么一两个不跟节奏走的人。唐艾和张其睿没走两步，就撞上了这位掉队的仁兄。

"惠王殿下没去成那制香坊，却不知我有没有这份殊荣，能请张老板领我前去参观参观呢？"

萧昱掀起大檐帽，露出一双清亮绝尘的眸子。

02 浮光掠影

张其睿眼睁睁瞧着萧昱拦在道路中央，明显接受不来这位阁下打招呼的方式。这也不怪他，因为就连唐艾也略吃一惊。

"阁下是惠王府的人，怎么不随王爷走？"张其睿努力保持着读书人的礼节。

"被请去吃饭的人是惠王又不是我，跟着走有什么用？"萧昱嘴角上扬，清宁安然地往唐艾与张其睿两人身边来，"夜色正好，张老板和小唐大人聊得也正好，又正好我也有几句话想与张老板来聊一聊。"

"阁下想聊什么？"

"就聊一聊……张老板是如何神不知鬼不觉，置司马、熊、齐三位大人于死地的。"

这下轮到唐艾不能淡定了。张其睿还没说话，她却已没法掩饰与萧昱相识。

犯罪嫌疑人不该是已经被锁定的惠王吗？萧昱怎么又突然将矛头对准了张老板？这实在是匪夷所思。

张其睿倒是立马镇静："阁下莫非不是惠王府的人，而与小唐大人一样归属六扇门？我与三位大人素不相识，阁下偏要说我与几位大人之死有关，那敢问阁下，证据何在？"

唐艾也道："萧昱，东西可以乱吃，话可不能乱说。你倒是先说说看，张老板哪儿来的犯罪动机？"

萧昱把唐艾拉到身边："还记得北海附近那条修了八百年不见好的路吗？就是你想不开要往坑里跳的那条。"

"什么想不开？！你再胡说八道当心我撕了你！"唐艾眼珠子里冒起三昧真火，"那条路修不好又怎么了？难不成那条路，还和这案子有牵连？"

"这么说吧，和案子有牵连的是主持修葺那条路的人，"萧昱不慌不忙地望望张其睿，"张老板，你说是不是？"

张其睿仍旧很从容："我不太明白阁下的意思。"

萧昱点头："那我就说得明白点。当年主持工程的是工部侍郎张宏放大人，工程原本进展顺利，但张大人却突遭弹劾，不久后在大理寺狱中去世，工程也因此被无限期搁置。"

"说重点！"唐艾急不可耐。

萧昱无奈："这就是重点啊。据说张大人是被一封匿名检举信给拉下水的，而这封信在最开始，就是送到了顺天府尹司马琸的手上。张大人是朝廷要员，吏部自然有责，便由侍郎熊国正出面接手。当初参与调查取证的，还有督察院的齐修远跟六扇门的刘和豫。"

唐艾有点不明白："怎么几位大人之间还有这层联系……可这又关张老板什么事？"

萧昱解释："有人说张宏放大人有个独子，常年在外游历。张大人在狱中亡故后，张夫人悲痛欲绝，也在家中自缢而死，张家至此家破人亡，张大人的独子却自始至终不曾出现。巧了，张老板不单与张大人同姓，早年似乎也曾游学海外。张老板，是这样的吗？"

萧昱话到此处，唐艾要是再听不出端倪，就实在是说不过去了。

照萧昱的意思，张老板就该是张大人的儿子，而张老板的作案动机，也有了一个近乎合理的解释——他在为父报仇。

司马琸、熊国正、齐修远仨人都已身亡，只有刘和豫被唐艾救下，成了唯一一条漏网之鱼。

张其睿脸色微变："世上本就有许多巧合之事，阁下方才所言，也不过都是毫无根据的推测。"

"是推测还是事实，张老板心知肚明。"萧昱波澜不惊地看他，"张大人为官两袖清风，他的案子疑点颇多，那时朝野上下众说纷纭，也有很多人说张大人是遭人诬陷。只奈何案子查到最后，人赃并获，张大人还是获刑入狱，不久便在狱中自尽身亡，死状甚是凄惨。"

张其睿攥紧了拳头，指节作响。他与萧昱凝眸对视，突地一声凄凉自哂，咬牙道："父亲他……是被人陷害致死的！"

这一声"父亲"出口，张其睿便算是彻底承认了自己的身份——他就是张宏放的儿子。

不但承认了这重身份，他还点出了另一个秘密——当年张宏放大人的案子，很可能是一件冤案。

唐艾的目光紧凝在张其睿身上："张老板，几位大人之死，当真……与你有关？"

张其睿恢复冷静："六扇门也好大理寺也罢，办案都是要讲证据的。那三位大人分明是自杀而死，你们如何能单凭我父亲一事，就说我是害人性命的凶手。"

他说得对，萧昱前面那一大串的说辞，都是空口无凭。

唐艾焦心地扯扯萧昱的袖摆，低声道："喂，你拿不出证据，就是血口喷人了！"

萧昱冲她咧咧嘴："别着急，证据离咱们已经很近了。"

没等唐艾质疑，他又抬起眼睛瞧瞧张其睿："张老板，惠王说他很想去见识见识这山中的制香坊，不知那里制出的香有什么特别之处？我们是不是也能去转转？"

张其睿面不改色地说："那制香坊出产的香料都属常见，有些凝神静气的功效，并没什么与众不同。王爷当时只不过是一时兴起，问了两句而已。"

萧昱轻快地一笑："既然张老板都说那制香坊香料没什么大不了，那领我们去看一看也该没所谓才对咯？"

萧昱为什么非要揪着那制香坊不放，唐艾实在是百思不得其解。

她记得在东坡楼时，张其睿也曾于房间内焚香，那香料淡雅怡人，现下想来或许就是由这山中的制香坊制造。

可是，这制香坊又与案子有什么关系呢？

萧昱将眼睛凑近唐艾脑门，慢悠悠地抬起左手，在唐艾眉心上捏起拇指与食指，随后一点点扩大指尖的间距。当他把手指展成"八"字时，唐艾紧拧的眉毛便被他轻柔地舒展开来。

这家伙……居然又来这招！

唐艾顿时脸红脖子粗："萧昱，你的手，在——干——吗？"

萧昱噌地一收胳膊，眼疾手快躲过唐艾抡过来的巴掌："别总是皱着眉嘛，你也不怕长皱纹。"

唐艾只觉肺里就要炸开锅："我长不长皱纹关你什么事，用得着你管？"

"好好好，别激动别激动，是我瞎操心。"萧昱无辜地眨眨眼，摆个认错的姿势，把左手藏到背后。

两人你一言我一语，张其睿直接被晾在一边。"咳咳。"他甚至故意咳嗽了两声以表明存在。

"你等着，别以为我不会收拾你！"唐艾冲萧昱甩过去一个眼神，活脱脱就是杀人灭口。

随后她又转过脸来，郑重其事对张其睿道："张老板，还请你带我们去一趟那制香坊。"

张其睿冷眼相对："没想到连小唐大人也如此坚持。我实在不懂那制香坊有何不妥，但是如果去了那里便能洗脱我的嫌疑，就请二位随我来吧。"

"你——离我远点!"唐艾用胳膊肘一下捅开萧昱,风一般拉大与他之间的距离。

萧昱挑了挑眉又撇了撇嘴,也不知道自言自语嘟囔了什么,乖乖地跟到后边,唯有那双明澈的桃花眸,流光溢彩,远远地望着唐艾,不离寸许。

这一夜月朗星稀,山岚依依。

清风明月似是总能若无其事地撩撩人的神思,唐艾不自觉地就比张其睿走得快了些。

张其睿在她身后问道:"小唐大人,你是否……看见了什么?"

唐艾目不转睛地点点头。

的确,她看到了一点……非常神奇的东西。

张其睿又问道:"小唐大人,你对看到的东西,感兴趣吗?"

唐艾又再点点头:"感兴趣,感兴趣得不得了……"

"那么小唐大人,你愿不愿意去追寻那东西?"

"我……愿意。"

"哪怕搭上性命?"

"哪怕搭上性命。"

张其睿笑了,笑得不明不白。他渐渐放缓脚步,再之后反倒变成向后退去。

唐艾则仍在一步步向前,越走越快,越爬越高,如入无人之境。

于是乎,一幅瑰丽又诡异的画面浑然天成。

瑰丽的部分主要由以下三样景致组成:一轮占据了大半面天幕的皎月、一座兀自拔地而起的高岙,还有一汪嵌于崇山下的碧湾。

负责诡异部分的,则是三束迥异的身影:一束噔噔噔地爬山坡,看起来生猛异常;一束暗搓搓地往后撤,时不时左顾右盼;还有一束静悄悄地飘来飘去,似极了暗夜中伺机而动的灵狐,尽量将身子藏在月色照不到的角落。

这三束影子一点都不难分辨,第一束是唐艾,第二束是张其睿,第三束是萧昱。

然而不过刹那间，萧昱已转变了身姿，如一颗飞驰的流星一纵而起，快得让人来不及眨一下眼睛。过程虽快，电光石火间却已发生了太多转折。

　　萧昱首先掠向了正准备遁走的张其睿。

　　不仅拦下了张其睿，他还点了张其睿的穴，在张其睿耳边说了一句话，并且，这句话还很长——

　　"张老板，我不否认你父亲的案子或许有冤情，但唐艾不是你的仇人，对她出手并非明智之举。我不管你是自己想害她，还是受人指使，她要是没什么事也就算了，可万一她有个三长两短，那张老板你，也就要做好被我寻仇的准备了。"

　　撂下张其睿后，他又飞蹿向唐艾，脚尖行云流水不带一丁点卡顿。

　　唐艾依旧追逐着那样让她甘愿奉献身心的东西，锲而不舍。她已爬到了山巅崖口，面对着茫茫夜色高扬双手，嘴里边神神道道地重复着同一个词语："祥云……祥云……"带着迷离又痴醉的眼神，她一脚踏出悬崖边缘。

　　唐艾前脚踏出去，后脚马不停蹄地就跟上。此举导致的后果必然不堪设想——唐艾自杀式坠崖。

　　她的身体霍地失却重心，一个扭转便极速下坠，头冲下，脚朝上。更不可名状的是，她的脸上漾着谜样的微笑，飘零的发丝还带着点凄楚的美感。

　　然而，唐艾很快便不再是孤零零的一个人。

　　坠崖的人数以迅雷不及掩耳之势从一个增加到两个。

　　前一刻，萧昱清逸灵动的影子飞出了崖际。后一刻，他已紧紧揽住唐艾的腰肢。皎月清风中，两个人的身影交织成一束，一同坠向悬崖下的碧潭，一瞬千里。

　　碧水幽深难测，原本只是微风拂柳般地浅泛涟漪。当下，它却为降低两人坠崖身亡的可能性做出了尤为突出的贡献。

　　扑通！

　　两人浑然一体地扎入水中。波光一圈圈，浪花一朵朵，再加上漫天月华与徐徐夜岚的陪衬，画面不能再美好。

虽说就快入夏，可潭水仍是透心凉。要人命的寒意从唐艾的脚底板直蹿天灵盖，倏地就抽走了她身体里那无穷尽的浑噩。

月光打入水中，穿透力还挺不错。

唐艾两眼一睁，愣愣瞅一眼萧昱，一吸气、一呼气，手舞足蹈。

要知道，小唐大人十八般武艺样样精通，却唯独没能点亮游泳技能。这就不得了啦。

首先，唐艾察觉到自己全身上下，包括脑袋瓜顶都浸在水里。

其次，她惊讶地发现萧昱也在水中，并且正和她脸抵脸胸贴胸地勾搭在一块。

最后，因为刚才呼吸的那口气，她一边对萧昱拳打脚踢，一边毫无疑问地溺水了。

接下来，唐艾自然是生不如死的酸爽。她越是喘不上来气，就越是拼了老命地抡胳膊蹬腿，越是抡胳膊蹬腿，就越是挡不住大水四面八方地涌来。

总之，她脑瓜壳上但凡有眼的地方都在进水。同时，她还有本事克服一切水中的阻力，对萧昱造成多重直截了当的伤害。

一撕一拽，萧昱搞来的那件惠王府的衣裳便最先遭殃，生生地被她扯下来，不一会儿就漂出了八丈远。

这也还不算什么，唐艾再一个五指钩呼过来，萧昱的白衣也立马开了个大口子，一小包蜜饯顺着口子掉出来，一眨眼就沉到了湖心底。

唐艾手上没完没了，腿脚也不能闲着，一记无影脚来了，又飞来一招旋风腿，萧昱的胯骨膝盖脚脖子均无一幸免地成为她的袭击对象。

幸而，唐艾的垂死挣扎并没能持续多长时间。在这短暂的时间内，萧昱双目不移，不躲不防，只将臂弯不遗余力地环紧了她，带着她朝水面急游。

很快，唐艾就彻底喘不上气来了。两人脑袋露出水面时，她已是一只软脚虾，再次失去意识。

萧昱急如星火地把唐艾扛到岸边，动作具体有多快不太好形容。两人的发尾身间，只有晶晶亮的水珠飘飘然而泻，洋洋洒洒，肆无忌惮。

可萧昱行进之时，右足的姿态明显与左足不一样。他的右腿流露出跛态，算不得太严重，却比先前的任何时候都严重。不过，他本人仿佛不以为意，碰都没碰背上长匣里的手杖。

唐艾被萧昱迅速地安置在一块平地上，四肢平展，气息微弱，装满水的小肚子形象演绎了女子有孕四五月时的美态。

"唐艾，你这肚子的容量，也是没谁了。"萧昱这时候居然还不忘调侃上两句，也是……没谁了。

他撑着地面矮下身，左腿弓得轻而易举，右腿则不听话地费了点力气。不仅费了点力气，这条腿在完全弯曲时还蹦出来了咯噔一声响，似是某种机括在某样器皿中意外断折。

萧昱仅仅用余光瞥了眼右腿，眉宇间的涩意来去无踪。

唐艾白不溜丢的脸堪比无常君，跑出去吓人绝对一吓一个准，就连晕厥也做到了非同一般的超凡脱俗。

她的身体被水泡得又肿又涨，湿透的衣衫下还裹着束胸。这条束胸可以完美隐藏起她女孩的特征，此际却在凶残剥夺她呼吸的权利。

萧昱目不转睛地朝唐艾胸脯一睨，像是能将她一眼看穿，在嘴里念叨了一句"性命攸关，得罪得罪"，紧接着便一气呵成地完成了以下三部曲：

解开唐艾的衣襟——扯裂唐艾的束胸——掰开唐艾的唇齿。

唐艾肚子里滚起水泡泡。

萧昱面不改色，指尖由下自上从唐艾的肚脐眼拂到嗓子眼，一通推波助澜。同一时间，他也把自己的脑袋在唐艾脸边低低垂下，看架势，是准备好了要给唐艾嘴对嘴传气。

此举的效果立竿见影。

清清凉凉的风被萧昱送入唐艾口中，又顺势而下，唐艾肚子里的泡泡便冒得更欢了。听声响，积水是在陆陆续续地往上蹿。

不多时，唐艾喉头就开始咕嘟嘟地作起响，再来就"哇呜"喷出了一束水柱。

排水结束后，她的肚子即刻小下去一圈，胸膛也开始有所起伏，就是神思还不清醒。

萧昱听听唐艾的心跳，将她的衣襟重新系好。

"这情景，怎么感觉似曾相识……"他谐谑自语，滴着水的发丝顽皮地戳着唐艾的脸颊，好似不甘寂寞的小兔崽子，总要偷着摸地找机会捣蛋。

有那么一刻，萧昱眸中漾起了狡黠的光彩，脸上的笑容居心不良。然后，他的嘴唇与唐艾的脑门就只剩下了一根头发丝的距离。再往前进，他就可以向唐艾的眉心送上一记深吻。

可再小的距离也是距离。

风无痕，水无波，萧昱就在这距离之内停止了一切举动，静若处子，点尘不惊。

又过得片刻，他终于撑着地面翻了个身，懒洋洋地与唐艾并肩一躺，翛然望着满天星月："君子有所为有所不为，刚才能做的事现在却是没理由了……徐湛那家伙倒也不是一无是处，是不是木讷的人都比较容易做到坐怀不乱？"

"阿嚏！"徐湛打了个惊世骇俗的大喷嚏。

他正往总铺胡同走着，一身凛然正气辐射方圆十里。

总铺胡同即是六扇门的衙署所在。

《皇朝时报》那天采访过唐艾的两名街探，就着月色鬼鬼祟祟猫在墙头，被徐湛那声响一吓，一跌一个底朝天。这二位兄弟揉着屁股将将要起身，眼前的光亮却已被徐湛挺拔的身躯全数遮去。

他俩连呼"大人饶命"，没等徐湛开口，便来了一番自我介绍，末了，还给徐湛递上两张名帖。

徐湛老脸微热："你们大半夜的不睡觉，在这儿做什么？"

这两人站得笔挺，也才到徐湛胸膛。

当中一人道："说出来好像不是太光彩，可蹲点拿料原就是我们的本职，甭管风吹日晒还是雷打雨淋，这点职业操守我们还是有的！大人，司马、熊、齐三位大人的案子到现在都还没个定论，不知道您能否给咱们透露点六扇门的内部进展？"

徐湛一本正经地脸红："三位大人之事我有耳闻，可你问错人了，我不是六扇门中人。"

另一人赶紧问道："那您是？"

"我从边关来，本想寻访故友，却听闻他在前日搬来了六扇门。正巧我也识得六扇门的唐艾大人，就想着来看看。"

"这可不巧，小唐大人早上就被惠王爷请走了，到现在都还没回来！"

小唐大人当然回不来，因为她还躺在西山那一湾碧水畔。

夜里的山岚轻轻吹着，唐艾的鬓发随风微扬，就这样安安静静地平躺着，好一个与世无争。

但是没过多久，她就没这么本分了。她的手指不自然地动了动，眼皮随即一挤一开，两粒眼珠子直愣愣地瞪上月华与星光。

谢天谢地谢爹娘，唐艾总算活过来了。

她噌地坐直身子，脑子里嗡嗡乱响，又噌地跳了起来，不管不顾迈开大步——可惜只有一步。

唐艾不能再走了，因为这一步迈出，她的脚下便传来了嘎嘣一声脆响。她以为自己踩断了一截枯木，但她立时便发现她错了，被她一脚踩上去的并不是枯木，而是一条腿——萧昱的右腿。

唐艾挺尸的时候，萧昱也是躺着的，非但躺着，还是挨着唐艾身边躺着。

他本是四平八稳地合着目，断裂的响声一出，他马上跟着"嗷呜"一声鬼叫，脸色泛白，冲唐艾挤出个苦不堪言的表情。

唐艾刚醒过来，脑袋里一团乱麻，能理清的思路非常有限。可她还是意识到自己做了一件错事，一不留神，大错特错。

她大概是把萧昱的小腿踩断了。

然，唐艾总觉得似乎哪里不对。就凭那一脚下去的脚感，她宁愿相信自己踩断的是一截枯木。

萧昱苦涩地举目望天，一脸的哭笑不得："唐艾，做你的救命恩人我真是倒了八辈子的血霉……你这是要上天啊！"

"救命……恩人？！"唐艾的记忆出现了不得了的断层。

她的衣衫还没干透，头发丝湿答答地贴在后脖颈子上，一动就甩出一串水。而萧昱正撑着地面费劲地坐起来，袍袖衣摆一样潮乎乎的。

种种迹象都表明，唐艾的确是从水里出来的。能把她从水里带上岸的人，除了萧昱就不该再有第二位。

按常理，腿被踩断了还不得痛得哭爹喊娘？

可萧昱的表现不一样。他是有那么点苦楚，却又没到不可救药的地步，只向唐艾抛过去一个无可奈何的眼神。

"我……是不是把你踩伤了？"唐艾吃不准他到底有事没事。

"放心，这条腿没机会再伤第二次了。"萧昱半死不活地一哼哼，从背上的长匣里抽出手杖，"你既然没什么事了，就去瞧瞧张其睿吧，他应该还在山崖上。"

听到"张其睿"仨字，唐艾蓦地回神。从她现下所处的位置，根本望不到山上的情况。

"张其睿固然重要，可是我……还有你……"唐艾支支吾吾，就是没法往下说。想不承认也不行，甭管她断片之前出过什么大幺蛾子，如今还能在这儿喘气，都得多亏了萧昱。

萧昱安静得一反常态，大半晌后才臭不要脸地冲着唐艾斜斜眼："你想谢我就直说，我一点儿都不心虚。"

"那就……多谢了。"唐艾并没能如释重负。算起来，这家伙理应不是第一次出手救她了。

"却之不恭，"萧昱没有站起来的意思，扭头望着一汪碧水，眼底同样清幽无波，只留给唐艾一抹萧索的背影，"好了，谢也谢完了，你可以走了。张其睿就是谋害几位大人的凶手，证据就在这山间的制香坊中，你去把张其睿带回六扇门吧。"

"……"唐艾没动弹。

萧昱把玩着手杖，也不回头："你怎么还不走？"

"什么叫'我怎么还不走'？难道不是一起走吗？"

"我累了，不走了。"

"那我也不走！"唐艾突然扭个身，扑通跪在萧昱腿边。

"你干吗？你干吗？"萧昱赶忙向后挪腾。

"让我看看你的伤！"唐艾却紧抓不放。

刺啦……尴尬的撕裂声响起后，两人同时都不动了。

唐艾的姿势着实很好笑，她向前弯着腰，向后撅着屁股，两手抓着从萧昱裤脚扯下来的布片。可是唐艾一点儿都笑不出来，非但她笑不出来，就连平时嬉皮笑脸惯了的萧昱也笑不出来。

因为，唐艾不止扯下了萧昱右腿的裤脚，跟着裤脚一同被她卸下来抓在手里的，还有——

萧昱的一条小腿。

没错，萧昱的一条小腿与大腿已经完完全全地分离，没有一丁点儿血肉的相连。

唐艾呆若木鸡："……"

萧昱生无可恋："……"

时间仿佛过去了千秋万载，两人谁也不说话，各自保持着纹丝不动的窘态，简直两尊滑稽的雕像。

一阵风吹来，萧昱方才萧索地低咳了一声："放手。"

好巧不巧又来了第二阵风，唐艾勉强吞了口唾沫，乖乖松开手指，把这条腿轻而缓地置在地上，表现得不能更听话。

萧昱的这条小腿不是活着的。换一个说法，这条腿是没有生命的。它的组成并不是骨骼和筋肉，而是金属与木质。

这是一条义肢，被精细雕琢成人的腿脚形态，带着环扣和机括，机括能看到明显的断折，环扣也被外力扯裂了好几处，但最致命的损坏还是来自于木腔的塌方。

很显然，没有唐艾那一脚怪力乱神，它也不至于沦落到这步田地。

"我刚刚就说了，这条腿没机会再伤第二次。从我失去它的那天开始，就没机会了……"萧昱一声叹息，几不可闻，"我要你走，你却扑过来，真是一点面子都不给我。"

他漫不经心地抬抬眸子，随后潇洒地笑了笑："好了，现在你什么都知道了。我残废得很彻底，既没有右手，也没有右腿。"

萧昱越是说的云淡风轻，唐艾越是无言以对。

萧昱偏偏在拿正眼瞧她，清朗的目光好像无处不在："这条腿其实也没那么脆弱，在水里的时候，你的盖世神功也不过是弄坏了扣环和一处小连接。我只是没想到，你还会再来补上一脚。"

他半开着玩笑拉过义足，又随意扬起衣衫的下摆。等到衣摆飘落时，义足与他剩余的腿部又已合二为一。

萧昱接着便解下了背上的长匣，指尖按下几个机门，匣子里便弹出几根木条，有长有短，形状不一。

萧昱也没解释，将手杖用两腿夹紧一拆一卸，又取过木条挨个装拧，一柄手杖很快便被他重新组装成了一根拐杖。

这根拐杖与常见的拐杖也不大一样，并没有一根横梁让人架在腋下，而是在上端有一道可以环住手臂的半开弯折。

"是你说要一起走的，就别嫌弃我慢吞吞地做蜗牛。"萧昱笑看唐艾，"喂，借你的肩膀用一用。"

"什么……哦，好，好！"唐艾费了老劲儿才捋直舌头，将肩膀凑到萧昱左手边上。

"你要是平常也能像现在这样温和就好啦。"萧昱撑着唐艾的肩膀站起身，并没用多大的力气。

唐艾撇过脸，耳朵渐红："你帮了我，我帮回来不是很应该吗！"

萧昱翘翘嘴角："说的是，那你就再可怜可怜我，多帮我一次，往前走，别回头。眼下我走路的样子会变得很难看。"

"好……我不回头。"唐艾点点头。

"谁回头谁就是小狗。"

"谁回头谁就是小狗！"

这一夜，清风明月仍旧一如既往地拂照山岗，沁人心脾，只有时光似乎变得相当漫长。

唐艾向前走着，刻意控制着步速。

萧昱在唐艾身后，与她隔得不算远也不算近。他也在走着，以一种唐艾答应不去看的方式。

唐艾能听到身后拐杖的点地声，也能在不经意间看见地上那道幽长的清影。

那是萧昱的影子，不同于唐艾，不同于任何人，走得辛苦却从容。

唐艾咬咬牙，努力集中思绪。

张其睿被她抛诸脑后太久，她必须得把他捞起来了。案子扑朔迷离，她首先得弄清楚之前究竟发生过什么。

"萧昱，我要你实话对我说，我是怎么跌进那深潭里去的？"她边走边问，憋着不转头。

萧昱的声音传来："回答这个问题之前，我也有个问题想问你。你和张其睿走在一起的时候，是不是看见了什么很神奇的东西？"

"很神奇的东西？"

"比如说，祥云。"

唐艾虎躯一震。

她上一回听到"祥云"这词，是从刘大人嘴里。约莫就在一天前，也是这么个三更半夜，刘大人居然准备从万岁山上往下跳，八匹马都拉不住。

　　"整件案子的原委，说复杂也不复杂，说简单也不简单，不过我不介意给你梳理梳理。张其睿犯下的命案，惠王萧承义其实并不知情，他只不过是被张其睿利用，傻乎乎地当了一把帮凶。"

　　"你说……惠王只是帮凶？"唐艾诧异道。

　　"你和萧承义待了快一整天，不会瞧不出他是个老烟枪。萧承义嗜烟如命，这辈子却只抽一种产于天竺的烟叶，汉话叫作多罗草。多罗草价值连城，只在天竺皇室内庭栽种，我苍国水土却不宜移栽，所以萧承义凭着他二皇子的身份，每年都会斥巨资向天竺皇室收购。他花多少钱倒和我们没关系，只是几位大人之死有一半的原因，得归咎在这多罗草上。"

　　"多罗草……一半的原因是这个多罗草，那另一半呢？！"

　　"另一半，就是张其睿在东坡楼里焚的香。"

　　张其睿焚香。

　　唐艾马上记起东坡楼里那种恬淡舒心的气味。

　　萧昱又道："我要是猜得不错，张其睿在东坡楼内焚的香叫作明樱香，这种香料也非我苍国所产，而是产自东瀛。多罗草本没有毒，明樱香也没有，但若两者同时焚起，便会产生一种奇异的香气，这种香气却是有毒性的。"

　　唐艾抢道："这香气莫不是有着能让人产生幻象的毒性？"

　　"对，司马琸闻过这香气，熊国正闻过这香气，齐修远和刘和豫也统统都闻过这香气。就连你，也一定在白日里闻过这香气。这香气的毒性不会当即发作，而是在体内暂存，等到夜深人静时才把你们这群人拉出来遛遛。"

　　"等等，照你所说，惠王和张其睿岂不是每天都在闻这香气？他们怎么没事？！"

　　"萧承义抽了十几二十年的烟杆子，多罗草中的物质早就深入他的身体。张其睿也一样，他曾四海游历，去过东瀛毫不出奇。长时间焚燃明樱香，这香料中的成分也会在他的身体中沉淀。这就好比江湖中不少用毒的人每日与毒物接触，久而久之，身体就不畏毒了。萧承义与张其睿和这些人差不多，就算是吸入多罗草与明樱香共燃时产生的毒气，两人体内沉积多年的物质也会自然而然地稀释毒气。我一再提出让张其睿带我们去看那制香坊，便是因为我判断他的明樱香，就是在那制香坊中制造。"

"那我能不能这么理解，惠王到京城来，包下哪家酒楼不是包，他最后包下东坡楼，便是因为张其睿早有设计，就等他入套。"

"该是如此。"

好，以上就当萧昱分析得有道理，唐艾可以暂不怀疑。但是张其睿说父亲张宏放沉冤莫白，个中曲直，又究竟是怎样的呢？

唐艾入官场有了些时候，对满朝文武大致了解，工部张大人的那件事，她也曾阅读过卷宗。照其中记载，似乎找不出哪儿有破绽。

萧昱的低吟又飘然而至："唐艾，你对皇帝老儿的几个儿子，都作何评价？"

唐艾心思正集中，猛地听见这位爷八竿子打不着的一句问话，忍不了老血上涌："你问这个干吗，现在是讨论这些的时候吗？！"

萧昱却不理她呛声，自顾自道："皇帝老儿子嗣众多，排第二的那个萧承义先且撇去不谈，老大萧承仁敦厚仁爱、老三萧承礼机智沉稳，两人又都是皇后所出，朝中威望旗鼓相当。当年皇帝老儿立储，朝臣便形成两派，一派拥护萧承仁，一派支持萧承礼。工部的张宏放，是少数不站队的人。"

萧昱所讲已时隔多年，唐艾对此并不是很知情。不过这位爷扯来扯去，总算绕回张大人身上，对她挖掘线索兴许有帮助，倒也不妨一听。

萧昱继续说道："俗话说得好，背靠大树好乘凉。张大人一个独行侠，朝中日子必然难过。早前和他不对盘、想给他使绊子的人，必然很多。张其睿说张大人被栽赃嫁祸，不无可能。"

"张大人若真冤死，那陷害他的人，手段未免太高明！"唐艾脚下的步子不自觉地加快。她却没发觉，萧昱刚才的那番话，越到后来音量越轻微、音色越低迷。

找到张其睿，就离真相更近一步。

唐艾又想到，当时自己定然是产生了幻觉，如同顶头上司刘大人一般，看见了所谓的"祥云"，在"祥云"的诱使下攀上高峰，最终失足落崖。

她唯一的感怀之处只在于，坠崖时，她并不是一个人。

所以还有一件事，她必须问："萧昱，我跌落山崖也就罢了，你为什么……也要跟上来？"

唐艾说出这句话，本以为萧昱调侃也好揶揄也罢，至少也能没正经地答上个一句半句。谁知等了半天，别说是一句半句了，她连一个字都没从萧昱嘴里听到。

说好了不回头的，唐艾只有忍住了继续往前走，又一次攀上山峦。

然而，她并没有如愿看到被制住穴道的张其睿。

张其睿，不见了！

张其睿会去哪儿？张其睿又能去哪儿？唐艾飞速运转起思绪。

萧昱没理由骗她。

不见的人不光是张其睿。拐杖点地的声音，也已从唐艾后方消失很久了。

也对，唐艾随时能健步如飞，可萧昱不能，现在让他来爬山，实在是强人所难。

唐艾飞一般地奔下山，在一棵茂盛的黄栌树下看到了萧昱的影子，马上大步流星地冲过去。萧昱正背倚着树干，双目微合，逮哪儿歇哪儿也是本事。

月光恰如其分地把他分化成一半一半。他残缺的半面身躯被婆娑的树影遮着，完好的那一侧则浸润着皎白的月华，看起来清清冷冷，透着种不惊烟尘的颓靡。

这副宁静过头的样子，不是萧昱的常态。

唐艾倒也没多想，火急火燎地嚷出张其睿跟他们玩失踪。

萧昱并没太惊讶，慢悠悠地转了转眼珠子："张其睿应该是被人带走了。"

他这话说得有点儿有气无力，唐艾却没听出来。

"张其睿还有同伙？！"她只是更焦心了。

萧昱平静道："或许不算是同伙。不过，张其睿去哪儿也不难猜，他去的地方正是我们想去的地方。"

不用说，这个地方就是这山中的制香坊，具体的方位也只有张其睿知道。

"怎么办，张其睿一定会把证据销毁！"唐艾急得原地转圈。

萧昱却冷不丁地转身："唐艾，我走了……"

"你去哪儿？案子你不管了？"唐艾做不到不去瞧他，这才发现他面色幽清，相当憔悴。

"小狗。"萧昱笑得痞里痞气。

"你——"唐艾没词了。

"我身上本来有一包甜甜的蜜饯，却在水里不见了，想来也是你的丰功伟绩，"萧昱耷拉着眉毛，拖个长音，"我要回家找糖吃。"

这个人，说他要回、家、找、糖、吃。

唐艾遭受到会心一击："告诉我你不是认真的！"

"对不起，我是。"

"你别走！"唐艾猛扯萧昱的袖摆。

由于动作太凶猛，萧昱的袖摆也没能逃过和裤脚一样的厄运，生生地被她拽裂。

唐艾的脸上大写着尴尬，她一咬牙，一跺脚："我的意思是，你别……别一个人走……就算要走，也让我给你搭把手，就当是我还了你的恩情！"

萧昱没拒绝也没表态，直到唐艾展示出她非同一般地"搭把手"技巧，才啧啧叹了两叹。

唐艾的"搭把手"远远超出了字面上的范围。

"来吧，我背你。"

她岔开马步弓下背，像头小牛一样闷喘了一声。

萧昱无奈："你这是在用生命诠释'搭把手'啊。"

"少废话！你不是不想让我看你吗？我背你走，那就既帮了你，又看不到你！"

唐艾眼前是簌动的草木，草木上是溶溶的月色。她只能看到这些，也很坦然只能看到这些。

良久过后，她肩头上终于多出了某样重量。

"背就不必了，不过借个肩膀还是可以的，"萧昱将手轻轻搭上她的肩，满眼尽是山长水阔，"还有，你既然已经当了小狗，我倒是不介意什么看不看的了。"

剩下的路程算不得远，可萧昱的右腿只能在地上拖行，走得委实很艰辛。他并没将身体的重量都压在唐艾的肩上，唐艾实际上也没花多大力气。

一路上萧昱没怎么说话，唐艾也便默不吭声。两人似乎在无形中形成了某种默契，迈出的步幅都很相似。

清雅静谧的小院落转角就到，不大、不小俩小崽子睡眼惺忪地跑来应门。不小跑得快，胳膊肘正往袖子里抽。不大跑得慢，不时地还鼾鼾两声。

两人瞧见唐艾和萧昱，眼珠子齐齐发直，手忙脚乱地扶过萧昱，嘟噜着问个不停。

"只是回来换身衣裳，用不着大惊小怪，你俩赶紧睡觉去。"萧昱就跟没事人似的。

俩小孩不情愿地进了屋，虽说熄了火烛，却偷着摸地扒在窗户缝上，一块往外瞄。

不大道："公子又把唐艾带来了……他腿坏了不说，衣服还被扯烂了，而且一看就是在强撑着身子！"

不小道："肯定都是那个唐艾干的好事！"

不大呜呜呜："这个唐艾实在是太可恶了……"

不小嘤嘤嘤："所以咱们可得给唐艾一点儿好看！"

"这儿就只有我的衣裳，别嫌弃。"萧昱把唐艾领进另一侧的屋子，示意唐艾自取，"我去找糖吃咯，你自便。"

他把唐艾一人撂下，自己穿过小院，又在不大不小的房门口停下，轻咳两声："睡觉，错过了时辰该不长个儿了。"

这话自然是说给俩小崽子听的。

"公子公子，我俩就再多说一句！"不大的声音从门缝里飘出来。

不小接过话："白天的时候小徐将军来过，我俩说你去六扇门了，他就说去那儿找你。好了，说完了，我俩这就睡觉！"

"老头子果然把他弄回来了。"萧昱有一搭没一搭地笑笑，一步步朝着院那头去。

他的脸色很苍白，步子很糟糕。有那么几个瞬间，他缓缓地停下来，合起双眼沉沉地喘息，之后才又向前行。

短短几步路，花去了他相当长的时间。

院子这边有两间屋子，萧昱将其中一间的门推开，一股甜腻腻的香气便满溢而出。

这是一间小仓库，只贮存了同一个类别的东西——能入口的甜食。

大箱子小箱子、大罐子小罐子，屋里尽是各式的糖果和糕点，琳琅满目，惹人垂涎。

萧昱端起桂花蜜，直接就往嘴里灌，又抓了几块栗子糕，然后一点点挪到了另一间屋子。

这屋子像个小工坊，摆着好些小工具。

萧昱挨着角落坐下来，轻撩衣摆看看右腿，微微叹息。除去义肢损坏，他的右膝还渗出了零星的血渍，似极梅花落雪间。

"太子、惠王、恭王、小五、小六、小七……今夜的皇宫一定很热闹。"他一块一块摆开栗子糕，目色幽宁而深沉。

这晚的皇宫的确一度很热闹，然而此时更深露重，笙歌乐舞点到即止。夜有微风，乾清宫前的高台上，只站着苍国的天子萧擎与老太监蔡福两人。

蔡福佝偻着背，关切道："陛下，老奴斗胆猜测，您是在为几位殿下烦忧？"

萧擎神情微变："太子忠厚仁慈，却缺乏手段。老二就是个草包，不提也罢。老五、老六又年纪尚轻，尚不懂得朝政厉害。今夜看来，倒是老三在外历练几年，很有些杀伐决断、宙时度势的能耐。"

蔡福："老奴不敢妄言，但见三殿下英姿勃发，的确有几分陛下当年的风采。"

"连你也这么想？这就是老三的过人之处了。太子若非是太子，或许不会是老三的对手。"萧擎一声长叹，举头望月，"月圆之夜，该是合家团聚的时候，朕的家中，却始终缺了一人。"

"陛下是在说四殿下？"

"这么多年，他与朕之间的隔阂始终未除。如果当年种种都不曾发生过，他的身子就不会是现今这般模样，储君之位，也该是他的。"

"陛下，老奴知道您惦记着四殿下，恰好给您说个事。老奴最近不是时常往宫外跑吗，看见六扇门的唐艾似乎与四殿下走得很近。"

"唐艾？"

"对，就是前些时日被派去边关的那个唐艾。这回几位大人的命案，六扇门那头也是唐艾在负责。"

唐艾肩上的重责当然杠杠的。

她三下五除二地更衣，这才惊觉束胸早就晃悠到了肚皮上！难怪她醒来就觉得身体莫名轻松，吸气都比平时足。

"还好有惊无险，萧昱那家伙什么都不知道。"她丝毫不敢怠慢，又把自己勒得半死。

萧昱老久没回来，唐艾坐不住，就夹着另一套干净衣衫出了门口，寻着透亮的方位去。

值得她关怀的人不多，打今天起，萧昱算一个。

小工坊的屋门没掩严实，走近了便能闻到一丝恬淡的桂花香。唐艾先是瞅见了桌子上的桂花蜜，再来才瞅见萧昱猫在犄角旮旯里。

"怎么，你想我啦？"萧昱抬头瞄她，扯起个坏笑，"那衣服……是拿来给我的？"

他的脸色仍然幽白得过分，但声音听来总归要比先前好。

"给你的给你的！你身上的衣服都被扯坏了，不是还没换吗！"唐艾无端窘迫，闪电似的把衣衫丢到桌上。

"能让小唐大人亲自送来衣裳，我真是三生有幸。"萧昱假惺惺地感恩戴德。

唐艾往前走两步，总算瞧清楚萧昱在干吗。

他的身前摆着两条义肢，被她踩坏了的那条，部件已被拆得七七八八，另一条看着崭新的，正被他搂在怀里调试。

萧昱的功夫很好，轻功更是举世无双。唐艾只是很难想象，一个能做到踏雪无痕的人，竟然只有一只手与一条腿。大多数健全之人穷其一生研习身法，也不一定能达成他一半的成就。

"萧昱，你介意我问问你……"

"问问我的手和脚是怎么断的？呵呵，这真是一个忧伤的故事。简而言之，就是我在小时候出过一回事，捡回一条命，付出了一点代价。"忧伤的故事，从萧昱嘴里说出来一点都不忧伤。他看上去挺明媚，装上新义肢后便晃晃悠悠地站起来，倚着墙边慢慢踱开步子。

唐艾想去扶他，却被他莞尔回绝："新东西总得磨合磨合，这个就不劳你大驾了，等一会儿再找你帮手。"

绕着屋子走了一圈之后，萧昱重新回到唐艾面前，眼里闪起贼光："英明果敢的小唐大人怎会没有用武之地。我如今这副样子，做什么都不太方便。你不如……就来帮我换个衣服呗！"

帮他换……唐艾心情略微妙，她确定自己没听错。

"站好了别动！"她早该料到此人有毒！

萧昱听话地摆好姿势："穿衣服就好，裤子不用换。"

"你就算想也没门！"唐艾耳根子一热，立马顶回去一句。

萧昱身量清癯，退了外衫，身子就更显得单薄。

亵衣之下，他完整的半面身躯隐隐可见颀长的骨骼，另一面带有缺失的躯体，却也堂而皇之地暴露在外，空无一物的袖管在微风中轻轻荡着，让人看了忍不住叹息。

唐艾阴错阳差地一瞥，又看见他膝间的淡淡血痕："萧昱，走路时间久了，你的腿……会不会很疼？"

"能走总比不能强。"萧昱潇洒地望望天色，完全不当一回事。

"不能再耽搁了，一定要把张其睿找出来！"唐艾忍不住焦躁，火速冲向院子，却没注意不大不小的屋子正悄无声息地开了缝。

哗啦———盆凉水飞溅而出，准得没谱地把她从头浇到了脚。

03 有梦无心

一夜之内连做两回落汤鸡，滋味儿不要太销魂。

大水珠子吧嗒吧嗒地滴在地上，唐艾呆愣愣地一撇嘴，吐出一道小水柱。

　　稍过片刻，她一转身、一抬脚，直不愣登就走。

　　唐艾没地方置气，也没空置气，赶紧换身衣裳去找张其睿，才是她该做的事。所以，她这是去找新衣服去了。

　　萧昱这地方有一点好，衣服多，够换。

　　不大、不小往外探头，从乐不思蜀到乐极生悲，用不了一息——因为萧昱就站在门边上。

　　"什么仇什么怨，"他在俩小兔崽子脑袋上各敲了一下，眼睛眯成一条缝，"罚，必须罚。"

　　"公子我们知错了！"不大、不小揪着耳垂一块儿哀号。

　　萧昱也不理两人，扭头就走："就罚你们不准睡觉，现在就去六扇门把徐湛给我找回来。"

　　别人家的小闺女走起路来步步生莲，唐艾却是步步漏水。要是哪个吃瓜群众瞅见了她，指不定以为她经历了怎样一遭风雨飘摇。

　　唐艾冲回屋子紧掩房门，甩下湿答答的衣裳，又去柜子里扒拉。

　　萧昱的声音从屋外传进来："小孩子不知道轻重，是我管教得不好，你别介意。"

　　唐艾闷头"嗯"了一声，没想多说话。

　　萧昱又道："山里边不比城里边，你把身上都擦干了再换衣服，当心着凉。"

　　唐艾瞟瞟窗户，能瞄到窗外萧昱的影子。萧昱这话说得暖，唐艾心里头跟着也一暖。她不由得想到，作为朋友，萧昱其实很不赖。

　　过了一会儿，这个很不赖的朋友敲敲窗棂："换好了吗？换好了我进来咯。"

　　唐艾赶忙系上腰封："好了。"

　　萧昱推门而入，笑意盈盈："明明没好，头发都还在滴水。"

　　"没关系。"

　　"有关系，"萧昱将一条干净的巾帕递给她，"快把头发好好地擦一擦。"

　　这番好意，唐艾拒绝不来。

"帮你个小忙。"萧昱轻轻松松解下她束发的缎带。

唐艾一下从马尾高束变成长发垂肩，两颊上一边搭下来一缕发丝，两分女孩的味道便隐隐约约显露出来。

她脸上一热，抓着巾帕飞快往脑瓜顶上招呼，直接把头埋起来，却不知萧昱饶有兴味地看她忙活，笑容收都收不住。

唐艾火急火燎糊弄了事，一边抬头一边从萧昱手里夺回缎带。萧昱大概是脚底下不稳，被她这力气一带，身子便向前倾。

壁咚。

萧昱撑住了门框，反应力惊人。

唐艾的脸刚好就在萧昱胳膊旁边，头发丝可劲朝着萧昱手上戳。

萧昱没有动窝的意思，只拿眼睛一眨不眨地盯着唐艾。

唐艾心头一突突——不得了，这家伙眼睛里都是星星，一闪一闪亮晶晶。

"那个……事不宜迟，咱们还是快走吧！"她嗖的一下逃到屋外。

不知不觉天已渐亮，远方天幕正升腾起几朵七彩斑斓的云彩。

"祥……云？"唐艾怔怔望天。

萧昱也在远看天际，与唐艾不同的是，他像是就等着那祥云出现："很久前我就注意到那云了，那云必然不寻常。我推测，云彩就是从张其睿的制香坊里飘出来的。"

唐艾醍醐灌顶，追着云就走。

"我先走一步，你尽量跟上来！"

也怪，那祥云飘得煞是慢悠，唐艾一个飞纵连着一个飞纵，眼瞧着与那云朵离得越来越近。

她已独自一人闯进了真正的深山老林，树影遮天蔽日，脚底下连路都没有。

没有路的路尽头，却矗立着一排整整齐齐的栅栏。几座低矮的房屋藏在栅栏后，乍一看显得阴森森的。

唐艾扫一眼周遭环境，便看到地上一溜脚印，有深有浅、大小不一，有没有张其睿的不好说，但至少证明这儿曾经有人。

她全身警觉地潜进屋子，只可惜屋内没人，只有些很常见的香料与器具。

"张、其、睿……"唐艾拳头攥得嘎嘎响，仔仔细细转了一遭，桌子角椅子腿门槛缝子都没放过，没找见明樱香，倒发现屋内的边边角角洒着大片油迹。

唐艾没承想的是，张其睿就像受了召唤一般，一晃现身！

他要不然就是去而复返，要不然就是藏身暗处根本没走。总之，他现如今就在唐艾的眼皮子底下。

"居然又见面了，小唐大人当真是命不该绝。如此说来，我的所作所为你也应该知道得一清二楚了，"张其睿手里举着一束火把，一张脸晦暗得可以，"我想做的事情已经做完了，这个地方留着也没用。"

"你想把这儿一把火烧掉？！"唐艾倒吸了一口凉气，"明樱香在哪儿？！"

张其睿愤世嫉俗地冷哼："剩余的香料早都被我处理得干干净净，渣都不剩。那朵带着色彩的云，就是明樱香被焚毁时生出来的。"

"证据总还能再找，你谋害了三条人命，罪大恶极，无论如何逃不掉的！"唐艾义正词严。

张其睿坦然笑笑："小唐大人，如果是你的父亲蒙受了不白之冤而枉死，你会不会想着为他报仇？"

唐艾斩钉截铁道："当然会，可我不会选择这种方法。"

"你没有遭遇过，你不会懂，"张其睿摇摇头，"我的确犯下了重罪，可我也不想被小唐大人你逮捕，所以……"

他说着忽然转了个身，以迅雷之势一个飞步跨入屋内，紧接着一扇铁栏便蓦地落下，将唐艾生生挡在屋外。

这扇铁栏瞧着是由精铁打造，唐艾想凭一己之力闯进屋子怕是非常有难度了。

张其睿接下来做的事，唐艾用脚后跟都能想到。

他在屋里头纵火。

烧了屋子还不够，他摆明是想把自己也解决了。

火苗蔓延得贼快，整座屋子一晃眼就被烈焰包围，噼里啪啦的爆裂声此起彼伏。

屋子眼瞅着要垮，张其睿的结局只能是葬身火海。唐艾被呛得鼻涕眼泪一块儿流，再待着不走，等火势烧到脚指头，说不定也得把小命搭进去。

她正急剧地喘着粗气，忽然又感到背后袭来了一阵劲风，要多凛然有多凛然，要多正气有多正气。

这束劲风给唐艾送来了一个人———一个好久不见，结果一见面就是来救场的人。

来人是徐湛。

徐湛飞快观察火势，随即用袍袖捂起口鼻，一个飞蹿跃入大火。

接下来的场面惊心动魄，烈火熊熊、浓烟滚滚，徐湛的影子与狂舞的火舌做起激烈的斗争，一瞬向左一瞬向右。再接着矮屋的墙体便轰隆隆地坍塌，徐湛的身影也从火焰中冲出。

唐艾在一边光顾着心惊肉跳，差点忘了琢磨琢磨徐湛因何而出现。

按理说，没有圣上的召见，徐湛就得在边关好好干他的戍边将军，是没机会回到京城的。

然而，徐湛就是回来了，而且不畏艰险，在千钧一发之际帮唐艾扭转乾坤，成功阻挠了张其睿的自焚计划。

可惜张其睿已变得让人不忍直视。被徐湛从烈火中抱出来的时候，他已奄奄一息，面目全非，没烧成炭球也差不了太多，基本上已经分不清楚哪儿是胳膊哪儿是腿。

徐湛抱着张其睿一路跑到了老林外，方才抹了一把脸，抬头看看前方。

他在看萧昱。

萧昱衣袂飘飘杵在艳阳下，像是披着一层金灿灿的纱，要多仙有多仙，乍一瞅，简直让人以为他要白日飞升。

唐艾算是明白了，把徐湛找来的人，只能是萧昱。

见着人不人鬼不鬼的张其睿，萧昱的眼神不胜唏嘘。

唐艾刚想要开口，却被他打断。

"嘘，张其睿在说话。"萧昱侧过头，拿耳朵去找张其睿的嘴。

张其睿说没说话不知道，萧昱倒是冲张其睿耳语了两句。

唐艾和徐湛一齐急道："张其睿说了什么？！"

"他说：'我还可以抢救一下。'"萧昱故意掐起嗓子，挤出几个断了气的音。

唐艾正愁如何转移张其睿，不大、不小俩小崽子就驾着马车颠颠地来了。

萧昱向徐湛使个眼色，徐湛二话没说抱着张其睿就跳上车。

唐艾跟着一跃而上，又伸手拉了萧昱一把。萧昱道了声"多谢"，随随便便往唐艾边上一靠，与唐艾肩抵着肩，中间不留缝。

俩小不点儿一个扬鞭一个挑头，马车冲着回城的方向就跑。

唐艾忧心忡忡地瞅瞅张其睿："此人手上沾着三条朝廷命官的性命，已经是死有余辜。况且他伤得这么重，当真还能救回来吗？"

"有这个就救得回来。"萧昱从怀里摸出一粒小丹丸，迅速喂张其睿服下。

唐艾惊奇道："你给他吃的是什么？"

"神药。但凡还吊着一口气的，吃完就变两口气，两口气的，吃完就变三口气，三口——"

"好了好了！"唐艾无语至极。

"嗯，不说笑，"萧昱神色难得认真起来，"工部侍郎张大人的那摊子事，肯定是另有隐情。张其睿自己一命呜呼了是挺容易，可如果他死了，他爹的案子，就再没机会翻案了。"

车厢外，不大不小一面赶车，一面偷摸听着车里的动静。

不大："不小，你听见公子刚才说的话了吗……"

不小："我听见了……公子他……他把百花玉露丸让那犯人吃了……那可是兰雅姐姐留给他自己救命用的啊！"

天气大好，马车嗖嗖嗖地飙到城门外，德胜门外更是热闹得没地方下脚。一进城，萧昱也不多说话，只让不大、不小两个人照着六扇门的方向去。

唐艾还没来得及与徐湛说上两句，徐湛已经和萧昱默契地对视一眼，在临近东南角楼时跳下车，散发着他的浩然正气走没了影。

唐艾急忙追问徐湛去哪儿，萧昱却只答她四个字："去请大夫。"

六扇门转眼的工夫就到。

自打刘和豫闹了一出自杀未遂，府衙上下好几十号人就全都把弦绷得紧紧的。他从皇宫回来，大家伙就开始轮流盯他，甚至连他如厕也都不嫌味儿大地如影随形。

唐艾火急火燎地奔进大堂，找来几个手足合力把张其睿搬进屋里。

萧昱则跟不大不小道个别，撑着拐杖慢悠悠地挪下车。

"公子，兰雅姐姐就要回来了，你却把百花玉露丸给……给……"俩小崽子揪着萧昱不放手，就像天都要塌了。

"你俩别的本事没有，耳朵倒是够尖。行了，这事用不着你俩操心，我活蹦乱跳着呢，兰雅未必发现得了。"萧昱吊儿郎当地一笑，一脚踏进六扇门。

一干人等都被张其睿烧焦的身体吓了一跳，手忙脚乱之间，也没人多瞧上萧昱两眼。

"小唐，这这这……这什么东西？！"刘和豫惊得差点儿摔个大马趴，肚子上的三圈肉跟着双下巴一块儿颤了两颤。

唐艾一早料到自家大人的反应，沉声道："凶手。"

刘和豫拿袖子擦擦脑门上的汗，终于转脸瞧瞧萧昱："那……这位又是？"

唐艾也不知当怎样介绍萧昱，只能说是有他协助才顺利破案。萧昱倒是表现得谦逊有礼，一口一个"草民"自称，对刘大人那叫一个毕恭毕敬。

刘和豫拍拍唐艾的肩，扶着椅子刚要坐，外边的手下就又跑进来通传，说是蔡公公又到六扇门来了。

这才两天，老太监蔡福已经不辞劳苦地往皇宫外跑了好些趟，老胳膊老腿颤颤巍巍嘎嘣脆。

跟着蔡公公一齐来的还有一位太医大人，这位大人到这儿来，自然是给人瞧病来了。刘大人的谢顶顽疾经年不愈，太医大人明显也不是来瞧他的。

太医大人要瞧的人，只能是张其睿。

蔡公公明确向众人传达圣意。

圣意无外乎两点：

第一，张其睿一定不能死，打今天开始就由六扇门看管着，并且由太医大人好生诊治，哪天能开口了，皇上就哪天亲自提审他。

第二，杀害三位朝官的凶手在六扇门这件事，严禁外传。谁要是传出去，谁就要掉脑袋。六扇门得对公众宣称结案，杀人凶手已畏罪自尽，烧得骨渣都没剩。

唐艾送走蔡公公，又安置了太医大人，便简单扼要地对刘大人陈述破案始末。

看看刘大人油光锃亮的脑瓜瓢，唐艾终于松了一口气，告诉手足弟兄们，往后用不着再跟着自家大人了。

萧昱和徐湛相熟，徐湛又是圣上的爱将，唐艾大概能猜到，蔡公公与太医大人能够第一时间赶来六扇门，九成九是徐湛的功劳。他应是跳下马车就进了皇宫，直接向皇上秉明了案发始末，皇上才会派遣蔡公公与太医大人到六扇门来。

为了这个案子，唐艾可谓操碎了心。等她把杂七杂八的事都处理净了，这天也眼瞅着又要黑下来。她在六扇门里转了一圈，这才发现萧昱又不知晃去了哪儿。

萧昱实际上还真没去哪儿，只是溜达到了六扇门的院墙外，惬意地享受起夕阳。

没过多久，徐湛英伟挺俊的影子便从街角转出来。

徐湛也不是一个人，《皇朝时报》的街探正在他身后呼哧带喘。而徐湛步子迈得老大，只顾紧绷着一张脸，表情很有点儿像便秘。

徐湛在萧昱跟前默默停住脚，那几个没眼力见的街探，却还在对他死缠烂打："大人大人，听说真凶已被缉拿归案，就请您发表一下对此次案件的看法吧！"

"你们别再跟了，我无话可说。"徐湛的嘴角不自然地抽搐两下。

萧昱嬉皮笑脸道："你们《皇朝时报》的人可真敬业！其实徐大人也不是没话说，他只是比较害羞，一说话就容易脸红。"

"这位公子，你也是……六扇门的大人？"几人视线打起转，一下落在萧昱的飘飘长袖上，一下又转到那支拐杖上。

萧昱笑叹："我一个废人，六扇门怎么会要我呢？六扇门招揽贤才，都得是像徐大人这种精壮的汉子。不过呢，我与负责此案的小唐大人关系还不赖，多多少少听她说过点这案子的始末。"

"真的？！"几人比发现了惊天宝藏还激动。

"来来来，我和你们说啊……"

萧昱一个转身，街探哥儿几个屁颠屁颠地就跟了上去。

萧昱带他们在角落里嘀嘀咕咕好一会儿，徐湛这个大活人就跟不存在似的。

末了，几人心满意足地收拾笔墨，顺带着也把喜悦送给徐湛："徐大人，下次我们再采访你，你可千万别拒绝啦！"

"呃……再见。"徐湛回以一个生硬的礼节，嘴角抽搐得比刚才还离谱。

《皇朝时报》的街探走后，萧昱扑哧笑出声："辛苦徐大人，也要贺喜徐大人。"

"什么辛苦不辛苦的，还有，你要贺喜我什么？哎，你别总是嘻嘻哈哈的，严肃点行不行？"徐湛还是那张不能再正经的脸，但至少一口气蹦出来好多字。

萧昱咂咂嘴："你怎么会不辛苦呢，为了救一个罪犯而拼命冲进火里去的人是你吧？某种意义上来说，你和唐艾还挺像，都是神人啊。至于贺喜你呢，自然是因为老头子给了你个京官儿当，你往后都用不着再留在边关喝西北风了。"

"你怎么知道陛下他——"

"这有什么难猜的，老头子往边关传召，不就是想你回来吗？这老家伙年纪越大胆子越小，成天觉得总有刁民想害他，最近又弄出个什么亲军都尉府来统辖仪鸾司，肯定是要你跟他身边保护他。我说得没错吧，徐指挥使？"

徐湛老半天才出声："都被你说对了。我能回来，确实是因为陛下要我随身行走。"

"无上荣耀啊，你可得好好干。"萧昱戏谑一笑，又问道，"李敏智呢，他怎么样？我看前两天的《皇朝时报》，扯得有点邪乎了。"

徐湛摆正了身姿："高丽王室的确出了状况，高丽王驾崩，李敏智如今在辅佐幼主，听闻陛下寿诞他也会前来朝贺。"

他顿了顿，又道："对了，陛下他……也向我问起你。"

"哦？"萧昱眸光微变，"你怎么说？"

"我……什么都没说。"

"哈哈，不愧是好兄弟。"

萧昱和徐湛两人没聊上几句，便是月上柳梢头。

唐艾在府衙里头找不着人，刚想着到外边去转上两转，就见着萧昱、徐湛两人站在墙角谈笑风生。

徐湛不好意思地向唐艾点点头，将半途离去的因由据实以告。果然不出唐艾所料，他就是去请奏圣上了。

徐湛在京中尚没住所，再加上也直接参与了缉拿凶犯，刘和豫便一再请他留宿六扇门中。徐湛推诿不来，被安排在客厢，诸多事宜还是由唐艾一手操办。

唐艾招呼完身前招呼身后，前堂内院进进出出，还是没留意萧昱上哪儿遛弯了。

这晚又有暴雨的征兆，紫微垣中乾清宫内，天子萧擎还在灯下批折子，身边只有老太监蔡福一人伺候。

"陛下，太子、二殿下、三殿下都还在外边候着呢，两个时辰了，您到底是要见谁啊？"蔡福给萧擎斟上一杯茶，"还有，您别忘了，这芫妃娘娘的牌子，您也是翻了的。"

萧擎缓缓一顿手中的笔，良久后方从奏章上移目。

"当年工部侍郎张宏放遭了弹劾，有落井下石的，也有好鸣不平的，太子，也有份参与吧。"

"老奴……这就去传太子殿下。"

皇宫大内多是三更半夜不睡觉的人，六扇门里也一样。

唐艾累得找不着北，才算把所有事都料理完了，回到自己屋里，也顾不上点灯，就往床上一歪。

屋子没关窗，一阵凉飕飕的风就在这时不请自来。唐艾打了个寒噤，突然觉得床上多出来点东西。

确切来说，是一道白影从她身边飘乎乎而起，幽幽晃晃，这要是换了别人，指不定怎么屁滚尿流。

可惜唐艾非常人也，打僵尸都是小菜一碟，区区一道鬼影又怎会放在眼里？更何况，这还是一只连路都走不利索的残废鬼。

鬼怪大名叫萧昱。就在刚才，他飘飘悠悠地从唐艾床上竖起身子，一张脸煞白煞白的，活像一缕游魂。

唐艾一口老血瘀在胸口："萧昱，大半夜的你又在这儿装什么神弄什么鬼？"

萧昱慢悠悠地眨了眨眼："我本来睡得好好的，明明是你搅了我的美梦……"

唐艾意识到一个很严峻的问题。

六扇门的客厢统共就那么东西两间，本来有一间是她打算留给萧昱的。现下可倒好，她一忙起来就犯了糊涂，东边给了太医大人，西边则给了徐湛，萧昱算是彻底没地方去了！

唐艾没脾气了。真要说起来，的确是她考虑不周。

但是这家伙招呼都不打就侵占了她的床，也是欠揍得很！

唐艾用尾巴骨想都知道，这位爷就是想要故技重施，像在边关军营时一样，非得跟她搁一床上睡觉不可。

可再瞧瞧萧昱那具可怜巴巴的身子，要她现在把他撵走，那也是万万做不到的。

"萧昱，你要睡就快睡，少在这儿废话。"唐艾决定把床让出来，自己趴桌子上凑合一宿。

"呵呵，好梦只做了个半。不开心，睡不着了。"萧昱噘噘嘴，扶着床沿落地。

唐艾见他如此没谱，赶紧喊道："喂，你又干吗去？"

"找糖吃去。"萧昱不带回头出了门，嘿嘿低笑，"唐艾，我就喜欢你看不惯我又干不掉我的样子。"

唐艾眼皮打架，脑袋一歪就睡着了，完全没被电闪雷鸣惊扰酣梦。

梦境中的地点，似乎是唐艾的老家渝州城，而她在梦里撑死三四岁大，就是个屁都不懂的小孩。

另一个小屁孩正和她玩拜天地。她扮新郎，小屁孩扮新娘。这个小屁孩和她年岁差不多，就是一直瞧不清脸。

后来不知道打哪儿来了一大娘，瞅瞅新郎和新娘，捏着新娘的小脸道："长得这么可爱，一定是男孩子啦！"

再之后，画面突然又一转，唐艾似乎正要和这个小屁孩道别。

小屁孩臭屁兮兮地道："咱俩已经拜过堂成过亲，那么从今以后，你就生是我的人，死是我的死人。"

　　"谁是你的死人？！"唐艾嘴里一声吼，一个激灵睁开眼，惊觉原是一场梦。

　　这一觉，她睡得酣畅淋漓，醒过来的时候大半天都过了。萧昱则不在屋里，甚至没在床上留下一丝他睡过的痕迹，估摸着是半夜走了就没回来。

　　唐艾正琢磨着那位神出鬼没的爷，便听见院子里传来嘻嘻哈哈的声音。她推门一瞧，就见萧昱正和几个手足同僚嬉皮笑脸。萧昱也不知在胡说八道什么，她那几个同僚个个捂着肚子前仰后合，笑得就跟二愣子一样。

　　这几人瞅见了唐艾，憋笑朝她道好，没多久便作鸟兽散。

　　唐艾白了萧昱一眼，转脸就走。她得去瞧瞧太医大人和张其睿。昨儿个刘和豫可是千叮咛万嘱咐，要她随时留意着太医大人，要什么就给人送什么，缺什么就给人找什么。

　　太医大人这边照料着张其睿，没大事。唐艾问了问张其睿何时能苏醒，得到的答复是至少一个月。

　　她转脚就走到西厢房，发现这边也没人，原是徐湛一早就与刘大人一块儿进了皇宫。

　　唐艾手头的事都了了，就又回到自己屋前。

　　屋门半掩着，萧昱埋首趴在桌上，似是睡着了。

　　"呵，睡得真香。"唐艾瞧他一动不动，安静得像个木头人，还真不太习惯。

　　萧昱是六扇门编制外的闲杂人等，唐艾免不了怕他胡闹，这一睡下去反倒省得她操心。她也没想着叫醒他，托着下巴往桌边一坐，安享了片刻悠宁。

　　没过多久，刘和豫便打宫里回来，徐湛却没和他一起。

　　唐艾和一众手足又被叫去开会。

　　刘大人在会上向众人传达了最新圣意。亲军都尉府已经正式成立，徐湛就任指挥使，往后就搁宫里头行走。皇上的意思，就是要六扇门配合亲军都尉府的工作，保证京师的长治久安。

　　这本就是大家伙的职责所在，府衙上下又大都是热血青年，会一散，众人便纷纷尽忠职守去了。

唐艾再回屋里的时候，又是天黑透的大半夜。

萧昱仍然保持原样趴在桌上，居然还没醒。

这家伙也太能睡了吧……唐艾心里犯嘀咕，故意咳嗽了两声。然而，萧昱一点儿反应都没有。

按说他洞察力非凡，唐艾头一回进门时就该醒来才对。可唐艾这已是回来第二遭，他却依旧睡得死沉，这就令唐艾非常不解了。

"喂，这么睡觉很舒服吗？"她忍不住用力推了推萧昱的肩膀。

萧昱这才撑开惺忪的眼帘，含含糊糊地哼唧着："怎么，我睡了很久吗？"

"哼哼，少说得有五个时辰了。"

"真有这么久……"萧昱喃喃自语，声音很是低迷。过了没多久，他便摇摇晃晃地站起身，"不打扰你休息了，我走了。"

"走？又走去哪儿？！"唐艾快被他整疯了。

"自然是回家咯。你们六扇门根本没什么好玩的，谁爱待谁待，反正我不待了。"

"……"

"怎么啦，舍不得我？"萧昱就快把脸贴上唐艾，"舍不得我，就送送我呗。"

"什么舍得舍不得，你又瞎说什么！我是瞧你行动不太方便，所以才想着要不要给你弄顶轿子叫个车什么的。"唐艾觉得萧昱眼神语气都不对，可偏偏拿他一点法子都没有。

六扇门公务繁忙，她的确没空招待这位爷。

最终，萧昱马车、轿辇一概没要，离开了六扇门。

唐艾眼瞅他走远，心情谈不上愉悦也谈不上轻松。她还没能意识到，那种感觉叫作心里空荡荡的。

萧昱在天麻麻亮时出城，走到西山脚下，居然又已是深夜。

前一刻，他还在从容地向前迈步，后一刻，身子却似突地没了重心，一瞬跌倒在无人的山径。

山里的夜岚仍旧料峭，远远看过去，萧昱就是一团清癯的影子，一动不动，悄无声息，只有鬓发与衣摆被风吹得不时飘起。一根拐杖摔在他身边没多远的地方，使得这情景就像个纯粹的意外。

一个时辰以后，山径上终于出现第二束影子。和不知死活的那位不同，这是个大活人，且是个身姿窈窕的年轻女子。

女子在第一时间便发现萧昱，小心翼翼地翻过他的身子，急切地去探他的脉搏。

萧昱还是那副清逸绝尘的容颜，只是脸色惨淡到了极点。他缓缓睁眼，冲女子挂起个苍白的笑容："真不凑巧，被兰雅大夫撞见了狼狈的模样……"

叫兰雅的女子比萧昱大上两三岁，五官深邃，轮廓分明，带着罕见的异域之美，只是神情冷得像座冰山。

她一点点撑起萧昱的身子，带他在路旁的大石头上坐下。

"我去找不大、不小来接你。"

萧昱说："别，小孩子睡觉才能长身体。"

兰雅冷哼："刚才的情况，为什么不吃我给你的百花玉露丸？"

"我不是自己撑过来了嘛……"萧昱尴尬地笑笑，音色低迷而脱力，"我这么惜命，怎么能轻易浪费救命的东西。"

"惜命的人不会明知身体状况糟糕透顶，还硬撑着在外面瞎折腾。你最近已经在拿糖当饭吃了吧！"

"最近是发作得比先前频繁了些，可也没到那么夸张的程度。"萧昱翻翻眼睛，好一副事不关己，"还好我当机立断，麻溜地从六扇门回来，要不然就得在唐艾面前出丑了。"

"唐艾？就是你说的那个救过你性命的姑娘？"

"嗯，就是她。"萧昱说多了话，好似越来越没气力，"她好久前受了伤，腿上留下道长疤，你有法子给她祛了吗？"

兰雅板着面孔道："我不管别人，只管你。我这次回来就不走了，从现在开始，我会看紧了你，不能让你再肆意妄为。"

萧昱："肆意妄为不至于，但是我也没空歇，有件事，还是一定得查清楚。"

这一夜也挺邪乎，无缘无故起了大风。风势刮到紫微垣内，又不知撩倒了哪根火烛，禁宫一隅顿时冒起滚滚浓烟。

老太监蔡福满头大汗跑进乾清宫时，萧擎照旧在彻夜批文。

"说吧，是哪个地方走水。"萧擎头都没抬。

"走水"就是失火，宫里边避讳"火"字。

蔡福颤悠悠道："回陛下，是……是昭阳宫。"

萧擎手中的笔吧唧跌落，眼睛里也走水了。

"是天灾还是人祸？！"

"还不好说。不过陛下放心，徐指挥使已率亲军都尉府将火势扑灭。"蔡福如实禀报。

萧擎沉痛地喘息道："芫妃还在宫外等朕吗？让她回去吧。朕今夜……哪儿也不去了。还有，皇后那边——"

"陛下安心，老奴知道怎么搪塞。"

皇后乃六宫之主，执掌凤印，亦是太子萧承仁与三皇子萧承礼的生母。奈何，她与圣上的夫妻关系并不和谐。

数年前的一次意外，导致皇后行动不便，此后，她便只在例如祭天祀地那种大场合，才会与萧擎相伴列席。平常，这对帝后实际就是个老死不相往来的状态。

萧擎后宫佳丽无数，但芫妃偏偏独尊荣宠，女儿馨宁也最得喜爱。不在乾清宫处理朝务的夜晚，萧擎便大多留宿于芫妃的漪澜殿。

蔡福领命而出，乾清宫前的高台却空空如也。

其实，早在走水消息传开前，芫妃娘娘就已走了。

张其睿被捕后的小一个月，京城里没再发生了不得的大事。唐艾继续一丝不苟地工作，也办了两三件芝麻绿豆大的案子。

至于萧昱……自打那夜分别，唐艾就没了他丁点消息，连他一根头发丝都没再见。

最新一期的《皇朝时报》，详尽报道了司马熊齐三位大人的命案，作为六扇门的破案主力，唐艾的名字第一次被正式提及。文章内容，尽是小唐大人如何如何英明神武、怎么怎么智计超群，唐艾读来，说不出多尴尬。

《皇朝时报》在帝都的传阅之广到了一定境界，识字的没有不看的，不识字的也得逼着识字的念来听，小唐大人年轻有为的光辉形象，就这么在广大人民群众之中竖立起来。

手足同僚们瞧唐艾闯出了名堂，大多艳羡得不行，可也有少数的几个小嫉妒小眼红，在茶余饭后说些风言风语。唐艾倒是不往心里去，该干吗干吗，仍旧勤恳耐劳。

这时候已是盛夏，天气燥热，京城人士便专拣晚上凉快了往外跑，吃个小酒听个小曲儿，优哉游哉。

这本来也没什么，要命的是，某几位爷小酒吃完小曲儿听完，就是不乐意回家睡觉。

这几位都是有钱有势或是官家的纨绔，人称"京城十二少"，一个个拽得二五八万。他们几乎每晚都要搞个小型集会，选一条环城的大路赛马。

平民百姓们当然是能有多远躲多远，但众位大爷飙得太凶残，还是造成了几起酒后骑马伤人事件。这些爷有的选择塞钱封嘴，有的则干脆肇事逃逸。

六扇门与亲军都尉府很快意识到问题的严重性，两边分别派了人手探查。

这天晚上，唐艾带了几个手足在路上蹲点，恰巧见到徐湛也率领人马藏在暗处。两人碰头聊了两句，都为百姓愤愤不平，认为这些纨绔子弟必须严惩。

唐艾甚至提到了现行的车马律法并不完善，非常应该加一条严禁酒后骑马，就是平时骑马也要有限速，违者重罚；再说近几年京师车马数量激增，为减缓交通压力，还可以尝试实施单双日限行。

闻言，徐湛深表赞佩，他与唐艾一拍即合，当即便决定尽快向圣上进言。

两人这厢越说越投契，那边少爷公子们已是铆足马力，红尘做伴活得潇潇洒洒，策马奔腾共享人世繁华，更有一人一马当先，快得就要起飞了。

唐艾与徐湛转脸一瞧，同时身手矫健地一跃而出，将这人的去路堵死。这位爷勒不住马缰，一个没当心就从马背上跌下，直接摔了个狗啃泥。他身后的列位瞧见苗头不对，纷纷打马掉头，有几人被唐艾与徐湛的手下拦住，也有几人成了漏网之鱼。

唐艾仔细一瞅这人的脸，和小伙伴们都惊呆了。

她和徐湛拦下的，是惠王殿下的大驾。

"唐艾、徐湛，你们拦住本王是想干吗？！自从上回见了父皇，本王就被禁足了！足足一个月啊！这好不容易出来了，你们还不让本王放飞放飞自我？！"萧承义突然就撒起了酒疯，"来啊，互相伤害啊！快快快快快，麻溜地把本王绑了！六扇门还是都尉府，本王总得有地方闭眼吧！"

唐艾跟徐湛面面相觑。抓还是不抓，这是个问题。

一干人等的目光都在萧承义身上，压根没人留意，远处城门下还猫着一老一少，边瞧热闹边瞎嘀咕。

也是巧了，这两位不是别人，正是老太监蔡福和萧昱。

蔡公公殷切关怀地问："四殿下，咱们都站了这么久了，你要不要歇歇？"

萧昱一袭素衣，长身鹤立："兰雅都肯放我出来了，您就放心吧，我的身子真没事。"

蔡公公感慨："老奴知道，四殿下就是为见二殿下才请老奴来的。只不过这样一来，不就又多了一个知晓你动向的人了吗？"

"这个我倒不担心，二哥脑子或许不好使，但当真遇到大是大非，节操还是有的。再说，要我慢慢走到人前，不也是金銮殿上那位陛下的意思吗。蔡公公，唐艾和徐湛都是死心眼的人，您老再不去救场，二哥可就真得被他们带走了。"

"行嘞，老奴帮着四殿下也是理所应当的。"蔡公公哈个腰就走。

萧昱冲着蔡公公的背影苦笑："都说了别叫我'四殿下'。"

蔡公公一路小碎步快跑，老骨头嘎嘣响了好几声："小唐大人，徐指挥使，看在陛下的面上，就不要再与王爷计较了吧。"

唐艾眼瞧蔡公公谦卑地挤出一脸褶子，只道圣上是要深夜召见萧承义，自是不敢阻拦。谁知萧承义偏偏不领情，要起光棍没朋友，说什么都要走上一遭六扇门。蔡公公苦口婆心劝了好些话，最后又冲萧承义使出耳朵眼吹气的绝技。

"什么？！他人呢？在哪儿？"萧承义听后立马激动不可名状，模样比投胎还着急。

这下可好，人惠王殿下大手一挥，任性地扯着蔡公公就跑，只留下唐艾、徐湛原地懵圈。

懵圈总比扯淡强，唐艾在朝为官，当然知道皇家的事臣子不好评论，能将这位殿下送走，她委实求之不得。

徐湛的想法也大抵和唐艾一样，两人也不管剩下的那几位少爷乐不乐意听，反正对着几人好好进行了一通思想教育，随后才各自带着手下离开。

唐艾走过城门楼的时候，远处隐隐飘来一股清甜的气息，似是夏日盛饮酸梅汤。

京城里的夜猫子海了去了，唐艾也没想太多，径直回了六扇门。她却不知道，萧承义来到萧昱面前的时候，萧昱手里刚放下的，恰巧就是这样一碗冰镇桂花酸梅汤。

"二哥，多年不见，别来无恙。"萧昱以目光相迎，浅淡地笑着。

萧承义的表现却大不相同。前半刻，他直愣愣地盯着萧昱，嘴巴张得能吞进西瓜。后半刻，他抱着萧昱埋头就哭，眼泪鼻涕糊一脸："老四，我差点……差点都以为你没啦！这些年你去哪儿了？父皇怎么对你只字不提，也不许我们问起？！"

萧昱目色清幽不变："二哥，我一直都好好的，让你担忧了。"

"好好的？"萧承义望向萧昱右手空荡荡的广袖，"你的胳膊，最终还是没保住……当年你出事的时候，我刚好离京就藩。只在路上听说祈妃娘娘她……她走了。"

萧昱仍旧噙着笑意，只是眼中蒙上层落寞的尘埃："二哥，有件事我必须得来向你求证。你在东坡楼住着的时候，瞧没瞧见过张老板还和什么人来往甚密？"

"这……啊，我想起来了！是太子！有回张老板偷着和人说话，被我听着了一句，那人自称是太子的人！"

"太子……"萧昱若有所思地垂眸。

没过一会儿，他又冲萧承义一笑："二哥，今天夜里闲着也是闲着，不如我陪你放飞自我，再去喝上一杯吧。"

几天之后，朝廷果然出台了一套针对道路治安的新法，效率之高让人咂舌。

此刻的六扇门内也不再平静——张其睿醒了，虽然开口说话还困难，可神志已然很清醒。

刘和豫分毫不敢怠慢，即刻前去禀奏圣上。

萧擎说过要亲审张其睿，徐湛便奉旨来将张其睿秘密转移，至于具体去哪儿，却连六扇门的最高统帅刘和豫都不告诉。刘和豫哪儿敢随意揣摩圣意，只有尿不拉几地任听指挥。

说实话，张其睿转交亲军都尉府，和六扇门就再没关系，这着实让唐艾有点儿不甘心。为了几单命案，六扇门上下倾尽全力，她更是差点儿把小命折腾没了，末了却没她什么事了，搁谁身上都得憋屈。不过她又是个特别识大体的人，大局为重的思想觉悟必须得有，自然竭力完成了交接任务。

徐湛打扮得跟寻常百姓无异，一个手下都没带，备好的马车也是最普通的那种，看来是要独自担负任务。

这倒合了唐艾的意，一多月没见萧昱，她也不知那位爷在干吗，刚好能向徐湛打听打听。

徐湛不自然地摇摇头，只说这段时日并没和萧昱碰过面。

唐艾不死心，又问道："徐兄，那家伙自称是为一位官职很高的大人办事，真是这样的吗？那位大人查探此案，也是皇上的旨意？"

"咳咳，这倒确实……不算假话。"徐湛嘴角一抽一抽的，向唐艾抱拳告辞。

大晌午正是最热的时候，徐湛驾车出了四九城，路上就再见不着一个活人。

马车走着走着，路旁草丛中却忽有人影簌动。

说时迟那时快，就在这来不及眨眼的工夫，三五个黑衣人已从草丛中冲了出来，晃着手里的利刃直逼马车。

几位不速之客的目的很明显——他们是来要人命的，张其睿的命。

可惜这票黑衣人即便身手不凡，在徐湛面前也成了一堆跑龙套的。

徐湛威风八面，护住马车竭力对敌，刺客几人很快就被撂倒，只剩下领头的那个还在拼死挣扎。这人算是本领最大的一个，居然拿手下的身体做了肉盾，趁机突破徐湛的防线，跃近车厢。

徐湛飞身上前拦阻，但这人已经挥起大刀劈向车脊。这一刀下去，张其睿绝对就得被送去见了阎王。

然而千钧一发之际，只见一束清影从天而降，轻灵逸动好似谪仙，以迅雷不及掩耳之势夺过了刺客老大手中的大刀。

来人是萧昱，招呼不打就来抢戏。

要不是他及时出现，张其睿很可能就已经丧命刀下。

剩下的事他也不管，站在一边瞅着徐湛将刺客制伏。

"这刀真够沉的，还是你抱着吧。"萧昱随手就把夺来的大刀塞给了徐湛。

刺客老大却在此时乱吼："张其睿，太子殿下不会放过你的！"他说着身子一挺，在萧昱、徐湛的眼皮子底下，直接拿脖子抹了刀刃。

徐湛不免震惊。

萧昱却似隔岸观火，淡定得像个局外人："就算杀不了人灭不了口，喊出一句太子爷，这帮家伙也算达到了另一种目的，后头应该不会再出事了。走吧，老头子已经等在我那儿好久了。"

现如今，马车上变成三个人，胳膊腿能动的萧昱、徐湛，还有不能动的张其睿。

徐湛紧绷一张脸，脑门儿写着斗大的焦疑："前几日我也把工部张大人的那事了解了大概，当时太子还曾站出来为张大人求情。张大人去世后的一段时间，太子露面不多，据说就是因为愤而不满。张其睿是张大人之子，他有胆量去加害司马、熊、齐几人，背后或许是有一股势力在支持，但是，我不觉得这是太子的势力，反倒认为是有人故意要嫁祸太子。"

萧昱懒洋洋地晒起太阳："你小子行啊，什么时候还学会推理了？张其睿养在六扇门内这么秘密的事，能走漏风声的人就只能是六扇门中人。你和他们常有职务往来，留心着点吧。"

藏在群山里的清幽小院说到就到，天子萧擎一袭便衣，正在屋里正襟危坐，老太监蔡福也穿着常服，弓着背在一旁伺候。

其实，打萧擎到来的那一刻起，小院四周就笼起了一层化不去的肃穆之意。兰雅闭门不出，不大、不小俩小崽子也是大眼瞪小眼，屁都不敢放一个。

张其睿被太医大人好生料理，活下去是不成问题，就是那场大火太凶残，把他烧成了人不人鬼不鬼的肉滚子，要说往后的生活质量，那就全是扯淡了。

徐湛担忧张其睿的样子会惊到圣驾，萧昱却不屑笑道："放心，老头子膈应不死，用不着你在这儿瞎操心。"

徐湛一本正经地摇头："其实我还想问你，当初我虽救下了张其睿，但看得出他根本一心寻死，你到底对他说了什么，才让他选择继续求生？"

"简单，我只是对他说，为父报仇无可厚非，可即使仇人都被杀了，张大人也不可能再活过来，背负的冤屈也没法儿洗刷。唯一能使张大人得到平反的办法，就是撑住了这口气，将事实真相告知皇上。"

半刻后，张其睿面圣。

萧擎倒没怎样，老太监蔡福却因瞅见了这出人间惨剧，跑到屋外上吐下泻，得亏被徐湛一把扶住，老骨头才没散了架。

这边萧昱则将门一带，坐在一边呷口茶，静静看起戏来。

萧擎直视张其睿，目光如炬。他只问了张其睿三个问题：

一、为什么杀人？

二、如何杀人？

三、目的已达却为什么要选择自尽？

前两个问题，张其睿都答得从容，杀人是为父报仇，置几位大人于死地用的是明樱香与多罗草。对于第三个问题，他却半晌没说一个字，只有两只爆红的眼睛昭示着某些不为人知的隐情。

萧昱站起身来，送给张其睿一束笃定的目光："张老板，说吧。"

张其睿的眼神一点点发生着转变，终于哑着嗓子道："他们对我说，可以帮我复仇。明樱香与多罗草混合焚燃可产生剧毒，也是他们告诉我的，所以我才主动去请惠王到我的东坡楼来。而作为代价，我的命归他们。"

萧擎凝目，一字一顿道："他们，是谁？"

张其睿说："与我接触的人，说自己的主子是……是太子。"

萧擎问："所以在你大仇得报后，太子要你自尽？"

张其睿回答："他们说，报仇之后我必须死。我没有异议，我报了仇，却也杀了人，本来就该死。"

"你是该死。十日后，朕即赐你一死。"萧擎这话说得冷血无情。

徐湛带走张其睿后，屋子里就只留下萧擎与萧昱父子。

萧擎侧视萧昱："是谁在陷害太子？"

萧昱勾勾嘴角："这可不好说，看来您又有的查咯。"

"哼，此事先不提。你以为朕真是昏君，看不出来你刻意保着张其睿的性命，就是一心想为张宏放翻案？"

"不敢，您英明神武，何等了得。不过，有些东西，我的确希望您拨冗一阅。"

萧昱所指，是屋内桌案上的厚厚一摞纸，方寸间遍布挺逸的字迹。

纸上所载无关张其睿，而是他父亲工部侍郎张宏放的案情。何时何地、发生了哪些见不得光的事情、这些事情又是以何种手段实施，都被一丝不苟地完整记述。

唯一有意思的地方在于，除去张宏放写了实名，其他与此相关的人物，都只是甲乙丙丁的代号。

毫无疑问，这是萧昱的手笔。

萧擎当真查看了这些纸张，每每看完一页，脑门上的川字纹就皱深一分。

"怎么样，您对我这几天的成果，是否满意？"萧昱皮笑肉不笑地问道。

"你故意隐去那些人的名姓，就已说明你心里根本很清楚，纵然将他们拎到朕面前，一一罗列恶行，朕也不会处斩他们。为君之道，绝非你想象中的容易！朝野中权臣相抗，互为制衡。牺牲品总是会有，张宏放不死，也会有别人死。原来有人死，以后也会有人死。"

"呵呵，您是皇帝，要谁生要谁死，我当然做不了您的主。我只在意，现已查明张宏放确有冤屈，那么十天之期，是否足够您拟一道圣谕，还张大人一个清白？"萧昱鄙薄地一笑，推门而出。

萧擎铁青着龙颜，再也未开过口。在这之后，蔡公公陪伴他登上车辇，由徐湛护驾东去。

萧昱瞅着圣驾远走，慢悠悠地往张其睿边上一靠，噙起狡黠的笑意："张老板，我是不是和你说过，得罪我不行，得罪我的朋友就更不行。你干过什么事，我可都记得清楚。"

张其睿怔了怔："你是指……我谋害小唐大人？"

"我知道，你该是被逼无奈才对唐艾下手。她太能干，有人怕阴谋败露，所以就想借你的手把她除掉。可惜不管怎么样，她总归是在你手上栽了跟头。她不记仇，可我记。她心大，可我心眼小。她不找你的麻烦，可我要找。"

"……我死有余辜，你想怎么报仇都行。"

"好啊，把东坡楼给我。"

东坡楼是张其睿的产业，自从他被六扇门秘密收押，东坡楼便关门大吉，厨子掌柜迎宾小二大半成了无业游民。

若是东坡楼能再度营业，这些人就又有了谋生的活计。

听了萧昱的要求，张其睿默而不语，老半天后只对萧昱说了一句话："多谢。"

萧昱嬉笑着又道："别误会，我要东坡楼全是私心，和其他的没关系。张老板，十日的时间说长不长，说短也不短，你有什么未了的心愿，或是想去的地方，不妨趁着这些时日，赶紧去做吧。"

张其睿幽幽道："父母在世时，我便未尽孝道。如今我罪孽深重，死不足惜，纵使落了黄泉，也无颜面对二老，只希望能在死后，远远守着父母。"

十日之后，京城四九城的各城门前都张出皇榜。榜上有云：前工部侍郎张宏放，公正廉明、恪尽职守，却因奸人陷害，不幸身故，朝廷痛失栋梁；但北海的道路工程，绝不会无限期搁置，新专员已走马上任，修葺事宜即日恢复。

同一日，张其睿亡，萧昱与徐湛合力将其下葬，墓冢与张宏放夫妇长眠之地相隔半里。

天色不早，萧昱静逸地望着三尺黄土，眸中藏着凝思，表情难得正经了一回。

徐湛问道："你在想什么？"

萧昱淡漠道："你看，虽说投胎是个技术活，可管你是王侯将相还是贩夫走卒，身死之后也就是一撮黄土。是人就都得有这么一天，只不过有些人早点儿，有些人晚点儿。我就在想啊，我这身残躯也不知还能撑多久。趁着地价还能承受，我可得琢磨琢磨以后埋哪儿好。"

徐湛的脸一下绿了："别胡说！"

萧昱说笑就笑："开玩笑，别当真。我这个人能躺着就绝不坐着，能坐着就绝不站着，不再活个十年八年，哪对得起自己。"

徐湛说："你真这么想才好。"

"我当然是这么想的啦。我可是连亲都还没成，娘子都还没娶到呢。"萧昱嬉皮笑脸。

徐湛不接话了，仍是正直凝重脸。

"你这人真没趣。兰雅已经从天竺回来了，有她死盯着我，用不着你操心。"萧昱呵呵一笑，背身离开，牵起一束寂寥的清影。

到了城内，徐湛似乎才想起来还要说点什么。

"上个月……宫里……"

萧昱问："宫里怎么了？"

徐湛欲言又止："没……没什么……"

"瞅你的样子，肯定是被老头子封了嘴。行了，别说了。宫里的事，保准不是好事，我也不需要知道。"萧昱摆摆手，和徐湛在城门楼前分道扬镳。

他也没往别处去，一路溜达着到了东坡楼，站在楼外的牌匾下，唇边勾着浅淡的笑。

东坡楼重开前的准备工作已经做得七七八八，就差择个黄道吉日，再请哪位大人物来剪个彩。

这时候，街转角突然有道娇小的身影出现，悄无声息地向萧昱移动。

萧昱不挪窝也不回头，脸上笑意更浓，像是就等这人靠近。

这是个十四五岁的小姑娘，穿得漂漂亮亮的，长得娇娇甜甜的，一双大眼睛扑闪扑闪盯着萧昱的背影。

她离得萧昱近了，便神不知鬼不觉地揽住萧昱的腰，压低了嗓音道："要是我手里有一柄剑，你就没命了。"

"小七，你哪舍得杀我呀，"萧昱笑出了声，"快别挠了，痒！"

小姑娘叫萧昱四哥，萧昱叫小姑娘小七。

不用说，小姑娘馨宁公主是也。

馨宁绕到萧昱面前，双手一叉腰："四哥，原来这几天你一直在城里，难怪我去山里头都找不着你！你忙什么呢？"

"喏，不就是它咯。"萧昱朝着东坡楼努努嘴。

馨宁瞟瞟大牌匾，小嘴噘得老高："它重要还是我重要？"

"自然是你重要。"萧昱呼噜呼噜馨宁的脑瓜，"几个月不见，你好像又长高了点儿嘛。"

"哼，我是大人了，不许你再把我当小孩！"

"冤枉啊，我从来都是把你当成小祖宗。"

那厢，老太监蔡福正往两人这边赶。萧昱半开玩地笑道："蔡公公，您老悠着点儿，我都替您捏了一把汗。"

蔡福上气不接下气，就差冲着馨宁老泪纵横："小姑奶奶，宫咱也出了，人咱也见了，快跟老奴回去吧。"

"我不我不我不！"馨宁拽着萧昱不放手，"四哥，我好不容易才出来，才不要回去。宫里头……宫里头闹鬼！"

单元三
魅语森森

萧昱在大堂捡了个角落坐下，嘿嘿一笑挑起话头："唐艾，我喜欢上了一个姑娘。"

唐艾心头一突突，歘地抬起眼："你喜欢……一个姑娘？"

萧昱的目光不偏不倚，温润清宁："她是个特别好的姑娘，我这辈子非她不娶。"

01 阴魂不散

"闹鬼？"萧昱侧过脑袋。

馨宁瞪大眼睛猛点头："最近太监宫女都说宫里有鬼！白白的、飘飘的女鬼！"

"女鬼？长得漂亮吗？"

"四哥，我是认真的！"

"好啦，顺顺毛，"萧昱揉揉馨宁的脑瓜顶，又冲蔡福道，"蔡公公，宫里那么闷，馨宁肯定是憋坏了，就让她和我待两天吧。"

"哎，那老奴过两日再来接七殿下回宫。"蔡福苦着脸告辞。

馨宁像只小兔子一样蹿进萧昱的怀里："四哥，我要去天桥看杂耍，还要去潇湘馆听戏。还有，除非你帮我去宫里捉鬼，否则我打死都不回宫！"

"捉鬼？这可是茅山道士的工作啊！"萧昱双眸转了两转，"馨宁，宫里头出了这么邪乎的事，老头子知道吗？"

馨宁小嘴噘得老高："哼，父皇快有两个月没理过我了，我想见他都见不到！"

萧昱垂目笑了笑，自言自语："是啊，过了这么久，也不知唐艾想我没。"

再有约莫小一个月，就是圣上萧擎的寿诞，友邦近邻的朝贺使节们陆陆续续抵达京师。

苍国繁荣昌盛，与世界经贸亨通，走在京师的大街上，本就什么颜色的人都有，这时候更是三两步听见一堆鸟语，一回头瞥见一头红毛。

人杂了，事就多，国际友人人傻钱多，不法分子趁乱作案，六扇门的工作又开始繁冗起来。

唐艾饭没空吃觉没空睡，还有人上赶着给她添乱。

这些人都是和她混得不错的兄弟，动不动就一起扎堆，只为向她推销各种堂姐表妹。道理很简单，大伙只道唐艾是男人，小唐大人英姿勃勃，绝对是很招女孩子喜欢的那一挂。

这天唐艾休息，又遭众手足围堵。她委实没招，只得借口尿遁。

一干人等到她走后，又开起小会。

有人道："你们说，小唐怎么就对这女色一点儿兴趣都没有呢？"

又有人道："我想起来个事。都还记得那个萧昱萧公子吗？那天晚上，小唐可是跟他一个屋子睡的觉！"

"你这么说我也觉得不对劲了，这萧公子什么来头小唐也不说，可他连小唐小时候逼迫别的小孩玩拜天地的事都知道，和小唐的关系铁定不一般！"

"难不成，小唐是——"

"是什么？"

"是、断、袖！"

诸位大哥的言论，唐艾自然是没听着。她很闹心，干脆跑到六扇门外透气，却见到渝州家里的管家唐坚站在总铺胡同的入口。

唐坚带来的消息让唐艾哭笑不得。

原来，唐艾的老爹唐不惑已从蜀中到了京城。他这次远行千里，一是为了与东坡楼签订协议，成为其独家食材供应商，二是为了亲眼瞧瞧唐艾的生活过得怎样。

眼下，唐不惑正在东坡楼接受新老板的宴请，是以先让唐坚前来知会一声。

东坡楼重新营业，唐艾不是没耳闻，就是不知新老板哪位。

酒楼开张前夕，派人到过六扇门，又想请刘和豫去当剪彩的贵宾，可无论怎么软磨硬泡，刘和豫就是打死不去，大概是自打上回死里逃生，就留下了严重的心理阴影。

再后来，这事也就不了了之了。

说到底，最让唐艾无语的还是老爹。突然袭击这种事情，只有她老爹干得出来！

"坚叔，您和我爹这几天住哪儿？"

"回大小姐，老爷说了，小姐想在京城长久发展也不是不行，可必须得先有个安身立命之所。老爷看上了城东的一处房产，一会儿就去交首付。那宅子就在长安学堂边上，升值潜力巨大，还是精装现房，随时拎包入住，咱们的商队就先安顿在那儿。老爷还说，宅子会写小姐的名字，小姐近来经济独立，剩余的房款以后就由小姐负担。当然，小姐如果找到姑爷，还款压力就可以减轻为两人共摊，所以说，小姐越早找到姑爷，就越早——"

"坚叔，我求您别说了！"唐艾脑仁要炸，"还有，全京城都没人知道我是女子，您可千万别再叫我'大小姐'了！"

六扇门到东坡楼的路不远，唐艾走到街角，就看到酒楼沿街的豪华包厢敞着窗户，而她老爹唐不惑正从窗里探出个大脑袋，笑眯眯地跟她招手。

唐不惑虽人至中年，但依然丰神俊朗，精气神十足。生意早就谈完了，包厢里只剩唐府自己人，唐不惑上来就给唐艾来了个大拥抱。

"爹，您能不能低调点？"唐艾生怕又被《皇朝时报》盯上。

"啊，对对对，我的宝贝女儿如今可是大人物啦！"唐不惑喜笑颜开地拉着唐艾坐下，故意压低声音道，"闺女你放心，爹在外人面前，绝不会说认识你的。"

唐艾"呵呵呵"地赔笑，实际巴不得老爹快走："爹，您还要在京城待多久啊？"

唐不惑一拍膝盖："我是想着多住一阵，把北方的经营脉络搭建起来，顺便好好领略帝都风光。你不知道，这东坡楼的老板可热情了，已经给我安排好了一个月的旅游行程，像他这样年轻有为的人太少有了，闺女你要不要考虑——"

"爹！"

"哎呀，好闺女，渝州的男子你都看不上，偷跑到京城我也没说啥，可是我……我心里还是着急啊！你再能干，也毕竟是个女孩，没人照顾你，我哪能放心？你说，我要怎么给你使劲儿才合适？"

"爹，我知道您是为我好。您安心住下，我一有空就去看您！"唐艾的声音一下糯了。她不知自己投胎技术是得有多好，才能有个如此可爱的老爹。

饭点过后，唐不惑便带着唐坚往城东去，也没让唐艾再送。

唐艾正要返回六扇门，却与萧昱撞了个正着。

上回唐艾送他离开六扇门的时候，他还瘸得可怜，需要拐杖助行。现在看过去，他的步姿早已四平八稳，又有谁能瞧出他与常人的不同？

"唐艾，我记得你一直欠我一顿饭来着。你贵人事忙，想找你真是不容易。"萧昱素衣广袖，笑得心怀鬼胎。

"还吃？！"唐艾刚才的那顿就快溢出嗓子眼。

"喝口茶也行，"萧昱又把唐艾推进东坡楼，"你知道吗？老板觉得这家酒楼能帮他挣钱，用不了多久，他就能攒足老婆本啦。"

"哼，说得好像你就是这儿的老板一样。"唐艾懒得理他。

萧昱在大堂捡了个角落坐下，嘿嘿一笑挑起话头："唐艾，我喜欢上了一个姑娘。"

唐艾心头一突突，猛地抬起眼："你喜欢……一个姑娘？"

萧昱的目光不偏不倚，温润清宁："她是个特别好的姑娘，我这辈子非她不娶。"

唐艾喉咙痉挛："咳咳，所以我该说……恭喜你？"

"哈哈，那我和你说多谢。在我眼里，这个姑娘哪儿都好，我自问也是全心全意地对她，可她就是不明白我的心思。"

"这种事情，都是……都是讲究缘分的嘛！你……你努力！我大概是……帮不了你。"唐艾将不直舌头了。

实话说，这些都是萧昱的私事，和唐艾根本没关系。可她听了这话，心里居然很不是滋味，一嗓子就喊了小二来算账，说自己六扇门还有公务处理，撂下银两匆匆就走。

萧昱望着她远去的背影，咧嘴一乐："唐艾，原来你也没那么钝嘛。小小地刺激一下你，你就开始心烦意乱了。"

殊不知，这天刚好是蔡公公带馨宁回宫的日子，一老一小就在一旁的雅间之中。门虽没开，可萧昱跟唐艾的这番对话，十有七八都被两人偷听了去。

"四哥有心上人了？！他有心上人了？！他怎么没和我说过？！"馨宁跳着脚摇晃蔡福的老胳膊老腿。

蔡福"哎哟哟"地干号着，说也没法儿说，避也避不开，两眼一闭就差撒手归西了。

馨宁眼瞧着蔡福折腾不动了，一把推开他，抓起屋里的摆件就往地上砸。

咣当当、哗啦啦，玉石器皿碎了一地。没过多久，雅间里已是满目疮痍。

萧昱晃悠回雅间时，馨宁的脾气还没撒完。

萧昱扶了扶额，专心捡着能下脚的地方。

"你怎么了？谁惹着你了？"

馨宁像个一点就着的炮仗："你，就是你惹着我了！你说，你那个心上人是怎么回事？"

"原来是因为这个啊，"萧昱没忍住笑，"那你听见我和唐艾说的话啦？"

馨宁暴跳如雷："不许笑！你什么时候有的心上人，你为什么不告诉我？！"

"这还真是说来话长，有时间我慢慢讲给你听。"萧昱俯个身，在地上寻摸还能挽救的物事。

"四哥！"馨宁大嚷着冲进萧昱怀里，眼泪说掉就掉，一边哭，一边大吼，"我不准你喜欢别的女孩子！你喜欢了别人，是不是就不喜欢我了？！"

萧昱啼笑皆非，轻轻给馨宁抹眼泪："我喜欢她，也喜欢你啊。这是两种不同的喜欢，我怎么会因为喜欢她就不喜欢你了呢。"

馨宁不依不饶："我不管！我就是不许你喜欢别人！除我之外，你喜欢谁都不行！"

"蔡公公，救命。"萧昱蔫蔫地向蔡福求助。

蔡福嘿呦嘿呦地挪到两人身边："七殿下，快随老奴回宫吧。"

"我不回去！宫里闹鬼！"馨宁长在了萧昱身上，"上个月昭阳宫的那场大火，就是枉死的冤魂放的！"

"昭阳宫失火？"萧昱暮地白了脸色，左手用力扣住桌檐才站稳，"蔡公公，这是真的吗？"

蔡福脸上挂不住了："这……唉，七殿下不知四殿下与昭阳宫的过往，才会口没遮拦……昭阳宫走水的事情，陛下当时是绝不容许我等跟四殿下你提及的。"

"原来如此，难怪那天徐湛想说又不敢……"萧昱悻悻嗫道，"也对，这种事，老头子怎么可能让我知道呢……"

　　"四哥，你跟蔡公公在嘟囔什么？"馨宁不解地望着萧昱，"你是不是身子又不舒服了？"

　　"没有，我好得很。"萧昱冲馨宁笑了笑，指尖却点上了馨宁的穴道。馨宁一下就昏昏睡去，萧昱眄了眼皇宫的方向，幽冷地对蔡福道，"馨宁起码两个时辰才醒，足够您带她回宫了。还要劳烦您跟那位陛下说，我要见他。"

　　崇文门大街横贯京城南北，唐艾顺着这条路回六扇门，相当方便快捷。可这一路上，她只觉得一会儿肝疼一会儿肺闷。

　　不为别的，就为萧昱说的那句话——"唐艾，我喜欢上了一个姑娘，这辈子非她不娶。"

　　不单是声音，就连那情根深种的表情，也跟皮影戏似的在唐艾眼前晃悠，死活撵不走。

　　不过，这句话至少证明了一件事——萧昱并没有特殊的癖好。

　　然而唐艾就是没来由地不开心，一点都不！

　　她越走越快，越走越急，迎面走来几个人，她也没瞅着。只听杀猪般的连声惨叫，这票人马已被她撞了个四仰八叉。

　　几个倒霉蛋跟跟跄跄爬起来，冲唐艾一瞧，面色如土。

　　唐艾撞翻的这几位，居然是《皇朝时报》的那帮孙子。她以为他们又要抓新闻，抱拳道歉就想走。

　　几人倒也没纠缠她，只是个个唉声叹气："小唐大人你放心，我们现下没在工作，不会要你说案子的。实不相瞒，我们中有个兄弟，与一户有钱人家的小姐情投意合，可惜那家老爷嫌他穷困，棒打鸳鸯。我们这兄弟见不到小姐，成天要死要活，怕已得了失心疯。我们哥儿几个，正是打算去请郎中给他瞧病。"

　　瓜娃子的，这世上的人，怎么都在为情所困？！

　　唐艾感觉糟透了。今天这是怎么了，这些家伙一个个的，也太凑巧了吧！

　　唐艾眼瞧几人丧着脸走远，心情一点不见好。

　　前边的斜街，有群地痞在干架。她一个飞身跳进场子，二话不说就开扁，直打得一众浑蛋满地找牙。等这帮人滚没影，她才稍微舒坦点。

一晃几日，西山的清雅小院里，终于又出现了萧擎的身影。天子身边的人员配置也如常，蔡福在左徐湛在右，两大护法分工明确。

变了样子的，是萧昱的书室。从前，墙上只挂一幅人像画，这时候，八幅十幅还是往少了说。这些画墨迹犹新，画的都是同一个女子。女子茕茕孑立，眸光流转，仿若下一刻就会自纸上盈盈而下。

萧擎负手而立，一眨不眨地望着美人画卷，眼中凝思无尽："幸得我们的孩子还在，这世上，只有他一人能描摹出你的风姿与神韵。"

萧昱站在萧擎几步开外的地方，目色清冷而凉薄："听说宫里最近闹鬼。"

萧擎立即怒斥："一派胡言！"

萧昱漠然一笑："这么说，就是有人故意在昭阳宫纵火咯。昭阳宫，被烧得什么都不剩了吧。"

萧擎额上显出青筋："抢救及时，宫殿外围都得以保全。"

"呵呵，那内里呢？母亲的物事，又保存下了多少？"萧昱忽然提高了声音，"不大、不小，进来！"

俩小崽子受了召唤，怯生生地走进屋子，又被萧昱的指令吓了一跳——萧昱让他俩将人像一幅幅摘下，然后在萧擎面前挨个撕毁。

萧擎龙颜大惊："你敢——"

"我有什么不敢。"萧昱没有一丝的感情。

刺啦！刺啦！

那些绘着绝世佳人的画卷，一幅接一幅支离破碎，就好像活生生的美人，一次又一次香消玉殒。

俩小崽子一边撕画一边屁滚尿流；徐湛和蔡公公哑然失色；萧昱则在一旁淡漠地旁观，安之若素、山寒水冷。

半刻过后，萧擎圣驾东去。离开西山小院时，他一个字也没说。

萧昱把不大不小招到身边："刚才没吓着你俩吧？"

"公子，陛……陛下的眼神能杀人……"两人抱着萧昱就号，"你干吗……干吗让我们撕画啊……"

萧昱一手搂着两人，也不知是欢心还是落寞："撕画，自然是给老头子看的。画没了可以再画，老头子越难受，我就越开心。"

"你开心？不见得吧。"兰雅从另一侧的屋子冒出来。萧擎来了又走，她一直都没露脸。

　　萧昱不置可否地摆摆手，扭个头就走："我的东坡楼仍需打理，这俩小家伙还得托你继续看着。"

　　"哼，折磨别人，虐待自己，不要命谁也拦不住。"兰雅靠在门框上，冷冷目送萧昱远去。

　　萧擎的万寿诞就在十日之后，跑到京城凑热闹的人越聚越多。

　　这天唐艾从早忙到黑，回到府衙内，又被刘和豫带着直往议事厅去。刘和豫话不多说，只顾吭哧吭哧往前走，看得出事态严峻。

　　唐艾一进屋，就瞧见了老太监蔡福。蔡公公似是有着机要任务要交予她，连刘和豫都不能掺和。

　　"小唐大人，宫里头最近出了点儿不太好的传闻。陛下日理万机，无暇顾及此事，所以想专门请人秘密入宫调查，你就是陛下的最佳人选。"蔡福抹擦一把老眼，接下来便压低声音，向唐艾透露了后宫之中的闹鬼传言。

　　被圣上钦点了名字，唐艾便再没退路。获此殊荣的同时，她也意识到了事情的棘手程度。

　　鬼怪之说素不可信，但蔡公公的描述确实让人背脊发凉。圣上的万寿诞越来越近，这事情确实急需解决。

　　蔡公公随后便与唐艾约定，明日午时来带她入宫。

　　唐艾把蔡公公送出六扇门，前脚刚走，一堆同僚就从犄角旮旯蹦了出来。

　　"厉害了我的哥，小唐一定是被圣上委派了了不起的大任务！"

　　"圣上最宝贝馨宁公主，如今圣上如此青睐小唐，不会是想招小唐当驸马吧！"

　　"哎哎哎，不对啊，你们不是才分析出来小唐是……是那个吗？"

　　大晚上的能让这么多人当夜猫子，也是唐艾的本事。她刚刚送走蔡公公，就又瞧见了徐湛英姿俊挺的身影。徐湛的凛凛正气依然隔着八百里都能嗅着，就是笑容有点僵。

　　唐艾不知他来干吗，但看他穿着便装，不像为公事，脑子一热就开口："徐兄，萧昱那家伙最近有找你吗？你是否知道，他有了个喜欢的姑娘？"

徐湛嘴张得半开，老久才道："我和他从小相识，只在很多年前听他提到过一个女孩。我记得那时他说，那女孩救了他的性命，他永远都不会忘了她。"

"这么曲折啊……"唐艾感到无尽的空虚。

"唐兄，你怎么了？"徐湛表示关心，可惜表情讷了吧唧。

唐艾连忙打个马虎眼："没，这两天太忙，我大概是累了。那个，徐兄，时候也不早，你公务繁忙，快点回去休息吧。"

徐湛愣了两愣，忙又点头告别。到头来，唐艾也没弄清他究竟所为何事。

次日中午，蔡公公如约而至，唐艾被带到六扇门外的小马车上。

蔡公公抖出一套衣服塞给唐艾："小唐大人，内宫不比外庭，除了陛下，是绝不容许有真男子存在的，还要委屈你了。"

实际他话到一半，唐艾就已了解大概。她接过衣服一瞅，果然是套小太监的衣裳，还是品阶最低的那种。

别的且不说，扮太监总归一点好。太监没根儿，唐艾也没有，铁定不会被人瞧出她这个太监是假的。

六扇门距离皇宫大内也不算太远，蔡福便在路上给唐艾讲了讲后宫的规矩。

唐艾因为是隐秘调查，万万不能暴露身份，听得也是十分认真。

到了紫微垣，蔡福带唐艾从玄武门侧门入宫。唐艾上回有幸踏足大内，还是好几个月前跟着刘大人赴的那次宫宴，那时候天也晚了，她根本没能欣赏皇族内庭的景致。

蔡福是宫里的大内总管，太监界的一把手，路上的小太监们碰上了他，都得点头哈腰行个礼，说上几句吉祥话。

唐艾低眉顺目地跟在后边，有资历老的太监和蔡福攀谈，问起唐艾是谁，蔡福就说唐艾是刚净了身才能下床走路的新人，正待分配工作。也有老太监偷偷和他说起后宫闹鬼一事，他都一一驳了回去，说是莫须有之事千万不能乱嚼舌头根子。

紫微垣内大得离谱，唐艾走这一路，居然出了满头大汗。她好不容易跟着蔡公公到了东西六宫，脚还没站稳，却又见着一个小太监来传话，让蔡公公到乾清宫去伺候。

蔡公公不敢怠慢，又想带着唐艾熟悉地形，便仍将唐艾带在身边。当然，进了乾清宫的只有他一个，唐艾则被撂在殿外晒太阳，哪儿都不准去。

唐艾没摸清楚紫微垣的内部结构，心里也打鼓，不时地瞟瞟周围的路径。

这时，远处走来一支小队伍，看装束是仪鸾司的侍卫。仪鸾司归亲军都尉府统辖，主要掌管圣上的仪仗，最高统帅就是徐湛。

唐艾鬼使神差地瞄了一眼众侍卫，却瞧见了一个无论如何都不该出现的人。

光天化日，朗朗乾坤，唐艾绝对没可能眼花。排在小队伍末尾的人，是萧昱！

唐艾的眼睛亮着呢，看走眼的情况无限趋近于零。她正惊讶，肩头又被人拍了一下。这是蔡公公从乾清宫正殿里退出来了。

"小唐大人，你怎么了？"蔡公公冲她晃晃手。

唐艾这才回过神来，赶紧抿着嘴唇摇摇头。等她再想去瞅那支小队伍时，小队伍早就拐了个弯，不知跑去哪儿了。

蔡公公似也没看出不妥，带着唐艾往回走，顺道又给她科普。

后宫之中，绝对不能惹的有两位，一位是执掌凤印的皇后娘娘，还有一位就是馨宁公主的生母芫妃娘娘。

芫妃是玉芙宫的主位，居正殿，馨宁则住在宫内的醉云轩。玉芙宫中的漪澜殿曾经还住着一位柳昭仪，可惜不久前已因故去世。现下，宫内就只有芫妃与馨宁母女俩居住。

一路上，唐艾都在想着萧昱。

擅闯宫闱，那可是杀头的死罪。她担心得要死，却不敢表露分毫，蔡公公的悉心指导，她是左耳进右耳朵出。

蔡公公把唐艾撂在监栏院，就算完成了使命，往后，唐艾就得靠自己了。

监栏院是公公们的集体宿舍，没实职的人都住在这儿，一进门，一股子臊气便扑面而来。唐艾只有暂且把萧昱抛诸脑后，强忍着膈应跟小太监套起近乎。

小太监长着张实诚脸，一听唐艾是新人，立马来了精神。他自称姓郝，大伙都叫他小耗子，也是进宫不到半年，还没被分派职务，只能哪儿缺人去哪儿当下手。

小耗子说完自己，又问唐艾："你呢，你叫什么？"

这倒难住了唐艾，真名她是万万不能透露，假名却又卡壳想不出来。

"小……小艾子。"她最终含混不清道。

这也导致小耗子听岔："啥，小矮子？你名字真逗。"

唐艾没来得及纠正，监栏院就来了尚服局的女官。女官要调拨人手给各宫送去新制的秋衣，随手招呼了两人，恰巧就是小耗子跟唐艾。

小耗子不敢怠慢，马上领着唐艾往尚服局去。

没承想，这小太监是个话痨，东扯一句西扯一句，一会儿说起十二监和六尚都离着宫闱太远，办个事多么多么不方便，一会儿又说后宫是非多得不像话，勒紧了嘴才能把命活长点儿。

在经临东西宫的分界点时，小耗子吞口唾沫，突然打个激灵："小矮砸，西宫那头，没事你可别乱跑。听那帮老公公说，那边呀，邪……邪得很……皇后怎么出的事，你不会不知道吧？当年，大皇子刚被册立为太子，三皇子也有了恭王的头衔，皇后娘娘兴致满满地在后宫踏春，偏偏一脚踏空，从西宫一座宫殿的楼梯上跌下，受了重伤，至今不能自己走路！"

唐艾听得玄乎，插不上话，便由着小耗子去说，也刚好继续了解宫里头的门门道道。

百余年前，苍国的太祖皇帝一统天下，如今苍国京师的四九城，就是在燕国旧都的基础上扩建而成。

小耗子前一句还说着苍国尚简，皇宫也沿用了燕国旧宫，只在年久失修的地方修葺加固，下一句突又扭个脸，贸贸然问道："小矮子，你师父是谁？"

唐艾立马犯蒙，还以为是小耗子瞧出来她会武功。

唐家祖上，可是曾经叱咤风云的唐门，后来老太爷不混江湖改做生意，更是风生水起，家业传到唐不惑这代，足以用富可敌国来形容。虽说不再掺和江湖事，唐家人的功夫却也没落下，唐艾的这身本领，就是跟着老爹练出来的。

她转念一想，这也没什么不能说的，于是回："我师父是我爹。"

小耗子撑圆了眼珠子："你爹也是太监？！那他是有了你之后才当的太监啦？"

唐艾懵圈了。得亏她脑筋多转了一道弯，才生生把那句"你爹才是太监"咽回肚里。小耗子问的，该是教她规矩的老太监。

"呃，我会错你的意了。我师父人老了，又没当过什么重要的差事，说了你也不知道。"唐艾开始一本正经地胡说八道。

这项技能不是唐不惑教的，真说起来，只可能是唐艾跟萧昱混熟了以后，近墨者黑。

宫里妃嫔众多，唐艾跟小耗子两人一到尚服局，便被分派前往芫妃的玉芙宫。

小耗子说，最近秋高气爽，每天这个时候，皇后都会邀请各宫妃嫔赏花品茶，所以他俩这趟，大约见不着芫妃娘娘。

玉芙宫在东六宫，内里雕梁画栋、小桥流水，算得上是宫里数一数二的殿宇，在北方宫殿的大气雄浑中又透着南方小筑的瑰丽秀雅。

诚如小耗子所言，芫妃摆驾御花园已有些时间。然而，这玉芙宫里并不消停。

小花园的假山最高处，正站着一束娇俏的小身影。假山底下则是一水的小太监和小宫女，一个个焦急得不行，嘴里边喊的都是"危险，公主快下来"。

公主当然就是馨宁。她不知在翘望什么，对下边的宫人一概不理，谁知脚下竟又突然一滑，整个人跟着就是个倒栽葱。

馨宁要是头着地，那这就是命案了。

即使是出于本能，唐艾也不能让这事发生。只见她一瞬扔了手里的衣裳，在一众小奴才的惊声尖叫中飞蹿而出，张开胳膊就将馨宁接在了怀里。

馨宁惊魂未定，同时吓傻了的还有小耗子。他呱唧一声扑倒在地，对着馨宁三跪九叩，唐艾这才也赶紧跟着向馨宁行礼。

馨宁抚着小胸脯，眯起大眼睛看唐艾："本宫这儿正缺人手，你护驾有功，以后就到本宫身边当值。"

唐艾如今身为太监界的一员，哪有能耐违旨，只得低眉垂眼地叩谢恩典。再者，公主又不知她哪位，摆这一道也是无心。说到底，唐艾自己的锅还得自己背。

馨宁满意地一笑，当即就让小耗子滚蛋。小耗子哆哆嗦嗦退出玉芙宫，末了不忘瞅一眼唐艾，表情好像死了爹娘。

小耗子前脚才走，芜妃娘娘后脚就回宫了。

按理说，馨宁十四五岁，母亲的岁数也该不小。可这位芜妃娘娘光彩照人，举手投足尽是风情，居然让人瞧不出年纪。如斯佳人世间少有，宠冠六宫不是没道理的。

馨宁与芜妃长得三四分相似，娇美的样貌肯定多半遗传自母亲。

馨宁带着唐艾迎接母亲。

唐艾逼着自己扮什么像什么，唯唯诺诺地跟在馨宁身后，俨然就是个刚入宫的小太监，生怕做错了事情惹恼主子。

馨宁冲芜妃撒娇："母妃，儿臣觉得能使唤的人不够用了，就又收了小矮子。"

芜妃轻轻"嗯"了一声，也不多问什么，拉馨宁在石台旁坐下，并且屏退了身边众人。

唐艾自觉地跟着其他宫人退到远处，时不时瞟瞟芜妃与馨宁母女。芜妃的长相让唐艾眼熟，可到底像谁，她又一时想不大起。

馨宁原本乖巧地依在芜妃身边，芜妃不知跟她说了什么，忽然教她神色大变，一声大吼跳起了脚。奴才们不知又出了什么状况，更没人敢往跟前凑。

芜妃还好，极力抑制着怒意，馨宁却已经一言不合就动手。

接下来的时间里，馨宁只做了一件事情，那就是拖来一个小太监，就往死里掐。

好几个小太监不幸中招，立马就都鼻青脸肿，瞧不出人样。

芜妃一开始还呵斥她几句，后来干脆由着她发泄。小太监们被她弄得哀鸿遍野，看来看去，唐艾好似成了唯一没受牵连的那个。

天黑以后，馨宁终于不再抽风，让唐艾先回监栏院去，明天一早再正式搬来伺候。

唐艾心有余悸退出玉芙宫，凭着记忆往回摸，看了半天红墙绿瓦，才找准监栏院的方位。岂料她刚走没两步，忽然感到身后有人跟踪。这时天色已晚，两溜高墙间也再没个人影，一阵凉飕飕的风吹过，只让她起了一身的鸡皮疙瘩。

唐艾自诩艺高人大胆，回头之际却只瞅见空旷的长路。可惜只要她再一起步，那种极不舒服的被尾随感就又悄然出现。

这回，唐艾再不能心安理得地继续走路了。她一边慢慢地放缓步子，一边仔细感知周遭环境。

半晌过后，她发现这是一种很熟悉的感觉。在她的记忆里，曾经也有这么一号人，大半夜的跟她玩尾随，无聊至极。她也不用分析了，因为她蓦地一抬眼，就撞上了一束清冷的影子。

萧昱曾经很无聊，现今依旧很无聊。他能主动找上唐艾，就说明当时那匆匆一遇，他也觉察到了唐艾。

"萧昱，真的是你！你跑来皇宫里干吗？"

"嘘——当心隔墙有耳。"萧昱拉着唐艾闪进角落，"不说我，先说你。你什么时候净的身，我怎么不知道？"

唐艾顿时火冒三丈："我净个鬼的身！这不过是乔装而已！"

萧昱假迷三道掐指一算："近来总有人说宫里闹鬼，你甘愿这么屈尊纤贵，该不会就是为了调查这件事吧？"

唐艾脸红脖子粗："用不着你管！"

萧昱耸耸肩，上上下下左右右右，从唐艾的脑瓜顶一直扫到脚后跟，发出两声啧啧叹谓："唐艾，你这太监的扮相真是绝了！"

唐艾感觉脸被狠狠戳了一下："我扮成太监怎么了？你还不是一样扮成了侍卫！"

"对啊，我扮的是侍卫，你扮的是太监。"萧昱煞有介事地与唐艾并排一站，"主要看气质。"

如果唐艾有本事，一定会一脚把萧昱踹到南天门。而现在，她只剩下七窍生烟。

"怎么啦，不服？"萧昱仍旧是一脸坏笑，"不服憋着。"

"我进宫来是办正事的！倒是你，私闯皇宫大内罪无可恕，你要是还想要你的小命，就立马离开！"唐艾愤愤一哼，懒得继续浪费唾沫，抬脚就走。

萧昱笑望着唐艾远去，轻声低语道："我喜欢的姑娘尚没意识到宫中凶险，我又怎能弃她而去。"

醉云轩内，馨宁喝退一众奴才，独自一人泪眼哗啦。而殿外的草木间，萧昱清逸的影子若隐若现，衣袂随风。窗棂"吱呀"一声轻响，他便飘悠悠翻进了屋子，把脸觍到馨宁跟前。

馨宁一惊、一愣、一瞪眼，咣当一拳砸在萧昱肩上。

萧昱节节败退，摆出副痛不欲生的死样："小祖宗，又是谁把你惹毛了？"

"四哥，那天你居然就那么抛下了我！你个大、浑、蛋！"馨宁咬牙切齿像要原地爆炸，"我去爬假山，就是想看得远一点，想知道你在哪儿！要不是小矮子接住了我，我一定就摔死了！"

萧昱敛起眉目，一边轻抚馨宁的脑瓜，一边柔声道："小可怜虫，我知道你想我，所以这不是来了嘛！"

馨宁一阵抽噎，疯狂地晃起脑袋："四哥，母妃刚才告诉我朝中的消息，我可能……可能要被嫁到鞑靼去了！我不嫁，我不嫁，我不嫁，我不嫁！"

鞑靼在苍国之北，是苍国众多邻居中最为凶悍野蛮的一个，苍国建国百余年，边境时不时就会遭其侵扰。这次萧擎的万寿诞，唯独鞑靼未派使节前来，大有向苍国示威的意思，于是朝上便有大臣向萧擎提议，以和亲之举保边疆安宁。

萧擎膝下，便只有馨宁勉强到了可以婚嫁的年纪。

馨宁把头埋在萧昱怀里，哭得更凶："四哥，我谁也不嫁！兄弟姐妹这么多，我就只喜欢你一个，我要跟你待一辈子！"

萧昱无奈地给她顺毛："老头子没拍板的事情，都是不作数的，我倒觉得你用不着担心。你在长身体，快点睡觉吧。"

馨宁不情愿地躺上床，抓着萧昱的衣袖不放："四哥，等我睡醒了，你肯定又会不见的！"

萧昱回眼一笑："我保证这次一定不会。"

馨宁睡着以后，萧昱绕到桌案旁，静悄悄地展开笔墨纸砚。他起先闭目沉吟，随即缓缓睁眼，轻盈挥毫。不过片刻，馨宁的样子便被完美地勾勒于纸上。

　　萧昱看着画上的馨宁笑了笑，又在馨宁旁边加了两笔。这一次，他把自己也画到了纸上。

　　这就好玩了，画上一男一女眉宇间藏着两分相似，两人的神情又都好似脉脉含情地注视着对方，不知实情的人看了，一定会以为这是一对爱侣。

　　萧昱低下头吹了吹未干的墨迹，把这幅画搁到一边，又在另一张白纸上潇洒起笔。

　　这回他画的是唐艾，却又不仅仅是唐艾。换句话说，不是英姿飒爽扮作男子的唐艾，而是明眸善睐恢复女装的唐艾。

　　画上的唐艾穿着飘逸的裙裾，美目盼兮，巧笑倩兮，身姿轻灵，盈盈动人，绝对是让人过目难忘的清丽佳人。

　　"唐艾，我什么时候才能见到这样的你呢？"萧昱对着画中人莞尔一笑，夹起画卷悄然离开醉云轩。

　　唐艾与萧昱打了照面以后，心情便不怎么美妙。

　　监栏院里，小耗子见她回来，奔过来抱着她就号："小矮子，你……你……"

　　"我怎么了？"唐艾又尴尬又莫名。

　　"你到了玉芙宫，可得好好活下去啊！"小耗子吸溜起大鼻涕，"那馨宁公主出了名的刁钻跋扈，到了她手下，有你好受了。"

　　"多谢你挂着我，我瞧出来了。这些天潢贵胄，都差不多。"

　　"不不不，我要说的其实不单是这个！之前，柳……柳昭仪就住在玉芙宫的漪澜殿，她过身没多久，宫里头就开始闹鬼啦！前些天，醉云轩伺候公主的两个小太监撞见了鬼影，白白的、飘飘的女鬼！他俩吓得床都下不来，要不是这样，你又怎么会被扣下！"

　　柳昭仪……唐艾必须留心起这三个字。

　　柳昭仪死后不久，后宫就传出鬼怪之说，蔡公公也好小耗子也罢，大家都只说柳昭仪去了，究竟是怎么去的，却没一个人提及。

　　眼下让唐艾觉得可疑的地方，也就是这位柳昭仪之死了。

柳昭仪生前住在玉芙宫的漪澜殿，唐艾去玉芙宫给馨宁当跟班，说不准是利大于弊。

尚没到睡点，监栏院的小太监们得了闲，便有几人过来招呼唐艾和小耗子，想要猫在犄角旮旯赌两把。

小耗子给唐艾解释，宫中虽说严禁赌博，但是大家伙长居深宫，也没什么娱乐活动，只要没闹到惊天动地，一般没人管。

小太监们赌得简单，押个大小就能乐呵半天。小耗子热衷此道，可惜没受老天爷的眷顾，运气不好，不一刻就输得一穷二白。他眼瞅着手里边的铜板剩了没几个，便又撺掇唐艾过来帮他转运。

唐艾掉进太监窝，早就沾了一身臊，瞧着小耗子可怜巴巴的眼神，只好上场摇了几把。她倒是财运不错，一上来就开始连赢，先是帮着小耗子回了本，后来更是让他赚了好几番。

小耗子两眼一红就抹泪，说自己赌博是有缘由的，只有赢了钱才能弄到某些物事，小矮子这个人情他小耗子记一辈子！

唐艾灵机一动，马上顺水推舟："小耗子，我明天就要去馨宁公主那儿伺候了，可我初来乍到，如果什么都不懂，指不定怎么犯禁忌。所以说，那个柳昭仪之死，究竟是怎么回事啊？"

小耗子一听，表情嘎嘣就凝滞，半天才扒住唐艾的耳朵眼："柳昭仪淫乱宫闱，与宫外的男子私通，被皇上打入了冷宫，变得疯疯癫癫，没过多久就死了。老公公们一早就告诫我们，这事不能提！"

秽乱宫闱，打入冷宫……

唐艾算是明白了，这也就是说，柳昭仪给圣上戴了绿帽子！怪不得宫人全都守口如瓶。这么着看来，柳昭仪是罪有应得。

这一晚，唐艾就挤在监栏院的大通铺上。现如今，她跟这群臊兮兮的小太监一样，隔着大老远就能闻着一身味。

夜半时分，大家伙都睡着了，唐艾却还睁着俩眼睛。鬼怪真要想作祟，此刻绝对好时机。

唐艾凝息静气，耳闻六路，就等着听到不一般的声响。

别说，声响没多久还真就来了。

只不过，发源地离唐艾很近——大通铺的那一头，小耗子蹑手蹑脚地下了地，临出门时，还不忘瞅一眼四周。

小太监们因为身上缺了样东西，拉尿多多少少都有点儿问题，这也是为什么他们总是带着股臊味儿。唐艾原以为小耗子只是去起夜，却越看越觉得他行为蹊跷，便也偷摸跟上小耗子。

小耗子果然不是去起夜，而是趁着月黑风高溜出了监栏院。唐艾轻功精湛，自然不会被小耗子发现。可小耗子小碎步迈得也贼快，一晃眼就到了东西六宫的临界点。

唐艾昨天听蔡公公说过，东西六宫都是后妃们的居所，但西六宫明显人烟稀少，住的多是品阶低下或是不受宠的妃嫔，也就是所谓的冷宫，还有一处宫院据说已经荒废了多年，好些天前还遭了一场火灾。

小耗子这大半夜的不睡觉，却要到这冷冷清清的西六宫来，着实让唐艾好生疑虑。

小耗子在西六宫最外沿的宜和宫前停下，轻轻敲门。没过半晌，一个头发花白的老宫女从宫门里探出头来。小耗子掏出赢来的银钱，作为交换，老宫女则将个包裹塞给他。

两人低头私语，唐艾隔着大老远，也不知他们说些什么，但见小耗子抱着包裹转过身来，一脸的感激涕零，又再往前走。

西六宫的最深处，是两座相对而立的宫殿，一方门上的匾额写着永春宫，另一方则写着昭阳宫。

荒废的宫殿无声矗立于漫漫黑夜，无形中压得人喘不过气来。

一阵透人脊梁的风刮过，枯树枝丫便开始张牙舞爪，魑魅魍魉或许不过如是。

小耗子到了两宫之间，逐渐放缓步子，就着月光解开包裹，战战兢兢地把里边的物事一样一样地取出来。

唐艾瞧他那副样子，分明就是害怕得要尿。她不看还好，一看竟又吃了一惊——小耗子从这包裹里取出来的东西，居然是一堆的元宝蜡烛和冥币纸衣！

小耗子哆哆嗦嗦地冲着永春宫拜了三拜，蹲下身子点燃火盆，一边烧纸一边念念有词。

唐艾为能听个真切，干脆一个飞身上了的宫墙。

"师父，小耗子来祭拜您了。您生前待我不薄，我这就给您烧纸钱烧衣裳，"小耗子游魂似的颤着声音，"您跟着柳昭仪，原本该过吃香喝辣的好日子，谁承想最后竟也受了牵连，就在这冷宫撒手去了。您说柳昭仪走得冤，您不也冤得很吗……"

唐艾听完小耗子的话，出了一手心的冷汗，两只脚死钩着瓦檐，才保证没有一个跟头栽下去。

小耗子肩膀一阵哆嗦，胆战心惊地往高处瞟了瞟。唐艾赶紧缩个脖子，这才没被发现。小耗子把元宝纸钱都烧光后，踢灭了火盆，连滚带爬地又往东六宫跑。

眼下，唐艾总算理出了头绪。小耗子想靠着赌博挣上几个钱，是为了能找有门道的老宫人换取祭祀的东西，用以祭奠他师父。

看来，这永春宫就是柳昭仪被打入冷宫后的居所，而柳昭仪之死似乎也还另有隐情。

唐艾正准备跟着小耗子回去，眼前却突地飘过一团阴雾，瘆得人心慌。这团雾气移动太快，眨眼不到就没入了对面的昭阳宫。

这……莫不就是所谓的鬼怪？唐艾头皮有点麻，强自定神方才飞下宫墙。

偌大的西六宫地界，别的地方好说歹说都还住着活人，只有这永春宫与昭阳宫不着一丝的生气。乌漆墨黑的夜色笼着死气沉沉的殿宇，仿佛眨一下眼睛，就会瞅见黑白无常又抓住了一只无主的孤魂。

平地又起一阵阴风，唐艾打个寒噤，竟听到阴风奉上魅语。

"小矮子——快进来——小矮子——快进来——"那魅语拖着长音，恍恍惚惚，惨惨戚戚，从幽冥鬼府冒上了地面。

鬼兄还真是神通广大，连唐艾别名"小矮子"都知道。

唐艾脑袋瓜一下子清明起来——刚才飘过去的那团阴雾，分明是道人形。

事实也证明，鬼叫的这位的确不是鬼，是人，特大号的活人。

昭阳宫里亮起火光，萧昱拎着灯笼走了出来。

没错，又是萧昱。

唐艾无言至极。只要看上她一眼，就能了解什么叫作"气急败坏"，什么叫作"怒发冲冠"，什么叫作"眼珠子里全是电闪雷鸣"！

萧昱灯笼一挑，勾起随性的笑意："小矮子，我叫了你半天，你怎么不搭理人呀？"

唐艾牙齿作响："不、许、叫、我、小、矮、子！"

"那叫你什么？唐公公？"萧昱赶忙作个揖，"嘿，别这么开不起玩笑嘛。"

"事不过三，以后你要是再敢装神弄鬼，就别怪我对你不客气！"

"好的好的，我绝对谨遵法旨。"萧昱完全不像认识到了错误的严重性。

唐艾胸脯起伏，再看萧昱的时候，却又没那么气了。

萧昱如此巧合地出现在这儿，必然有着他的缘由。他能在后宫禁地来去自如，还知道唐艾当下别名"小矮子"，当真神通广大。

"唐艾，你知道这昭阳宫是什么地方吗？"萧昱慵懒地往宫墙上一靠，眼里蕴起萧索的思绪，"这座宫殿曾经是祈妃娘娘的居所。她在世时，哪有芜妃什么事。"

"祈妃？"唐艾听着耳熟，冷不防就想起来，另一个提过祈妃的人，是惠王萧承义。

萧昱又道："宫里头有好多事，不是一句两句能说清的。就好比头先，你要不是看见了小耗子祭拜他师父，就不会知道柳昭仪之死或许有蹊跷。"

唐艾噌地一瞪眼："等等！我跟着小耗子，而你跟着我？！"

萧昱忙摇摇头："别误会，别误会，我到这儿的时候，你和他都还没来。"

唐艾皱眉："那你说，你跑到这种鬼地方来干吗？"

萧昱："我要是和你说，我就是想来这昭阳宫看看，你信不信？"

信，她当然信！

这世上绝不会再出现第二个家伙，比萧昱更有闲情逸致。

萧昱缓缓推开昭阳宫的殿门，从容得就跟回家一样。

擅闯禁宫可不是闹着玩的，唐艾生怕他又有出格的举动，紧绷着弦也跟了进去。

这昭阳宫多年无人居住，前些日子又走水，大半边殿宇已是断垣残壁，陈设摆件也变作破铜烂铁，不断有冷风肆意吹入。火光摇摆不定，映出萧昱一道长影，波澜丛生，如鬼似魅。

萧昱绕着正殿走了一遭，指尖自宫中的桌椅摆置摩挲而过："宫里人都说，在这儿放火的是鬼怪。咱们待一会儿，说不定就能见到鬼。"

"这种无稽之谈你也信？昭阳宫失火分明就是人为！"唐艾没处讲理，"话说回来，就算真有鬼魂，又跟你有什么关系？"

"问得好，我算是什么人，又和这昭阳宫扯得上什么关系……"萧昱悄然垂眸，不着痕迹，不露哀喜，"你或许还不知道，前阵子萧承义被皇帝老儿禁足，就是因为在这昭阳宫前多逗留了半刻。皇宫里有条不成文的规矩，祈妃娘娘是不可说之人，谁提谁倒霉。"

"为什么不能提？"

"有传言说，祈妃娘娘是北燕皇室的后裔，本姓慕容。她接近皇帝老儿，其实是意图颠覆我苍国，从而谋求复国。所以，最后皇帝老儿赐她一死，"萧昱七分潇洒，三分黯然，"说完前朝，再说后宫。打从祈妃入宫时，皇后就视她为眼中钉、肉中刺，即便祈妃过世后，皇后还是会时不时到这没了主位的废殿招摇过市。后来皇后的两个儿子，一个成了太子、一个封了恭王，她便又到此地高视阔步。结果，平地忽起一阵妖风，她一个脚滑，就从台阶滚下，伤了腰骨，从此半瘫。"

小耗子先前也说皇后在西宫受伤，刚好佐证了萧昱此番言论。所以唐艾理性判断，萧昱说的是真话。他每次难得正经，总会说出点真知灼见。她刚想接话，萧昱却忽然灭了火苗，拉着她翻出窗户。

殿外的荒草丛中，萧昱对唐艾悄声耳语："你看，鬼来了。"

02 身份曝光

果不其然，两束魅影一前一后，幽幽晃晃飘入昭阳宫深处。

见不得人的"鬼怪"，一丝阳气不存的废殿，二者简直堪称绝配。

两个"鬼怪"的到来，倒教唐艾喜出望外。这两束影子，怕就是在后宫装神弄鬼的人。唐艾伏在窗下，恨不得耳朵长出八丈远。

宫殿中虽无灯火，但就着月色，依稀能瞧出影子分属一男一女。

女人身姿窈窕，一步步走向男人，突地一转身，倾倒在男人怀中，一声嘤咛。

这对男女接下来的举动，就比较让人尴尬了——他们选择在这破败阴森的昭阳宫中，行云雨之事。

男人将女人压在身下，无所顾忌地在女人耳鬓厮磨。女人娇喘连连，嗯嗯啊啊，听声音就知道正处于欢愉的高峰。

唐艾也就是因为离得如此之近，才有幸观摩这般香艳的场景。这声响传到昭阳宫外，却已化作缥缥缈缈、诡谲难明的魅语。

如此看来，这对男女也真是聪明人，因为他们幽会的地点拣得极好。昭阳宫这个地方，人人避之不及，在这儿弄玉偷香，便基本避免了一切被旁人察觉的可能。

柳昭仪在对面的永春宫过世，有可能是受人迫害，含冤而死，那么，即使有太监宫女在昭阳宫外听到动静，也必然认定是柳昭仪的冤魂作祟。

这样一来，宫里自然而然就开始盛传鬼怪之说。奴才们都有惊恐之心，更加没人有胆子靠近永春宫与昭阳宫，刚好又为这对男女打了障眼，使这两人肆无忌惮。

唐艾长这么大，还是头一回撞见此种男女之事，不一会儿就已经嗓子眼发紧、天灵盖发麻、一身虚汗没处淌。这样大尺度的画面，她委实承受不住。

可等她回过神时，萧昱竟已不知所终。她吃了一惊，焦急地四下张望，背后突又掠过一阵凉风。

萧昱去无影来无踪，没用片刻就回到唐艾面前："小矮子，你看得挺入迷嘛。"

唐艾立马面红耳赤："谁入迷了？你去哪儿——"

"嘘——"萧昱比了个噤声的手势，"我觉得不过瘾，所以就跑到那两人跟前去看了。"

"你又进到殿中去了？那你可看清了这两个是什么人？"

大殿里黑咕隆咚的，唐艾所处的位置只能瞧见那两人的身形。她不得不承认，萧昱抓住了好时机。那两人正值酣畅淋漓，警觉性是最低的时候，萧昱此去也许已看到了两人的脸。

"呵呵，总之很有意思就对了，"萧昱缩了缩身子，"别出声，再听听他们还有什么话说。"

昭阳宫的宫殿之内，这一男一女终是结束了颠鸾倒凤之举。

女人理了理鬓发，对男人道："说到底，她都是你的妹妹。陛下不见我，那件事情就只有靠你了，你一定要在陛下面前多说上两句话，不要让我与她母女分离。"

男人牵过女人的手："你的嘱托，我怎会不放在心上。"

女人假意打了男人一巴掌，指尖又在男人脸上揉蹭："若不是那天的那场火，你我之间也不会发展到今天这一步，我们的关系应该到此为止了。"

"到此为止？我才不要到此为止！"男人一把揽起女人的腰。

"可我终究是你的庶母。"

"那也只不过是现在。"

"你——"

"你难道不期待那一天的到来吗？"

两人的这番对话，只让唐艾越听越错愕，越听越头大。这一男一女究竟是一种怎样的关系，为什么话中还能扯到皇上，那什么母女、大火、庶母又是什么意思？

她脑瓜壳里不断琢磨着这些疑问，再瞧萧昱，却见他微微紧着眉宇，眼中的光摸不清也猜不透。

事已至此，不搞清楚这些疑问，唐艾绝不能罢休。既然刚才萧昱可以全身而退，那她唐艾也可以。于是，她根本没想着知会萧昱，便如离弦之箭一般蹿入了宫殿。

殿内地上散着一团软绵绵的东西，唐艾并不知情，落地之时好巧不巧被绊了一下。得亏她身手矫捷，带着这团软物一个骨碌滚到柱子后，才不至被抓个现行。然而她终究弄出了响动，导致那对男女齐刷刷停了勾当。

女人警觉地环顾四周道："你听见那声音了吗？"

男人抚慰起女人的身体："大概是风声吧。"

唐艾大气不敢再出，听着那两人继续私语，一时不敢妄动。

那团软物也还在唐艾怀里，她低头一看，讶然地睁大眼睛。

这是两样东西，一团黑、一团白，黑的是一束茂密的假发，白的则是一件长及脚踝的袍子。这套装束一旦扮上，就是一个吓死人不偿命的白衣女鬼了。

一男一女又说了两句，女人从男人怀中抽身而出，似是准备离去。男人有些霸道地拉着女人的手，但最终还是不舍地放开了她。

女人在殿门旁弯下了腰，须臾后道："我的东西不见了。"

男人一步跨过来："怎么会呢？要点灯找吗？"

女人这时的表现倒是比男人镇定："不必了，你赶快先走，剩下的交给我。"

"那你小心。"男人快步奔出宫门，转瞬便消失于茫茫夜色。

女人阴狠狠地转转眼，却一步步向着唐艾匿身之处逼近。

女人踏地无声，眼里尽是狠戾的光芒，纵是没有长发白袍的装束，也和鬼魅没什么两样。她只要再走两步，就能发现唐艾藏在柱子后。

就在这时，殿外的杂草丛突发异响。

女人猛地扭头，飞快地走出殿门。

唐艾就此逃过一劫，只是到头来也没能瞅见这对男女的模样。

杂草丛中，哪怕一根头发丝都没留下。女人将指节捏得嘎吱作响，眼睛不住地扫视四周。可惜，昭阳宫内可见风吹草动，可见月光尽洒，却唯独没了萧昱的踪迹。

女人急转双眸，终于裙裾一摆，匆匆踏出了昭阳宫的宫门。

萧昱去了哪儿，就只有唐艾知道。

事实上，萧昱哪儿也没去，仍与唐艾一同留在这昭阳宫中。方才的那声响动便是他发出的。不用说，他是故意为之，只为把女人引到殿外。

女人从正门出殿，他却从窗户进殿，将时间掌握得妙不可言。

"唐艾，皇帝老儿可是派了机密要务给你，你再这么冲动迟早要完。"萧昱背对着唐艾，脑袋垂得很低，好像忽然变得没精打采。

唐艾正在心里梳理着整件事情的来龙去脉，听见萧昱这话，思路立马被打断。先不论萧昱称呼圣上的方式大不敬，单说他猜中唐艾入宫是圣上的旨意，就够匪夷所思了！

黎明前最黑暗的时刻到来，唐艾完全看不见萧昱的脸色，只能听出来他音色不对。

平时飞扬洒脱的萧昱，此时只透着一股苍凉和疲惫，而且似乎铁了心，打死不瞧唐艾一眼。可他脚下的力量仿佛不足以支撑身体，身子霍地一歪，扶住唐艾的胳膊才不至跌倒。

"你……腿没事吧？"唐艾这才看出他面色惨白，眼睛也是暗淡无光。

"一时没站稳罢了，"萧昱无迹可寻地蹙眉，"趁天还没亮，咱们就各自打哪儿来的回哪儿去吧。"

打哪儿来的回哪儿去，这必然是条好提议。

"你肯离开皇宫了？"唐艾不知自己理解的是否有偏差。

萧昱倦懒地一哼："谁说我要出宫，我喜欢的姑娘还在宫里呢。"

"你……喜欢的姑娘？"唐艾莫名其妙旺起肝火，"她在宫里头当差？你该不会，是为了见她才冒险进宫的吧？"

"你再不回去，光荣事迹就要败露了。"萧昱撑起个可有可无的笑容，率先踏出昭阳宫。

经历了今夜这堆事情，唐艾也再没底气斥责萧昱乱来，只看着他晃晃悠悠消失于夜色。此后，她一扭脖子一抬脚，快速潜回监栏院，脑瓜壳里一锅粥。

大通铺的另一头，小耗子早就躺回原来的位置，从头到脚蜷缩在被子下。

唐艾枕头还没焐热，身边的小太监就伸了个懒腰。有了这个人带头，剩下的人也都接二连三地爬起来。唐艾踏起小碎步，跟着一众小太监洗脸漱口，又被小耗子拍了肩膀。

"小矮子，你半夜上哪儿去了？"小耗子颤颤巍巍的，黑眼圈比眼睛大。

唐艾淌下冷汗，赶紧搪塞："我起夜，半天才找着回来的路。"

"你以后夜里可千万别再乱跑了，宫里真的有不干净的东西！我……我就看见了……"小耗子舌头都不利索了。

小耗子所谓不干净的东西，很可能就是出现在昭阳宫的那对男女，唐艾对此倒是心下有数。她不紧不慢地安抚了小耗子几句，与他稍作话别，随后便一丝不苟地候到馨宁的醉云轩。

　　日上三竿，馨宁才把殿门打开一道细缝："小矮子，替本宫去一趟尚食局，把那儿所有的甜点都给本宫拿回来。"
　　公主殿下的指令再奇葩，身为小奴才的唐艾也只有照做的份。
　　尚食局在紫微垣的另一头，唐艾又是一通好找。宫女们一见唐艾从玉芙宫来，丝毫不敢怠慢，所以当唐艾走出尚食局时，手里捧着的食盒已摞得比人还高。
　　回去路上，唐艾还碰巧撞到了徐湛，有着太监服和食盒的掩护，纵使与徐湛擦肩而过，她也没被认出来。

　　醉云轩前，馨宁这回另辟蹊径，只从窗缝里探出个小脑袋，让唐艾把食盒都摆在窗棂上，神神秘秘的，不知打着什么盘算。
　　"小矮子，殿外边太脏，你去弄干净。"馨宁飞快地搂过食盒，咣当一关窗户。
　　昨儿个馨宁发完脾气，弄得宫里宫外满地狼藉，的确还欠收拾。唐艾本着破案缉凶的赤子之心，却得去做打水抹地的苦差事，真是憋屈得肺闷胸堵。她咬了咬牙，脏活累活也就干了，一边干活，一边还想着萧昱那家伙会到哪儿去。

　　下午时分，芫妃殿里也缺人手，唐艾和几个小太监就又去帮忙。
　　芫妃就在梳妆台前静静地坐着，背影婀娜，一面叫小太监们打扫殿宇，一面叫小宫女们细致梳妆。小宫女们为她梳起发髻，她对镜看看却不满意，又让宫女们重新梳过。宫女们再梳一遍，她竟仍是不满，于是宫女们便又再梳起第三遍。
　　芫妃说话总是轻声细语，不靠近了便分辨不出她的声音。唐艾和一众小太监里忙外一大通，小宫女们却还在为芫妃梳妆打扮。唐艾很是不解，便问了问身旁的宫女姐姐。原来，芫妃每每去请见皇上的时候，都需如此细心装扮一番。
　　换了不下十套装束后，芫妃终于心满意足，带着两个宫女离开了玉芙宫。

唐艾拿着笤帚扫到宫墙外，路那头正好来了两个尚膳监的太监，两人的对谈就被她无意听去了一耳朵。

这两人说起圣上日理万机，召见完这个召见那个，恭王萧承礼更是一连进宫数日，每日都和圣上促膝长谈，弄得皇上连个吃饭的工夫都没有，也让他们尚膳监准备的饭食凉了热热了凉，就快把腿跑断。

两人走远没几步，臊味儿还没散尽，老太监蔡福后脚就到。蔡公公身上也有味道，只是和小太监们又很不同，简直可以称得上是一股饱经风霜、历久弥远的气息。

他往玉芙宫门口一瞅，立马跟唐艾照了个对眼，悄悄走到唐艾旁边："小唐大人，你怎么跑到玉芙宫来了？"

唐艾尴尬地笑笑，把前一日的奇遇简单一讲，又对蔡公公道："我现在掌握的线索，可说都与这玉芙宫相关，相信宫里的鬼怪之说很快就能被我破解。"

"好好好，我这就去回禀陛下。"蔡公公抹了一把虚汗，临走时的眼神却难以名状。

此时天色将晚，唐艾继续闷头打扫，不知不觉回到醉云轩的前庭。

馨宁今天就没踏出过房间一步，宫女们也都被她一气轰走。这时候殿前一个人影没有，宁静得很是反常。

醉云轩的门窗关得严丝合缝，唐艾耳力不错，走到大门前，便能听到屋里边有人悄声说话。她有点奇怪，馨宁把自己关在屋里，还能自言自语不成？

再仔细一听，唐艾就发现不对了——馨宁绝对不是一人，肯定还有谁在屋里！

这个人是谁，为什么能受到馨宁的单独召见？唐艾疑问一连串。

由于馨宁话音太小，具体说了什么很难听清。

唐艾只听到"喜欢""不离开""不嫁"等零星的几个词，另一道人声就更是听不真切。

单凭这些词语，是联想不到屋里两人的对话内容的。

这时，馨宁的声音忽然清晰起来，唐艾便听到了一个问句。

馨宁问："你是不是一直都会喜欢我？喜欢我一辈子？"

这话说得如此露骨，着实让唐艾大吃一惊。再怎么热情奔放的女孩子，也只有对着自己的意中人时，才能说出这样的话来。

在这之后，房间里便又响起了另一个声音，清朗明澈，煞是好听。

这个声音很笃定地答道："我当然会一直喜欢你，我活着一天，就会喜欢你一天。"

听到那声音的瞬间，唐艾猛地一怔。她就像是被道闪电从头劈下，五脏六腑外焦里嫩，七情六欲荡然无存。

那声音不是别人，而是萧昱！

刹那间，唐艾仿佛恍然大悟。

萧昱果然没骗她，反倒是她一直搞错了方向。

萧昱心上的姑娘确在宫中无误，只是这个姑娘并不是什么小宫女，而是高高在上的公主殿下。

唐艾只觉得心脏被一根带着倒刺的铁钩剜了出去，之后又被人狠狠拧了一把。

为什么会有这种感觉，她也不知道，只是心间那种空落落的感觉，不明不白地又回来了，驱不散、赶不走，只让她惘然若失，眼底的景致都蒙上了一层灰暗的薄雾。

这个地方不适合她，这是萧昱、馨宁两个人的时光，她根本是个多余的人。

她并不想做这个多余的人，至少当下不想。于是，她快快地退出了醉云轩，一路退、一路退，好似退到了天涯海角，退到了九霄云外。

醉云轩内，萧昱不动声色地瞟了瞟窗户，幽幽转眸，随即又与馨宁笑颜相对，指着桌上两人的画像道："喏，看见了没有，咱俩永远在一起啦。"

"画是画，真人是真人，画我收了，真人我也不放过！"馨宁甜丝丝地偎在萧昱怀里，"四哥，你还有没有不舒服？"

"吃了那么多点心，自然没事了。"萧昱轻咳了两声，笑得静逸淡远，"我要出去一下，你就先好好欣赏我的大作吧。"

玉芙宫就这么大点地方，唐艾再退也退不到哪儿去。她满脑子想的都是萧昱，却不知此刻另有一人也正念叨着她。

这个人，就是萧昱的好兄弟徐湛。

徐湛穿过大街，正往总铺胡同的六扇门去，表情肃穆到略显滑稽，大长腿迈着步子。

六扇门中的兄弟见是徐指挥使大驾，赶忙上前迎接。

"小唐大人……在吗？"徐湛似乎想摆出笑意。

"徐大人您来的真不凑巧，我们小唐接受了秘密指派，没个三五天估计回不来。"兄弟们各自摇头。

徐湛脸色隐隐发青，谢过众人便自六扇门离开。

徐湛走后，六扇门一千人等又开始交头接耳。

"嘿，你们说，徐大人专程来找小唐是为了什么呀？"

"徐大人在陛下身边行走，小唐又破了那么多案子，肯定受到了陛下的关注，徐大人前来多半是为了公事吧。"

"我可不这么认为，你们刚才大概是没看着，徐大人手上攥着两张潇湘馆的戏票，估摸着是想找小唐去听戏！"

徐湛拳头攥得太用力，两张票早就皱巴得没法儿看。他垂头叹口气，默默地将这两张戏票抛诸身后。

有主子伺候的宫人，都住在各宫各殿的耳房，唐艾如今也不例外。所以到头来，她也不过是避开了小太监们阴阳怪气的叽叽喳喳，窝在玉芙宫耳房后的墙根下，盯着杂草堆发愣。

哪知没过多久，草丛里居然冒出来一张脸——萧昱的脸。

"小矮子，原来你在这儿，"萧昱好似有着瞬移术，话音未落已跟唐艾蹲到一块儿，"哟，怎么变成苦瓜脸了？"

这家伙神出鬼没得可怕，唐艾在哪儿瞅见他都不惊讶："你……说你喜欢的姑娘在宫里？"

萧昱扑扇两下长睫毛，桃花眸笑成一道弯月牙："一天不见她，浑身不舒服。"

他这样一说，唐艾的想法就算是彻底坐实了。

"萧昱，你当真是胆大包天，为见馨宁公主一面，就敢私闯皇宫！"唐艾一张正经脸。

"馨宁？啧啧，原来刚刚醉云轩外的那人真是你，这可是个天大的误会。馨宁和我是……这事太复杂了，至少得抽个时间，坐下来喝口茶，我才能跟你解释清楚。"

"你不用解释，你的私事我根本不想掺和！不论是为了公主的名誉、还是你自己的性命，你都终究不该留在这宫里！"

萧昱蔫蔫地一耸肩："我没做什么对不起你的事呀，你就这么不想看见我？"

"我不是不想看见你，我是——"唐艾蹦不出词来了。说实话，她也搞不清楚自己到底是出于一种什么样的心态，才会说出这些话。总之，她觉得萧昱的人身安全很是要紧，她绝对不希望他出事。

这时，芫妃带着宫女回宫，宫门口免不了又有人声嘈杂。芫妃娘娘这一走就是大半天，也不知见着萧擎没有。

唐艾生怕出了破绽，一个缩脖矮身草堆，也一胳膊拉了萧昱一把，力大无穷。萧昱蹲是蹲下了，右腿却发出嘎嘣一声脆响，似是义肢的机括又出了问题。

这声响动立马引起了芫妃的注意。她朝耳房望了两望，神色狐疑。好在她不过顿了顿足，并没朝着太监窝来，唐艾和萧昱都没被发现。

唐艾唰地挺起腰板，萧昱却酸涩地龇了一下嘴，慢吞吞地蹭着墙根，拿手摆直右腿。

唐艾这才意识到，自己又在不知情的时候下了个重手，说不定已对萧昱造成了意外伤害。

萧昱背对着唐艾轻哼两声，音色低沉颓靡。

唐艾也瞧不见他的面色，只看到他栽栽歪歪走了两步，又成了可怜巴拉的瘸子。

"萧昱，你……你别再到处乱跑了，"她突然于心不忍，"你休息一下吧。"

萧昱撇回头来，不羁一笑："是你留我的，不是我不走。"

唐艾这辈子走过最深的路，怕就是萧昱的套路。可惜，说出去的话、泼出去的水，覆水难收。

夜深人静，火烛尽熄，玉芙宫里还没睡觉的人，大概就剩下唐艾跟萧昱。

唐艾返回墙根下，萧昱紧跟着就挪了过来，跟她贴得严丝合缝。清凉的月华肆意倾洒，给两人身间笼了一层旖旎的银纱。

唐艾自打进宫就再没合眼，实在防不住瞌睡虫的攻势，不多时就拿脑袋钓起了鱼，重回那个陌生又熟悉的梦。

好些日子以前，这梦唐艾已做过一次。渝州城郊，小屁孩嬉闹，她打跑了一众玩伴，最后只剩下那个不知从哪儿冒出来的小子，肯陪她玩拜天地。

梦里的境况大致没变，只是增添了一个意味不明的细节。

她发现那小子的右手一直藏在袖子里，好不容易被她瞟到一眼，手指却是鸦青色的。

"你的手怎么那么脏？"她问。

小子低头："我的脚更脏。"

"那你怎么不去洗？"

"洗不干净的。用不了多久，我浑身上下都会变得一样脏。"

真可怜，这么好看的娃，以后竟会变成黑人。唐艾连连喟叹，随后便一个激灵醒了过来。梦中时光荏苒，现实却只过了半刻不到。

"做梦了？有没有梦见我？"萧昱轻裘缓带，自袖中滑出一束画卷，"来，给你看个人。"

唐艾只见画上是个美貌的姑娘，许是扮作男人太久，竟没反应过来这姑娘跟她长着同一张脸。

萧昱看一眼画像，玩味地勾一下嘴角，看一眼真人，又笑一下，来来回回不下十几遍，方才把画卷收回袖中。

"你到底想干吗？！"唐艾不明所以，同时恼羞成怒。

但她的注意力很快便从萧昱身上转移，因为，她看见了鬼。

玉芙宫正殿的前庭中，蓦然闪过了一道白影，披头散发，足不沾地，不就是宫人们描述的女鬼吗！

那影子似被重重雾霭笼罩，所过之处阴风阵阵，出了玉芙宫的宫门，一瞬间便飘忽远去。

唐艾刚想施展轻功去追，却被萧昱一把拉住。

"别去，那是陷阱。"他说得煞有介事。

"这是我的职责！"

唐艾毫不客气地甩开萧昱，飞身而出誓不回头。

白影在前面飘移，唐艾在后面尾随，一座座宫殿没入长夜，一片片高墙拔地而起。等到白影不见踪迹时，昭阳宫已矗立在唐艾眼前。

　　唐艾全神戒备踏入宫门，一点点朝着正殿逼近。忽然，宫闱四周传来许多人的脚步声。

　　"快，捉拿刺客！"有人在宫门前喊了一嗓子，昭阳宫外便亮起重重火光。

　　没承想，萧昱说什么就中什么。

　　唐艾头发直竖脑门冒汗，手腕处却忽感一阵冰意袭来。有人捉住了她的手，带着她光一般地掠向后庭，宽袍广袖逆风飞扬。

　　萧昱……唐艾惊魂难定。

　　离开玉芙宫后，唐艾没能察觉萧昱也在紧跟，眼下更不知他要带她去哪儿。可她看得出，萧昱行动得有点艰难，右腿明显使不上力气。而两人身后，火光与人声正越来越近。

　　昭阳宫的后庭中有一棵老树，极有可能已达千岁高龄。树旁还有个黑乎乎的物体，走近了才能瞧出是一口枯井。

　　"孤胆英雄可不好当，"萧昱在枯井旁停下，指着老井对唐艾说道，"跳。"

　　唐艾以为自己听错了什么，却已被萧昱拽着一纵入井。

　　既然是枯井，自然没有水，只是这井深得出奇，要是一个没留神，脑袋先着地，那就等着一命呜呼吧。

　　唐艾饶是提着一口气儿，落地的时候仍旧两脚生疼："喂，躲在这儿，外面的人要抓我们，不就跟瓮中捉鳖一样容易了吗？"

　　"放心，我坑谁也不会坑你。"萧昱弓起手指，在枯井的内壁敲了几下，位置不带重样，力度也不尽相同。

　　接下来，唐艾见证了奇迹的诞生——枯井一侧的砖石缓缓下落，竟在井壁上开出了一道窄门，门后，一条密道望不到尽头。

　　唐艾跟随萧昱走进密道，窄门便在瞬间闭合。

　　萧昱掏出火折子，喘着气、瘸着腿："井内的门需要机关开启，触碰机关也有着特殊的方法。这条路宫中没有人知道，外面的人找不到我们的。"

宠卿有道

172

"等等，宫里没人知道这条路……那你又是怎么知道的？"唐艾合不拢嘴巴了。

"我苍国的紫微垣建在燕国皇宫的旧址上，这条密道，是燕国人在几百年前修建的，"萧昱颓废地倚墙而立，语速甚慢，"巧合的是，我娘正是燕人的后裔。"

这家伙知道的事实在太多了。唐艾串想起曾经的好多事情，终能隐隐察觉，饶是萧昱本人的身份，也一定没那么简单。

萧姓是苍国的国姓，萧昱也姓萧，说不定，他与苍国皇室有着某种关联。

她心里猜忌顿生。

"萧昱，我们算不算得上是朋友？"

"当然。"

"朋友之间，是不是理应坦诚相待？"

"唐艾，我知道你想问什么。我是在某些方面对你有所隐瞒，可我从来没骗过你，我对你说过的话，都是真的。"

"……比如？"

"比如，我说我是在给天底下最大的官办事，就真的是在为他办事。天底下最大的官是谁，真有那么难猜吗？"

在这一番对话中，萧昱的目光一直很澄净，所说的每一个字也都很认真。

唐艾不是没费过心思去猜那个大官是谁，只是从来都没猜中过。她此时仔细想想，马上豁然开朗。

天底下最大的官，可不就是当今圣上嘛！

原来，萧昱在见她第一面时，就已告诉了她，他是在为皇上办事。这样一来，很多她原先想不明白的问题，就全都迎刃而解了。

"萧昱，你……是陛下的密探？直接听令于陛下？"

"这么理解也可以，"萧昱把火折子塞进唐艾手里，随后解下背负的长匣，"不过我跟你不一样，我没有官职。"

"那……你和馨宁公主又究竟是什么关系？"这是唐艾唯一还气闷的地方。

"早料到你会抓着这事不放，别担心，我迟早会一五一十地告诉你的，"萧昱撑起组装好的拐杖，向前挪了两步，"我们没有退路，往前走吧。"

"这条路……是通向哪儿的？"

"走下去就知道了。"

火折子到了唐艾手上，探路就成了她的义务。微光照着幽幽前路，也照着萧昱一张白得过分的脸。唐艾能看出来，他眼下走路很吃力。

"出来得着急，居然忘了从馨宁那儿顺上一把糖。"萧昱淡漠地哂笑，将脸别向唐艾瞧不见的方向，不着痕迹，不起涟漪。

在这条地底密径待得久了，唐艾也开始手脚冰凉。

走了小半个时辰以后，两人来到一个岔路口。岔路更阴更冷，不知通向何方。

"那不是我们要走的路，不用理会，我们沿着当下的路走就是。"萧昱音色轻得几乎听不见。

事到如今，唐艾不信萧昱也不行。她知道萧昱走路费劲儿，刻意放缓了步子，但萧昱还是逐渐与她拉大了距离。

"你要是走不动了，就别硬撑。"唐艾一边说着一边回头，话音没落却听见"啪嗒"一声。

那是萧昱的拐杖摔在地上的声音。

火折子在唐艾这边，萧昱所在的位置黢黢暗暗，只有清冷的回音缥缥缈缈，然后便回旋到唐艾的脑袋瓜顶上。

"你怎么把拐杖扔了？"她赶紧往回跑。

"不是故意的，只是没抓稳。"萧昱脸上带着种难以名状的颓唐，左手微微地颤着。

"你还是歇一下吧！"唐艾帮他拾起拐杖。

"不能歇，歇了只会更糟。"萧昱勉强挽起个笑容，一步跨到唐艾前面。

前路漫漫，简直像要通往地老天荒。又过了不知多久，两个人才不得不停住了脚。

路到此处，终于戛然而止。

出现在两人面前的，是一堵死气沉沉的墙。

唐艾眼瞧去路断绝，不免吃了一惊。照萧昱所说，这条路是活路，不是死路，那在这儿立着的就该是门，而不是墙。

事实证明，萧昱说的都是真的，这堵墙看起来是墙，却起着一扇门的作用。开启这扇门的方法，同样只有他一人知道。

门后就是两人回归地面的出口，一个充满了生活气息的地方。这个地方有着极其浓郁的味道，绝对不宜久留。

唐艾是跟着萧昱从茅厕里钻出来的。

还他娘的特别凑巧，是东坡楼后院的茅厕！

原来，昭阳宫中的枯井作为这条密径的起点，一直能够通到宫外。这真是一个天大的秘密，唐艾越来越觉得萧昱实在很神奇。

至于密径的终点为什么会是东坡楼的茅厕，萧昱的解释如下：

几百年前这条暗道就已存在，出口位置从来没变。燕国的旧都远没有苍国四九城的范围大，东坡楼所在的地界，在当时早就属于城外的荒凉地带。

苍国建都后，对京城进行了大规模的扩建，东坡楼的第一任老板把店开在了这儿，自然得修一个供人方便的地方。燕宫密径的出口深藏地底，这位老板又怎能预料得到。

天已亮得七七八八，唐艾却无心享受久违的光明："萧昱，我还没能完成陛下交予的重任，怎么能出宫？！"

"唐艾，宫里头人心叵测，很多事情你管不了，也不该管。"萧昱一点点挪进东坡楼，"既然出来了，就别再想着回去。皇帝老儿那边，我会去跟他说，让他免了你的这项专责。"

"你……去跟陛下……说？"唐艾不可思议地睁大眼。就算让她当了萧擎的拜把子兄弟，她也不敢大言不惭地说出这种话来。

"唐艾，你不知道，你现在真是一身臊。我看，你还是上楼洗个澡得好。"

"那你呢，你去干吗？"

"去找糖吃。"

东坡楼已从高档酒楼升级为高端酒店，为远道而来的食客贴心提供住宿服务。

唐艾并不清楚东坡楼的现任老板是谁，只道萧昱与老板相识，所以能请老板行个方便，大清早的就开个单间给她。

一身臊臭的确很膈应，唐艾诚然接受了萧昱的好意，将屋门掩得严严实实，跳进浴盆狂洒香露。

萧昱挎着一篮子糖果，徐徐推开隔壁的房门，没精打采地坐到桌边，把糖果一股脑地送进嘴里，眉宇轻蹙。

唐艾沐浴完毕来到这边的房间时，他依然保持着这个姿势，双目微合，身前散落着一堆糖屑，清幽淡远得不似凡人。

唐艾不经意地瞧上萧昱两眼，就又想入非非起来。兴许，是老天爷嫉妒他太好看，才教他身有残缺……但是这又怎么样呢？唐艾见过的人中龙凤不算少了，可跟萧昱一比，那些人就都成了浮云。

"有糖吃的感觉真好，"萧昱一副刚睡醒的迷瞪样，"到该吃早饭的点了，你想吃什么？醪糟汤圆还是红油抄手？"

唐艾咽了口唾沫，肚子立马咕咕叫着响应号召。在宫里的这两天，她就没吃过一顿正经饭。说实话，她现在已经饿得能够一口吞下一头牛。

吃食很快被送进房间，唐艾不一刻就将美食一扫而净，大大咧咧地拿着手背抹抹嘴。最后一道菜是红糖糍粑，唐艾吃时豪迈，尚不自知嘴边黏了糖糊糊。

萧昱冲她一笑："嘿，过来点儿。"

"干吗？"唐艾不解。

"你嘴上还粘着糖渣呢。"萧昱挑起指尖，冷不防地在唐艾的嘴角一抹。

他的指尖很清凉，唐艾只感觉一股清流淌遍周身。而她体内又不知打哪儿腾起一股热气，变着法儿地与清流相抗，让她一阵冷一阵热，耳根子似是被火燎，脚脖子又似被冰镇。

萧昱接下来的举动就更出奇了——他把手指放进嘴里，笑着嗼净了指尖上的糖浆。

"你……你也不嫌脏。"唐艾不知所措了。

"节粮是美德。"萧昱摆出一副回味无穷的表情，笑得好生惬意。

唐艾中毒了，中了这位爷的笑容之毒。毒性太霸道，她根本无从招架。她的内心已处于一种极度混乱的状态，这也直接导致她的脸纠结得好笑。

"你两天没睡觉，我就不妨碍你休息了。"萧昱撑起拐杖，洒脱地走出房间。

东坡楼是一座很高的建筑，从上面的楼层转到地面，花去了萧昱相当长的时间。

他站在临街的屋檐下，朝着皇宫的方向望了望，眸光穿过大街上的一干人等，不偏不倚落在一人身上。

那人也正向东坡楼走来，挺拔的身躯迈着严肃的步子。

来人是徐湛，一身正气无孔不入。

"你的脸像刷了白漆。"他一上来就对萧昱说了这么一句。

萧昱毫不在意地摇摇头："没什么，只是夜里没能及时吃上两口糖，又发作了。好在刚才已补起来，现在并不觉得如何难受。"

徐湛点点头，又道："昨晚后宫很乱，听说是混进了刺客，起先由芫妃发现，随后便惊动了陛下。"

萧昱淡淡一笑，眼神意味深长："实话和你说，我想那个所谓的刺客就是我。而且我这个刺客还当上瘾了，今晚我还要回去。"

徐湛："你又在查什么，怎么都查到了皇宫里？"

萧昱："其实要查案子的人不是我，是老头子。我只是想去看看馨宁，顺便缅怀一下过去，谁知却撞上了一件怎么也想不到的事情。这件事很有意思，不能拿脑袋瓜想，得拿脚后跟想。"

"你找到了在昭阳宫纵火的人？"

"找到了，就等今晚再去核实。"

"……"

"你怎么了，有心事？"

徐湛抿了抿唇，愣愣地说道："我觉得……我对、一个人、产生了、好感。"

"你对、一个人、产生了、好感？"萧昱一顿一顿学着徐湛说话，摸摸自己的脑门，"不对，我没发烧啊，所以是你发烧了？"说着，他又抬手去搭徐湛的脑瓜。

徐湛拨开他的胳膊，五官绷得就像家里死了人："别笑，我没、发烧，我是、认真的。"他越是一本正经，越是说不出连着的词，一张脸憋得又青又紫。

"我不笑，我也严肃一点儿……噗哈哈哈，对不起让我再笑一会儿。所以，你是对谁产生了好感？"

"我——"徐湛半天出不来一个音。

萧昱笑得嘎嘎嘎的："行了行了，你先别说，让我猜猜。这人……我认识？"

徐湛僵硬地点点头："……嗯。"

"既认识你又认识我的人，就只有……"萧昱睁大眼睛，像看猩猩一样看徐湛，"你难不成是看上那个家伙了？"

"你……知道我说的是谁？"徐湛脸跟烧焦了似的。

萧昱装作蓦然惊醒："原来你喜欢这样的！啧啧，怪不得你会无情拒绝贞熙郡主。"

徐湛："你跟我说实话，那人……不是男人，对不对？"

萧昱："真是没想到，你也有开窍的一天。"

"……再、再见。"徐湛如今一不会说话，二不会走路，转身离开的时候，步子还没有萧昱利索。

萧昱慢悠悠地转回东坡楼里，一路走，一路笑："唐艾，我实在得对你刮目相看了。你到底是有着怎样的魅力，才能让徐湛那根大木头动了心？"

唐艾伏在桌上，一边拿手支着脑袋，一边哈喇子横流，睡得像只小猪。萧昱归来，她也一无所知。

"睡得可真香，一定是在做着好梦。"萧昱给她披了件薄衫，静悄悄地在一旁坐下。

唐艾抽抽鼻子，撑着下巴的手忽地一滑，脑袋就往桌上撞。幸而萧昱手疾眼快，在她脑袋栽歪的瞬间伸出胳膊，刚刚好担住她的大头。

唐艾饶是这样都没醒，两手抱起萧昱的胳膊，就像抱了个小枕头。

萧昱无声一笑，由着她继续呼呼大睡。

接下来的时间里，唐艾睡得一直很安稳，脑袋瓜也朝一边偏过去，许久后方才渐渐醒来。

睁开眼的那一刻，她噌地就跳起来。

"萧昱，你的手怎么那么不老实？"

"我用胳膊给你垫脑袋，让你睡得舒舒服服的，到头来还要挨埋怨，真是好心没好报。"萧昱似是受了天大的委屈，眼底嵌上一丝凉薄，"你的脑袋可真沉，我的手都没知觉了。"

"我不是想埋怨你，就是觉得你根本没必要这么做！"唐艾赶忙往回掰扯。

"手长在我身上，是你管太宽。"

"……"

"你想啊，你万一要是一脑袋磕傻了，就又能上《皇朝时报》的头版头条了。到时候他们标题就写，'六扇门干探唐艾精神失常，皆因梦中撞伤头部'，那你多得不偿失啊！"

"你——你是不是得了不说话会死的病？！"唐艾一星半点儿的愧疚都没有了。

"能说话干吗要憋着，"萧昱在左手又能活动自如之后，撑起拐杖就向外走，"我走了，你也趁早回六扇门去吧。"

"你又要去哪儿？"

"茅厕。"

萧昱说去茅厕，还真就去了茅厕："唐艾，你还不走？想和我一起方便？"

"……我问你，你是不是要回皇宫去？"对于萧昱那张没辙没拦的嘴，唐艾早就没了脾气。所以，她选择只说她想说的话，只问她想问的事情。

"这都能被你看出来，你什么时候变得这么聪明了？我是还有点事情要解决，必须得回去。"

唐艾舔了舔嘴唇，蓦地来了股冲动："你很清楚，圣上交代了任务给我——"

"你直接说，你想跟我一块儿去不就完了吗？"

唐艾又被噎住了。萧昱说得一点没错，她就是特别想知道他的一举一动。

"你可真是不到黄河心不死，"萧昱摇了摇头，"答应我，这次再进宫，一定不能轻举妄动。我们俩这次要是被人逮着，就得吃不了兜着走了。"

唐艾和萧昱是怎么从宫里头出来的，就是怎么回去的。两人一路沿着阴冷的地底密道走到黑，又从昭阳宫后庭的那口枯井里钻了出来。

后宫果然变得戒备森严，每一个宫门口都立着几个侍卫严阵以待，就连昭阳宫这种生人勿进的地方也被派了人把守。

萧昱把拐杖一收，拉着唐艾猫在宫殿的角落里，直到天黑才悄悄摸出来，趁着守卫换岗的空当掠向玉芙宫。

夜晚的紫微垣华灯初悬，芫妃与馨宁正在玉芙宫的正殿内用膳，并没要人伺候，小太监小宫女们大多在正殿外的庭院里杵着，三句不离抓刺客的事情。

萧昱带着唐艾蹿进馨宁的醉云轩，就跟进了自家的后院似的。

醉云轩内一个人影都没有，萧昱懒洋洋地倚在锦榻上，胆大妄为得没边。唐艾的注意力则全被屋里的一样东西吸引。

那是一幅挂在墙上的人像画。

画里拢共两人，一男一女，一高一矮，怎么瞧怎么举止亲昵、神情暧昧。

唐艾认识这两人。非但认识，她甚至不费吹灰之力就瞧出了这画是出自哪位"大师"的手笔。

画中人是萧昱和馨宁。唐艾敢打一万个包票，这幅画是萧昱画的！

"萧昱，你还敢说馨宁跟你没关系？人与人之间的信任呢？"

萧昱粲然一笑，音色慵懒："唐艾，我从前没和你说过，我有大哥二哥、三哥，还有五弟、六弟、七妹，还有——"

"你家人口可真够多的！"唐艾毫不含糊地把他打断，一点都不想听他瞎扯。

"说的是呢，大家族，好些人我都没怎么见面，我想老头子也不一定能把他的那堆女人认全了。"萧昱揉揉太阳穴，嘟囔着唐艾听不懂的话。

没过片刻，馨宁便踏着咣咣咣的脚步回来，听声音，又处于相当暴躁的时期。

"都给我滚！谁都不准再跟着我！"她一边走一边吼，赶跑了身后一水的小奴才，砰的一下推开房门。

进屋之后，馨宁却再也吼不出来了。因为，她瞅见了屋里的唐艾和萧昱。

"四——死人！"馨宁生生转了个音，把"四"变成了"死"。

她一瞬冲进萧昱怀里，眉毛飞着像惊喜，嘴巴噘着又像生气："你说你很快就回来的！你去哪儿了？你去哪儿了？"

萧昱站起身子，温然地摸摸馨宁的脑袋："我和小矮子，啊不，小唐大人去办了点事。知道你想我，所以我就用最快的速度赶回来了。"

馨宁的那声"死人"，叫得是又娇憨又软糯。而萧昱的音色清明朗逸，温和淡然，又似带着无限的关爱与宠溺。他这声音无论换谁听了，都会觉得耳朵要怀孕。

唐艾也不例外。萧昱那声音醉人，和馨宁两人的举动又如此亲密，在她眼中，两人简直就是光明正大地打情骂俏！

唐艾觉得自己又变成了那个多余的人。这种感觉委实太难受，她恨不得举起大刀冲上前去，一刀劈开那对腻腻歪歪的男女。

馨宁冲唐艾挑起眼睛："小矮子，我早觉得你不简单了，原来你就是六扇门那个屡破奇案的唐艾。昨夜宫里闹出刺客来，说，是不是你干的好事？"

"……"唐艾左边脸青，右边脸紫，指节开始嘎吱作响。

萧昱刮了一下馨宁的鼻梁："你一直嚷嚷着宫里有鬼，小唐大人就是我请来帮你捉鬼的。她是六扇门的百户，官阶不低，你还是对人家客气一点好。"

馨宁哼了一声，又黏糊进萧昱的臂弯："只要有你在身边，我就什么鬼怪都不怕了！"

公主殿下的脾气阴晴难定，一会儿又吵着要沐浴。萧昱跟唐艾躲在帘幕后，偷偷瞧着小奴才们为她备好沐浴所需，又被她嚷嚷着轰走。

"小唐大人，本宫在等你回避。"馨宁撩拨着热水和花瓣，没有要跳进去洗刷的意思。

"下官也是求之不得。"唐艾立马后退。

"对，君子处世，克己复礼。"萧昱看一眼唐艾，笑着指了指角落里的大屏风，与唐艾合力将屏风支了起来。

这样一来，屏风就把唐艾和萧昱两人与馨宁隔开，从两人这边看过去，只能看到馨宁一束小巧玲珑的影子。

正在这时，外间忽然又传来响动，竟是芫妃步步生莲来到醉云轩前："馨宁，你若没睡，母妃就进来了。"

馨宁此时衣裳还没褪尽，听到芫妃的声音后怔怔愣在原地，豆大的汗珠滴下脑门。她这醉云轩宽敞明亮，并没什么藏人的地方，只要芫妃推门而入，唐艾和萧昱必定暴露当场。

唐艾的混乱跟馨宁有得一拼，萧昱却并没给她时间发蒙。只见他蓦地一扯唐艾手腕，便把她从屏风这头拉到馨宁那头，动作捷如星火。

电光石火间，萧昱带着唐艾翻入了浴盆之中。

唐艾跌进浴盆的刹那，他还给唐艾的耳朵眼送去一束凉风。他说："澡盆子这么大，肯定装得下咱俩。"

唐艾一阵恍然，只感热浪遍袭周身，脑袋瓜顶也没入了热水之中。然而在这倏忽之间，她居然记起老早之前，萧昱就已说过一遍这话。

醉云轩的殿门"吱呀"开启，芫妃款款而入，目光首先便逗留在浴盆周边的地面。萧昱和唐艾翻进浴盆时，盆中难免会有水溢出。

"儿臣适才在试水温，母妃知道的，儿臣一定要水温正合适才行。"馨宁突然表现出前所未有的镇定，不慌不忙地将衣裙一件件地解下来。

"母妃想跟儿臣说什么？"她不着寸缕浸入水中。

浴盆有容乃大，竟在刹那间承装了三号活人。唐艾和萧昱都从头到脚埋在水中，只有馨宁的脑袋和脖子露出了水面。

唐艾不识水性，也不怎么会闭气，对她来说，这简直就是场大灾难。然而，就在她快要窒息时，两片清冷的薄唇抵上了她的嘴唇，毫无预兆，防不胜防。

毋庸置疑，萧昱正用自己的唇齿叩开唐艾的唇齿，将清凉的气息送入她口中。

无穷的热流在唐艾体内无法无天地游走，与那股清甜的凉意不断撞击交汇。她能够意识到萧昱的"非分之举"，却没法儿自控地汲取着他的气息，要多任性有多任性。她甚至伸出两手，紧紧搂住了萧昱的背脊，好像这样，她就可以很安然，可以在这窘迫的环境中待得长长久久。

萧昱的身躯起先微微瑟动，但很快便十分听话地安置于唐艾的臂弯，也将左手揽上了唐艾的肩胛。

水面之上，馨宁扒在浴盆边缘，大眼睛一眨不眨地凝视芫妃。

芫妃慈爱地笑笑："昨夜宫中之事让人心惊，母妃放心不下你，所以来看看。"

馨宁乖巧道："让您担忧了，儿臣这儿什么事都没有。"

"好，你早些休息。"芫妃牵起曼妙的身姿，施施然离去。

馨宁瞧着芫妃的背影消失，长长吁出一口气，赶忙取了香巾裹好身子，一下跳出浴盆外，确定外间再也没人后，将门窗掩了个严严实实。

"四哥，人都走光了，你快出来吧！"

那声"四哥"，被她叫得又焦急又亲切。

四……哥？

唐艾从浴盆里露出脑袋的刹那，便听到馨宁的这声娇语。于是，她立即意识到一个不得了的问题，脑瓜仁似是被一根长针忽地狠狠一戳。

馨宁这声"四哥"，喊的只能是萧昱。

萧昱已先唐艾一步翻出浴盆，随意地抖了抖衣衫。

唐艾则像被人施了定身咒一般，表情呆滞、手脚僵持，硬邦邦地一动不动。

"我早说了，我跟馨宁不是你想的那种关系。"萧昱仍旧是那副慵懒的姿态，安之若素，宠辱不惊，桃花眸中浅漾波澜，仿佛一笑间便是天高地迥，沧海桑田。

馨宁扯扯萧昱的衣角，怯生生地问："我是不是闯大祸了？"

"怎么会呢，我一早就想跟她坦白，可惜一直没能找到合适的时机。"萧昱冲馨宁笑笑，又看看唐艾，拉着馨宁的手，"我俩是兄妹，亲的。"

唐艾脑子嗡嗡乱响，连自己是怎么被萧昱拉出浴盆的都不清楚。水珠沿着她的脸颊滴答滴答地往下掉，可她一点儿都不在乎。她需要时间来好好消化萧昱的这番话。

很多时候，萧昱其实都在有意无意向她透露线索，只是她从没仔细地琢磨他话中的隐意。真相在这时候突袭而至，只让她猝不及防。

萧昱对馨宁说道："帮我个忙，去给小唐大人跟我找两身干净的衣服来。"

馨宁刚要转身，却又被萧昱拉回来。萧昱好像还有话说，俯身对馨宁咬了两下耳朵。馨宁听后眉毛飞得老高，不情不愿地跑去了醉云轩的另一边。

唐艾不愿意再做石像了："你是馨宁的四哥，也就是……苍国的四皇子？"

萧昱坦然一笑："意外？"

"说不意外，那肯定是假的。"唐艾的身体自内而外地发热。从今往后，她再也不用纠结萧昱跟馨宁的亲昵举动了。

"皇帝老儿原本不准我暴露身份，这样做起事来才比较方便。就是在咱们苍国之内，知晓我身份的人，也是一只手能数得出来。隐瞒了你那么久，很抱歉。"萧昱这话说得从容而宁和。

唐艾半天不吱声，他又抬手在她眼前晃晃："六扇门的小唐大人什么大风大浪没见过，不过是听我说了几句话，怎么就变得跟个扭扭捏捏的姑娘家似的？"

"我该继续叫你萧昱，还是尊称你一声四殿下……"

"我就是我，是不一样的烟火。"

唐艾看见萧昱那股嘚瑟劲儿，心里反倒轻松不少。萧昱一直是那个萧昱，一天到晚嘻嘻哈哈，有事没事喜欢撩人玩，关键时刻却总能救她于水火。

"萧昱，我——"

"你千万别觉得哪儿别扭。人生本该及时行乐，以后咱俩继续该吃吃、该喝喝、该睡睡、爱谁谁。"

果然是萧昱，这样逍遥的态度说起来简单做起来难。唐艾突然就想通了。既然萧昱没变，那她也不需要刻意改变，两人之间该怎么相处就怎么相处。

馨宁穿戴妥帖，不消片刻便抱着一摞衣裳回来。

萧昱笑嘻嘻地从馨宁手里接过衣服，又拿胳膊肘捅捅唐艾，也塞了一套给她。

唐艾低头一瞅，立马就又不能淡定了——萧昱塞给她的，是一套彻头彻尾的宫女衣装！

03 普天同庆

"萧昱，你这什么意思？"

"嘘嘘嘘——别瞎嚷嚷。昨夜你已中了埋伏，小太监肯定不能扮了。"萧昱淡定地说。

"不扮太监，就一定要扮宫女？！"

"又不是只有你一个人扮，不是还有我陪着你嘛！"

每一次都能栽在萧昱手上，唐艾也是醉了。

假扮宫女不是不行，她只怕扮着扮着，真会被人瞧出她本身就是个姑娘！况且，她唐艾女扮男装尚且需要时刻提防，而萧昱是个男人，还要男扮女装……画面太美，她不敢细想了。

萧昱只有一只手，想要擦干湿漉漉的头发并不容易。馨宁上赶着帮手，却只有越帮越忙。

唐艾的恻隐之心又一次很配合地找上门来："萧昱，你坐过来，我帮你擦。"

"好啊。"萧昱咧嘴一乐，从馨宁那边抽身而出，美滋滋地在唐艾面前垂下脑袋。

唐艾动作麻利，两手插入萧昱发中，沿着他的发际从前往后有条不紊地擦拭。

萧昱的发丝拍打着唐艾的手背，水珠清清凉凉，时不时溅在唐艾脸上，划出浅浅淡淡的痕迹，很清透，很舒爽。唐艾压根没能察觉，自己的嘴角也自然扬起了一道弧线。

萧昱优哉地吹起口哨，调子轻快欢愉，似是极度享受唐艾的这番侍候。唐艾暗骂一句"不要脸"，眉毛一蹙哼声"好了"，吧唧一甩手。

萧昱对唐艾道声"有劳"，又牵着馨宁拐到屏风的另一头："小唐大人换衣服不喜欢旁边有人，你到这边来帮我。"

唐艾心想这回肯定是躲不过了，一咬牙就换了宫女的衣裳，顺带还多出一点小期待，想要看看萧昱能够有多"美"。

萧昱在屏风这头晃晃袖子，一团纸糊糊便滑了出来。

"哎，白画了。"他望着纸糊糊叹了口气。

馨宁拿脚尖拨弄了两下纸糊糊："四哥，你又画了什么？"

"美人，"萧昱笑得神神秘秘，"等下带你去看真人。"

唐艾穿着女装的样子算是美人，但在萧昱转出屏风后，她这个美人便黯然失色了。

她说什么也不敢相信自己的眼睛——馨宁身边站着的那位，才是十足十的大美人！

这个美人唐艾绝对见过。是了，在画上，她在萧昱的西山小院里见过美人的画像。

这个现实中的人与画中人有着八九成相似，眸色潋滟，光华逸动，就是什么都不做，只在屏风边上盈盈笑着，都仿似有着绝代的风华，让人看上一眼，就再难从他身上移目。

唐艾一转念，便又觉得还有一人也跟这位美人相似。

那个人……是芫妃。

理智告诉唐艾，这个大美人就是萧昱。面对这样的萧昱，她除了自惭形秽还是自惭形秽。

"小唐大人，你是被我的美貌惊艳到了吗？"

萧昱并没娇揉造作地装成女人说话，一开口就是清朗俊逸的男声，好听是好听，就是和他眼下的女装很违和，倾城美感荡然无存。

这家伙，开口跪。唐艾稍微找回点自信，随即便在萧昱身上发现各种破绽。

比如说，他缺失的右臂仍旧只余一条空袖管；又比如说，他随便走上两步，就能看出来右腿带着跛态；再再比如说，他一动起来，就会带起一股男性独有的潇洒劲儿，真正的女孩子，没一个是像他这样的。

唐艾撇撇嘴："你也用不着得意忘形，我劝你还是迟早脱了这身行头。你这样子到外边转上两圈，指不定被人当成什么妖精怪物。"

馨宁咯咯笑出声："四哥，唐艾的扮相虽不如你，但也不赖。"

萧昱："那当然了，她是天生丽质嘛。"

唐艾再也不想听萧昱鬼扯，凝重道："好了，装束也变了，我们现在做什么？"

萧昱淡然回首："去跟纵火的鬼怪好好聊一聊。"

馨宁听闻萧昱要走，又气鼓鼓地翘起小嘴。萧昱也不知用了什么邪术，不一刻就哄她入睡。

时节已入秋，一阵夜风吹来，便是一地落叶。唐艾踏出醉云轩，不禁打了个寒噤，生生把喷嚏憋了回去。

萧昱悄悄地在她肩上一搂："我也冷。"

"你——"

"其他的小宫女也是这么靠在一起取暖的。"

"你放开我！"

"答应我一件事情就放。"

"……你说。"

"等下无论你跟我见到什么人、听到什么话，都一定不要惊讶。"

萧昱并没带唐艾离开玉芙宫的范围，而是来到了芫妃的居所，玉芙宫的正殿。

让人错愕的是，芫妃就站在殿门前，手中提着一盏青灯。如此一来，唐艾和萧昱便在她面前暴露无遗。

"四皇子，果然你才是最像祈妃的人。"芫妃目中无波，仿佛一早便知道玉芙宫里藏匿着外人，"许多年前我就有所察觉，你每隔一段时间就会偷偷入宫来看馨宁。皇上的子女众多，馨宁唯独与你感情深厚，我是她的母亲，自然希望她开心快乐，那些与她无关的事情，我希望她永远不会知晓。是以每次你来，我都没有戳破。这次，也一样。"

她一边说着，一边睨一眼唐艾："即使你带了同伴潜入宫中，我也可以选择睁一只眼闭一只眼。"

萧昱同样不动声色："我想也该是如此，我真的很感激您。换作往日，我大概会就此离去，可今天不行。今天我有两句话想同您说说。昭阳宫的那场火，是您放的吧。"

芫妃目光一凛，灯里火光一阵摇曳。

萧昱笑了笑，轻声叹道："如果我说我懂您，您会不会觉得我是在开玩笑？"

"你懂我什么？"

"老头子是不是好皇帝我没资格评论，可他一定不是个好丈夫、好父亲。"

"……他的确不是。"

"所以您对他有怨恨是再正常不过的事。"

芫妃也笑了，笑中有泪："你说你懂，可你还是不懂。在旁人眼中我宠冠六宫，但实际上，有了馨宁以后，我与陛下便再无夫妻之实。"

"那您要恨就恨老头子，又何苦迁怒于一座废弃的宫殿？"

"他每次召见我，就只是看着我，看着我而已！我在他身边，他却会说祈妃若活着该有多好。这一切都只是因为我与祈妃长得相像，他根本就将我当作祈妃的替身！我的寂寞、我的苦楚，不会有人明白的！所以我恨，恨皇上，更恨祈妃。"

萧昱微微动容，半晌方道："您放火烧宫，却被一人撞见。那人在火中英雄救美，您也就此与那人有了牵连。可这件事竟被与您同住一宫的柳昭仪撞破，于是您便想了个法子嫁祸给她，说与宫外男子有染的人是她。"

芫妃冷笑道："后宫中妃嫔争宠，使的手段又何止栽赃嫁祸。柳昭仪小有姿色，一门心思想要上位，我早就对后宫争斗心灰意冷，本想由着她去，她却不择手段地在皇后面前谄媚，若不是皇后怀疑到我，我也不会置她于死地。说来好笑，最后惩治她的人，还是那个她上赶着巴结的皇后。"

她说着目露狠色："前日夜里在昭阳宫中盗走我伪装工具的人，就是你们两个？"

"昨夜引我们落入陷阱的人，不也是您吗？您这么做，其实不太明智，真捉到了我们还好说，要是没捉到，保不准会再引来不必要的麻烦。"萧昱说。

"你什么意思？"

"没什么意思，我胡乱猜测而已，"萧昱一声哂笑，"不过您也大可不必担心，跟谁幽会，那是您的私事，我没兴趣理会。好多事变成如今这样，都是老头子自作自受。"

"我凭什么信你？"

"就凭我跟您一样，一对老头子恨之入骨，二不希望馨宁受伤。"萧昱的眼神变得幽深莫测，"我娘已走了那么多年，您再对一个死人咬牙切齿，未免也太看不开了。好在昭阳宫依旧健在，这件事情，就揭过了吧。"

萧昱余音未尽，玉芙宫外却又突然传来小太监的尖细嗓音。

那太监说的是——皇后娘娘驾到。

皇后娘娘大半夜的不睡觉，却要大驾光临玉芙宫，是一件很不可思议的事，至少，从玉芙宫上下小奴才们的表情来看是。

乘着华贵的肩舆、被人抬进宫门的锦衣女人，就是皇后。或许皇后也曾艳绝六宫，可她如今已不年轻，眼尾唇边的褶子足以夹死蚊子。

说白了，皇后就是一个五六十岁的妇人。然而，这个妇人与全天下五六十岁的妇人都不同。她和苍国的天子萧擎有着不一般的夫妻相，也有种旁人难以企及的气场，目中尽是无形的威严。

这大概就叫，母仪天下。

皇后娘娘到来，芫妃不得不匆匆前往宫门迎驾，第一个与皇后打了照面。

皇后的意思再明白不过，出了昨夜之事后，她定要亲自慰问后宫妃嫔。至于时间为什么选在大半夜，就不得而知了。

皇后又道，刺客是两个男人，很可能假扮成了宫中的太监，所以她要挨个验明玉芙宫内小太监们的正身。皇后的旨意自是无人敢违，更何况她还是亲临。

芫妃冷眼相对，只说了一句"请便"。

外面的响动这么大，馨宁也从醉云轩里跑了出来，惊恐地转转眼睛，余光瞥向角落里那两个很不一般的宫女。

芫妃把她拽回身边："馨宁，这里没你的事，回去。"

"母妃，我——"

"回去！"

"是。"馨宁出来没到片刻，又怏怏地退回房里。

想要证明小太监们是真太监，就只有扒了裤子这一个法子。

玉芙宫的耳房成了检验场，一水的太监兄弟们惨兮兮地排着队，挨个进屋接受检查。结果当然显而易见，大家伙都是货真价实的真太监。

芫妃见皇后一无所获，盈盈欠身："臣妾恭送皇后娘娘回宫。"她淡淡笑着，音色却很冷，好似胜利者正对失败者冷嘲热讽。

谁知皇后仍旧和颜悦色地坐在庭院里，慢条斯理道："近来本宫总能听到传言，说宫中女眷行为不检。本宫以为，那两个刺客兴许就是某些女人的私会对象。他们除了扮成太监，也有可能扮成宫女。来人，给本宫把这玉芙宫里所有的宫女都带到这儿来。"

查宫女！

皇后娘娘不按套路出牌了。

萧昱伏在唐艾耳边道："皇后认定了刺客是真男人。你只是个由姑娘扮成的假男人，完全用不着担心，就让她们去查好了。"

这句话的声音极轻极小，但每一个字唐艾都听得清清楚楚。

她答应萧昱不惊讶，就的确没有表现出惊讶，甚至做到了自始至终一言不发。可真实情况只有她自己了解——自打听了萧昱跟芫妃的对谈，她就惊傻了。

此后的时间里，她一直游离于状况外，直到萧昱说出这句话，她才如梦初醒。

晴天霹雳，五雷轰顶。

唐艾的脑袋里，好比炸开了一个窜天猴。轰隆隆的巨响在她的天灵盖上钻出个大窟窿，她还没来得及把这窟窿补上，就已被皇后喝令上前。

皇后带来的老嬷嬷领着唐艾转到角落，扒完了她的衣裙就扒她的亵衣。唐艾一直女扮男装，和一般的女子不一样，贴身穿着的不是肚兜而是束胸。

老嬷嬷本来厉颜厉色，看见唐艾的束胸竟愣了两愣，拽过唐艾的手小声道："丫头，你这胸脯生得珠圆玉润，真是羡煞旁人。你一定是嫌它们干活碍事，才把它们绑了起来。听嬷嬷的话，以后可别再绑了，要是把这本钱绑坏了，将来你出宫嫁人，岂不是要吃大亏！"

唐艾一身的虚汗就跟水洗似的："嬷嬷，您……您真是个好人。"

老嬷嬷拍拍她的肩膀，回过脸冲皇后摇摇头。

皇后眼波回转，目光直扫萧昱。

这回她连老嬷嬷都不用，亲自上前来。

萧昱浅浅一笑，冲着皇后一通三拜九叩，起身之时左手袖口一抖，便有一样小东西滑到了他的手心里。

他什么话都不说，唯独悄然一移胳膊，只在皇后的视野范围内伸手，让皇后瞧上了这小东西一眼。这是一块纯金的小牌子，锻造考究，工艺超凡，皇后见后蓦地一惊，也是半晌未语。但她背对着一干人等，这表情就只有萧昱能够瞧见。

又过了一会儿，皇后衣袖一拂，带着跟来的太监嬷嬷就走，只言片语都没给芫妃留下。

芫妃瞅着皇后离去，将宫女太监全部遣走，又对准了萧昱的目光。

萧昱却只淡漠道："皇后能找到这儿来，娘娘以为是因为什么？您一再维护的那个人，又是否值得您付诸真心？"

芫妃难掩满面惊疑："刚才究竟是怎么回事？"

萧昱摇摇头："您只要知道，我绝对没做对您不利的事就好。至于那个人……我现在能跟您说的就是，他在谋划些什么，老头子已有所察觉。我这就离开皇宫，更深露重，也望您早些休息。对了，如果可以，也请您代我跟馨宁说，宫人们任劳任怨，都很不容易，她最好学学收敛脾气。"

说罢这话，他牵起唐艾的手腕，一个飞纵便飘出了玉芙宫的宫墙。

唐艾能够自主思考时，又已身处那条地底的密径。她心乱如麻，困窘不堪，早已不知该用怎样的姿态面对萧昱。

萧昱则依旧是那副云淡风轻的笑颜，似乎什么都没发生过一般："唐艾，你又在纠结什么？"

"……"

"别不说话嘛，有什么不开心的事，说出来让我开心开心！"

冗长的哑口无言后，唐艾终于涩声问道："你……是什么时候……知道我是女扮男装的？"

"嗯，让我想想。我应该是……从见你第一面起就知道了。"萧昱一本正经地晃悠起脑袋。

唐艾又沉默了。

萧昱浅然一笑："你是不是想问，我既然一早就知道，为什么一直不戳破？其实，如果不是皇后闹了这一出，我大概还是会装作不知道。我原本就一直在等，等到你想自己说出口的那天。"

"你……"

"我就爱瞧你这模样，小脸涨得姹紫嫣红，憋不出词来的时候就开始'你呀我呀'的。"

"可是我——"

"看吧，'你''我''可是'，你最爱说的三个词，"萧昱装模作样地数起手指头，"你就不愿再猜猜，我喜欢的那个姑娘是谁？"

"……是谁？"

萧昱懒洋洋地倚上墙壁，眸光宁逸温然，声音清朗笃定："笨蛋，那个姑娘就是你啊。"

借着幽幽晃晃的火光，唐艾能看到萧昱的眼睛，也能看到他眼中自己的影子。

萧昱缓缓执起她的手，一晃三摇："喏，我都说得这么明白了，你好歹给点反应啊。"

"你……要我有什么反应？"唐艾的脸在着火，心也在着火。

"告诉我，你也喜欢我。"

唐艾怦然心动，即使没说话，她的身体也完美展示了她的心情。

原来，这种感觉就叫作喜欢。

萧昱笑意更浓，贴得唐艾紧紧的："喂，刚才我俩做过的事情，你是不是忘了？"

"什么事情？"

"就是这件事。"

萧昱在唐艾不经意间，已将鼻尖黏上了她的鼻尖。

这是一件需要两人合力才能完成的事，唐艾的记忆立刻就被萧昱唤了回来。

这件事叫作拥吻，头一回发生，是在两人躲在浴盆中时。

萧昱的嘴唇冰冰的，身上永远带着种清清凉凉的气息。每次唐艾接近他，这丝气息就会悄然地从他那头蔓延到唐艾这头，唐艾发热就帮唐艾降温，唐艾着火就给唐艾灭火。

短短的刹那，两人唇齿相依，臂弯相环。

唐艾感觉到一种说不出的奇妙。这回她是真的上天了，浮在云端，且听风吟。

甜蜜的缠绵尤在唇边荡漾，唐艾被萧昱牵着徐徐前行，一方面有些不知所措，一方面却又欢欣雀跃，脚下的步子起初趔趔趄趄，但走着走着就变得安安稳稳。

萧昱一边走一边吹起了欢愉的小曲儿，直到又来到那条岔路，才停住脚步。

"我还有最后一个人要见，在这儿等我。"萧昱轻轻抽了身，目光清澄如初。

岔路上没有光亮，唐艾很快就看不见萧昱的背影，只能听见拐杖嗒嗒嗒嗒的点地声。

唐艾对待感情比较迟钝，但在其他方面还是很机敏的。她知道，萧昱是去见萧擎了。凭借萧昱轻描淡写的字句，她尚不能拼凑出圣上与祈妃间的所有纠葛。既然他不说，那她就不问，她也可以等，就像他等她一样，等到他决意亲口对她说。

唐艾闭眼回想起萧昱的各种嬉皮笑脸、各种无耻厚颜、各种坏笑的小眼神，一会儿气得眉毛直竖，一会儿却又偷偷笑起来。

萧昱的样子，她喜欢，千金难买她喜欢。

可她又是从什么时候喜欢上萧昱的呢?

她自己也说不清楚。

萧昱走的那条路，居然是通往萧擎的乾清宫。

乾清宫的正殿内，此时除去圣上一人，一个伺候的宫人都没有。萧擎同往日一样，正夜以继日地处理政务。

对于从地砖下现身的萧昱，他并没表现得多讶异，只是低声问了句，这个一身逆鳞的儿子，为何突然会到嗤之以鼻的地方来。

萧昱随意找个地方落座："我来，不过是为了怀念娘亲，顺道，再查一查是谁在昭阳宫放火。"稍停顿后，继续说道，"我去过昭阳宫了，梦到了母妃，她说她不介意曾经居住过的宫殿被损毁，只是希望我们不要再为这件事纠结。所以，纵火的元凶、闹鬼的真相，我一人知道足矣。

萧擎闻言，怒而置笔。

"你的意思是，要让朕一辈子蒙在鼓里了？"

萧昱起身欲走："管不好后宫，还要六扇门的唐艾来调查，您的确该为自己的无能承受后果。"

"等等，趁你今夜至此，朕刚好也有话要对你说。比起后宫的是非，朕现在有更值得审慎的问题，"萧擎凝重地看向萧昱，"张家父子的案子，朕仍在思索。大概已推断出，是谁在暗中操控，朕相信，你比朕更早猜到一切。"

"噢？您推断出什么了？"萧昱偏过头来。

"司马琸、熊国正、齐修远、刘和豫，还有张宏放这五人，都官职相当。张宏放刚正不阿，当年朕立储之时，他从未发表过任何言论；而剩下的四人，处事都属圆滑，不论哪边都好像很支持，谁也没得罪过。实际上，他们和张宏放同样是中立的态度，只不过方式大相径庭。这个人当年争取不来这四人站队，便一直怀恨在心，如今教唆张其睿行凶，一来让太子永失四票，二来，还可以趁机嫁祸太子。一箭双雕，何乐而不为？"

萧昱冷眼笑道："您都说对了，这人继承了您所有的优点，老谋深算，心狠手辣。"

萧擎说："制裁他，朕需要你。"

萧昱一笑："呵呵，我就知道……那我也要向您说明，我想把剩余有限的时间，都留给自己心爱的人。不管您要我做什么，这都将是我为您做的最后一件事。"

萧擎默语："好，朕应允你……"

萧昱回到唐艾身边的时候，已是两个时辰以后。他的身躯透着无尽的疲惫，眸光犹如一湾望不见底的幽潭，清清冷冷，深邃得撩不起一丝涟漪。可当他到唐艾的身旁，眼神便又恢复了淡然温和。

唐艾现在正处于迷迷瞪瞪的状态，萧昱便也靠到她身边。

唐艾噌地抬起头，对上萧昱含笑的眼睛："你怎么跟猫一样，回来都没声音的？"

"是你睡得太熟。你知道吗，你睡觉的样子真好玩，真想找纸笔来把你画下来。"萧昱站得不太稳，撑着拐杖还晃了两晃。

"那你倒是画啊，光说不做。"唐艾故意撇嘴。

"你怎么知道我没画过。"萧昱轻悠悠地转身，即使走得有点艰辛，步履却仍旧舒缓不乱。

这回两个人走得都很慢，路上萧昱对唐艾道，皇帝老儿已讲明，对宫中鬼怪传闻的调查到此为止，往后，唐艾就再不必搭理那些幺蛾子了。唐艾当然巴不得如此，她走了这一遭宫廷，算是长了见识，以后却再也不想踏足这儿一步了。

两人从地底的密径钻出来，正赶上中午的饭点，东坡楼人满为患。

唐艾先前遗留的公务都还没有处理，出了东坡楼就到街上的成衣店买了一套男子的衣衫，准备赶回六扇门。

萧昱笑嘻嘻地看着她又变成男人："其实我苍国自太祖开国，便已有了女子入朝为官的先例，百年前更有一位公主巾帼不让须眉，统领数十万军马大破鞑虏，你又干吗非得扮男人呢？"

"谁知道那位公主到底是因为才干出众而名噪一时，还是仅仅因为女子的身份而受追捧。我扮男人就是不想被区别对待，我只愿凭我自己的能力为国效力，好好闯出一番成就来。"唐艾义正词严。

"你果然有鸿鹄之志，走男人的路，让男人无路可走。"萧昱笑开了花，直说让唐艾收下他的膝盖。

分别之际，唐艾不忘问一句什么时候再见。

萧昱神秘兮兮地一笑，只让她该忙什么忙什么去，他有特殊的方法和她联络。

唐艾狐疑地冲他翻了俩白眼，昂首挺胸迈着阔步离去。

没谱的人，谁晓得能搞出什么怪招。

秋阳正好，遛大街的人潮一刻不停。唐艾刚到总铺胡同，就撞上了老爹唐不惑跟唐府的管家唐坚。

"闺女哟，我可终于等着你了！我天天让唐坚喊你回家吃饭，可他就是拦不着你。你该不会是故意躲着我吧？"

"爹呀，我怎么会故意躲着您呢！坚叔找不着我，是因为我这几天都不在六扇门中。我去执行一项特殊任务了。"唐艾赶紧安抚唐不惑。

"啊？特殊任务，是不是很危险？闺女你受伤了没？"

"我的本事都是跟您练的，您质疑我，就是质疑自己的水准。"唐艾不耐烦了。

"闺女，我想你跟我回渝州过年，"唐不惑像小孩子一样噘起嘴，"毕竟，总把你小妈一个人扔在家里也不好。"

"行行行，您说什么都行，我处理完手头的事情再听您细说。"

摊上唐不惑这么个爱女心切的老爹，唐艾一个头比两个大。

好不容易把老爹打发走，她又被一堆手足弟兄围了起来。这些人一个个的不干正事，光顾着问她这两天的情况。更有甚者，热泪盈眶抓着她的手，上来就是一句"苟富贵，勿相忘"。

唐艾实在没辙，一溜烟躲回自己的屋子，饶是这样，还是能听见那票闲人在外边哔哔叨叨。

没过多久，刘和豫又召集大家开会，唐艾只好放下手头的工作跑去议事厅。几天没见，刘和豫像是又没能管住嘴，活脱脱成了一个大圆球，秃瓢油亮亮的，简直辣眼睛。

刘大人开会，主要还是传达圣意。

七日以后就是萧擎的万寿诞，到时候天子出行，祭天地日月，举国上下普天同庆，难保没有不法分子趁机作乱，京城的安保就成了六扇门工作的重中之重。届时，徐湛会率领亲军都尉府和紫微垣禁军护驾萧擎左右，六扇门则负责在京城各处大街小巷安插暗哨，以确保萧擎出行当日万无一失。

散会以后，刘大人却将唐艾硬生生留了下来："小唐啊，这回你就不用去了。你一连忙了大半年，不如趁着这几天好好歇歇吧。哎，对了，我记得你老家在蜀中吧，这眼瞅着就要到年关了，你要不要回家看看高堂？"

"您也要我回家？"唐艾略吃了一惊。

刘和豫擦着汗道："你也知道，最近咱们六扇门里传了不少闲言碎语。好的咱不说，但那些不好的咱也不能全当没听见。这有时候吧，锋芒太露也不是个好事，你说是吧？"

唐艾立马就明白了刘大人的意思。

道理她不是不懂，只是觉得万寿诞本该是她发光发热的时候，突然让她什么都别做，好像有点儿说不过去。

"大人，这样吧，我呢，就先不参与万寿诞的行动了。可我暂时也不走，就留在六扇门随时待命，万一出了什么岔子，也好有个人手支援。"唐艾说。

"哎哎哎，好好好。"

刘和豫甩着十几层双下巴，颤悠悠地笑了笑。

这回她唐艾倒成了闲人，想忙也忙不成了。她失意地回到自己屋里，却瞧见书案上多出来一只大肉鸽子。

这家伙也是肥得流油，正在美滋滋地打盹。

唐艾离开屋子的时候没关窗，这个肥货一定是从窗子飞进来的。她见肥货脚上绑着个小信筒，便小心翼翼地将那信筒解下，倒出筒里的小纸卷。

肥货扑棱两下翅膀，就此睁开圆滚滚的眼睛。

唐艾一看小纸卷，顿时哑然失笑。小纸卷上画着个小人，好巧不巧就是睡熟了的她。小人画得甚妙，连嘴边上挂着的哈喇子都栩栩如生，仿佛下一刻就要滴到地上。

唐艾明白了，这只肥货一定是萧昱派来的！看来这就是他所谓的联络方式。这鸽子也当真神奇，居然能够飞过京城林林总总那么多院落，准确无误地降落在她面前。

唐艾一方面佩服鸽子，一方面更佩服鸽子的主人。她给鸽子顺顺毛，鸽子咕噜噜一叫，似乎享受得不行，轻轻拿鸟喙戳了戳她的手背。待她把小信筒绑回鸽子爪上，鸽子便摆摆头，又从窗户飞了出去。

然而不到半个时辰，这只肥货竟又飞了回来。

唐艾有点意外，打开小信筒，便又瞧见一张小字条。

这回小字条上写着一行潇洒的小楷——看过了画也不给个回音，果然人傻是一辈子的事。

敢说我傻？！唐艾气得牙痒痒，拽过纸笔洋洋洒洒写了一大堆反驳的话，卷起来就往小信筒里塞。可是她很快便沉默了，这张纸太大，根本塞不进小信筒。

她只好又裁了个小字条，写下那堆话里最重要的几个字——我睡觉了，你也哪儿凉快哪儿歇着去吧！

此后的几天，唐艾每天都能收到一大堆来自萧昱的小字条。她不用再操心办案，可以说是闲得发慌，跟萧昱以小字条传书，就成了唯一的乐趣。

萧昱早上的小字条会问她晚上睡得好不好，晚上的小字条又会提醒她天气凉了，睡觉记得关窗。除去嘘寒问暖，他还会跟她打趣逗乐，写个小段子调侃调侃她。她一边气得捶胸顿足，奋笔疾书骂回去，一边却又觉得心里暖暖的。

圣上万寿诞前一天的上午，徐湛来到六扇门，与刘和豫商议明日具体事宜。唐艾现在是闲置状态，自然没去掺和，可徐湛瞧见她后还是叫住了她。

"唐兄，这几日我与六扇门的手足时常一起行动，可怎么一直没看见你？"徐湛的脸隐隐泛红。

唐艾无奈一摊手："我忙活了好些时日，刘大人怕我辛苦，给我放假了。"

"原来是这样。那个，唐兄，我中午刚好与一位朋友有约，这位朋友听闻你的名号后，也很想与你见上一面。既然你有时间……那不如……不如就一起去吃饭吧。"

"吃饭？呃……也好。"唐艾找不到拒绝的理由。

徐湛请唐艾吃饭的地点又是东坡楼，唐艾到了雅间，便见到了徐湛的那位友人。

这是一个腿长逆天的男人，眼睛单细，面容广阔，一看就不是中原汉人的长相。

徐湛郑重其事地将唐艾与这位贵宾介绍认识。

唐艾这才知晓，男人就是高丽国的大将军李敏智，他到访京城，同样是为了拜贺萧擎万寿之诞。

当初高丽国的案子，唐艾与李敏智虽都牵涉其中，两人却没打过照面。李敏智是高丽难得的将才，他的事迹唐艾自然如雷贯耳。她当然也没忘了，李敏智还有个妹妹贞熙郡主，而她与贞熙郡主更可谓是有过一段"孽缘"。

唐艾只道徐湛并不清楚个中缘由，才会安排两人见面，本也没想怪罪于他，只是担心这般冷不丁地碰面，李敏智会借机寻衅，于是只得尴尬地笑笑，心下赶紧琢磨如何遁走。

岂料李敏智随即就道："当初舍妹做的荒唐事，给小唐大人带来诸多困扰，实在是抱歉了。小唐大人宽宏大量，就请不要与无知女流计较了。"看情形，唐艾与贞熙郡主的那堆破事，李敏智当真早不介怀了。

唐艾没了顾忌，便与他攀谈甚欢。毕竟，能够结识他国数一数二的大人物，还是十分荣幸。

酒过三巡，李敏智又与徐湛聊起了萧昱。

唐艾这才知道，萧昱与徐湛和李敏智仁人自小便已相识。萧昱的师父，是位隐世高人。萧昱小时候，曾随师父到过高丽。那时候，苍国的戍边将军还是徐湛的父亲徐老将军，徐湛跟在父亲身边，李敏智则想到苍国拜师学艺，两人都恰巧撞到了萧昱和他师父，因而和萧昱相识。

李敏智问及萧昱今天怎么没来，却听徐湛轻轻地叹道："他这几天身子不大好，一直在休养着，兰雅不让他过来，他还让我替他向你赔不是呢。"

唐艾听了这话，心里不禁一抽抽。

萧昱病了？她怎么不知道。他明明每天都还在和她飞鸽传书啊。还有，兰雅又是谁？听名字怎么像个姑娘？

她仔细琢磨，又觉得徐湛没在说谎。照萧昱的性子，既然知道了她正闲着，想和她见面还不是容易得很。可这几天以来，他都只是用小字条和她说话，这就有些古怪了。

宴席过后，李敏智先行告辞，徐湛又想留唐艾说话，唐艾却匆匆婉拒，一刻不停地赶回六扇门。一进屋，她便见到肥鸽子又在桌案上打起了呼噜。

萧昱的小字条还在和她半开着玩笑，她却完全没了想笑的心思，着急忙慌地写下几个字——听徐湛说你病了，你没什么事吧？

这一次，肉鸽子用了半天时间才飞回来。萧昱也没再和唐艾瞎扯，小字条上就只有一行字——明晚戌时，钟楼，不见不散。

明晚见面？唐艾惊喜得不行。可她回过神来一想，又有些为难，当初她可是和刘大人说了，万寿诞时要留在六扇门待命。

她纠结了一会儿，想想六扇门内高手如云，理应不会出什么状况，终是给萧昱回了一句——好，不见不散。

次日一早，京城上下便是一番空前绝后的盛况。

天子萧擎接受八方来贺，从皇家仪仗出行，受万人跪拜，一切都在有条不紊地进行。傍晚时分，萧擎安然回宫，唐艾这才大大松了口气，轻松赴约。

晚秋将至，京城的夜晚凉意瑟瑟，萧昱比前几日多加了一件有厚度的大氅，撑着拐杖站在钟楼下，虽然衣袂随风，神情翛然，但脸色确实过于幽白，始终藏不住病容。

"我们上楼去。"他冲唐艾浅浅一笑，一步步攀上阶梯。

"哎，钟楼是什么人都能上的吗？！"唐艾又吃了一惊。

"我在查张其睿案子的时候，和城门的守卫大哥混熟了，可以请他们行个方便。"萧昱自鸣得意。

钟楼是四九城外沿的一处至高点，站在楼上可览京城全景。

"别说话，看那边。"

萧昱向着东方天际望去，眸中漾着清逸的光。

这一晚城内城外灯火辉煌，天空比往常亮上不少，但那些灯火并非萧昱的焦点。他在看的，是不一刻便在紫微垣内燃起的烟花。

震耳欲聋的巨响来临时，远方的碧空便开出了漫天华彩，先腾空的烟花绽放过后颓然而损，后方却又有五彩流云接连不断地上升，一簇簇、一丛丛，熠熠华风，流光飞舞。

如此景致，美不胜收。

唐艾看得醉了，竟忘记了言语，乃至烟火结束良久后，都还沉浸其中不能自拔。

一阵冷风没有前兆地吹来，她才瑟瑟地打了个寒战。

"冷吗？把我的衣服穿上。"萧昱将大氅披在唐艾肩头，带她缓缓走下钟楼。

唐艾肩上沉甸甸的，心里头有种掉进了蜜罐子的感觉，竟忘记去问萧昱身体是否已好了些。

"晚了，赶紧回去吧，有什么事情还是通过肥货来说。"萧昱浅淡地笑笑，和唐艾在城门楼分手。

万寿诞当夜城门延时关闭，方便城内城外观礼的百姓流动。萧昱出城以后便朝着西方走，一路穿过城外三三两两的人群。

再往西边去，人就渐渐少了，等他走到西山脚下，夜已到了最深沉的时分，山林小路上便只剩下了他一人。

突然，山间深处响起了一阵诡异的笛音。紧接着，远方的树影下便传来了簌簌响动。不过片刻之间，林木已凭空现出了数道人影。这些人影随着笛音的起伏迈开两腿，冲着萧昱就来。

更值得一提的是，这些人不似活人，倒像是死人——移动的死人。

会移动的死人也可以称为僵尸，很久以前，高丽国也曾经出现过僵尸。僵尸行动之时，就是受到了那阴森森的笛音控制。

这票僵尸少说得有一二十个，须臾之间，尸群已对萧昱展开攻击。

萧昱眉宇一沉双眸一抬，握在手上的不再是拐杖，而是一柄闪着寒芒的匕首。

逸动的清影游弋于僵尸群中，快得犹如闪电，所到之处，僵尸一个挨一个地倒下。

萧昱仅凭一人之力，就叫这帮死人又"死"了一次。

他将匕首慢慢插入背后的长匣，清寂的背影晃了两晃，又撑起了拐杖。有了拐杖支撑身体，他才不至一瞬摔倒。

而远方，那缕诡谲的笛音也在这时戛然而止。

一条条蛊虫从尸首的嘴里爬出来，软塌塌肉滚滚的，在地上蠕动出一道道黏糊糊的痕迹。

萧昱靠在大石头上低喘，却又蓦地侧过脸，看向山径的另一头。

那里又有一束人影现身。

与其说那影子是人，倒不如说他是鬼魅。

山径上就像是开出了一道门，一头是人间，一头是地府。

这影子便似从阴间蹿入阳世的鬼怪，带着股千年厉煞般的气息，仿佛每逼近一步，就会吞噬掉一道活生生的灵魂。

出现在萧昱面前的终究不是鬼魅。

来人是个老头，须发灰白，骨骼清奇，一张脸阴郁枯槁，长得像一只老鹰。

萧昱好像一早便准备好与老头照面。

"璆鸣子——不对，按理说，我应尊称您一声'师叔'。三哥真厉害，竟然网罗到了您这位天纵奇才。"

他管老头叫"师叔"，话语中还提到了"三哥"。四皇子的三哥，自然就是三皇子。

璆鸣子森然冷哼，对这个称谓似乎并没多大的异议。

萧昱继续道："说实话，我早就已经想到，在边境操纵僵尸军团的人是您，将贞熙郡主变为倾城之色的人是您，教导高丽人开凿深山的人也是您。"

璆鸣子阴冷道："多年不见，你的确让我刮目相看。从高丽国归来后，我又改良了驭尸之术，你却仍旧轻而易举破了我的术法。"

萧昱摇头："并没有轻而易举。我只是觉得这些死尸的命运很悲催，生前遭遇不幸，死后还要被人操纵。我不想他们成为别人手中的武器，只想他们入土为安。"

璆鸣子目露凶光："那你认为，我带着这些尸首到这儿来，是要做什么？"

萧昱黯然一笑："要我的命。"

树影婆娑，幽幽融融的月光恣意洒满山岗。

萧昱抬眸，清冷如烟，寂寞如雪："想必三哥已查清了我在做些什么，是以才让师叔您来除我。可惜他并不知道，这些年来，我的所作所为根本非我所愿。为一个不共戴天的仇人卖命，却又拿他无可奈何，才是最痛苦的事情……如今我懂了，想要报复我的仇人，最好的方法就是让他生不如死，而要让他生不如死，就要把权力从他手中夺走。夺走他的权力，不恰恰正是三哥筹谋的大业？"

璆鸣子："你分析得如此透彻，到底是想说什么？"

萧昱："您肯定看得出来，即使不杀我，我也活不了多久了。可我暂时还不能死，因为我还没看到我的仇人生不如死。"

璆鸣子："所以呢？"

萧昱："我想跟三哥见上一面。有生之年，我可以帮他，他也可以帮我。"

　

山风料峭，随随便便就能把人吹个透心凉。

很快，萧昱就又成了山径上唯一还活着的人。

他一步三晃地走上山去，脸色比死人还要惨淡，原本一刻就能到的路，却用去了一个时辰。

清雅小院里的人都没睡。兰雅双手环抱站在院门口，脸色沉冷，眼神却并不平静。不大、不小俩小崽子一人扒着一边门框，脸上写满望穿秋水。这一大两小瞧见萧昱归来，均是不顾一切地冲到他身边。

萧昱费力地对仨人道："你们怎么都变成门神了？"

俩小崽子带着哭腔道："公子，你去了那么久还不回来，我们好害怕你……害怕你……"

"怕我一不留神就死了？净瞎担心。只不过是遇到一点状况，耽误了时间，"萧昱摇头笑笑，"看来你俩是真闲，既然这样，就派你们去把残局收了吧。"

"他交给我。"兰雅瞟瞟俩小孩，砰地一关萧昱房门，"刚才那阵笛音就是你遇到的状况？"

萧昱："我保证你以后再也不会听到了。"

"让你不要出去，你却偏不听话，现在滋味不好受吧，"兰雅冷峭地瞪他一眼，"手。"

萧昱浅浅叹了声气，听话地把左手放到桌上："老头子寿诞放的礼花，十年难遇嘛。我若今日不跟唐艾去看，就要至少再等十年。十年，不知我是否还等得起。"

兰雅将指尖探入萧昱的袍袖，点上他的脉络，眉头越皱越紧，好半晌才撤回手，扶萧昱坐到床边："你再这么不知轻重，别说十年，一年你都等不起。"

"你总喜欢危言耸听。放心，花花世界如此美好，我才不舍得撒手人寰。"

"你若肯听我的话，我总归会想到办法，让你每过十年都能去看一次礼花，"兰雅替萧昱取下义肢，目色终于渐转柔和，"膝盖磨成这样，你都不觉得疼吗？这腿以后不要戴了。还有，鸽子始终是畜生，身上带着不干净的东西，你的身体早就不堪重负，毫无抗力可言，我绝对不准你再碰鸽子了。"

这一夜京城灯火长明，直到后半夜，街上都还有稀稀拉拉的人流。

唐艾回到六扇门，美滋滋地睡了一觉。第二天一早，她又精神满满地爬起来，如同前些天一样趴在窗户边，等待肉鸽子自觉地飞到桌案上。可奇怪的是，直到中午吃饭的点，肥货居然还没来。

唐艾大失所望，也弄不清楚原因，坐在桌边生了一肚子闷气。

这时候有个兄弟刚好经过，敲了敲她的窗户："小唐，徐指挥使又来了，正向咱们刘大人问你呢。"

这人说徐湛徐湛就到，唐艾也不好拒客，只能请徐湛进屋。

从前唐艾和徐湛见面，谈的基本都是公务。两人大好青年，血气方刚，都愿意为国为民抛头颅洒热血，聊起国家建设法制经济，总能相谈甚欢。但是一旦不谈正事聊私事了，两人之间就像是生出了道劈不开也戳不破的隔阂，大眼瞪小眼，尴尬到不行。简而言之，除去国家大事百姓苍生，他俩没有任何别的共同语言。

徐湛不善言辞，根本挑不起话头。而唐艾一门心思想着肉鸽子，也不愿没话找话，一瞬间，屋里的气氛就降到了冰点。

徐湛正襟危坐了好一会儿，终于讷讷地开口："唐兄，明晚和春班在潇湘馆开台，一起……一起去听戏吧。"

唐艾光顾着关注肥货，压根没听清楚他说啥，随便就点了个头。

"唐兄，那……我先告辞了。明晚见。"徐湛的表情一下变了，样子就像是皇上刚颁了道圣旨，给他封了个一等公爵。

唐艾回过神来，徐湛已离去多时，大肉鸽子却还是左等不来右等也不来。她气鼓鼓地仰头望天，直到天黑得不像话时，脖子差不多也到了一碰就折的地步。

日月交替又是一天，唐艾再一次满怀期待坐到窗前。这天天气不错，万里无云，天上有些什么都能瞅得一清二楚。然而一只鸟飞过、两只鸟飞过，不论哪只都不是那只肥得流油的大肉鸽子。

唐艾一边牙痒痒一边肝疼，拳头一砸桌子，桌子豁了个角，脚跟一跺地面，地面凹了个坑。

刘和豫却又来找她，说是六扇门的其他手足都忙着追缉重犯，有几件小差事反倒没人去做，看她还没收拾回家的行李，便想叫她勉为其难去理理这几件小案子。

唐艾瞧瞧刘大人恳求的眼神，也只有对他道句"大人放心"。对她来说，眼下有事情做总好过干等。于是在这一天之内，她先送了李婆婆回家，又给张大婶找了走丢的鸡，最后还帮着隔壁老王鉴定了一回亲生儿子。

夕阳西下，唐艾才把鸡毛蒜皮处理妥当。她仍在一门心思惦记着肥货，脚步匆匆目不斜视，完全不记得今晚还跟徐湛有约。不过这也不要紧，因为她要回六扇门，就一定会经过宣武门大街，只要她经过宣武门大街，就一定能看见在潇湘馆门口傻等着的徐湛。

徐湛手里的两张戏票，又快被攥得稀巴烂了。今天是徽调名班和春班的台子，到潇湘馆来听戏的人络绎不绝。

唐艾眼神好，随随便便瞥一眼人群，就瞅见徐湛鹤立鸡群，而徐湛的视线也在这时好巧不巧地与她相接。下一瞬，他已拨开人群，直不愣登走了过来。

唐艾这才想起来与徐湛有约。君子不能失信于人，她只得勉强冲徐湛笑笑，与他顺着人潮进入戏楼。

潇湘馆是京城第一戏楼，每每有名班登台就铁定座无虚席。

京师里的达官显贵们都有听戏的雅痞，二楼豪华的包厢常被这些人包下，票价当然也不菲。徐湛直直地领着唐艾就上了二楼，进了当中一间包厢。就算他不说，唐艾也料定他买票必然下了血本。

叮咚隆咚呛，锣鼓声声响，好戏即刻上演。名班不愧是名班，台上不过三五人，却表现出了千军万马的气势。

刀马旦身段飞扬，在台上耍起了花枪，花枪被他抛出去又接回来，再在手里打上十几二十个转，引得台下一片叫好。刀马旦手上不停，一个抖手，花枪便又飞了起来。

可怕的是，这回这花枪并没落回刀马旦的手里，而是嗖地飞出戏台，照着二楼正中的包厢就去！

台下观众正沉浸戏中，等到众人反应过来，台上扮演喽啰的几人已张牙舞爪抽出大刀，一个个施展起高超轻功。

巨变来得太过突然，观众顿时惊慌失措，抱头鼠窜。

那被袭击的包厢就在唐艾和徐湛两人包厢的旁边，叮叮咣咣的刀剑接驳声立即不绝于耳，令人胆战心惊，同时，包厢中又有人喊了一嗓子"保护王爷"。

唐艾和徐湛两人蓦然惊起，互看了一眼对方，不约而同飞跃而出。

这边的包厢里有一主四仆五人。主人是一名二十六七岁的青年男子，站在角落被两名侍从拼死护卫，而另两个侍从正和画着花脸的戏子打得不可开交。

唐艾和徐湛见了这等情形，立马加入战局，默契地一人出击一人协助，与戏子展开搏斗。不用一盏茶的工夫，这几个耍大刀的花脸就被两人一一制伏。

青年男子从侍从身间走出来致谢，侍从几人则异口同声道句"王爷受惊了"，抱拳站到一边。

唐艾瞧这青年男子的外貌年岁，再听这几人一口一个"王爷"地叫着，很快便猜到了青年的身份。

这个人，当就是苍国的三皇子，恭王萧承礼。

单元四
迷途漫漫

西山的秋景有种萧条的寂美，天边的云来了又去，去了又来。

唐艾枕在萧昱肩上，也便没那么矜持了。

这副肩膀虽然清癯，力量可是一点不少，总归还是靠得住的……她偷偷地想。

01 重温故梦

萧承礼生得丰神俊朗，衣着在低调中暗显尊华，举手投足器宇不凡，是个让人只瞧上一眼便会心生好感的翩翩公子。

他暂时不去理会那几个被制伏的戏子，反而谦恭地走上前来，对徐湛跟唐艾施礼致谢。徐湛认识萧承礼，萧承礼却并没见过唐艾，便问徐湛她是哪位侠士。

唐艾赶忙也对萧承礼还了一礼，报上自己在六扇门的官属。

"原来阁下就是六扇门的小唐大人，久仰大名。"萧承礼诚挚地又向唐艾一躬身。

其后，他便向唐艾、徐湛两人说起，他本不日就要返回岭南，听闻和春班来京，登台潇湘馆，才想趁着还没离京，轻车简从听一回戏，却没承想居然遇到了刺客。

侍从们一齐问道："王爷，这些人当如何处置？"

萧承礼转转眼，又恳切地望望唐艾和徐湛，一丝不苟道："徐大人、唐大人，我并不知晓是什么人想要加害于我，也没有审讯罪犯的职权，不知道这几名刺客可否就此转交二位？"

王爷遇袭，刺客被捕，调查整件事情的来龙去脉、找出幕后真凶，亲军都尉府跟六扇门可说责无旁贷。

徐湛当即郑重表示，定会查清真相。

唐艾如今放着大假，根本无权插手这种要案，但她觉得此事牵连甚重，也很想出一份力，便跟着徐湛一块儿点头，计划回到六扇门后就禀报刘大人，也正好趁此机会看看能否恢复职权。

亲军都尉府的人手很快便将潇湘馆全面封锁，唐艾、徐湛两人则亲自护送萧承礼返回下榻的行馆。

到得行馆门前，萧承礼对两人摇摇头："我这次入京，曾与父皇多次商谈政事，很有可能不经意间左了另一些人的意，若有人因为这样要来害我，那就真是不聪明了。我已被父皇分封在外，不受传召永世不得回京，我说的话又做得了什么数呢。"

他顿了顿，又道："查案不急于一时，两位大人今日为我抵挡刺客，救命之恩我真不知当如何相报，两位至少也要赏个面子给我，我愿与两位把酒言欢，聊表敬意。"

恭王殿下盛意拳拳，唐艾跟徐湛不好推辞，便随他入内。

萧承礼的行馆简洁质朴，丝毫不见奢华之风，连仆人小厮都见不到几个。而他本人平易近人，对着仅有的几个仆从都是和颜悦色，行事作风与他的二皇兄萧承义比，简直一个天上一个地下。

酒菜上得桌来，也并没什么山珍海味。萧承礼笑说自己素来崇尚简朴，在岭南时便是如此，还请唐艾跟徐湛见谅，唐艾不禁对这位恭王殿下肃然起敬。

酒桌上的话题始终没离开家国天下，萧承礼更对改革后的车马律法大加赞赏。当他得知这律法得以施行唐艾功不可没时，更表现得钦佩不已，硬要敬上唐艾三杯。

唐艾酒力平平，再喝几杯后，头已有些晕。萧承礼此时刚好说到蒙古犯边，话语间便提到了馨宁。天子萧擎好似已然采纳了朝臣建议，同意将馨宁远嫁蒙古。

唐艾脑海里立马浮现一幅画面：漫天黄沙中，馨宁娇美的小脸蛋迎风抽泣。

她暗自叹惋，又想到了萧昱，不知他听到这消息后，当作何感想。

大半夜，唐艾、徐湛才得以向恭王殿下告辞。

徐湛赶着回去审讯刺客，便与唐艾在宣武门外分道扬镳。

唐艾当然也有着急的事——她得回六扇门去，一是对刘大人禀明恭王遇袭一事，二就是看看大肉鸽子是不是趁她不在飞了来。

夜深了，六扇门内大多数人都已如梦。

刘和豫被唐艾叫醒后，睡眼惺忪地看看她，苦口婆心道："小唐啊，既然徐指挥使那边已在着手负责，咱们六扇门也用不着去跟人家亲军都尉府抢功。听我的，什么都别管了，赶紧回家过年去吧。"

唐艾心灰意冷，确定自己暂时是没机会发光发热了。事已至此，她就只能寄希望于大肉鸽子，跟萧昱传传小字条，看看他又蹦出哪些歪理邪说，也是能让她开心的。

然而，事实又一次让她大失所望。窗台上没有鸽子屎，桌案上也没有鸽子毛。

就连此后的几日，肥货也仍然不见踪影。

这天上午，唐艾终于忍不住原地爆炸，杀上萧昱西山的居所，亲眼看看那个言而无信的家伙在干吗，就是她眼下非做不可的事。

总铺胡同没多长，唐艾走到半路，居然被人拦下。这两位也不是别人，正是她的老爹唐不感跟唐府的管家唐坚。日子一天比一天冷，两人却还穿着单衣，被风一吹便瑟瑟发抖。

"爹，您跟坚叔怎么又来了？天气冷了，您也不知道多穿两件。"唐艾心疼得不行。

唐不感委屈地耷拉下眉毛，一边吸鼻涕一边扯扯唐艾的衣角："闺女啊，我一天瞧不见你，心里边就一天不踏实。你告诉我，你该忙的是不是都忙完了？到底啥时候才能跟我回家呀？"

"我……"唐艾被戳中了肋条骨，"爹，我现在去办最后一件事情。我保证，今天这件事办完，咱们就回渝州去。"

唐艾走远后，唐不感跟唐坚马上从身后抽出抗风的罩衣。

唐坚钦佩道："老爷，小姐果然是吃软不吃硬，您这招苦肉计真是太神了！"

唐不感激动道："来来来，击掌庆贺下！"

西山小院一如既往的清宁宜人，唐艾刚到院门，就瞅见了一宽一窄两条移动的棉被。原来，这是不大不小俩小崽子正把棉被扛进屋里。

落叶左一丛又一摊地积了满地，清雅的院落平添几分萧索。

萧昱就坐在院中的石台旁，静逸安然，目光宁远。而在他身边，还有一个唐艾不认识的美丽女子。

此时，唐艾眼前的画面如下：

秋意当浓的小院落里，落叶飘零的石桌椅边，一对男女相互依偎。

男的是个不出弱冠的少年人，着一袭素色的大氅，姿容朗逸而幽清，发髻绾得很是随意，鬓发不时随风轻扬。

女的比男的稍长几岁，肤色偏黑，衣饰也与中原人大有不同。轻纱绫罗将她丰腴的身姿半遮半掩，极具异域之美。

那个跟萧昱亲密无间的女人是谁？！

唐艾脑袋炸开了花。

不大、不小瞅见唐艾到来，不约而同瞠目结舌，一溜烟地跑到萧昱身旁，"公子、公子"叫个不停。

萧昱顺着不大不小手指的方向望过去，却并不怎样吃惊。

"你俩愣着干什么，请小唐大人过来坐呀。"他鼓捣着俩小崽子出门相迎，又冲唐艾扬起个轻浅的笑容。

"小唐大人，请吧。"俩小崽子把唐艾引到院中，却都是一副心不甘情不愿的臭脸。

唐艾走得近了，才看出萧昱厚重的衣摆下，只有左脚没有右脚。

萧昱淡然地向唐艾介绍起身边人："这位姑娘叫兰雅，是我的朋友。她的父亲是天竺人，母亲则是苍国人，所以她才会跟我们长得不一样。兰雅是个大夫，医术高绝，妙手回春。"

兰雅站起身来，凝着视线打量唐艾一番，对唐艾道了声"你好"。

"你好。"唐艾答着兰雅的话，眼睛却盯着萧昱，眼神里净是不悦与狐疑。

萧昱又对唐艾道："你来得正好，兰雅也能帮你看看。"

"我又没病，看什么看！"

"你腿上不是留了道疤吗，兰雅有法子能祛了它。"

唐艾一愣，立即皱眉："有衣裤遮着又不外露，算得了什么！"

"就是，有病的总替没病的操心，难怪病总是好不了。"兰雅淡漠地白了萧昱一眼，一个转身进了屋子。

唐艾也没仔细琢磨兰雅话里的意思，窝了好些天的火一点就着："萧昱，自打那晚看完了烟火，你就没了信，肉鸽子是被你烤了还是被你炖了？"

萧昱慢慢悠悠道："没烤也没炖，都还在那边好好地养着。"

唐艾一听，气就更不打一处来了："养得好好的你不给我传信？！

你知道吗，我还以为你出什么事了呢！"

"我能出什么事。"萧昱漫不经心地一笑。

唐艾瞧他这副天塌了都不跑的德行，火气噌的一下就烧到脑瓜顶。敢情这个浑蛋这么多天没音讯，就是纯粹地不想搭理她？！

"萧昱，我就是来和你说一声，刘大人给我放了大假，我刚好回家过年，今天就走，没有几个月是回不来了！"她像是一只会喷火的小鸡，冲着萧昱吼声"再见"，扑棱起翅膀扭头就走，一眨眼的工夫就已经瞅不见影。

萧昱不紧不慢地倒了杯水喝，然后把不大不小叫到身边："去，把我的腿拿来！"

俩小孩你瞅瞅我我瞅瞅你，眨巴着为难的小眼神，就是不动窝："公子，兰雅姐姐说了，你的身子还没复原，不能走太多路。"

"你们俩是听我的还是听她的？"

"我们……"

"行啊，你俩本事了，那就还是我自己去吧。"萧昱苦涩地一笑，左手撑上石台，微微晃着站起身来。

他毕竟少了一条腿，即使有拐杖支撑着半边身子，依旧步履艰辛，谁看了都得替他难受。不大、不小两人再不能干瞅着不动了，一个来扶这边，一个去扶那边，搀着萧昱回了房间。

萧昱装上义肢，走路的样子看着比先前舒服了不少。

不大、不小扯着对方的胳膊，窘迫地跟在他身后，嘴里叨叨着"要完，要完"。

萧昱走了没有丈二，却又停住了脚，因为兰雅已在不知不觉间堵死了出门的路。

"我说了，你哪儿都不准去。"

她用冷厉地眸光扫过萧昱和俩小孩。

萧昱落寞地叹了口气，慢悠悠地转身。谁知他才迈出去一步，脚下就突地失了重心，一个趔趄便再站不稳，整个人都向前倒去。

不大、不小吓得魂飞魄散，手忙脚乱地去扶萧昱，但最后还是兰雅撑住了他，使他不至跌倒。

萧昱一点点地抬起头来，露出那双点尘不惊的眸子，兰雅却不能动了。原来，这一切都是他装出来的。

兰雅冲上前来扶他的时候，他的手顺势在兰雅身间摩挲而过，瞬间点了兰雅几处穴道。

"放心，我没想着到处乱跑。我只是不想让她误会，得去和她解释清楚。我保证，很快就回来。"萧昱回眸笑看一眼兰雅，撑着拐杖出了屋子。

兰雅身子动弹不得，瞳孔里燃起冷冽的火焰："不大、不小，你俩快跟着他去，万一出了什么事也好有个照应！"

红叶舞秋山，霜重色愈浓。唐艾此时却无暇赏景，只顾气急败坏地飞奔下山。

如果她手里有一把斧子，那她一定已经砍光了路旁所有的树。可路程走到一半，她又蓦地停下了步子。或许是因为不甘心，也或许是因为……萧昱还欠她一个解释？

总之，她居然开始希望萧昱能够追出来。

嗯，这样就能劈头盖脸地再骂他一顿！她暗暗计划着报仇。

别说，唐艾很快就梦想成真了。萧昱真的追了出来，深一脚浅一脚地蹒跚着步子，却眼带温暖的笑意。

唐艾心里头一突突，拧着眉毛凶巴巴道："你来干吗？"

萧昱敛起眉目，做了个可怜分分的表情："我刚刚的话还没说完，你怎么就跑了。这么些天都没给你传信，是我的不对，我先向你认个错。但我绝不是故意的，只是前些天兰雅把我看得死死的，我连房门都出不去，哪有机会去摆弄肉鸽子。直到今天，我才得了兰雅的批准，能够到院子里去坐上一会儿。"

唐艾本还在气头上，听了萧昱这话，再瞧瞧他幽白的脸色，报仇的念头马上就没那么强烈了："你……真的病了？可我那天晚上见你的时候，你不是还好好的吗！"

"那天晚上，是我状态最好的时候。"

"你……你得了什么病？为什么之前不告诉我？你现在恢复得好点了吗？"

"也没什么，从小落下的病根子罢了。不告诉你，就是因为根本不值得一提。"萧昱说得云淡风轻，"兰雅的脾气你也看见了，她总喜欢小题大做。"

不值得一提的病根子……唐艾心头好像忽然扎了一根刺。

从前，她只知道萧昱身有残缺，却从没留意过他还有哪些身体状况。现下一回想，她便猛然惊觉萧昱的确有很多跟普通人不同的地方。比如，他的脸色总是白得像纸；比如，他的手总是凉得像冰；又比如，他总会在不经意间流露出某种力不从心的颓靡。

"萧昱，你那病……是不是真的没什么大碍？"

"看见你，我就什么事都没有了。"

"还能这么油腔滑调地说话，看来是没什么好替你担心的了。"唐艾嘴上冷哼，心里其实已泛起蜜意，转过脸又问道，"那个……兰雅和你真的只是朋友关系？"

"要不然你以为我们是什么关系？"萧昱咯咯笑，"馨宁的醋你吃，兰雅的醋你也吃，其实，我还挺开心的，这至少证明你特别特别在乎我。"

"我——我能不在乎嘛……"唐艾涨得脸通红。

"这么和你说吧。我师父和兰雅她爹很有交情，她爹在天竺就是极负盛名的神医，后来为了追寻更高深的医道到咱们苍国来，也在这儿结识了她娘，从此定居京城。我小时候跟着师父学功夫，自然就和她混熟了。"萧昱微笑着。

"你打小就认识的朋友怎么这么多！"

"多是多，但是我认识他们，都没有认识你久。"

咦，这句话怎么这么熟悉？唐艾总觉得早前就听萧昱说过差不多的字句，而且还不止一次。可他这话又是什么意思呢？她怎么可能还要先徐湛、兰雅一步认识他？

萧昱拉着唐艾在大石头上坐下，笑靥如花："喂，把头靠过来。"

唐艾脸上一热，眼睛鼻子嘴都噌地绷紧。

"这儿又没人，你害什么羞啊？"萧昱拨弄一下她的脑袋，她就靠上了他的肩头。

西山的秋景有种萧条的寂美，天边的云来了又去，去了又来。

唐艾枕在萧昱肩上，也便没那么矜持了。

　　这副肩膀虽然清癯，力量可是一点不少，总归还是靠得住的……她偷偷地想。

　　其实萧昱前边那句话说得不对，山径上并不是只有他俩。不大、不小俩小崽子正猫远处树底下，悄悄瞅着唐艾和萧昱这边的动静。

　　"公子和唐艾靠在一块儿了……娘呀，我的眼睛好疼！"不小一面惊叹着捂眼睛，一面忍不住还从指头缝里往外瞄。

　　不大则看得整个人都傻了："公子和一个男人……一个男人在一起了吗……"

　　两人苍天大地一通嗷嗷，这个嗷完那个嗷，闹出来的响动比唐艾、萧昱大得多。

　　唐艾机警地竖起耳朵，问萧昱道："喂，你听见什么声音了吗？"

　　"用不着理会他们，不过是两只小松鼠罢了。"萧昱有一搭没一搭地揉弄着唐艾的耳垂，"你回家去了，我岂不是要有好久见不到你。"

　　唐艾一时沉默，这也是她即将面临的问题。可她已经答应了老爹，要是再拖下去，她老爹唐不惑说不准真得糟心地吐血。

　　"哎，我这次必须得走了。"唐艾昂起头，作势起身。

　　萧昱却又将她一下拉了回来，把脸觑到她跟前，挂起一抹坏笑："走之前，至少亲一下。"

　　他的桃花眸自带三分风流，清朗得尤若星辰大海，唐艾仿佛从这对双眸里看到九天银河一泻千里。

　　不得了，这家伙的眼睛会邪术，瞪谁谁怀孕！唐艾的小心脏怦怦怦地跳个没完，身子不由自主地俯了下去。

　　她在萧昱的脸上戳了一小口。

　　"这就完啦？一点儿都不用心。"萧昱噙着春风般的笑意，可劲儿蹭蹭唐艾的脸蛋，忽而拿牙轻轻啃住了唐艾的嘴唇。

　　"公子……公子跟唐艾亲起来啦！"

　　"救命，我要阵亡了！"

　　山上的老树底下，不大、不小喷血三尺。

　　唐艾下山时还没到日落，萧昱瞧着她的背影消失，冲老树的方向轻咳了两声："你们两个小兔崽子看够了没有，还不出来。"

说这话时，他的声音似乎又变得中气不足。

不大、不小从树后探出小脑袋，颠颠地跑了过来："公子，你和唐艾……你们——"

"嗯，我们如今的关系，就和你俩想的差不多。"萧昱安然地合上眼睛。

"公子——"不大还想说点啥。

"嘘嘘嘘，别问了，没看见公子在休息嘛！"不小赶紧拧了一下不大的肉胳膊，"公子想跟咱俩说唐艾的时候，自然就会说了。"

太阳没入山后的那一刻，山径上突然冒出了好几个壮汉，均是衣饰统一、步调一致。

萧昱睁开双眼，静静看着来人走到近前，对不大、不小道："我还有些正经事得做，你俩先回去，看看兰雅的穴道解了没有。"

俩小不点惊诧叫道："公子，我们不能走，兰雅姐姐说——"

"听我的，快回去。"萧昱不容置喙地打断两人，"替我拦住了兰雅，一定不要让她出来。"

不大、不小左右为难，可最后还是三步一回头地跑远。

几个壮汉倒是礼貌，在俩小不点不见影后，一字排开向萧昱比了个"请"。萧昱亦不多言，晃悠悠地站起身来。壮汉几人往哪儿走，他就跟着往哪儿走。

一辆清丽贵气的马车停在山坡上，显而易见，萧昱被带到此地，就是因为车里的人要见他。于是，他艰辛地登上马车，低头进了车厢，淡漠落座。等在车内的人器宇轩昂、玉树临风，正是萧昱的三哥，恭王萧承礼。

"六扇门的小唐大人屡破奇案，名满京城，却没想到是个女子。是个女子也就罢了，她居然还是老四你中意的女子，"萧承礼放声一笑，"老四，自从得知你还活着，我就对你刮目相看了。"

萧昱宁静地直视着萧承礼道："原来三哥早就来了。你手下的本事当真高明，我用了好长时间才觉察出来。"

萧承礼："不是他们的本事大，是你的身子状态越发不好了。"

萧昱笑了："所以，我该感谢三哥，还愿意来见上我这个将死之人一面。"

萧承礼："别这么说，是我要向你道歉。我本是惜才之人，只因当时目光太过短浅，才做了那些下作之举。你直接听命于父皇的这些年，我却从未回过京师，你对父皇的了解程度，定然高过我百倍千倍。我的目标你很清楚，你的夙求我也已了解，你我兄弟二人联手，成就大业指日可待。

萧昱脸上仍旧未见波澜："三哥，我不过是对师叔说了几句话，你就如此信任我了？"

"我长你几岁，对当年发生的事情记得一清二楚。父皇的所为令人发指，你憎恨他又岂是没有缘由的？"萧承礼蹙眉轻叹，拍拍萧昱的肩膀，"你帮我，就是帮你自己，我为什么不信你？"

萧昱眼中终于流转出一瞬光华："三哥，我能帮你做什么？"

"许多事情都尚在筹谋之中，有所行动至少也要三月之后，现下倒不急着要你出手。"萧承礼折扇轻摇，端的是光风霁月，"老四，你我是要做大事的人，心中还是少些牵挂的好。待到事成之日，女人还不是任你去挑？"

萧昱寂然垂目："三哥说的是，三月之后，你需要我做什么，我都定当全力以赴。这三个月，就让我先去将牵挂处理妥当。"

"哐当——哐当——"小院大门被风吹得来回开合。

"呜哇——呜哇——"不大、不小被吊在门上迎风哀号。

一点不夸张，他俩真的两脚凌空，一人挂在一侧门角上，像极了两个硕大无比的风铃。

这副生动的杰作来自兰雅。俩小崽子无论怎么哭泣挣扎，她就是不放两人下来。

不多时，不大不小两人忽而齐刷刷睁圆了眼睛，指着前方猛蹬俩腿，大声喊起"公子救命"。

远处山径，萧昱缓缓现身，表情既心疼又无奈："犯错的人是我，何苦折磨这俩小家伙……"

他轻蹙眉心丢开拐杖，将俩小崽子从门上抱下，自己却脚下踉跄，撑回拐杖才站稳。

"你究竟要到什么时候才会懂得珍惜自己！"兰雅横眉冷对，头也不回进了灶间。

小半个时辰后，小院里便有醇浓药香弥散开来。

山间的夜晚总归宁静，皇城之内却是另一番景象。

唐艾回到六扇门便向刘和豫辞行，唐不惑则已带着唐府众人整装待发。唐艾刚与老爹会合，就又在大庭广众之下被他来了个大拥抱。

唐不惑眉开眼笑地拉她上车："闺女，爹还是喜欢看你穿裙子，这男装就脱了吧。"

"女装碍事，男装方便，等到渝州我再换。"唐艾极尽敷衍之能事，挑开车窗望着西山方向，与京城渐行渐远。

萧承礼遇刺至今已过去小半个月，消息不胫而走，朝内朝外传什么的都有。那群扮成戏子的刺客，嘴巴倒并没想象中严，还没怎么严刑逼供，就吐露了真相。

原来，这帮刺客得知萧承礼会到潇湘馆听戏，便悄悄潜入和春班，在开台前绑架了班子里的一众名角，然后神不知鬼不觉地化上戏妆上台唱戏，伺机刺杀萧承礼。

可当这几人供出幕后主谋者之时，整个亲军都尉府都震惊了——他们说，指使他们行刺恭王萧承礼的人，是太子萧承仁！

徐湛为了留住活口，叫手下众人严加看管几个重犯，保证他们不会冷不丁地玩一把自尽，而他自己则趁夜入了紫微垣，第一时间向萧擎禀奏审讯结果。

乾清宫内灯火通明，殿里不时传出阵阵咳喘。天子萧擎自打万寿诞那日出了皇宫，回来后就圣体抱恙，太医院会诊多次，都没能为他调理妥当。但即使如此，萧擎仍旧如往常一般，批阅奏折直至深夜。

听完案件的来龙去脉，天子却镇静得让人后怕，一挥手便叫徐湛退下。徐湛不得多说半句，只有顺从地退到殿外。他尚没走远，又被老太监蔡福颤悠着一把老骨头追上。

"徐指挥使请留步！"蔡公公混浊的眼睛既焦虑又为难，"徐指挥使想必也看到了，陛下近来龙体欠安，这样下去可如何是好……"

徐湛不解地问道："蔡公公，您的意思是？"

蔡福哑着嗓子道："哎，洒家知道你与四殿下交好，不知可否由你出面，去请四殿下身边的那位神医姑娘，来给陛下瞧上一瞧？"

　　"这……我尽力一试吧。"徐湛紫着脸点头。

　　次日清晨难得天晴，清雅小院的边边角角都笼上了久违的阳光。

　　萧昱的状况跟昨日相差无几，徐湛到达小院的时候，他正披着厚重的大氅坐在石台边，自己跟自己下棋玩。

　　石台上有两副棋盘，一副是围棋，一副是象棋。两局棋都下到一半，且不论是围棋的黑白两方，还是象棋的红黑对垒，都正处于焦灼的对战状态。

　　懂棋的人一看便知，每一局棋打得都是不可开交，形势诡变莫测。不说出来，没人会知道萧昱严重精神分裂，一个人下着四个人的棋。

　　徐湛在萧昱面前坐下，表情异常严肃。

　　萧昱却是一副片叶不沾身的笑颜："不管你是来干吗，我现在都只想跟你下盘棋。来来来，没人陪我玩，我就快无聊死了。"

　　徐湛嘴角不自然地一抽抽，用了半刻输掉第一局，又用了半刻输掉第二局，等到再过半刻，他刚好输掉第三局的时候，兰雅已悄无声息地靠了过来。

　　她也不说话，狠狠一瞪萧昱，猛地一把抄起棋盘，转身就走。

　　萧昱像个挨了批的小孩子，无辜地嗫嗫嘴，朝着徐湛一摊手："说吧，大驾光临，所为何事？"

　　徐湛局促地咳嗽两声，把萧承礼遇刺一事做了简单陈述，随后肃穆问道："你说，派人刺杀恭王的人，真的是太子吗？"

　　"我既不是太子也不是恭王，问我有什么用。"萧昱无动于衷地眨眨眼睛，"你今天到我这儿来，一定还有别的目的。"

　　"……你说对了，我受了蔡公公所托，来请兰雅入宫……为陛下看诊。"徐湛好像呼吸不畅。

　　"哟，这么说来老头子非但生了病，而且病入膏肓了呀。"萧昱忽然冷笑起来，"这可得让兰雅好好去瞧瞧，要是能知道老头子的死期就最好了。"

　　"……"徐湛的脸跟乌鸦一般黑了。

两人这边话音稍大，兰雅便快步走出屋子，冷冷地睨着萧昱道："呛风冷气地笑什么笑，不要命了吗？简直不知所谓。"

萧昱拽拽兰雅的衣袖："好兰雅，帮我去宫里看一看嘛。"

"我走了，岂不就没人看着你了？"兰雅虽仍板着脸，但音色轻柔了不少。

"打个来回都用不了一天。你知道的，老头子越是不舒服，我就越开心。"萧昱耍起无赖天下无敌。

兰雅一声叹息，眸光又变得很是冷厉。她将不大、不小招呼过来，对着两人好生嘱咐一番，才回房匆匆收拾药品，而后随徐湛下山。

山脚下还有以老太监蔡福为首的一干人等。天气冷，蔡公公却不住淌汗，看得出心下很是焦急。

"蔡公公既然来了，为何不去萧昱那儿坐坐，反要站在这儿吹冷风？"兰雅直面众人，说话毫不客气。

"洒家知道姑娘素来不喜欢我们宫中之人，若是贸然出现，只怕惹得姑娘不悦。"蔡福引兰雅登上车舆，老脸皱起十八个褶，"兰雅姑娘，四殿下的身子，最近如何了？"

兰雅反诘道："连您都知道关心他，高高在上的天子却不知道关怀自己的骨血。"

"哎呀呀，姑娘这话可是说不得，陛下如何能不关心四殿下！只是他们两父子间积了十几年的怨，不是那么容易就能化解的。"蔡公公差点老泪纵横。

兰雅眼含雾霭："萧昱最近吃糖吃得越来越凶。他的脏腑一直在受那剧毒侵蚀，已渐渐有了衰竭的迹象。即使我眼下还有办法控制那毒素蔓延，可也保不准会有意外发生。若有一天他当真不在了，陛下就等着追悔莫及吧。"

蔡福哽咽半晌："对了，兰雅姑娘，当年四殿下同那位高人离开宫中后，我记得曾听你父亲对陛下说，延续四殿下的生命，其实……他已找到了个更有效的法子。只不过——"

兰雅："只不过，可遇不可求。"

该走的人都走干净后，萧昱便在清雅小院里继续"无聊"着，一整个上午都坐在石台旁，一会儿画画、一会儿下棋，清寂的背影始终没动过窝。

俩小崽子小孩心性，忙完了日常杂务，就开始在院里边嬉闹。

"你俩玩什么呢？"萧昱瞟了一眼两人。

"赌……赌两手。"两人赶忙把骰子骰盅藏到身后。

"你们呀，小小年纪不学好，"萧昱笑着拍了拍石台，"拿出来，我也玩玩。"

俩小崽子一听，乐得屁颠屁颠的，欢天喜地和萧昱掷起了骰子。可惜，从头到尾两人都没赢过。

"没意思，不玩了。"萧昱没有一点胜者的喜悦，眼底的落寞无穷尽也。

午膳过后，他终于起身回屋，也把不大、不小两人赶去午睡。

俩小不点儿谨遵兰雅指令，时刻不离萧昱左右，就连睡觉也要觍着脸窝在萧昱房里。

萧昱倒是没介意，挨在俩小孩身边合上了眼睛。

一个多时辰以后，不小伸着懒腰睁开眼，刚展开的笑脸却在瞬间凝固——萧昱不知所终，屋里头只剩下他和不大两人。

"不大，快醒醒！公子不见啦！"他"嗷呜"一声就哭出来，使劲儿掐起了不大的肉。

不大嘴巴微张，还在打着小呼噜，被不小这么一掐，一个骨碌就坐直了身："哎，公子？公子去哪儿啦？"

两人正号着，一封信却轻飘飘地滑落，看样子，是萧昱趁着他俩呼呼大睡的时候放下的。

"公子、公子信上说……说什么了……"不大抽着鼻子，话都说不清了。

不小的眼泪啪嗒嗒滴在信纸上："公子说他去找唐艾了，让咱们别惦记他，该吃吃、该玩玩，乖乖等兰雅姐姐回来……"

其实萧昱悄然离开小院后，并没有直接启程，而是先折到皇城根下，坐在路边茶肆里饮了一杯热茶，外加顺手买了一份刚刚出刊的《皇朝时报》。

萧昱紧了紧毛皮大氅，将报纸展于桌前。这一期的报纸头版报道的正是恭王遇袭，可他随意瞟了两眼就翻到了下页。没过片刻，他却又蓦地拍桌狂笑起来，引得多人注目。

茶肆里的客人见到《皇朝时报》又发新刊，也都争先恐后地购买，并对头条内容大肆议论，纷纷猜测幕后真凶。有些人的推想便与凶犯的口供相符，说是圣上器重恭王，太子害怕地位不保，才对恭王先下毒手。

萧昱不动声色地听了几句众人之言，便夹起报纸离开茶肆，一路撑着拐杖晃到骡马市集，不惜重金买下了一匹千里良驹。

唐不惑归心似箭，唐艾只有跟着老爹不停赶路。奈何唐府人马众多，再怎样日夜兼程，速度也没能加快多少。众人一路朝着西南方向前行，一晃就是一个多月，道旁木叶凋零，嘶吼的北风刺骨寒冷，货真价实的冬季无论如何都躲不掉了。

这一日，渝州城终于遥遥在望。唐不惑遣管家唐坚带着一众仆从先行回府打点，自己则赖着唐艾，说是要趁到家以前，再好好跟闺女逛逛家乡的景色。

唐坚走了一个时辰后，却又随着一顶轿子回到唐不惑面前。轿中走下一位美丽的妇人，正是唐不惑的爱妻唐夫人。

唐夫人四十出头，姿容清丽，是个高贵的妇人，可她并不是唐艾的亲生母亲。

唐艾的生母在唐艾出生后不久便病故，唐不惑守念亡妻三年才又续弦。唐夫人虽然是继室，但对唐艾视如己出，且将家务操持得井井有条，唐艾心里也早就将她当亲娘看待。

渝州人都知道，唐不惑身为蜀中巨贾，表面上金光闪闪，实际上却是个惧内的庶货，对夫人素来言听计从。唐艾看见小妈亲临，心底别提多高兴。只要小妈把老爹带走，她就可算自由啦。

"爹，小妈亲自来接您了，您就快和她回家吧！"她毫不含糊地把唐不惑交到唐夫人手里。

"闺女照顾了老唐头一路，着实辛苦了。你想上哪儿溜都行，记得回家吃晚饭就好。"唐夫人慈爱地摸摸唐艾的脑瓜，牵着唐不惑的鼻子就走。

夫妻俩走得远了，唐艾还能听见老爹在讨好小妈："我出门的这段时日，夫人可还安好？"

"好什么好，你跟闺女一个两个都不在，只教我一通好想。晚上没人陪我说话，我就只能跟着王婶、李妈去跳舞了！"

"跳舞好，锻炼身体。"

"那好呀，从今天起，你跟我一块儿去！"

唐家富甲一方，渝州也就成了苍国数一数二的富庶之地。年关将近，城内城外处处张灯结彩。唐艾信步而行，觉得乏了，就在城郊的小集子里歇脚。

这时，一个黄毛小丫头从街那头跑了过来，扒在唐艾身边就问："姐姐，你是唐艾吗？"

唐艾还穿着男装，顿时满脸尴尬："我是唐艾。可我是哥哥，不是姐姐。"

"你是唐艾，太好啦！"小丫头笑开了花，"哥哥说你是姐姐，你就是姐姐。"

"哥哥？哥哥又是谁？"唐艾被小丫头搞晕了。

"哥哥就是哥哥。他在和我们玩，人不够，所以叫我来找你。快走快走，大家都在等着呢。"小丫头使劲儿拽起唐艾的袖子。

唐艾看这小丫头一脸纯真，路都还走不稳当，好奇很快便大过戒心，一路跟着她走到一片小树林里。

小丫头欢快地跑了一圈，一个个小脑袋就从树后钻了出来。

这些小不点儿都是小丫头的玩伴，有男有女，小的顶多两三岁，大的撑死五六岁。

小丫头又扯扯唐艾的衣角："姐姐，蹲下来。"

"嗯？"唐艾不明所以，却还是矮了个身，把自己放到了跟小姑娘相同的高度。

"姐姐，我们现在在玩瞎子摸人。你来抓我们，数十下就开始！"小姑娘抽出一条小布带，用布带蒙住唐艾的眼睛，然后咯咯笑着跟小伙伴们四下散开。

"一、二、三……八、九、十！"唐艾耐心地数满十个数，竖起耳朵寻找起声音的方向。

谁知这群小不点儿一个个精怪得很，她好几次都只扑了个空。她也不死心，杵在原地侧耳倾听，片刻过后又朝着一个方位摸过去。

这一回，唐艾终于捕获了猎物。这个猎物，却和那群小娃娃都不大一样。

唐艾最先摸到的，是一截光滑的长木。天气冷，木头也是冰冰凉。她沿着木棍继续往上摸，便摸到了一只比长木温度还要低的手。这只手握着长木，手指颀长、肤质细腻，无论如何也不会是小孩子的手。

唐艾再往上摸，就摸到了这人宽大的袍袖。她现在已非常确定，这家伙绝对是个大人！

这个大人身上，还散发着一种与众不同的味道。这味道乍一闻是淡淡的药草气息，但再一嗅又能嗅出一股匿得极深的甜香。

唐艾熟识的人不少，这种味道却只在一人身间出现过。

她的心跳逐渐加速，脑门不断地冒汗，再摸下去，就摸到了这个人的脸。这张脸有着朗逸的线条，也和那只手一样，带着种深藏冰雪间的清寒。

唐艾知道那截木头是什么东西了，同时，她也知道了这个人是谁。

她不能自已地扯下布带，眼睛一时间还不太适应光明。一片灼目的光芒中，她看见了一束久违的清影。

此时站在唐艾面前的人，是萧昱。

他正撑着拐杖冲唐艾浅笑，嘴角挂着月牙的弧度，脸色虽幽白，笑容却似暖阳，仿佛看上谁一眼，谁就再也不会觉得冷了。

一股热流从唐艾的脑瓜顶淌到了脚底板，她的小影子在萧昱清朗的眸光中面红耳赤。

"萧昱，你……你怎么在这儿？！我一定是又做梦了！"

回家的这一路，她几乎每夜都能梦到他的笑颜，梦醒时却又只能自己消化怅惘。

萧昱左手脱开拐杖，在唐艾脸上轻轻一捏："有感觉吗？有感觉就不是做梦。你梦里的我是什么样的？"

唐艾心头一荡，如沐清霜，嘴上却偏偏气势十足："你呀，吊儿郎当，散漫成性！"

萧昱笑嘻嘻地收回手："好精准的形容。"

唐艾太激动，几乎忘了周围还有一大群孩子。

"哇哇哇，姐姐好棒！姐姐抓到哥哥啦！"小不点儿们呼啦啦全跑了出来，拍手的拍手，叫好的叫好，瞬间就在唐艾跟萧昱两人边上围作一团。

萧昱看了看这些小家伙："哥哥腿脚不方便，已经有点儿累了，姐姐也有些话想对哥哥说，你们自己先去玩吧，我们等下再去和你们玩别的游戏。"

"好啊好啊，那哥哥姐姐要快些来哟！"小家伙们听话地跑开。

"是你让这群小不点儿叫我姐姐的？"唐艾又好气又好笑，"快说，你不是在京城休养吗，怎么跑到这儿来了！"

"你不欢迎我？那我走了。"萧昱佯装转身。

"哎哎哎，谁说要你走了！"唐艾急得要跳脚，"你的身子……全好啦？"

萧昱晃晃拐杖，十里春风漾在眼中："走路还是很辛苦，所以追了这么久，才将将追上你。"

唐艾脸上热热的，心里甜甜的："你……是专程来找我的？"

"我在想你，想得不要不要的。我知道你也在想我，所以，你得亲我一下。"

"臭不要脸！"唐艾嘟起嘴唇，在萧昱脸颊印上一记浅吻。

萧昱意犹未尽地咂咂嘴："明年是个好年头，随时都是良辰吉日。我是不是得去你家提亲，拜会一下未来的岳父岳母了？"

"你……你又在胡说八道些什么！"唐艾窘得脸通红，心里却又好像被人涂了一层蜜。她从来没想过，如此正经的事会被萧昱这么不拘小节地说出来。

这时，小丫头的喊声被风送了过来："哥哥姐姐，你俩说完了没？我们都还在这儿等着呢！"

"嘿嘿，来啦。"萧昱笑着转个身，撑着拐杖走上前，又跟一群小屁孩打闹在一起。

宠卿有道

唐艾看他童心未泯，也不甘示弱，紧跟着就跑了过去，借着和小不点儿们玩乐的由头，悄然避开了刚才的话题。

说实话，她一路上都想跟老爹提提萧昱，可又碍于萧昱的身份，直到回到家门口也没能吐露心声。

唐艾和萧昱都是大人，却与一群小娃娃瞎胡闹，委实好笑得很，偶尔经过的路人见了这情景，都会忍不住停下来说笑两句。

这一大通嬉闹下来，唐艾气喘吁吁，出了满身大汗，小家伙们的精力却旺盛得不行，似乎可以三天三夜不吃不睡，非得抓着两人继续跟他们躲猫猫。

两个大人目标太大，不消片刻就会被抓着，唐艾、萧昱只有分开躲藏。唐艾藏到小土坡下，便再不知道萧昱那边的动静。

萧昱猫在一块大石头背后，言笑晏晏地偷瞄抓人的小家伙。可没过眨眼的工夫，他的生气就像是突然间被什么东西抽走了一般，身子失却重心晃了两晃，拐杖一下从手里滑落。

他用了好长时间才重新拾起拐杖，笑意也透出苦涩及无奈。在这之后，他从怀里摸出一粒糖果送到嘴里，趁着没人注意的时候，偷偷从游戏中抽身而出，远远地倚在了老树下。

不多久就到了晚上吃饭的时候，小屁孩们终于被各自的爹娘揪回家。唐艾抹着脑门上的汗走到萧昱身边，才瞧见他垂敛着眉眼，样子似是睡熟了。

"叫我来玩，自己却躲在这儿睡大觉，真行！"唐艾在萧昱身边呛了两声。

然而萧昱的头仍旧耷拉得低低的，一点儿反应都没有，甚至连脸色都瞧不见。

唐艾皱皱眉，却见萧昱衣襟里露出了什么东西的一角。

她仔细一瞅，瞧出来这是个纸卷，再往外一抽，便瞥见了《皇朝时报》四个大字。

报纸次页的大标题就在眼前，唐艾仅仅瞄了这一眼，就再也动弹不得了。

《六扇门新锐干探唐艾疑似断袖，烟花之夜私会情郎》——白纸黑字如是道。

　　唐艾像根棍子杵在地上，整整一炷香的时间没动，一字不落地将文章通读。

　　她大抵能猜到，《皇朝时报》的街探，肯定是将六扇门里瞎传的谣言听了去，而万寿诞当晚，大街上那么些人，瞧见她和萧昱相会也是很有可能的事。

　　这篇文章还配了一幅人像画。画上有两人，一个有脸，一个没脸。有脸的那个就是唐艾，可惜画师水平不行，人物跟真人的相似度只有三四成。没脸的那个却只象征性地画了个背影，神秘得不得了。

　　唐艾感受到了来自这个世界森森的恶意。她眼下一定早已成了京城上下家喻户晓的名人！更可气的是，这件事别人还都知道得比她早！

　　"萧昱，别——睡——啦！"看着自己那张占据了大半张版面的脸，唐艾拼了老命摇晃起萧昱的袍袖，声音都抖得变了调。

　　萧昱这才缓缓睁眼，一缕茫然在眸里飘忽不定："怎么不玩了？"

　　"你看看，这是什么！"唐艾一手死抓着萧昱袖子不放，一手把报纸送到他的眼皮子底下。

　　萧昱眯着眼睛凑近报纸，竟然一点点显露出笑容："原来是这个。哎哎哎，你悠着点儿，再扯袖子就真断了。"他的脸幽幽泛白，气色看起来不太好。

　　唐艾只顾着置气，也没细瞅萧昱的脸色，只见他慢悠悠地撑起拐杖迈开步："真爱本就无关性别，何必在乎别人说什么。再说了，能同皇室宗亲传上绯闻，你也不吃亏。"

　　"你——连你都欺负我！"她一口闷气胸中堵，又一次拽住萧昱的袖子。

　　萧昱正往前走，被她这么一扯，脚底下一个趔趄，身子就要栽歪。

　　好在他最终撑住了拐杖，肩膀又刚好挨上唐艾，才没有一下摔个四仰八叉。

　　"明明是你在欺负我这个行动不便的人。"他拿下巴磕磕唐艾，无可奈何地一咧嘴。

　　"你……你的腿没什么事吧？是不是路走得太多了，或是站得太久了？"唐艾的心立马疼了。她早就发现，自从那回出了皇宫，萧昱走路的时候就离不开那根拐杖了。

宠卿有道

萧昱挑挑眉又挤挤眼，把拐杖一撇，冲着她伸手："快来扶我。"

唐艾的脸顿时又紫了。这家伙是故意的，绝对是！

"少废话，要走就快走！"她吭哧吭哧拉着萧昱走出小树林。

　

天色不早，唐艾为履行"乖宝宝"的职责，必须回家陪爹妈吃饭。

边境初相遇时，萧昱便道破唐艾的家乡在渝州，现在听闻她要回城，马上张口闭口"唐大小姐"地叫起来，对唐家的了解简直比唐艾自己还清楚。

"你是什么时候知道我的家世的？"唐艾又惊奇又羞赧。

"很久以前就知道啦。"萧昱故作神秘地一笑。

"调查过我不早说，净在这儿装蒜！"唐艾懒得跟他瞎耽误工夫，"我问你，你今晚住哪儿？"

"你不打算邀请我去你家做客吗？"

"啊？去我家？！"唐艾一蹦三尺高。萧昱如此自觉主动，她实在还没做好准备。

"别激动，逗你玩的。反正我也走不动了，今天就在这集子上歇吧，"萧昱潇洒地一转身，"渝州周边不管餐馆旅店还是药铺、澡堂，十有八九都是你们唐家的产业，我去投宿，你们是不是至少得给我打个对折？"

唐艾见他当真没有进城的意思，居然又有点失落。

"喂，那明天……"

"明天当然还要见面。还有，我要看你穿女装。"萧昱眨巴眨巴眼，憧憬写了一脸。

　

与唐艾暂别以后，萧昱晃晃悠悠走到客栈门口。一只肥鸟突然从天而降，不偏不倚落在了他的手上。赶巧的是，这个肥货正是他喂养的那只大肉鸽子，前些时日还专职给唐艾传递小字条来着。

萧昱微微一怔，从肥货爪上解下小竹筒，在将筒中信笺默读一遍后，他若有似无地蹙起眉宇。

"好啊，计划终于要开始了。"他挠了挠肥货的肉脖子，望着肥货振翅高飞。

渝州乃是苍国西南重镇，水陆交通都是四通八达。滚滚长江穿城而过，南来北往的商旅络绎不绝。

皓月初升，唐艾一溜烟跑进了唐府大门。唐家富甲一方，大宅子依山而建，亭台楼阁百转千回，几乎占去了渝州城六分之一的面积。

唐艾跑去京城的这两年，唐不惑夫妇又将宅子改造扩建，庭院道路都有变动。要不是管家唐坚带路，唐艾很可能就要迷失在自己家里。

晚上的饭菜由唐夫人亲手操持，带着浓浓的家的味道，唐艾撑到嗓子眼都还嫌不够。

唐不惑多喝了两杯，又红着脸说，要给唐艾寻觅归宿。唐夫人平常管得唐不惑一愣一愣的，但在这件事情上也跟他站在统一战线。

唐艾腿肚子一哆嗦，连叫三声"不要"，反倒引得爹妈不知所措起来。她思忖了半天，觉得也是时候向爹娘坦露心思，便拉着两人的手道："爹，小妈，实话跟您二位说，其实我早就有了中意的人。他风趣幽默，睿智博文，对我尤其好，我是真的真的很喜欢他。所以，还请您二位为我做主。"

唐不惑一听这话，热泪盈眶如黄河泛滥："太好啦，太好啦！闺女你不知道，我之前看你又是扮男装又是拼事业，真怕你跟我说，这辈子都不嫁了！"

唐夫人将唐艾搂进怀里："闺女，你爹跟我别无他求，只希望你能走自己想走的人生路，过自己想过的生活。只要你中意的那孩子也是身家清白，人品无忧，并能一心一意地对你，那你爹跟我也就放心了。"

"夫人说得对，夫人说得对！"唐不惑马屁即刻跟上，"闺女，你看我跟你小妈多开明，还不赶紧带那小子来见我们！"

唐艾点头："说不定快到您想象不到。"

次日早上，唐艾醒得很早。

轻幔罗裙穿上、胭脂水粉涂上、金钗步摇插上，等她从房间出来，英姿飒爽的小唐大人不知所终，取而代之的，就只剩下巧笑嫣然的唐大小姐。

以前在家，即使身着女装，唐艾也是短打劲衣、不施粉黛，唐府的小丫鬟们多年未见她有过如此装束，纷纷掩嘴低语，猜测大小姐是中了邪还是转了性。

女为悦己者容，唐艾花了这番心思梳妆打扮，自然用时许久。是以等她出城去找萧昱的时候，实际上已经不早了。

冬日里又见一缕暖阳，萧昱等在客栈门口，正惬意地沐浴阳光。

唐艾一身丁零咣啷，表面上光采照人，实则受罪只有自己知道。还没走到萧昱跟前，她就已在寻思怎么把头饰衣裙统统卸掉。

"唐大小姐要是早做这副打扮，为你痴迷的男子定然如滔滔江水连绵不绝，"萧昱绕着她转了一周，仿似撞见仙女下凡，末了还坏笑着在她脸上摸了一把，"嫩嫩滑滑的，就跟杏仁豆腐一样。"

这形容，唐艾也是服了："我是杏仁豆腐，那你是什么？"

"我呀，我大概是糯米冰糕吧，"萧昱笑望集子外的小山坡，"走，带你去个地方。"

说来也巧，唐艾对这小山坡也一点不陌生。她小的时候，就喜欢跑到这儿来玩耍，前阵子做过的那些稀奇古怪的梦，也和这个地方有关。

爬山废了萧昱老大力气，他却好似乐此不疲，登上山坡就是一声吆喝。昨日里的那群小娃娃又一个个冒出了小脑袋，蹦蹦跳跳地喊起"哥哥姐姐好"。

这回小娃娃们没找唐艾跟萧昱充数，自顾自地嬉戏起来。

他们都还是穿开裆裤的年纪，泥巴里边一阵爬，男孩女孩也就分得不那么清楚了。

哪知昨天去找唐艾的小丫头气势太盛，谁不听话就拿拳头揍谁。小男孩们屁滚尿流，不一会儿就嗷嗷着各回各家各找各妈。歪脖子老树下，就只剩下小丫头一个人。

唐艾眼瞅小丫头没好气地托起下巴，竟然感同身受起来，刚想上前安慰两句，却又被萧昱一把拉住。

"别乱跑，好戏才刚刚上演。"萧昱眯眼一笑，眸光流转。

他话没说完，远处便又来了一个小男孩，跟小丫头一样不过三四岁。他一路跑还一路扭头，看样子像在躲着什么人的追赶。

小丫头唰地抬头，逮着小男孩就不放手："不许走，跟我玩！"

小男孩问道："你想玩什么？"

小丫头理直气壮："拜天地！"

小男孩看了小丫头一会儿，咧嘴一乐："好啊，玩就玩。但是我要和你换衣服，你来扮新郎，我来扮新娘。你再去找一块盖头来，我要把新娘扮得彻彻底底漂漂亮亮的。"

小丫头说脱衣服就脱衣服，脱完了自己的还要去脱小男孩的。

"悠着点儿悠着点儿。"小男孩不等小丫头上手，迅速地也把衣服扒了，一头钻进小丫头的小袄。

"一拜天地，二拜高堂，夫妻对拜……"俩小娃娃装模作样，又可爱又好笑。

唐艾看着俩小娃娃，越发觉得眼前情景似曾相识，俩小娃娃的所为，不就是她梦中的事吗！

不对，这不仅仅是梦……她的记忆渐飘渐远，穿越时间的洪流，回溯到十几年前……家乡、城郊、歪脖子老树，还有那个被她抓着玩拜堂的小男孩……

唐艾的脑海中，小男孩的音容越来越清晰。他有一双至清至澄的眼睛，脸蛋清逸白皙，不知是从哪个大门大户跑出来的小公子，与前边的那群玩泥巴的小崽子完全不在一个层面上。

难道说，这小男孩就是……他？！

唐艾的视线不由自主地转到萧昱身上，却发现他也正望着她，一抹深邃的光芒勾勒双眸，笑容堪比春水映桃花。

这一刻，历史与现实在不经意间重合。

唐艾的心脏飞出了嗓子眼儿，看着眼前浅笑翩然的少年，久久不能自已。

02 切肤之痛

"哥哥，我俩的戏演得好吗？"

小丫头跟小男孩跑到萧昱跟前讨表扬。

"传神极了！"萧昱笑眯眯地从怀里掏出好些糖果，"这些都给你们俩。"

"好哦好哦，又有糖糖吃啦！"俩小娃娃抱着糖果跑下山坡。

大冬天的，歪脖子老树枝叶凋零，枝丫光秃秃的。

"嗨，醒醒。"萧昱冲唐艾打了个清亮的响指，笑意盎然。有他在这儿，冬日的冷酷好似都平白无故少了几分。

唐艾只感觉眼前一亮，张着嘴却说不出话来。

萧昱懒洋洋地靠上树干，眼神清幽而澄定："当年咱俩头一回相遇的那天，我可是到现在都记得一清二楚。你穿了一身小红袄，就像一只小朱雀。你太霸道，压根没人敢跟你玩。你也就是撞上我这么一个慈悲为怀的人，才有机会感受一把拜天地的快感——"

"你给我停！"唐艾终于一声大吼，惊得树上鸟儿四处飞逃。

萧昱听话地停顿了一会儿，却又笑道："那时候咱俩都还是屁大点儿的孩子，这棵树也还没歪到今天这个地步，咱俩就是在这棵树下拜的天地。当时我就在想，这就是老天爷给咱俩的天赐良缘，许是上辈子，或是上上辈子就注定好的！"

他的眼神里仿佛藏着一把把小刀，冷不丁地飞出来一把，就在唐艾的脑瓜壳上划开个小口。尘封多年的记忆，便顺着这道小口飘了出来。

唐艾一字不落地听完了萧昱这番话，随即做出了以下反应：

一、后退两步。

二、深吸一口气。

三、噌的一下撒丫子就跑。

她倒也没跑去别的地方，就是绕着小山坡飞奔了三个大圈，然后又气喘吁吁回到了萧昱面前。

萧昱眼睛里的小刀刀又变成了穿着线的小针，一针一针地把唐艾脑袋顶上的那个小口温和缝好。

"坏人、浑蛋、死无赖、臭流氓！"唐艾挥舞着拳头，一拳拳照着萧昱的胸脯上砸去，"你为什么没有早点告诉我？！就这么一直耍着我玩很有意思吗？！"

"哎哟哟，疼疼疼！"萧昱就要站不稳脚，将将扶着老树干才没跌倒，脸色又幽白得很不正常。

可他挺了挺身，便再度勾起嘴角，笑意坏得像一只狐狸："说实话，的确是很有意思呢。"

这家伙正大光明耍起了流氓，将一个"坏人、浑蛋、死无赖"的自我修养进行了完美诠释。

他垂下眼帘，又道："你知道吗，我原先不告诉你，一是怕你嫌我变成了残废，二也是想要看看，就算咱俩之间没有过小时候的这件事，我是不是也能照样赢得你唐大小姐的芳心。"

"你赢了！我服了！"唐艾又是一拳作势打过来。

然而，她最终只是缓缓地放低了胳膊，手指在萧昱空荡荡的袍袖上摩挲，一没忍住，鼻子就是一酸："你的手和腿……我记得小时候……小时候你明明是全乎的！"

"那时，我的右手右脚已经被剧毒侵蚀，变成了黑色……总之，这件事说来话长。"

"说！"

萧昱幽幽叹了一声，拉着唐艾坐到树下。

诚如他所言，这是一个需要讲很久的故事，因为这个故事牵扯了太多人、太多事，一句两句绝对说不清楚。

这个故事，还要从萧昱的父亲萧擎讲起。

二十年前，萧擎还不是天子，只是一个各方面都并不如何出众的皇子。当年的储位之争血雨腥风，萧擎能够坐上金銮殿中的宝座，成为笑到最后的人，绝非一件易事。而在这番争夺中，有两个人对萧擎来说功不可没。

这两个人一个是他的正室妻子，也就是当今的皇后，另一个则是徐湛的父亲徐老将军。

皇后的家族自太祖时起便是中原的名门望族，徐老将军则重兵在握，萧擎得到皇后的家族势力与徐老将军在背后支持，才能在最后的紧要关头继承大统。

可即便是这样，在萧擎即位之初，还是有几个手足兄弟仍不死心，没过多久便发动宫变。萧擎根基未稳便遭遇逼宫，被亲信保护连夜出逃，但皇后与几个孩子都被迫留于宫中。

皇后在宫中为质，为萧擎死守最后的阵线，萧擎却在最落魄无助的时候，被宫外的一名女子搭救。这个女子叫慕容祈，是萧昱的母亲、后来的祈妃。她的绝美身姿，也被萧昱以笔墨描于画上。

萧擎虽与慕容祈在宫外度过了一段美好的时日，但时刻没有忘记夺回政权，暗地里与返回边关的徐老将军进行联络。

徐老将军调兵返京，终究是助萧擎力挽狂澜，叛军尽数被歼，萧擎更将叛乱的手足斩于殿下。

关于萧擎的故事，到这儿便接近尾声，可关于萧昱的故事，打这儿起才刚刚开始。

"皇帝老儿回宫的几个月以后，便派人把我娘接进了宫里。我娘被册封为妃，不久后就有了我。"萧昱望着天边的云朵，漠然哂笑，"我在宫里长到三岁，我娘觉得宫里不能再住，便带着我逃出了皇宫。对了，我们走的就是昭阳宫地底的那条密道。"

唐艾不解地问："你们……为什么不能再在宫里待下去？"

"很简单，再待下去，我很快就会被人害死。"

"被人害死？！"唐艾惊得合不拢嘴。

"我娘受宠，我自然也跟着沾了光，得到皇帝老儿的喜爱。他甚至曾经一度，想立我为储。我娘在宫中谨言慎行，处处回避其他妃嫔，但我们还是成了某些人的眼中钉肉中刺。这些人先是派人趁我玩耍的时候推我入水，幸而我娘及时发现，我才没有淹死在御花园的池塘里。后来，她们便又派人暗中在我的饮食里下毒。这毒非我苍国之物，很厉害，性子却很慢，会在中毒之人的身体里潜伏很长的时间。我娘察觉出我的身子有异时，已经又过了好几个月。再等下去，我迟早会有一天毒发身亡。"

"那之后呢？你们逃出宫后又怎样了？"唐艾的心揪得好难受。

"之后，那些人发现我们逃跑，就又派了人一路追杀。他们一路追，我们就一路逃。逃到渝州，我不就遇上你了吗，"萧昱忽而转头凝望唐艾，眸光沉静而幽远，"还有一件事情你不知道，其实，你是我的救命恩人。"

"我……我救了你的命？！"

"对呀，我的命就是你救的。撞上你的那一天，我跟我娘又被那些人追上了，在混乱中我还跟她走散了。要不是与你玩拜天地的游戏，换了你的女孩衣衫，我肯定会被追上来的人认出来捉住。那样的话，等着我的就只有一死了。所以，我一直欠了你一笔债，后来我一点一点地还，却总觉得还是还不清。看来，我想要报答你的大恩大德，就只有以身相许了。"

　　"你……你一个大男人说这种话，害不害臊！"

　　"我不害臊，一丁点都不。"萧昱温柔地拍拍唐艾的脑瓜。

　　唐艾："你……你还没说你的手和腿……"

　　萧昱："好啦，这就说到重点了。我的手脚不保，是因为我在跟你分别后不久就毒发了。我跟我娘到蜀中来，本来就是为了找一位高人为我解毒。我们虽在后来找到了他，只可惜到最后还是延误了时机，那毒性最先开始侵蚀的，就是我的右手与右腿。"

　　唐艾听到这儿，眼眶已经红得吓人。萧昱在她眼角稍稍一拂，便拨弄下一颗清浅的泪珠。这颗泪珠沁在他的指尖上，莹莹熠熠，很快便又被寒风吹干。

　　"别哭，妆会花的。失去的东西再也回不来，很多年前我就接受了这个事实，你也用不着为我惋惜，"萧昱垂眸笑道，"那一年的每一天、每一个时辰我都忘不了。有人追杀我和我娘，皇帝老儿却也秘密出宫。我娘想不到皇帝老儿会亲自来寻我们，也见不得我被病痛折磨，便答应了皇帝老儿与他回京。那位高人随我们同行，一路上都在想办法为我抑制毒性。可回宫不久，这毒还是不期发作，为了保住我的性命，他就只有斩去我的手脚。再后来，这位高人便成了我的师父，教我用一只手做两只手的事，一条腿走两条腿的路。"

　　他说了很多话，似乎很是疲累，头垂得越来越低。

　　唐艾一心一意听着萧昱的话，一边心疼，一边留心那不时从他嘴里蹦出来的"皇帝老儿"——在她的印象里，萧昱从没叫过圣上哪怕一声"父皇"。

　　萧昱即使不去看她，也像是能猜出她在想什么："你一定在纳闷，我为什么总是对咱们苍国的陛下出言不逊？他可是我的父亲，我却一向对他大不敬。"

唐艾想不出能接的话，只有默然点头。

"我听命于他，只是遵从了我娘的遗愿。我对他，从来没有过崇敬之情。"萧昱前一瞬还在谈笑风生，后一瞬，眸子却已变得幽冷而岑寂。光到了他身边，也好像突然就不能再前进。

半晌后，他方才冷笑着道："杀人凶手。"

"你说什么？"唐艾肩膀一颤，还以为自己听岔了什么。

萧昱："我说，萧擎就是个杀人凶手。"

这一回，唐艾确定自己没听错。

如果不是她听错，那就是萧昱说错。可惜，萧昱沉敛的眉梢眼角都在告诉她，他说的每一个字都是事实。

萧擎是天子，拥有全天下最至高无上的权力，自然可以治人死罪。可谁也不能因为这样，就说萧擎是杀人凶手。

其实萧昱话中的含义显而易见，有一个人死在了萧擎手上，这个人的身份必然非比寻常，而这个人对他萧昱来说，也很可能至关重要。

唐艾屏着呼吸，等待萧昱继续说下去。

于是，她从萧昱口中听到了这样的字眼——"萧擎，杀了我娘。"

"萧擎不去惩治迫害我跟娘亲的凶徒，反倒要了我娘的命。"萧昱的眸里幽沉得没有一丝光亮，漠然的脸古井无波。

他突然就变了，变得与那个整日里嬉皮笑脸的人非常不一样。

"我记得我跟你说过，只有燕国皇室的后裔，才会知道昭阳宫地底的密径。我们回到皇宫后不久，朝野上下便开始谣言四起，就连后宫中的宫女太监都在传言，祈妃是燕国余孽派往宫中的奸细，接近皇帝只为颠覆苍国、谋求复国。"

这番话被萧昱叙述得没有一丁点儿的波澜，但他越是平静，唐艾便越觉得揪心难受，似是有人趁她不备，拿着根大冰锥子狠狠捅了她的脑袋一下。

萧昱又道："师父为我实施完手术的那天，我睁眼见到的第一个人就是我娘。她在我的床头坐着，我能看见她慈蔼的笑容，也能看见她眼里的泪。她对我说了很多话，要我不论多艰难都必须好好活着，也要我永远记住，萧擎是我的父亲，是苍国的天子。她说，我若听她的话，就要对萧擎绝对遵从，这世上我什么人都可以怨恨，就是不能怨恨萧擎。

后来，我看着她喝下了一杯酒，我以为她睡着了，不敢去打扰她，却听见太监宫女们喊'祈妃娘娘，薨了'……"

天很快就黑了下来，老树枝丫的影子洒在萧昱身上，越来越浓重，越来越幽暗。萧昱也似在暗影之中藏得天衣无缝，唐艾即使是紧紧地挨着他，仍感觉他触不可及。

"那杯酒……有问题？"唐艾涩涩地问。

"那是一杯毒酒，酒里下了致命的毒药。好多天以后，我才从照顾我的小宫女那儿听说，那杯酒，是萧擎赐给我娘的。"萧昱幽幽地答道，"我已残废，母亲也亡故，再也没有竞争皇位的资格，后来就被师父带离了皇宫。我跟着他去了很多地方，高丽、扶桑、天竺、蒙古……他老人家仙去后，我便又回到了苍国。那年长江水患，不大、不小俩小崽子被我救下，也算是我一手养大，所以他俩总是喜欢黏着我。"

萧昱借力撑着唐艾的肩头一点点站起身，清癯的身影比冬日的夜晚还要落寞："好了，我的故事说完了，走吧。"

两人走下山坡的时候，萧昱却又冲唐艾露出笑意："答应我，睡一觉起来，就把我今天说过的话全忘了。"

他在瞬间便回到了从前的飞扬洒脱，身上仿佛从来都没出现过刚才的阴霾。

唐艾却没能说没事就没事，一张脸写满不知所措。

萧昱拿鼻尖蹭蹭她的脸颊："还有一件事情得跟你说，这回我没法儿去见你爹娘了。昨晚我收到京师发来的急讯，必须马上赶回去才行。和你又待了这一日，已经拖延很久了。"

话题转得太快，唐艾明显跟不上："什么意思？是皇上又让你去做什么吗？"

"不是去替皇帝老儿办事，而是去看他。听说，他就快不行了。"萧昱似笑非笑，讥诮中又带着无奈，"生而姓萧，我终究是没法选。"

萧擎病危，这消息跟谁说谁都得震惊老半天。

即使再怎么舍不得萧昱，唐艾也只能眼睁睁地瞅着他策马远行。

回到家后，她便一声不吭地把自己关到了屋里，对爹娘的嘘寒问暖置若罔闻。

"夫人，咱闺女今早出门的时候还是兴高采烈的，这这这……回来怎么就成这样了？"唐不惑本来一心盼着闺女带回心上人，现在却见闺女失魂落魄地独自归来，就只剩下干着急的份。

唐夫人揪起他的耳朵："老唐头，你虽时刻在为闺女着想，可到底还是不懂女孩子的心思。闺女今天打扮得花枝招展，定是去见她的心仪之人。可惜不知什么缘由，两人许是无法再见，闺女也不能再带那人来见你我，因而才会如此惆怅。"

"夫人，你怎知他俩只是暂时分开，而不是那个臭小子做了混账事情而惹得闺女不快？"

"闺女是我养的，脾性自然是随我。我问你，你做了混账事情的时候，我的反应如何？"

"呃，举着大刀到处追杀我。"

"嗯……嗯？！"

"哎哟喂，夫人轻点我知错了！"

唐艾在屋里听到老爹又被小妈教训，终于忍俊不禁。

爹娘对她这般好，从前的她却毫无体会，竟然还觉得家里束缚太多，一门心思想往外跑。直到又想起了萧昱的过往，她才幡然醒转，原来自己已不知比他幸福了千倍万倍。

此后的日子她一扫颓唐，一面对爹娘晨昏定省、百般孝顺，一面掐着指头算日子，期盼早日再跟萧昱相见。

新年伊始，万物回春。

突然有一日，一只大肉鸽子扑棱着翅膀落入了唐艾的闺房。

"肥货？！"唐艾欣喜若狂，迫不及待展开信筒里的小字条。

"皇帝老儿始终吊着一口气，一时半会儿死不成了。快回来，我想你。"萧昱的字迹跃然纸上。

唐艾抱起肥货猛亲了两口，收拾行囊没用一刻。

唐不惑一听闺女要回京城，立马又开始泪眼婆娑。还是唐夫人深明大义，在一通千叮咛万嘱咐后，依依不舍地送闺女出城。

唐艾离开渝州属地便换回了男装，一路朝着京师飞奔。

这天她到了晋阳府，恰巧撞上知府马大人带着一众衙役奔上山头。附近的百姓们七嘴八舌，她上前一打听，才知道晋阳地界最近山匪闹得很凶。

前些天，马大人正当妙龄的女儿出门郊游，却被山上的土匪头子掳了去。土匪的意思也很简单，马小姐标致得很，马大人不交赎款，马小姐明天就是压寨夫人。所以马大人这次带了这么些人上山，就是解救自家闺女去了。

唐艾一个没忍住，又一回路见不平拔刀相助，跟着马大人就去了山大王的老窝。她一个人能顶十个人，不到半天就端了匪窝。马大人有了她在，一众手下压根用不着出手。

柔柔弱弱的马小姐从魔窟中被解救而出，看着唐艾的眼神当时就飘了起来。

唐艾做了好事不邀功，拍拍屁股就想走。奈何马小姐硬要留她在府上住。瞎子都能瞧出来，她这是对唐艾心生好感了。

唐艾架不住阵仗，第二天清晨卷了包袱就跑。岂料马小姐不依不饶，一路追着她就来，嘴里边还"唐郎、唐郎"不断地喊着。

唐艾正愁甩不掉马小姐，路那头忽然驶来了一辆马车。

驱车人浅笑盈盈，素衣随风，居然正是唐艾朝思暮想的萧昱！

"一个高丽郡主还不够，又加了一个知府千金，"萧昱冲唐艾伸出神一般地解围之手，"上车吧，我人见人爱花见花开的小唐大人。"

马车如腾云驾雾般出城，马小姐的身影被甩到了十里开外。

"你什么时候改名叫'螳螂'了？"萧昱弓起胳膊，学着螳螂的大钳子。

唐艾盯着萧昱，就好像他是一块臭豆腐，让人又爱又恨："你怎么又从京城跑出来了？！"如果可以，她真想一口把他吃掉！

"待在京城多无聊，早一天见面不好吗？"萧昱笑得暖玉生烟。

马车里满装着几大箱糖果，简直就跟两人从边关回来时一样。

唐艾对萧昱这个爱吃糖的癖好哭笑不得，直说萧昱是三岁小孩。萧昱也不介意，照样换着花样地把糖果往嘴里送。

有了萧昱在身边，唐艾就又心甘情愿穿上了女装。

日子过得飞快，再有个三五天，两人就能到京城。

行程中的某一日，唐艾又跟一帮人打了一架。她在山西灭掉的那票山匪里，有几个侥幸逃脱，这时便集结了一群乌合之众来寻仇。

可惜这些人加在一块儿都不是唐艾的对手。她收拾完了这帮贼人，又气萧昱不肯出来帮忙。

"不过是一帮虾兵蟹将，哪用得着我出手。"萧昱没脸没皮地一哼唧，只让唐艾恨不得连他一齐揍一顿。

走了这些天的路，唐艾还发觉一件事情，那就是萧昱的瞌睡变得特别多。他除了跟她东拉西扯耍嘴皮子外，就喜欢窝进车里俩眼一眯，有时候还任凭她怎么叫唤都不醒。

对此，唐艾认为这家伙一定是装的！

一次两次还好说，三次四次，她也就不搭理他了。

这一日的傍晚时分，萧昱又在车里打起盹来。

唐艾驱车走着，却蓦然惊觉哪儿不对劲——道路两旁，似是有什么人正在暗中窥视着他们。

她马上警觉起来，竖耳听着周遭的异动。

在这种情况下，萧昱本该比唐艾更早留意到有人跟踪，可唐艾听不到车厢里哪怕一丁点儿响动。她暗暗心惊，也不知是什么人在跟踪着马车，又怕贸然停车反倒打草惊蛇，于是只得不动声色地继续赶车。

然而没过多久，那种被跟踪窥视的感觉竟又突然消失！

这实在是太奇怪了。唐艾确信自己并没有产生幻觉，暗中窥探的人绝对真实存在。

她仍旧一刻不敢停歇，狠狠拿鞭子抽打马屁股，直到天黑透了，才在一座小村子前停下马车。

唐艾判断那些神秘人功夫不俗，生怕他们又会跟来，便想找个法子加速行程，越快赶回京城越好。

走这一路，萧昱都没醒来。唐艾只见他靠在车内角落，脸都看不见，而车厢里那几口装满了糖果的大箱子，也在此时映入眼帘。

她转转眼睛又瞟瞟萧昱，并没想着去叫醒他，独自一人就将几口大箱子全都挪下了车。丢掉这些占分量的东西，马车至少能跑快一倍。她满意地拍拍手，又坐回车头驾车前进。

从这边的小村子走到前方的小镇子，时间也不算短。

唐艾还在赶车，却见萧昱晃悠着挑开车帘，看样子是睡醒了。

"我的糖呢？"他上来就问，声音幽幽沉沉的。

"被我丢了。"唐艾没当一回事。

"丢了？"萧昱忽地挑高了音量。

唐艾难得见他为点小事黑脸。

"激动什么呀，难道不吃糖你会死吗？"

"不吃糖我真的会死。"萧昱幽冷地回了一句，一瞬退回车厢内。

唐艾被晾在车外边，噌噌来了一肚子火。

莫名其妙，不知所谓！她一个字都不想再跟萧昱掰扯，也不解释之前的情况，气鼓鼓地将马车停下，脾气一上来，八匹马都拉不回来。

萧昱也不知在车里磨蹭什么，很久后才顶着幽白的脸挪到车外，冲着唐艾一声冷哼。

唐艾瞧他这副德行，更是怒发冲冠，就像浑身贴满了"生人勿近"的大符。

这时正值晚上的饭点，该吃饭还是得吃饭。

镇子已近京城，规模虽不大，但商旅往来者众。唐艾随便一拐，就捡个不一般的馆子。这间馆子不单装潢得干净典雅，内里曲径通幽，就连菜单上标的都是大城镇才能品尝到的上品。

萧昱需靠拐杖助行，又只穿着清衫素衣，一点不显身份地位。唐艾更不用说，风尘仆仆一路驾车，灰头土脸必不可免。于是乎，两人坐下没多久，就撞上了个看人下菜碟的小二。

"点什么？"小二一脸的不耐烦。

"蜜汁百合、桂花山药、醪糟汤圆、话梅芸豆……"

萧昱眼睛都没抬。

唐艾却已听不下去："萧昱，你到底想干吗？"

萧昱淡漠地瞟她一眼，继续清心寡欲地自说自话："红糖锅盔、甜枣蛋羹、冰糖雪梨……"

"够啦！"唐艾的怒火烧到十里外，"萧昱，你给我适可而止！"

"这位姑娘说的是，咱们这儿的菜品，可不是人人都能消费得起的，"小二讥笑着一斜眼，"公子，你要不要再考虑考虑？"

"我还要银耳莲子汤、金谷八宝粥、南瓜马蹄糕，能上多快上多快。"萧昱眉梢低垂，脸上仍旧什么表情都没有。

"给——他——上！"唐艾啪地在桌上拍下一锭大银子，就差没把桌子砸出个窟窿，"萧昱，我告诉你，你今天要是不把点的东西都吃光，我跟你没完！"

她这一嗓子吼出来，只把周围的食客吓了一跳，好些人都冲着这边指指点点。小二更是瞅着大银锭闭不上嘴，嚣张气焰立马收敛。

佳肴很快一一上桌，萧昱也不瞧唐艾，旁若无人地动起筷子。

唐艾口干舌燥，倒了一杯茶降火，努力告诫自己要以和平方式解决问题。

对萧昱讲出高手尾随之事后，她克制着不忿，直不愣登地把茶杯举到萧昱面前："喂，喝点水，别被噎死了！"

萧昱一直默然聆听，直到这时才微扬眼帘，慢吞吞地伸出手来。

唐艾眼瞅他触上杯子，自然而然地松了手。

然而，只听"啪嗒"一声响，茶杯居然掉在了桌上！茶水溅得哪哪儿都是，一桌子甜品都被糟蹋了个够。

"你、这、家、伙……别给脸不要脸！"唐艾狠狠一瞪萧昱，怒意又一次回归峰值，二话不说就往外走，一路撩起来的风能把人掀翻。

萧昱则盯着自己的左手，目色空洞得像具死尸，很久都没动静。

饭馆大门口刚巧走进来几个风尘仆仆的人，一个个衣冠不俗。

唐艾正向外冲，便跟领头的中年男人视线相交。两人这一对眼，不由得都停住了脚步。原来，中年男人正是唐府的管家唐坚。

唐不惑已把生意拓展到北方，一开春，唐坚就被派往各地商铺，查看新店面的经营情况。所以说起来，这家小馆子便是归属于唐家的产业。

唐坚一见唐艾，"大小姐"三个字便从嘴里毕恭毕敬冒了出来。

唐艾也没想到会在这儿撞上坚叔，赶紧咳了两声，示意他低调。

她因为心里边还在生着萧昱的气，跟唐坚说话时也是心不在焉。不料，等到她回头再去瞅萧昱时，竟只剩下生生一愣。

萧昱不见了。

说句话的工夫，那边的桌子已人走茶凉。

萧昱离开小饭馆的时候，也刚好是唐艾撞见唐坚一行人的时候。那时唐艾撂了挑子就走，萧昱撑着桌檐费劲儿起身，身旁却蓦地多出了一个汉子。

这人一看就是会功夫的练家子，应是一早混在了小馆子的食客当中。他对萧昱一声耳语，萧昱听后落寞地一笑，随即便跟他出了后门。唐坚那票人那时正堵在正门，唐艾视野受阻，是以没看到萧昱离去。

从小馆子走出镇子其实用不了两步路，萧昱却停下来喘歇了好几回，握着拐杖的手仿佛比任何时候都用力。

镇子边缘，恭王萧承礼神秘非常地现身，风姿绰约地见人。

"被唐艾丢掉的糖，我都帮你捡回来了。"他指指路边树下的大箱子，冲萧昱微笑道，"老四，是时候去做些正经事了，陪伴佳人的游戏到此结束可好？"

萧昱黯然地点了点头："请三哥再给我最后一点时间，让我与唐艾道别。"

"可别让我等太久。"萧承礼傲然拍了拍他的肩膀，带着人马一晃不见。

一场春雨说来就来，绵绵雨丝中，唐艾的身姿影影绰绰。她已冒雨绕着小馆子三周，终于在不停地左顾右盼中，看到萧昱悠悠荡荡地自远处走来。

"你干吗去了？！不吭一声就走是什么意思？！"她歇斯底里地冲到萧昱身边，雨滴打在脸上也不管不顾，"你倒是告诉我，我到底哪儿做错了？！"

"我想我们就是要吵架，也用不着站在大雨天里这么难为自己。"萧昱无可奈何地叹息，"不管怎么样，先找个地方避雨吧。"

此刻能为两人遮风挡雨的地方，还是那家小饭馆。

萧昱挂了一身水珠，鬓发黏在脸颊两侧。他只有一只左手，这只手又用来撑着拐杖，就再没有多余的手去抹一抹脸上头发上的水迹，样子看起来可怜兮兮的。

那小二看见唐艾归来，屁颠屁颠地就给大小姐递上了干净的巾帕。

唐坚等人还滞留在小饭馆里没走，唐艾见唐坚就要过来嘘寒问暖，立即对他使了个眼色，用一道凌厉的眼神把他逼回了原地。

说来太巧，今天这么个大雨天，偏偏赶路人又多，唐艾跟萧昱前脚刚进门，后脚便又有一拨人跟上。

这回来人是一大俩小，大人是个女子，长相颇具异域风情。两个小的一胖一瘦，目光越过众人直达萧昱身间。

"公子，我们总算找到你啦！"

他俩一通叫唤，一口气直扑萧昱怀间。

不用问了，这时候走进小饭馆的人，是兰雅跟不大、不小。

俩小崽子使劲儿在萧昱身间蹭着，从脸上飞出来的也不知是雨水还是泪水。兰雅则还是那张冷淡的脸，一偏身就在桌旁坐下。

"公子，公子，我们想死你啦，呜呜呜……"不大、不小扶着萧昱坐下，顾不得自己就给萧昱擦起水珠。

唐艾对兰雅的到来很是意外，对萧昱就更是又气又怨。这家伙还真是块香饽饽，走到哪儿都追随者众多！

她眼瞧那张桌子挤了四人，压根就没多余的地方，皱着眉毛愤愤一哼，一屁股坐到了唐坚这边。

不大、不小俩崽子给萧昱擦干了头发，便依偎在萧昱身边。

不大道："公子，我……我好像看见唐艾了！"

不小道："公子，那个唐艾……怎么会……怎么会穿着女装？！"

"她本来就是姑娘家，穿回女装不是很正常吗？"萧昱淡淡道。

"什么？！"俩小不点儿目瞪口呆。

萧昱又看了看兰雅，说道："我早就猜到，你会带着这俩小崽子出来找我。"

"我就是想看看你死了没有。如果发现你死了，就叫不大、不小给你收个尸。"兰雅目光如剑，剑刃上燃着冰蓝的火焰。

不大、不小听到那个"死"字，"呜哇哇"一通哆嗦，恨不得就此长到萧昱身上。

"老头子都还尚在人世，我怎么敢在他之前咽气呢。你们看，我不是好好的吗？兰雅姐姐就喜欢吓唬你俩玩。"萧昱温和地揉揉俩小家伙的头。

兰雅厉色道："我没吓唬他们，你也少在这儿自欺欺人。你自己的身子到了什么地步，你自己会察觉不出来吗？"

"还能喘气，就不算太糟。"萧昱笑得寂然萧瑟。

　　唐艾与萧昱那边隔着老远，再加上小饭馆里人多嘴杂，她想听清楚那边说些什么，实在是困难重重。

　　"大小姐，大小姐？"唐坚关切地叫了两声，"那位惹您生气的公子，到底是什么人啊？"

　　"哼，他就是个坏人、浑蛋、死无赖、臭流氓！"唐艾把牙咬得咯咯直响。

　　唐坚："啊？那公子明明看着斯斯文文的……小姐，你……你怎么会跟这种人走得这么近？"

　　"因为我傻啊，我就是这天底下的头号大傻瓜！"唐艾捶胸顿足。

　　唐坚吓傻了眼，又朝萧昱那头仔细一瞧："哎哎哎，不对不对。大小姐我想起来了，那位公子我见过，不就是东坡楼的萧老板！"

　　"东坡楼的老板？"唐艾彻底疯了，"这个浑蛋到底还有多少事瞒着我？！"

　　这场雨一下就是一晚上。

　　唐坚等人行程受阻，便决定在小馆子里凑合一夜。一干人等鼾声四起，只有唐艾一人还没睡着。

　　馆子另一头，不大、不小许是赶路太久，早在萧昱身边蔫蔫睡去，张着小嘴，哈喇子横流。萧昱抚抚两人的小脸蛋，又朝唐艾瞟去。

　　唐艾望着油灯俩眼发直，萧昱的眸光刚好穿过火苗洒过来，似是一阵清风于漫漫长夜平地而起。

　　唐艾与萧昱视线相对，神经一紧脑袋一僵，后脖颈子的骨头突然咔哒一响。

　　完蛋，脖子转筋了！唐艾只感到一阵剧痛，脑袋就再也动弹不得。这下可好，她活脱脱成了一只歪脖子小鸡，姿势要多难堪有多难堪。

　　火光那头，萧昱也怔了一怔。

　　唐艾只见他晃悠着身体站起来，就要往她这边来，却又被兰雅一下按住。萧昱回过头去不知跟兰雅说了什么，最后还是朝唐艾走去，而兰雅也在片刻过后跟上了他。

"你来干吗？！"唐艾五官都已错位，模样更可笑了。

"你别乱动，兰雅有办法把你的脑袋复位。"萧昱朝旁边挪了两步，给兰雅让出位置。

兰雅也不跟唐艾废话，一手按着唐艾的肩膀，一手在唐艾的下颏上一扳。又是咔哒一声响，唐艾的歪头立即就被正了回来。

"谢……谢。"唐艾无敌尴尬。

"你要谢就谢萧昱。"兰雅哼了一声，回身就走。

萧昱却没跟她一起回去，反而轻声对唐艾道："我有话想跟你说，可是大家都睡了，不能吵着他们，咱俩还是到外边去吧。"

小馆子的大门外。

雨丝仍在淅淅沥沥，屋檐下挂着的小灯笼随风飘摇。

唐艾嘴巴噘得老高，脚尖使劲儿踢着地面，就好像地上的稀泥才是萧昱。

"都是我不对，你想怎么处置我？"萧昱脱开拐杖，可怜巴巴地扯起唐艾的衣袖。

"别碰我！"唐艾不由分说地挣开手，脾气一翚地动山摇，"我不想看见你，你给我有多远滚多远！"

"好，听你的。"

幽幽晃晃的光，映得萧昱清清冷冷。

他果真转身离去，渐渐地，拉远了与唐艾的距离，直至与雨夜融为一体。

半刻过后，唐艾终于意识到一个可怕的事实——萧昱又消失了。

浑蛋，这个时候怎么变得这么听话！她开始后悔，跑到镇外大喊着萧昱的名字，声嘶力竭，气喘吁吁。可惜，这一回那束清影再没能自雨中走来。

于是，她越来越心慌，越心慌就越不知所措，越不知所措就越进退两难。不大、不小俩小崽子半夜出来嘘嘘，刚好与失魂落魄的唐艾撞个正着。

唐艾眼里蹿起火舌，不由分说地把两人逼到墙角："你们说，萧昱去哪儿了？"

"什么？公子没跟你在一起？"俩小孩你瞅瞅我、我瞅瞅你，吓得比哭还难看。

"别装蒜！"唐艾拳头唰地擦着两人的天灵盖飞向墙壁，竟然一拳在墙上开出了一个大洞，"快说，他在哪儿？！"

不大哆哆嗦嗦抹了一把脑袋："哎，雨水怎么变成红的了？"

这不能怪他，因为鲜红的水珠子正啪嗒啪嗒砸着他的脑瓜。

鲜红的水珠子，是血不是水。

唐艾刚刚那一拳，杀敌一千自损一千二。她的手尴尬地卡在墙里，被墙壁的豁口刮得鲜血横流。

"唐艾，这俩小子真的什么都不知道，你犯不着为难他们。"兰雅冷厉的声音突然响起。

唐艾一回头，就看到兰雅一步步走近。不大、不小则趁此空当，躲到了兰雅身后。

兰雅的眼神如冰，唐艾的眸光似火，两个人的视线就这样在半空相遇，激起一道无形的电光。

"兰雅姐姐，公子……公子怎么又跑了？！"俩小崽子抱着兰雅，不要命地痛哭流涕。

兰雅没理俩小孩，而是从随身的小箱子里取出药粉："唐艾，你的手在流血，我帮你止个血。"

还在淌血的大口子碰上药粉，唐艾这才感到锥心之痛："你先告诉我萧昱的去向！"

"讲讲道理，你自己没看好他，却来问我他去哪儿了？"兰雅冷冰冰地白她一眼。

唐艾正要反驳，却忽然感到一阵天旋地转。

失去意识前，兰雅的冷眼成了她看到的最后一幕……

"兰雅姐姐，你怎么把唐艾药晕了！"不大、不小屁滚尿流。

"这是你们家公子的意思，"兰雅跟个冰锥子似的，"带上她，我们回京城去。"

不大不小一听，哭得更凄惨了。

不大："不小，你说公子到底是在做什么？咱们回了京城，是不是就离公子更远了？！"

不小："回京城……也有回京城的好处……小徐将军还在京城，万一他知道公子的去向呢！"

徐湛早就不在边关当他的少将军，而是回京做了随侍圣驾的指挥使，可俩小崽子仍习惯性地叫他"小徐将军"。他在京城已无亲人，为人又不喜应酬，府上总是格外冷清。

惠王萧承义，也是个大闲人。自打万寿诞后，他就被天子萧擎扣在了京城，哪儿都不准去，手上也没了一兵一卒。好不容易赶上个正月十五，他才获准出来遛个弯。徐湛下了宫中的差职，碰巧路过元宵灯会，便跟惠王殿下撞了个正着。

这灯会自也少不了烟花，只是这些都是老百姓自发而放，零零散散没什么规模，跟万寿诞那天的皇家礼炮没法比。

萧承义倒是乐在其中，笑得春光满面："小徐大人，本王看你闷闷不乐，有什么不开心的，说出来让本王开心开心！"

徐湛呈现出一种吃坏肚子拉不干净的表情，匆匆向惠王殿下告辞。

萧承义却浑身力气没处使，一溜烟跟到了徐府。

徐湛会客厅的桌上，搁着份几个月前的《皇朝时报》，头版上，唐艾的大脸分外醒目。不用说，这就是登载着"唐艾疑似断袖，烟花夜与情郎私会"的那期报纸。

萧承义一点不跟徐湛客气，进了徐府比进了自己家还随意，拿起报纸一瞄："小徐大人，这篇报道，有些时候了啊！本王当初看了，差点没笑岔气。你跟唐艾相熟，可知这报道是否属实？"

徐湛站得老远，脸比墨黑："小唐大人绝非断袖。"

"小徐大人，你我果然英雄所见略同！本王老早就觉得，那个唐艾不简单。本王瞧着，倒像是女扮男装，"萧承义故意放低声音，"嘿，那你知道，她这个情郎是谁吗？"

"……"徐湛无语摇头。

萧承义冲徐湛招手："小徐大人，快快靠近些来。本王跟你说，本王大概能猜到那人。"

徐湛眼中似是突地亮起两盏灯来："王爷，您——"

萧承义对准徐湛的耳朵眼："前些时日，本王已得知我那四弟的消息，当然也已了解，你俩做了多年的兄弟。你不觉得，这个人，就很像他吗？"

惠王殿下一语言罢，潇洒离去，小徐大人俩眼的光亮却突地熄灭。

送走萧承义，徐湛忽然从兵器架上绰了长枪，在空地上迎风起舞，端的是英勇无匹、雄姿飞扬，就像是被月光施了术法，再也停不下来。

月圆月缺，时光倏转。春意盎然的一晚，皇宫大内，天子萧擎站在乾清宫前的高台上，也在对月沉吟。

老太监蔡福颤颤巍巍地走到萧擎身边，忧切道："陛下，身子要紧，快回殿里去吧。"

"朕的身子能如何？活这一世，朕该经历的都经历过，该拥有的也都已拥有，朕知足了。可萧昱……他还那么年轻，朕却教他承受得比朕还多……"萧擎一声喟然长叹，转而又威严地问，"馨宁……她还在哭闹吗？"

"这……公主殿下怕是没力气闹腾了。老奴听东六宫的人说，殿下最近几日都拒绝吃饭。"

"她是我萧擎的女儿，也就是苍国的女儿，嫁她一人，可保我苍国边境数十万百姓平安。只知以死相逼，却毫无牺牲小我的觉悟，这样的女儿要来何用！"

"陛下，您看咱们要不要告诉公主——"

"不行！咳咳咳……"萧擎过于激动，顿时咳喘连连。

"陛下千万别动气，老奴恳请陛下快些回殿内歇息！"

萧擎低咳着又道："对了，六扇门的那个唐艾，身份背景可都已查清了？"

"回陛下，都查清楚了，是这样的……"蔡福一面娓娓道来，一面扶着萧擎缓步回宫。

月儿弯弯照九州，京城东坡楼的某个角落，萧昱的身影清寂落拓。

半夜三更，客旅早就走得干净。萧昱的面前摆着一桌子的饭菜，碗筷却都没动过。而他在想些什么，或许就只有他自己知道了。

很快，酒楼内的寂静就被打破，萧昱的三哥恭王萧承礼转了出来。

"你怎么没吃东西？"萧承礼扫了扫桌子上的酒菜，仿佛极力遏制着某种情绪。

"我没什么胃口。"萧昱淡淡地答,声音轻得几乎听不到。

"你是不是身体又不舒服?"

"不劳三哥挂怀,我没什么大碍。"

"好啊,既然这些东西你不吃,那就给我!"萧承礼忽地一步跨上前来,胳膊照着桌面就是一通狂扫,将满桌饭菜全都砸翻在地。

"能让三哥如此大动肝火的人可不多。"萧昱清冷地回眸,言语间透着无动于衷。

"同样是母后的亲生儿子,只因比我早生了几年,窝囊废就能当太子,而我只能做一个区区藩王……"萧承礼把指节捏得嘎吱作响,"咱们的皇帝爹爹真是病糊涂了,我前面做了那么多铺垫,他居然一点没有贬谪太子的意思!"

萧昱徐徐抬眼,撑着桌檐将将站稳。

"三哥可还能想到什么法子?"

"算了,母后对咱们的大哥关爱有加,我何不与他相亲相爱,让他多过两天安稳日子,"萧承礼眼神闪烁,"计划有些变动,我有一项重要的任务交付给你。早就该死的人,到现今还在蹦蹦跶跶,也太说不过去了。"

萧承礼走后,萧昱也不管一地狼藉,就在桌边坐了下来。

几片阴云阻拦下月光的投射,就连油灯也在不久后熄灭,以至于溢出萧昱嘴角的血滴都晦暗得辨不清颜色。

萧昱将自己的整个身躯都埋进暗影中,平静地抹去了唇边的血迹。

唐艾醒过来的时候,正躺在萧昱西山小院的床上,并且手脚完全不受脑子的支配。她不清楚自己怎会到了这儿来,也不知道等待她的将会是怎样的命运。

不远处火光灼灼,兰雅正在清洁双手,一旁的桌上摆着许多药品与工具。

"兰雅,你到底对我做了什么?"唐艾心脏怦怦直跳。

"麻药劲儿没过,动不了很正常。"兰雅面无表情地收拾桌子。

"麻药?你为什么要给我用麻药?"

"你手上的伤口太深,会留疤。正好你腿上也有一道疤,我就把你带回来，想了个法子给你一块儿祛了。有句话叫置之死地而后生，想要皮肤新生，就必须先将生成疤痕的死肌剥除。没有麻药，你忍受得了手术的痛苦？"

"这么说我还要多谢你了？！"

"对，这次我受之无愧，"兰雅咣地把门一关，坐到唐艾床边，"趁着这儿只有你我，我有些话想对你说。"

唐艾见兰雅眼神骇人，心里更是七上八下："你想说什么？"

"你可知道，萧昱为什么嗜糖如命？"兰雅反问道。

"因为他就是三岁小孩子的脾性！"

"你果然什么都不知道。"兰雅的声音更冷冽了。

接下来的时间，兰雅给唐艾讲了一个故事。这个故事仍旧关乎萧昱的过往，只不过增添了很多萧昱没曾提过的细节。

这些细节就包括上面的那个问题——萧昱为什么那么爱吃糖。

兰雅说，萧昱不是爱吃糖，而是不得不吃糖。不吃糖，他随时都有丧命的可能。

故事具体说来是这样的。

萧昱的师父是位世外高人，有个名号叫"玉锵子"。兰雅的父亲与玉锵子是多年挚友，两个人一起为萧昱研究过不计其数的解毒之法。

然而萧昱中毒已深，毒素深入他的经脉与脏腑，二位先生倾尽学思，却自始至终没能真正为他将这剧毒祛除干净。

后来，先生们竟在偶然间发现，但凡是含有糖分的东西，似乎都能遏制这毒素的蔓延。他们抽取萧昱的血液试验，果真验证了这一推测。

这毒虽无解，萧昱却有救。两位先生欣喜若狂，立即秉明了天子萧擎。那时正值萧昱的母亲祈妃去世，玉锵子怕萧昱再受伤害，便恳请萧擎让他带萧昱出宫。

萧昱出宫后一度精神萎靡，体内的剧毒每隔一段时间就会发作一次，但只要及时吃糖就能稳住情况。在玉锵子的循循善诱和耐心开导下，他终究渐渐开朗起来，玉锵子便带他出门游历，足迹遍及神州大地。兰雅的父亲则留下继续研究祛毒之法，希望有朝一日能让萧昱彻底摆脱剧毒的折磨。

日子也便这样过去，玉锵子年事已高，溘然长逝，兰雅的父亲也受天竺王室传召，不得不赶回天竺。好在兰雅已得父亲的真传，萧昱的身体便交由兰雅负责。

这些年，兰雅仍旧在不遗余力地为萧昱寻求解毒的法子，只可惜进展微乎其微。

因为这剧毒的关系，萧昱的身子打小就比一般人虚弱许多，而最近的几年，他毒发的频率越来越高，身体状况越来越差，糖分也正在逐渐失去原有的功效。

兰雅现如今能做的，就只有用各种各样的珍奇药材为萧昱保住元气，努力延长他的生命。

"每次毒发时是种什么样的感觉，怕是只有萧昱自己知道吧。"兰雅以这句话作为整个故事的结尾。

她给人的感觉总是冷若冰霜，这世上仿佛就没什么事情是能打动她的，但此时，她眼中流露出了唐艾从没见过的愁雾。

唐艾沉默了，就是被人抽空了思想一般，变成了一个不会哭也不会笑的稻草人，没办法表达哀喜，没胆量诉说情衷。

她凝了兰雅的眼睛足有一炷香的时间，回想起与萧昱相处时的点点滴滴，终于相信兰雅的故事真实可靠。

"萧昱……去哪儿了……"

重复了八百遍的问题，又被唐艾问出了口。

"不知道。"兰雅的回答也是始终如一。

一个月过后，兰雅当真将唐艾留下疤痕的皮肤变得细嫩无比。

这一天唐艾扮回男装，欲回京城。兰雅在她临出门时，冷不丁带着不大、不小追上来。俩小崽子听了兰雅的命令，一人搂住唐艾一条大腿，光�‏着嘴不说话。

"唐艾，忘记告诉你了，凡是被我医治过的人，都得留下点身上的东西才能走。"兰雅摆着一如既往的冷漠脸，不等唐艾出声，手上突然寒光一现，将一根极细的银针插进唐艾胳膊血脉。

这是一根空心针，一头连着个容器，里面还有个可推可拉的操纵杆。兰雅拉动小杆，唐艾体内的血液就被抽入容器中。

除了扎针那一下，唐艾倒也并不疼。她总算是明白了，兰雅要她留下的东西，是她的血液。可她心神恍惚，并不愿多想，兰雅为何会有这如此特殊的“需求”。

皇城脚下，永远热闹非凡。

唐艾游走在大街上，与来回往复的行人摩肩接踵，却不知道自己接下来还能去哪儿。

“不得了，有人要轻生啦！”一大波人潮忽然从她身边穿过，当中有人高声喊着话。

苍国群众大多数有个特点，那就是有热闹必围观。唐艾随着人潮向前，没半刻就到了天桥大街。

光天化日之下，有一个人正站在天桥正中的栏杆上，仿佛随时都有可能乘风而去。

桥底下已围了不知多少路人，桥上的那位生无可恋地望了一眼众人，随之便一脚迈向虚空。

围观群众齐惊呼，眼瞅着他一个倒栽葱就往桥下去，好些人不忍心看他砸出一地的脑花，捂眼睛的速度比他下坠还快。

说时迟那时快，唐艾足尖点地一蹿而出。

而与此同时，天桥的另一头也飞来了一束矫健的身影，以迅雷不及掩耳之势与唐艾在桥下交汇，并不约而同地跟她一起张开胳膊。

这直接就导致了一个结果——要轻生的那位，死不成了。

不仅没死成，他还毫发无损落了地。

唐艾为什么要救人？这大概只能用本能来解释。

至于另一位义士……唐艾直到脚后跟着地，才瞧清了他和被救那位的脸——救人的人是徐湛，而福大命大死里逃生的人，居然是《皇朝时报》的一个街探。

这人唐艾是认识的。从前，总是纠缠唐艾拿新闻的人马中，此人回回在列，只不过，圣上万寿诞前夕，他就从那堆熟面孔中消失了。

唐艾现下想来，原因门儿清。此人就是被情所困的那位仁兄。闹到自尽这么劲爆，看来，他到这时都还没能渡过情劫。

仨人才将将站稳脚，围观众人便啪啪鼓起了巴掌。不用说，掌声是送给唐艾跟徐湛这两位挺身而出的英雄的。

群众聚得快，散得更快，不多时，天桥大街上便恢复了原有的状态。人们该溜达的溜达，该叫卖的叫卖，似是什么事情都没发生过。

当然，没事人也只能是围观群众。唐艾、徐湛跟大难不死的那位，还没从龙须沟上来。

"你们为什么要救我？！"这个街探兄弟悲痛欲绝。

唐艾："人最宝贵的是生命！"

街探："我有多痛苦，根本没人能明白！"

徐湛："谁说我不懂！"

徐大人这一声吼，愣住的不只是街探。

唐艾清楚地感受到，徐湛冲着街探说话，眼神却在她身上。

方才事出紧急，她动作迅猛，束发的缎带松散，已在不觉间滑落。这下可好，她高拢的发髻即刻变作及腰的长发，一缕发丝半遮半掩着她一侧的脸颊，随随便便就勾出了一道柔美的弧线。

从前，唐艾已知的情况如下：

一、徐湛是男人，同样也把她唐艾当男人。

二、徐湛对她有种好感，无缘无故，不明所以。

她恍然间明白了什么。

为防止街探再动轻生的念头，徐湛点了街探的穴道，让他待到阴凉地下。

一段时日不见，小徐将军依旧挺拔威武，只是添了些许忧郁与沧桑："唐……兄，今日，真巧……我见天气不错，便想出来走走，没想到会撞见这种事情，更没想到，会撞见你……原来唐兄你……你真的是女子……"

唐艾心窝中箭："对不起徐兄，这……我……的确是我之前没跟你说起过。"

徐湛讷讷地摇头："其实，与你一同工作的时候，我隐约……已有些察觉。不过有几句话，我想问你。"

"你……问。"

"你……是否，已有了意中人？"

"是。"

"那个人，是萧昱？"

"嗯。"

"曾经在萧昱幼时救过他性命的人，就是你？"

"对。"

"唐——姑娘，谢谢你，"徐湛的表情百转千回，最终定格成一种生无所恋的悲戚，"唐姑娘你放心，我会尽力去开解《皇朝时报》的那个兄弟，不让他再做傻事。"

唐艾目送徐湛远去，心情毫无好转。

灰色的天、灰色的地、灰色的行人……姹紫嫣红的风光，在她眼里只是一片阴沉的灰雾。她不知不觉晃到了东坡楼的门前，谁知，这座东坡楼竟也不复当初。

京城第一高端酒楼停业了，窗户紧闭，门口挂着老大一块牌子，上书"转让"两个大字。

"东坡楼是什么时候关门的？"唐艾揪住一个过路人不放。

"就……就是这几天的事，"过路人吓了一大跳，外加纠结了半天对唐艾的称呼，"公……子？不不不，姑娘？咦，你该不会是六扇门的小唐大人吧，我在《皇朝时报》上见过你！"

"你认错人了……"唐艾怏怏地转个身，随便找了家客栈投宿。

三天以后，唐艾才走出客栈的房间。

既然回了京城，她还是去六扇门找刘大人报个到的好。

六扇门从外边看依旧庄重森严，内里的氛围却非常不妙。

"小唐，你居然回来啦！"几个手足眼中闪着悲愤难平的光。

"你们这是怎么了？"唐艾立马察觉不对。

"出大事了……你……你进来看就懂了。"几人你看看我，我看看你，将唐艾带到了议会厅。

唐艾随兄弟几人走进厅内，便见到地上一团灼目的红光。

红光是血迹，大摊的血迹。

厅内的另一侧，则赫然躺着一口硕大的棺材。棺材内的景象触目惊心，又略显滑稽。

一具失去了脑袋的肥胖尸体窝在里面，好似是被人花了好大力气才塞进去一般。尸体身上穿着正三品朝服，只是这件衣袍上遍染血污，几乎瞧不出本来的颜色。

无论从哪个角度来看，这具尸体都符合六扇门最高统帅刘和豫的体貌特征。

如此说来，刘和豫死无全尸。

03 柳暗花明

手足兄弟们告诉唐艾，她眼前所见就是凶案现场。

现场还有一处不容忽视的细节——地面上倒着一个小罐子，里面的桂花蜜已混入了血光中，血腥气与甜香交织在一起，散发出一种很难形容的怪味儿。

刘和豫只对大鱼大肉管不住嘴，对甜食却没甚兴致。仵作验伤后即推断，刘大人的遇害时间大致在昨日午夜前后。另外，尸体脖子上的断面，很像是由一把锋锐的匕首切割所致。

六扇门戒备森严，凶手却如入无人之境，整个作案过程悄无声息，府衙内竟没一人察觉。直到今天大清早，扫地的大爷一声吓破了胆的大叫，大家伙才发现自家大人已魂归九天。

刘和豫在朝上向来圆滑处事，人缘还不错，去年张其睿的案子只是个例。除此之外，还真想不到他跟谁结过梁子，乃至招来杀身之祸。

匪夷所思的命案，令所有人都毛骨悚然。

"小唐，你是咱们兄弟里头能耐最大的，捉拿真凶就靠你了！"这帮兄弟这时候倒是一条心。

唐艾才刚回来，就被推上了风口浪尖。奈何刘大人一没，六扇门上下就属她官大，自家大人死得不明不白，找出真凶以慰刘大人在天之灵，她的确责无旁贷。

"首先，我们要把每个人了解到的线索汇总一下。"唐艾努力平复思绪，一心投入调查。

初夏的傍晚暖风醉人，徐府的荷花含苞待放。

美景之下，徐湛立于荷花塘一侧，如一尊石刻纹丝不动，远看好比与荷花相顾两无言。英伟的身姿与美好的景致，倒是相映成趣。

所以，当萧昱出其不意地光临时，怎么瞧怎么破坏和谐。

嗯，就是那个唐艾苦苦寻觅而不得的萧昱。

徐湛一个大幅度的纵跃，直接跳到萧昱面前，速度快得像一道光："你怎么来了？"

萧昱："某件事情上，我似乎对你不太厚道，所以——"

"如果是因为唐姑娘，你就什么都别说了。你没有对不起我。可这几个月来，我也当真是很不好受。是兄弟，你的确该补偿我，"徐湛的气势排山倒海，"我突然想到，你我很久没交过手了。"

萧昱认真地点头："对，咱俩之间，没什么问题是打上一架解决不了的。如果不行，那就打两架。"

这两人果真大打出手，霎时风起云涌，天地变色。

一年前，这幅情景也曾出现在高丽国境内，只不过那时，与徐湛对打的是另一个人而已。

此战以萧昱的完败而告终，他四仰八叉地躺倒在地，脸上的表情却天高云淡。

徐湛也在他身旁躺下："你真的尽全力了？"

"当然。"

"你的身体怎么糟糕成这样了……"

"所以你得助我一臂之力，不然以后，你就会少一个干架对象了。"萧昱一笑。

满天星斗下，徐湛跟随萧昱来到了东坡楼。

恭王萧承礼，此时就在关张大吉的东坡楼里。

东坡楼的每一道门窗都是严丝合缝、密不透光。从外面瞧过来，这儿就是一座死气沉沉的废屋，谁也不会想到，楼里边竟然还有人。

萧承礼见到徐湛，比见到亲爹还热情。萧昱则不声不响地退到了角落里，静静地看着萧承礼对徐湛"嘘寒问暖、关怀备至"。

"王爷，您不受传召，怎可擅自入京？！"徐湛尴尬地节节败退。

"小徐将军不说，父皇又怎么会知道。"萧承礼保持着风度翩翩的微笑，可音色怎么听怎么咄咄逼人，"我请小徐将军来，是为了将几件事情告知。"

徐湛急看一眼萧昱，脑门上渗出几粒汗珠子。萧昱却没理他，神色淡漠得近乎可怕。

萧承礼浅浅啜了一口茶，也邀请徐湛坐下来品茗："这头一件事情，是关于我的。喏，几个月前的那次遇袭，其实是我一手策划的。说得明白点，找人刺杀我的人，就是我自己。"

闻言，徐湛端着茶杯的手蓦地一颤，茶杯咣当一声便砸在了地上，落地开花。

萧承礼稍作停顿，玩味地欣赏了一下徐湛的反应，又道："再往前说，司马熊齐几位大人的案子，也是我在暗地里帮了张其睿一把。"

此话一出，很多事情就很明朗了。看来萧承礼最大的目的，就是迷惑朝野上下，借机嫁祸太子。

萧擎本身就不怎么待见太子，文武百官中又有的是见风使舵的人。三皇子萧承礼的势力跟太子旗鼓相当，太子的风评一路转差，储君的位子便很可能被萧承礼取而代之。

太子这个倒霉蛋，有着这么一位时常记挂着他的三弟，还真是三生有幸。不知道他若得知真相，会不会吐血三升，只想重新再投一回胎。

萧承礼又给徐湛斟了一杯茶："我要说的第二件事情嘛，是小徐将军你的事。又或者说，这件事跟你父亲徐老将军有关。我相信，父皇永远不会告诉你，徐老将军之死，是他一手促成的。父皇的方法也是简单粗暴，就跟老四的娘亲一样，一杯毒酒就送徐老将军归了西。"

他说的不一定是实话，也不一定不是。徐老将军当年手握重兵，萧擎真要是怕他功高盖主、拥兵自立，必然会有心将他铲除。

"砰"的一声。

刺耳的爆裂声从徐湛手中传来，茶杯在他手上碎成了渣渣。

"他说的……是真的吗？！"徐湛猛然回头，目光死死盯上萧昱，嗓子眼里发出的每一丝声音，都藏着毁天灭地之能量。

萧昱与他对视了片刻，漠然地一点头，继而再度目色低垂。

萧承礼站起身来绕到徐湛身边，轻轻拍了拍徐湛的肩头："小徐将军，父皇的龙椅坐得够久了。我想做什么，相信你也应该很清楚。老四在帮我，我希望你也能帮我。"

酉时三刻，徐湛被萧昱送出东坡楼。

两人并肩而行，却形同陌路，各奔东西时连句"再见"也没说。

天色已晚，街上的商铺大多偃旗息鼓，只有一个小贩还在叫卖着《皇朝时报》。

公主即将远嫁的消息早就不胫而走，这一期的报纸更是大肆渲染了一番。而报纸头版上的另外一篇新闻，也并不怎么美好。

事件地点在南海，离着京城十万八千里。海上有条瞧不见的线，千年以来，线的这边默认是九州大地，那边则分布着诸多部落。这些部落的居民长相都比较原始，思想也没怎么开化，这条新闻说的就是，某部落胆子肥得上天，居然声称苍国的岛屿是他们的。

如此看来，苍国表面上风调雨顺，实际内忧外患一个不少。

"猴子们也开始叫嚣了……"萧昱低声沉吟，"苍国是很大，可没有一寸土地是多余的。"

夜色深沉，唐艾提着灯笼离开了六扇门。一天下来，她掌握到的线索仍十分有限。当中最重要的一条大概就是，刘大人断气前的那天晚上，有人瞧见他往城东去过。

桂花蜜、匕首、城东……冥冥中似乎有个声音告诉唐艾，一定要去城东看一看。

东坡楼在城东，她走着走着就又转到了东坡楼门口。酒楼起了一点变化，大门上的牌子斜歪在地上，原先黑咕隆咚的楼里，此际竟闪烁着微弱的光点。

光线穿过门缝洒到街面的石砖上，唐艾刚刚好把步子踩上光点。她不由得停下了脚，冲着光源的方向望去。摇摆不定的火光中，一道清逸的人形若隐若现，迷迷晃晃，影影绰绰。

萧昱。

五月初七，亥时五刻，唐艾见到了萧昱。这番收获简直比侦破凶案更令她激动。

萧昱就坐在东坡楼的角落里，一袭素衣于光影中飘忽。楼内只有他一人，他正提起一盅桃花酿，垂敛着眼帘自斟自酌。

"萧昱，我终于……找到你了……"唐艾闯进了东坡楼，每走一步都是地动山摇。

面对唐艾，萧昱的反应却很清奇。

"你在查案？"酒盅还在他手里，他也还维持着斟酒的姿势。

唐艾很生气，后果很严重。

只见她砰地一掌劈在桌上，桌子立马粉身碎骨。

"啧啧，暴殄天物。这张桌子可是黄花梨木，很贵的。"萧昱醉醺醺地叹了口气，"我知道你在查什么，还能直接告诉你真相。"

接下来，他便对唐艾说了这样一句话："刘和豫死了，我杀的。"

这家伙说，杀刘和豫的人……是他？！

唐艾脑子里电闪雷鸣。

"你看，这就是凶器。"萧昱亮出随身的匕首，平静得仿佛失去了生命的体征。

"你喝醉了……"唐艾汗毛直竖，没法组织语言了。

"我说实话的时候，总有人以为我在开玩笑。可惜啊，真相本就是如此，"萧昱突然目露凶光，"你既知道了实情，就只能去跟刘和豫见面了。"

削铁如泥的匕首瞬间刺进了唐艾的胸膛，唐艾的衣襟上开出了一朵小梅花。这朵小梅花怒而绽放，一不留神竟又化成了一朵牡丹花。

花在盛开，也在凋零。

啪嗒……啪嗒……这是花瓣跌落地面的声音，由鲜血织就的花瓣，在唐艾脚边蔓延。

亥时七刻，东坡楼里又有两人现身。

恭王萧承礼是一个，枯槁的老者璆鸣子是另一个。

"好啊，碍事的人终于都被清理干净了。"萧承礼看了眼倒在血泊中的唐艾，并没表现得多怜悯，"老四，你能对心爱的姑娘这么狠心，我当真是没想到。"

"请三哥给我点时间，让我将她厚葬。"萧昱背起唐艾，就好像没了生气的那个是他自己。

卯时二刻，天亮。

萧昱不声不响回到西山小院，身边却已不见唐艾的尸首。

"公子，真的是你吗？我们……我们不是在做梦吧！"一胖一瘦俩小孩见着萧昱，泪花能淹了雷峰塔。

萧昱冲两人笑了笑，一步三晃走近兰雅："有什么东西，能让我的时间再多一些……"

兰雅进屋取出个小盒子，冷厉得令人发指。

"刚刚制成的百花丸。"

"这些天，辛苦了。"萧昱垂头转身。

当他走上山径时，兰雅的喊声如疾风骤至："萧昱，给我撑住了！别忘了，还有那个法子！"

六月十五这一天，紫微垣的灯火彻夜未熄。

再过几个时辰，天子萧擎最宠爱的馨宁公主就要嫁往遥远的鞑靼。

玉芙宫的醉云轩内尤其明亮，一个年纪不小的肥公公侍候着公主。

太监宫女不断进进出出，有的张罗这个，有的料理那个，东走西顾的声音此起彼伏。公主则坐在灯下，被凤冠霞帔遮去了面目，宁静得好似换了个人。

一天之内，来过醉云轩的人不计其数，然而这些人中唯独不见主位芫妃。

话说最近芫妃娘娘就待在她的寝宫内，大门不出二门不迈，只在宫人送来三餐时，才给窗户开个小口，比闭关修仙还邪性。就连亲生女儿要相见，这位娘娘也一再拒绝。

天快亮时，肥公公颤悠着双下巴，将公主殿下扶出醉云轩。公主一身真金白银的重饰，路走得倒挺稳当，肥公公反而汗如雨下，迈两步就得喘三喘。

公主正式离宫前，先到了玉芙宫的正殿。从外往里瞅，殿内火烛忽明忽暗。公主隔空叩别，殿门忽地开出一道缝来，现出芫妃一只眼睛——也仅仅是一只眼睛。

事有凑巧，公主出嫁事宜诸多，从各宫调派了不少人手，现在值守正殿的小太监，正是那只小耗子。

趁着公主行礼的时候，小耗子悄悄拉住肥公公："救……救命……娘娘就像中了邪，一整夜都在跟自己说话！"

"娘娘都说什么了？"肥公公飞着眉毛小声问道。

"娘娘说……说'皇上始终是对公主好的'……"小耗子使劲儿咽了口唾沫，"听说鞑靼人茹毛饮血，一辈子不一定洗得了三回澡。把公主嫁去那种地方，怎么是对公主好呢！所以我觉得娘娘是悲痛过度，脑袋不正常了……"

肥公公尴尬地擦擦汗，上前搀扶公主启程。小耗子也只能捂紧自己的嘴，夹起尾巴该干吗干吗。

待到公主离开玉芙宫，大批的太监宫女也都跟了出去。没过多久，芫妃把小耗子也一块儿撵走，偌大的宫殿，一瞬空旷得让人心酸。

朝阳似火，送亲的队伍浩浩荡荡，帝后的仪仗更是声势浩大。这是早前就已决定好的，萧擎与皇后会亲自将公主送出紫微垣。

不单是帝后，除太子被派遣出使邻邦不在帝都外，惠王萧承义、五皇子、六皇子，还有其他的小皇子小公主也都一水地排列开来。

徐湛身为亲军都尉府的指挥使，自然统领百人护驾在侧，一丝不苟地履行着职责。

众所周知，苍国的天子萧擎虽子嗣成群，可太子年过而立尚无嫡子，老二老三就更别提，没一个开枝散叶的。幸而数月前，太子妃有喜，如今算算时日，当是临盆在即。

萧擎早前体况不佳，上个早朝都困难，兴许是就要抱嫡孙，多少有了些慰藉，今天送女出宫门，他才能不拿蔡福当拐棍。

皇后乘着肩舆，与萧擎并排，眼中却没不舍之情。这也难怪，又不是自己的亲女儿，用不着咸吃萝卜淡操心。

队伍行进到玄武门，就到了公主与帝后真正诀别的时刻。

公主一拜苍天，二拜厚土，三拜帝后，几滴清泪低落脚边。

岂料正在这时，玄武门外忽然响起一声尖锐的笛鸣，紧接着，便发生了一件令人意想不到的大事——

徐湛抽出了佩刀，刀锋直指萧擎的命门。

"徐大人，你做什么？"老太监蔡福一声惊呼，拦到萧擎身前。

"做我要做的事情。"徐湛手起刀落。

年迈的老公公脸上出现了一道血线，从天灵盖缓缓延伸到下巴颏。

"陛下……老奴……不能再……侍奉您了……"他颤颤巍巍地转头，吭当倒在徐湛与萧擎之间。

蔡公公血溅玉阶，死不瞑目，紫微垣的绿树红墙都化作浮影，于他混浊的老眼中岿然不动。

惨剧的发生，快得简直难以名状。

皇子皇女尖叫不止，徐湛却面不改色，把滴着血的刀刃在蔡公公的尸身上蹭了两蹭，好像刚才不过是劈了一块木头。

吓死人的笛音再度响起，徐湛手下的禁军士兵就像受到了笛音的指挥，整齐划一地亮出武器。于是乎，上至萧擎与皇后、下至皇子与皇女，每个人的脖子都被架上了一柄精刀。

公主跟肥公公更是一步也没走成，被困死在凤辇之上。

与此同时，恭王萧承礼一身明黄踏入玄武门内，端的是神采飞扬、气势磅礴。明黄一色至尊无上，本只得天子一人专享，此时却被萧承礼明目张胆地摇曳生姿。

萧承礼的身后还跟着一溜人马，为首的两人一个清衣迎风、静默间不见悲喜，一个鹤发长须、狞视中更添戾气，正是萧昱与璆鸣子。

前面蔡公公尸骨未寒，后边就又来了这票盛气凌人的不速之客。

皇子皇女们一个个魂不附体，这当中，又数惠王萧承义的反应最为惊世骇俗。

瞅见萧昱的那一刻，萧承义呈钳口挢舌状，再往前那么半寸，眼珠子就得飞出眼眶。

可很快他就变了姿势，扭两下屁股跺三下脚，丧心病狂地傻乐起来："老四，老四啊！原来这世上，还有比我更糊涂的人！"

乐完这一嗓子以后，萧承礼立马安静如鸡，看来并没忘了脖子上还有刀。但他此举有奇效，尤其是那声"老四"一出口，皇后连带着一众子女，无一不倒吸了一口冷气。

打这一刻开始，四皇子萧昱露真身于人前，再也不是皇族的不可说之人。

萧承礼对萧承义的举动置若罔闻，傲然环顾众人一周，煞有介事地冲帝后一拜："儿臣见过父皇母后，父皇母后万福金安。儿臣觉得这帝都甚好，再也不想回岭南去。哦，不，在父皇母后面前，儿臣必须说实话，儿臣不想走，是因为看上了奉天殿内的那张龙椅。"

时至此刻，局势其实已经再明朗不过。萧昱跟徐湛都站到了反叛的这头，萧承礼筹谋多时的"大计"，总算走到了最后一步。

"父皇母后，这天下是儿臣的了！"萧承礼大手一挥，笑得豪情万丈，"四九城外便是儿臣的三十万大军，您二位眼下无论做什么，都不过是困兽之斗！"

"承礼，你大逆不道！"皇后捂着胸口几欲晕厥。

"母后这话可不对啊。得天下者必当是有能之士，这不是您在儿臣幼时就给儿臣的教诲吗？儿臣现在，不过是拿回属于自己的东西罢了，"萧承礼答着皇后，目光却始终不离萧擎，"父皇为何不说话？儿臣可不愿见您一直稀里糊涂，您有什么想问的，儿臣定然知无不言、言无不尽的。"

萧擎终于低咳了两声："两年前在高丽生出事端的人，就是你？"

"父皇当真是明见。高丽一毛不拔，儿臣本想在那儿建一支战无不胜的军队。可惜父皇派老四跟六扇门的人深入高丽调查，直接阻挠了儿臣的计划，再加上那高丽王的确是个扶不起的阿斗，儿臣最后只有放弃高丽，另寻合作对象。好在老四并没有真心实意效力于您，本人的意愿反倒与儿臣不谋而合。儿臣能够如此之快地达成所愿，老四实是功不可没。父皇不妨猜猜，城外那三十万大军从何而来？"

"鞑靼人，"萧擎喟然长叹，"你给了鞑靼人什么条件？"

"很简单，鞑靼新汗王答应我进兵中原，助我登基，我便允诺赠予他我朝北方最富庶的十个州县。"

"承礼，你会后悔的。"萧擎眼里的光消失了，一代君王再也没有了挥斥方遒的雄浑气魄。

"儿臣怎么会后悔？父皇指的若是北方那十个州县，也未免太小瞧儿臣了！"萧承礼气吞山河，壮怀激烈，"有徐将军在，谁说那十个州县不能再拿回来？"

萧擎晦暗的眼转望徐湛："朕待你不薄，为什么要如此对朕……"

"陛下做过什么，陛下心里清楚。"徐湛冷漠得可怕。

"果然都是朕的错……"萧擎颓然惨笑，"承礼，告诉朕，你还做过些什么……"

萧承礼高视阔步地走到帝后跟前，突然摆出一副惋惜的表情："太子大哥无才无能，偏偏又深受父皇与母后的喜爱，稳居储君之位，儿臣当然要用些手段，拖拖他的后腿。只奈何，儿臣用心良苦，成效却都不显著。"

"太子可是你的亲大哥啊！"皇后撕心裂肺地吼。

"儿臣也是母后的亲生骨血，母后何曾如护大哥般护过儿臣？"萧承礼揪起皇后的衣襟，仿佛皇后是个不共戴天的仇敌。

"你……你……"皇后瑟瑟抖动，脸绿得就像一脚踩进了粪坑。

"母后没话说，就别打搅我跟父皇！"萧承礼恶狠狠地推开皇后，又冲萧擎讥诮地一笑，"有个秘密儿臣一直憋在心里，委实不吐不快。父皇，儿臣说给您听可好？"

只见他凑近萧擎的耳朵，一边冷笑一边低喃："父皇的女人，儿臣也已享用过了。"

萧承礼的这句话，只有萧擎一人听见。

萧擎的脸色渐渐凝滞成冰。暖阳化作了霜雪，在这风烛残年的老人身上哀转久绝，反射着于事无补的黯然神伤。

皇族众人也都不敢喘一下大气，唯独萧承礼的放声长笑回荡在玄武门的上空，狂悖无道，亘久不绝。

"四弟，你等了这么些年，不就是为了这一刻吗？为兄现下就把这难能可贵的机会交给你！"萧承礼后退到萧擎跟璆鸣子中间，脸上黠意尽显，活脱脱成了一只狐狸。

"多谢三哥成全。"萧昱微微昂首，一步步走近萧擎。朝日的光斑在他眸中渐晕渐染，如雁过无痕、叶落无声。

这回，指上萧擎心脏的是一柄利剑，来自萧昱的剑。

明晃晃的剑锋随时都能取人性命，萧昱却显得异常平静，只是淡漠地望着萧擎，安之若素，点尘不惊。

萧擎不语，萧昱也不语，如果不是惠王萧承义又闹出了天大的动静，这对父子怕是就要对峙到地老天荒。

"老四，你要是敢动父皇一根汗毛，除非踏过我的尸体！"萧承义一声天绝地灭的惊吼，奋不顾身地用自己的身躯给萧擎做了肉盾。

萧承义但凡妄动，脖子势必会与刀刃亲密接触。

但不可思议的是，他刚才如此激动地跳出来，竟然做到了毫发无损，壮举简直堪称奇迹。

几滴黏糊糊的液体沾在萧承义的后脖颈子上，阳光一照锃亮锃亮的。他拿手抹了一把脖子，手指头放到鼻尖下一闻，神情的变化仿佛一口气灌下了一壶烈酒："这是……"

萧昱仍握着那柄薄如蝉翼的剑，剑身冷厉而光滑，好比一面遗世独立的明镜，一头映着年轻人的缄默，一头映着年迈者的沧桑。

萧昱的视线落在剑上，萧擎也一样。

他们互相看着对方的镜像，两束眸光交错融合，居然在某个瞬间变得如出一辙。

"二哥好样的，要是再没人来救场，我真不知这出戏还要怎么演下去了。"萧昱忽而转过头来，如释重负般浅淡笑道。

他把话说得风轻云淡，就像句脱口而出的玩笑。

然而在听到这句话后，以皇后为首的皇族众人都露出了某种难以言喻的惊怔。

"老四，你到底在犯什么混账？"萧承礼似乎还没意识到问题有多严重。

"犯混账的不是我，是三哥。"萧昱平和地摇摇头，"皇帝老儿虽不是个好丈夫、好父亲，可天下间却没人有资格说他不是个好皇帝。三哥要造谁的反，都不该造他的。"

"你想临阵倒戈？"萧承礼终于脸色有变。

"谈不上倒戈，因为，我从来都没真正站到过三哥那边。"萧昱看向萧承礼，"这本就是个早已拟好的局，皇帝老儿设置此局，只等三哥自投罗网。"

这时只听惠王萧承义又发出一声怪叫，马上搅乱了玄武门前的肃杀之气。

"那刀……那刀是糖做的！"萧承义龇牙咧嘴地一拍脑门，当真是语不惊人死不休。只见他吧唧一下伏倒在地，照着蔡福尸首的大腿就是一通猛掐。

众目睽睽之下，出现了惊人的一幕——老太监蔡福诈尸了！

"哎哟喂，二殿下您轻点！"蔡公公的尖嗓子一声痛号，熟悉的配方熟悉的味道。

再接着，便见老太监蔡福颤颤悠悠地爬起身来，提溜着袖子抹了一把老脸，那道瘆人的血痕霎时化为乌有。

刀刃是假的，死人是假的，这样说来，徐湛的反叛也是假的。

暑热难当，糖片做的大刀逐渐融化，甜腻腻的气息弥散四周，反倒做起了招蜂引蝶的勾当。

脖子上再也没有了危及生命的凶器，游弋在皇后及其小辈脸上的是另一种震慑与惊感。

"蔡公公，没想到您也是陪着父皇设局的人！"萧承义又是拍手又是跳脚，"您老的演技实在是出神入化，方才那一下，可真是吓得我一愣一愣的！"

"二殿下千万别这么说，老奴拼尽全力地陪演，全是陛下的授意。为的只是能让三殿下认定自己已稳操胜券，而后将阴谋和盘托出。"蔡公公哈巴着老腰退回萧擎身边。

萧承礼再怎么佯装镇定，眼神里还是流露中一丝错愕。他向璆鸣子使个眼色，璆鸣子即刻奏响阴郁的笛音。

徐湛手下的一众士卫闻声而动，却并非攻击皇族众人，而是迅速地聚拢前方，担负起护卫众人的职责。

一夕之间，玄武门前的局势便发生了惊天逆转，反应最激烈的人非萧承礼与璆鸣子莫属。

"恭王殿下，还请你让璆先生收起那笛子吧，那些受他控制的僵尸早已被我替换。"徐湛大义凛然地挺立身姿，"你看到的这些士卫都是我的手足兄弟，是活生生的人。"

"徐湛，连你也在演戏？！"萧承礼咬牙切齿，目露凶光。

徐湛还没应声，萧承义却插嘴："那是当然！我就说嘛，老四跟小徐大人是穿开裆裤的交情，两人谁也不可能做出这种糊涂事来！"

"承义，你退下。"萧擎低沉而浑厚的声音划破长空，王者之风不知何时已重回身间，"徐湛，你说。"

"恭王殿下，很抱歉，从我在东坡楼见到殿下的那刻起，我就已经在做戏了。"徐湛抿着嘴唇，完全回归到往常大好青年的精神状态，"关于我父亲之死，坊间的确流言甚多，可知道真相的人恰恰是我。我的父亲是因战伤复发而过世，并非传言中的功高盖主、被陛下赐死。"

"这不可能！"萧承礼反驳，"父皇，我与您曾促膝长谈，徐老将军的死因可是您亲口对我说的！"

"没错，是朕说的，但你如何肯定朕说的就是真相？"萧擎凝重地审视萧承礼，"先有高丽国的动乱，再有三位朝廷重臣的死亡，朕一早已察觉有人图谋不轨。万寿诞前你入京拜谒，朕便将你的心思猜出了大概。朕故意编了这个谎话给你，就是为了看看你是否再有行动。不曾想你果然对此深信不疑，又在此后制造了遇袭的假象，一方面栽赃嫁祸太子，一方面开始想方设法拉拢徐湛。既然这样，朕何不顺水推舟，让徐湛将计就计，也好让昱儿不再孤军奋战。"

"呵呵，老四果然是故意接近我的！父皇这声'昱儿'，叫得真动听啊！原来您早就看得如此透彻，专门在我身边安插了老四当眼线，倒教我甘拜下风了！"萧承礼讥诮地转动眼珠子，"这么长时日我竟都没能发现，父皇跟老四实是父慈子孝！"

萧昱一直静逸地伫立于高台，直到此刻才平缓地对上萧承礼的视线："三哥这话说得不对，我跟皇帝老儿的关系永远不会是孝子与慈父。皇帝老儿对我娘做过的事，我这辈子都不会忘记。但那不过是我跟他的私人恩怨，绝对上升不到国仇家恨的地步。我会用自己的方式去让他没法儿好过，却不能因为我恨他，就去颠覆他辛苦维系的基业。"

"哼，智者千虑，必有一失。我唯独下错的一步棋，就是错信了老四你！"萧承礼一步步后退，突然笑得戾气冲天，"可是就算这一切都是局又如何？城墙脚下就是我的三十万大军，这场仗我赢定了！太子大哥什么本事都没有，要收拾他简直轻而易举。所以，只要拿下紫微垣，这天下就会归我所有！"

"承礼，你当真以为是这样？"萧擎威严肃穆地望向天空。

说时迟那时快，一只大肉鸽子翱翔而来，扑棱着翅膀落到萧昱的胳膊上。

萧昱和缓地将了将鸽子的羽翼，鸽子咕噜噜一通欢鸣，骄傲地伸出小爪子。跟从前一样，这只肥货的爪子上也绑着个小信筒，信筒里装着一张小字条。

小字条上的消息不得了——城外敌军已被太子殿下与高丽李敏智将军悉数控制，失去反抗能力。

萧擎不怒自威："承礼，朕告诉过你，你会后悔的。现在你还能说，你的太子大哥一无是处吗？你在行动，我们也在行动。你去了鞑靼，却不知朕也派了太子出访高丽。"

萧承礼的笑意僵持在一个狰狞的瞬间："璆先生，看来父皇是在逼着我们大开杀戒了……"

璆鸣子眼窝深陷，阴森森地压低声音道："王爷，时不利我，不如走为上计。"

"走？我与皇帝宝座仅剩一步之遥，怎么能走！"萧承礼歇斯底里地狂吼。

"那么王爷，后会无期。"璆鸣子蓦地一纵而起，跟一只凶狠的秃鹫别无二致。

不过这只秃鹫还没能做到一飞冲天，就被一束清影困在了角落。

秃鹫大惊失色，变着法儿想逃，可无论如何就是逃不脱清影的掌控。秃鹫逃窜的路线依稀能见，清影变换的身形却无迹可寻。毫不夸张地说，玄武门前宽阔的场地，四面八方都是清影。

电光石火间，秃鹫与清影都停了下来。

于是乎，在场众人终究看到了清晰的画面——璆鸣子成了萧昱的阶下之囚。

璆鸣子被俘，萧承礼带来的那票人马也立刻四散惊逃，很快便被徐湛的手下收拾得溃不成军。

不料萧承礼状若癫狂，忽然跃上公主的凤辇，猛地推开肥公公，将公主挟持为人质。

"父皇，您若不下诏退位，我的七妹、您最宠爱的馨宁，就会被我掐断脖子！"萧承礼怎一个丧尽天良。

萧擎皱起眉："承礼，你已穷途末路，不要再做无谓的抗争了。"

"父皇连馨宁的性命都不顾了吗？"萧承礼作势就要痛下杀手。

"三哥且慢！"萧昱的声音从遥远的角落传来，"其实……我是想提醒三哥，这位公主殿下脾气不好，你还是赶紧放开她得好。"他把每一个字都说得真心实意，脸上仿似藏着点不为人知的窘迫。

可惜的是，萧承礼并没为之所动，反而换了个更容易取走公主性命的姿势。

谁知千钧一发之际，凤辇上居然又来了一出变故。

娇滴滴的公主殿下倏然化身武林高手，一个反肘侧击怒怼萧承礼的肋骨。这一击威力无穷，萧承礼趔趄两步便跌下凤辇。

公主乘胜追击，也跟着一跃着地，迫着萧承礼连滚带爬地倒退。

肥公公的身躯硕大无比，如一堵夯实的肉墙堵死萧承礼的退路。

公主一把薅起萧承礼，照着他的腿肚子就是一脚，顺带一气呵成锁住了他的两条胳膊。

萧承礼被击中数次，吭当跪倒在地，彻底动弹不得。

萧昱将璆鸣子交给徐湛看管，缓步走到萧承礼身前，不忍直视道："三哥，我早跟你说了，别惹她。跟她动手，只能是自取其辱。"

公主殿下冷哼道："刚才我一直在看他嚣张，真是憋得肝疼。像他这种人，就是欠收拾。好不容易轮到我登场了，还不揍得他满地找牙！"

"你不是馨宁……你是谁……"萧承礼的猖狂气焰荡然无存。

"我是谁还不容易猜吗？王爷且睁大了眼睛仔细瞧瞧！"公主爽朗一笑，脱下玉带蟒袍、撩开璎珞垂旒。

虹裳霞帔下的确是另一个姑娘。她身体纤细而挺拔，有着不同于普通女子的矫健线条，清灵秀美的脸庞又隐带几分独特的英气。

好嘛，原来公主是唐艾，活生生的唐艾！

"你还活着？！"萧承礼如白天撞鬼，"我明明亲眼见到你被老四杀了！"

"没错，我也以为自己必定一命呜呼，是以当我醒来的时候，我的震惊比王爷你还大。萧昱这家伙故意在六扇门留下线索，引得我去找他。他拿匕首捅我，也是千真万确的事实，只不过那柄匕首一样是糖做的，还是工艺非凡的夹心糖。糖衣遇到外力就会碎裂，里面的糖浆滴滴答答地流出来，便造成了我胸口渗血的假象。这个混账货趁机点了我的睡穴，在外人看来，我就跟死去无异了。他处心积虑要得我团团转，这笔账我过后再跟他另算！"

唐艾一口气说了一大堆，怒哼哼地冲萧昱扬起巴掌。

"刘大人，快管管你的手下！"萧昱惨号着躲到肥公公背后。

他的举动倒不是重点，重点是，他管肥公公叫"刘大人"。

肥公公笑呵呵地往前一站，一个顶仨："能在王爷手底下两回大难不死，我一定是积了八辈子的阴德。"

"你是……刘和豫？！"萧承礼好像坠入了无底深渊。

"六扇门总统领刘和豫见过恭王殿下，"刘和豫使劲抹抹易容，满面红光笑得好比弥勒佛，"王爷一定没想到，六扇门的那场血光之灾，死的是个十恶不赦的死囚。"

唐艾接着道："萧昱说要葬我，实则是送我去跟刘大人碰头。刘大人之后带我去见圣上，我才知道这其中复杂曲折的原委。经过高丽国一役，王爷就已注意到我，派人潜入了六扇门秘密监视。刘大人洞察秋毫，很早就发现六扇门内有人居心不良，圣上万寿诞时他免去我的职务，后来又让我远离京师，其实都是在保护我。也就是在我回到家乡的这段时间，刘大人抓出了潜伏的细作，也让王爷又对他起了杀心。再往后的事情王爷便都见到了，我跟刘大人一同受圣上之命，做了一回馨宁公主的替身。"

萧承礼功败垂成，颓然怔坐白玉阶下。

萧擎一声令下，随萧承礼而来的一众反叛之徒全被铐走收监，皇子皇女们也都被护送回宫。

朗朗乾坤，昭昭日月，玄武门前的高台上一时间仅余寥寥数人。唐艾、萧昱、徐湛三个凑成一堆，蔡公公、刘大人、萧承义凑成另一堆，再有就是帝后二人自成一体。

蔡公公跟刘大人站在一块儿，一根弯竹竿一个圆西瓜，旁边还有惠王萧承义上蹿下跳，就跟耍猴似的。仨人你一言我一语，画面滑稽却不失和谐。

"承义，你过来。"萧擎把萧承义叫到身边，"朕问你，你不知实情，适才那般危险境地，为什么还要冲过来送死？"

萧承义像是吃了口哑药，老半晌才讷讷地道："儿子驽钝，一傻就是三十年，根本死不足惜。当时儿子心里想的，只是父皇不能死，黎民百姓、江山社稷，哪一样都不能缺了父皇。"

"果然是真傻，"萧擎慨叹一声，"江山基业是要传承下去的，朕已老迈，对很多东西都力不从心了。等你太子大哥回来，你多跟他学习学习吧。"

萧承义也不知听懂了没有，挠着脑瓜瓢退后，又跑到另一头骚扰唐艾、萧昱还有徐湛。

徐湛正在愣愣地向萧昱问话："每一句话、每一个神色，我都至少练习了一百遍。你说，我此番的表现……如何？"

萧昱哈哈哈地笑弯了腰："人生如戏，全靠演技，我必须给你打满分。"

萧承义插不上嘴，就把矛头对准唐艾："真是人不可貌相，没想到小唐大人竟是女中豪杰，让本王佩服得五体投地。"

唐艾尴尬地咧嘴，正不知怎么接话，就瞅见蔡公公踩着小碎步冲这边来，说是陛下请有功之臣到奉天殿稍候。

有功之臣包括萧承义、刘和豫、徐湛、唐艾，还有徐湛的一众下属，但付出最多、承受最多的萧昱却不在此列。

唐艾大概猜到原因，犹犹豫豫地不愿抬脚。

她确信萧昱并没对萧承礼说谎，对待萧擎，他心中始终有着化不开的结。不管从前还是今日，萧昱都不是为了萧擎这个人在做事。他之所以会不顾个人安危去赴汤蹈火，一是因为与母亲的约定，二是因为他更加知道，这世上总有更迫切的情况需要有人去应对，而这些情况的重要程度，远远凌驾于他对萧擎的仇怨之上。

萧昱此时的脸色不太好形容，无药可救的苍白到达了峰值，却又点缀着另一种落日熔金般的妖娆。

"你的身体是不是撑不住了？"唐艾觉得他仿佛在下一刻就要随风

而逝。

"别担心，我没事的。来这儿之前，我才吃了一粒百花丸。"萧昱眨眨桃花眸，随意一笑就是春暖花开，"我保证，你回来时，就会看见我在这儿等你。"

"这回你要是再敢溜掉，你就是小狗！"

"来，拉钩上吊，一百年不许变。"萧昱钩起唐艾的小手指，认真地晃了两晃。

蔡公公带着功臣们往奉天殿去，没有了惠王萧承义的咋咋呼呼，玄武门前立马宁静得如一潭死水。

"皇后，朕与你又一次风雨同舟了。朕相信，承礼的所作所为，你从头到尾都一无所知。"萧擎冷淡地看看皇后，没有怜惋、没有痛惜。说白了，他对皇后仿佛没有一丁点的感情。

"皇上，是你又摆了本宫一道。"皇后一脸蜡黄，大约还没能从惊心中缓过劲儿来。当然，从她的脸上也不难看出，她对萧擎同样不存在所谓的伉俪情深。

"这个可怨不得皇帝老儿，皇后娘娘要怪就怪我吧。"萧昱一步步踏上玉阶，淡漠沉静，"是我向皇帝老儿提议，让您来看戏的。"

"本宫想起来了，本宫在玉芙宫见过你。那时，本宫已隐约觉得你像一个人，"皇后神色一滞，"呵呵，你亮出了皇上的令牌，本宫无暇细思，只当你是皇上的人，也不能对你怎样。本宫为何没想到，你就是那个多年杳无音信的孩子！"

萧昱直视皇后，却形同目中无人："老天爷恩顾众生，这些年我活得很好，您锦衣玉食，有千百人侍候，纵然遭了场天灾，也依然过得不赖。可我从来没忘记过，当年处处针对我娘的人是您，想方设法置我于死地的人也是您。最后我娘惨死，我落得残疾，您却在宫中颐养天年，您说，我怎么能甘心呢？"

"你……"皇后表情僵硬，喘息加剧。

"我想了很久，才想出这么个蹩脚的法子，让您亲眼看看自己的儿子，是多么'有出息'。"萧昱眼里突然多了一道锋利的刀光。

"皇后，你认为，朕当如何处置你教出的好儿子？"萧擎漠然看皇后，"依苍国律法，谋反、谋大逆者，本人不分首从皆斩。"

萧承礼的罪状，实是罄竹难书，斩他个十次八次，不一定算多。

在不争的事实前，皇后疾首蹙额："皇上，再怎么说，承礼也是你的骨肉至亲——"

"承信、承义、昱儿，也同样都是朕的骨血，但倒行逆施者，只有承礼一个。"萧擎的话不容辩驳。

"皇上，饶过承礼一命吧！"皇后歇斯底里。萧承礼固然十恶不赦，可皇后作为他的生母，有护子之心也属本能。

萧擎背过身去，对皇后的哀求充耳不闻。

皇后一时失声，每吸一口气，身子都要悸颤几分。她转而面向萧昱："四皇子，对不起祁妃的人是本宫，不是你三哥……"

萧昱："皇后娘娘，您这是在求我？要我替三哥，向皇帝老儿说几句好话？"

皇后："是……本宫求你。"

"求人，就要有求人的态度。"萧昱看看皇后，挂起冷傲的笑意，"十个响头。"

普天之下，哪怕至高无上如萧擎、张狂妄行如萧承礼，却也没一人敢这么对皇后放话。

啪！皇后身子用力前倾，跌出肩舆。不管曾经如何风光，她这时也只是个狼狈的老妇人，为换儿子一条生路，毅然放弃了所谓尊严。

老妇人的下半截身子纯属摆设，只能用两条胳膊撑着上身，拿脑门戳地的模样，实在不雅观。

"皇后娘娘，玩笑而已，何必当真。"萧昱在皇后即将头点地时，伸手拦住了她，"您大概是忘了，当年，我娘也曾这样求过您。求您……放过我。"

萧擎斜了眼，注视起这两人的举动。

皇后被萧昱丢回肩舆里，生不如死。

萧昱则对萧擎道："三哥今日溃败，心里定然还是不服，只恨时不与他。我说，您倒不如留他不死，让他亲眼见证太子大哥的本事。"

萧擎："你当真要为承礼求情？"

萧昱："我只是又想到了我娘。今天她若是在场，见到皇后已成废人，又遭亲生儿子反叛，一定会选择既往不咎。"

接下来，便是萧擎与皇后共同的沉默。

萧昱最后瞟一眼皇后："皇后娘娘，原先我也不信，这世上有天理循环。可今天我信了，这些报应，您本就该受，受完了，咱们的恩怨就到此为止。趁我还没改变主意，请您赶紧从我眼前消失。"

皇后是以一种可怜又可悲的姿态离去的。她这一走，玄武门前便只剩下萧擎跟萧昱。这对父子纵然刚刚携手并进、同仇敌忾，眼下却又回归到那种形同陌路的状态。

"朕记得，朕与你定下这个请君入瓮的计划，是在皇后彻查后宫的那个晚上。那时你才告诉朕，早在高丽动乱时，你就猜到是老三暗中捣鬼，"萧擎冷眼望着空旷的场地，又问了萧昱这样一个问题，"老三跟宫中妃嫔有染，你也一早就知道？"

"那倒不是，不过是偶然间发现的，一直没告诉您，就是想等今天，由当事人三哥亲口讲给您听后，瞧瞧您会作何反应，"萧昱像个看笑话的人，"怎么样，滋味不好受吧？"

"你竟然用这种方式报复我……"萧擎的声音愠怒而低沉，"那个女人不是柳昭仪……她是谁？"

"您都说了我是在报复您，那我自然要报复到底。您放心，这个秘密我会烂在肚子里，一定让您一辈子都为此事扰。"萧昱潇洒地转了个身，离得萧擎越来越远，"您别忘了，您的功臣们都还在等您。我累了，同您没话可说了。"

半个时辰后，天子萧擎落座奉天殿，对一众人等论功行赏。

适逢太子府传来喜讯，太子妃已顺利诞下小皇太孙，母子平安。来通喜的太监还说，这孩子生来足有七斤，啼哭声尤其响亮，茁壮成长绝对不成问题。

不为人知的是，与此同时，紫微垣的另一端，玉芙宫的正殿内，芫妃身边也多出一人来。

现如今，玉芙宫里唯二的两人，是芫妃和萧昱。

芫妃的状态委实难堪，披头散发、衣不蔽体，淌下的汗就快水漫金山。她也在生产，一开始只有一个人，生死一线。萧昱到来后，便成了她的帮手。

终于，又一个小生命呱呱坠地。

和小皇太孙一样，这也是个男孩子，有着一张小俊脸，眼睛是眼睛、鼻子是鼻子。可他又跟小皇太孙不同，出生时远不足月，瘦小得一只手能捧住，仿佛随便对他吹口气，就会教他迎风化飞沙。

芜妃力竭，萧昱一面帮她撕扯衣衫，给这小子做襁褓，一面淡漠低语："他输了，死不成，但也永远没了自由。"

"我一早就清楚，有你在，他就没机会赢的……"芜妃幽幽地盯着萧昱，忽然，又拼死抓住萧昱的胳膊，"帮我……把孩子……送到他那儿去……"

萧昱苦笑："说真的，我本来就只是想来看一眼而已。现在，我悔得肠子都青了。"

芜妃也笑了："跟着我，这孩子活不成……他只要不死，孩子在他身边，便不会死……"

萧昱一记冗长的叹息，只说了一个"好"字。

带一个刚出生的婴儿在身上，不被注意太难，萧昱却轻而易举地做到了。

功劳不在他，在这个孩子——这小子大约是天生一副菩萨心肠，慈悲为怀，出了玉芙宫，就再没哭出过一声。

萧昱瞧瞧怀里的"小菩萨"："我说，你是不是太乖了一点？"

"小菩萨"寂若死灰，别说哭了，他好像连呼吸的本能都没掌握。

萧昱听听这小子的心跳，长眉深蹙。他小心掰开小崽子的嘴，喂给他一粒百花丸。

回到西山小院的那天，萧昱从兰雅那儿得了三粒百花丸，一粒他随即便服下，第二粒也在今晨入腹，这仅余的一粒，则就此跟他缘尽。

流光转瞬，玉芙宫回归往日风景，太监宫女挨个到齐。

芜妃还是那个芜妃，对镜梳妆，风华重现。孩子的出世、萧昱的来去，都似乎是一场幻象。

而在幽禁着萧承礼的那座院落里，婴儿轻弱的啼哭，无端响起。

奉天殿内，推杯换盏仍在持续。

刘和豫一开口，就说自己年岁大了、干不动了，打算告老还乡。实际上这一招叫以退为进，是刘大人浸淫官场多年的惯用伎俩。果然，他此话一出，不但自己加官晋爵、受赏颇丰，还为六扇门争取到了一笔十分可观的经费。

　　徐湛则说边关局势不稳，鞑靼很可能还要伺机而动，自请领兵驻防，望萧擎批准他先将亲军都尉府指挥使一职交由下属代理。不邀功、不自擂，很好，这很徐湛。

　　刘大人跟徐湛说完，就轮到了唐艾。她隐瞒性别加入六扇门，萧擎非但既往不咎，还让她直接参与此次行动，按理说，她本该加倍表达为国效力的决心才对，但是当下，她心中所想的却只能是另一码事。

　　萧擎似乎看穿了唐艾的心思，先是将她划到六扇门编制之外，又御赐她一块天子之令，刚好与萧昱的那块配成一双。见令如见天子，拥有这块令牌就相当于拥有了至高无上的特权。

　　"照顾好那个孩子，去你们想去的地方，山高水长、海阔天空，那才是你们该过的生活。"

　　伴随着萧擎沧桑的嗓音，奉天殿的殿门在唐艾身后缓慢关闭。

　　此后萧承义跟刘和豫都留在宫中饮宴，唐艾、徐湛则一前一后踏出紫微垣正北的玄武门。

　　城墙脚下，萧昱如约伫立。

　　城墙拐角处有一大片树荫，兰雅带着不大、不小俩小崽子站在阴凉下。不大往左一跨，不小向右一跨，兰雅再朝后一退，一张粉嫩嫩的小脸蛋便露了出来。

　　被这仨人严严实实遮掩起来的，才是今天原本的主角，真正的馨宁公主。

　　馨宁冲进萧昱的怀抱，激动得手舞足蹈。打昨天一早被护送出宫，得知今天不必远嫁，馨宁就一直处于这般亢奋的状态。

　　兰雅难得没有面若冰霜："萧昱，把手给我。"

　　萧昱皱眉浅笑，格外听话地伸手。

　　兰雅并不是去探萧昱脉搏，而是手腕一拧，变出一支小针筒来。

　　萧昱神情微变，有一瞬，笑中掺了一丝奇惑。

上一回，兰雅用小针筒抽了唐艾一管血。

这一次，工具还是那样工具，只不过兰雅施针的对象变成了萧昱——她将容器中的液体，注入萧昱的血脉中。

"兰雅，你这是在用……那个法子？"萧昱啧声不断，"不是吧，这本该是没可能的事，怎么可能找得到！"

看得出，兰雅此举，这位爷是当真没料到。

兰雅："就是找到了。"

萧昱："所以，那个人眼下在哪儿？"

"这儿。"兰雅头一偏，讳莫如深地看了唐艾一眼。

萧昱顺着她目光也瞅瞅唐艾，片刻后，难以置信地笑着摇头："世上真有这么巧的事？"

兰雅："世上真有这么巧的事。"

一旁的唐艾急不可耐。这二位的哑谜打得，居然让她觉得自己听不懂人话了。

幸而，这番神神道道的对谈几近尾声。

兰雅："你眼下感觉如何？"

萧昱："哇，神清气爽，呼吸到的空气，都比以前足了百倍。"

"你这有一说十的臭毛病，才是一辈子都好不了。"兰雅白眼翻得溜儿，"我告诉你，这么一丁丁点的计量，压根起不到作用。要用这个法子，必然会大动干戈。我知道接下来你们要去哪儿，这就先一步去准备了。"

唐艾这头仍是云山雾罩，却见萧昱挥挥手，已在为兰雅送行。

当然，馨宁这个小二世祖，也不容忽视。宫里头的风波平息，她就得回去。不知腻歪了萧昱多久，这位公主殿下方才跟萧昱道别，哪怕走出几十丈远，依旧一步三回头，眼神恋恋不舍系在萧昱身间。

徐湛冲唐艾跟萧昱两人报以微笑，也踏着挺俊的步伐离去。

不大、不小俩小崽子，必然是跟着自家公子。两人见人都走光，立马麻溜躲得没影，自觉给城墙下的那对小眷侣，留出时间和空间。

好不容易能跟萧昱独处，唐艾眨眼恢复本色。

自从跟萧昱闹了别扭，到加入此次行动为止，她跟这位爷就只在她假死的那天见上过一面。当时事态紧急，他们也压根聊不了私事。现在，可算是到了她清算总账的时候！

"萧昱，我问你，如果兰雅不告诉我你的身体状况，你是不是就打算瞒我到死了？"

"告诉你，不过是让你徒增烦恼。"萧昱赶快呼噜起唐艾的大脑袋，"而且我一直都坚信，我吉人天相，这辈子的路会很长很长。"

"好，那我再问你，兰雅刚才在对你干吗？你们说的鸟语，又究竟是什么意思？"唐艾小嘴噘得老高，一脸的坦白从宽抗拒从严。

"你有没有觉得我变得更美貌了？"

"你、是、不、是、找、打？"

"大人饶命，我说我说！"萧昱跟唐艾脸贴脸，"认真的，你先看看我嘛。你就没发现，我跟刚出皇宫时，不一样了吗？"

唐艾怔然，这家伙，确实有不同。不鬼扯那些乱七八糟的，能有力气开玩笑，单是精气神就比数刻前好了些。

"唐艾，知道吗，你是最大的功臣。话说，我现在体内，流着你的血。"萧昱一本正经。

"啊？！"

"当年，我师父带我去游历九州，兰雅的父亲则留在京城，继续研究治疗我的方法。有一天，他真的想出了另一个法子，一个比起吃糖更能从根本上解决问题的法子。"

"啊？！"

"那就是找到一个血液与我完全无排斥之人，取这人一点至纯至净之血，以一种高难度的手术之法，融入我的经脉中，如此不出三五年，便能逐渐稀释我体内的剧毒。"

"啊？！"

唐艾接连惊呼三声。

她对医理所知不多，萧昱这通言论，对她来说太玄幻，却又有种不可抗力，让她深信不疑。

"萧昱，你的意思是，找到那个人……很难？"

"如果换了是别人，或许并不难，只可惜放到我身上，就成了难于上青天。"萧昱摇头晃脑，衣袂随风，"兰雅的父亲对人体血液深有研究，采集过的样本数以万计，这些样本却无一能与我匹配。听他说，他也是头一次见到像我这样的血，我苍国数万人中，怕是再找不出第二个。所以即使有了这个方法，我还是不能得救。"

唐艾心跳不已，汗如水洗。萧昱说话的间隙，她的理解力突飞猛进地增长。

那个永远不可能找到的人，似乎……已经……被、找、到、了。

"是我？！"唐艾惊天一声吼。

"哎哟喂，终于明白了。"萧昱笑如轻风拂柳，"小时候靠你救，长大了还要靠你救。你简直比如来佛还要神。"

唐艾默而无言。因为，她正经历着这辈子最惊心动魄的喜悦。

天意。千万分之一的可能性，却真真切切地发生，她只能将这归结为冥冥之中自有天意。

几天后，一个漫天霞彩的傍晚，不大、不小驾着轻简的马车徐徐出城。唐艾跟萧昱又要风风火火地回渝州了。

用萧昱那张没遮没拦的嘴一说，唐艾的老爹小妈已经直接晋级为他的岳父岳母。

兰雅前些天先走，就是为了提前抵达渝州，为手术做充足准备。在此之前，萧昱仍旧得靠糖撑着。

"岳父岳母大人已经应允，今后你就是我的人了。"这位爷坐进车里，懒洋洋地靠紧唐艾，笑意盎然。

唐艾的脸颊噌地飞上两团火烧云。

车厢里的空间十分有限，她抑制不住体内的洪荒之力，一跳脚，把车座一角放着的小箱子蹬翻了天。

数不清的卷轴飞出箱子，萧昱神神秘秘地一笑，将这些卷轴一股脑地推到唐艾面前。

"来，从前来不及给你看，现在正好让你好好地欣赏。"

"你又想要什么花样！"唐艾一脸嫌弃地展开其中一束，却在看到卷中内容时蓦地呆住。

被唐艾拿在手里的，是她自己的画像，画师精湛的技艺举世无双。她一幅幅地看过去，发现原来所有的卷轴画的都是她。画中的她翩若惊鸿、顾盼神飞，飘逸的裙裾千姿百态。

唐艾想哭又想笑，哭是因为感动，笑是因为欢喜。

萧昱道："不能跟你见面的日子，我每天都会给你画一幅这样的画。不知不觉，就有了这么多。"

"那你有画里的人陪你就够了，还要我来做什么？"唐艾看着画像，居然心生嫉妒。

"你跟自己的画像吃醋？"萧昱笑得前仰后合。

唐艾对上萧昱的视线，表情滑稽又可爱。

"糟糕，走得匆忙，还没来得及给你买糖吃！"

她忽而又是一声惊叫。

"糖？你不就是我的糖吗？"

萧昱春风得意，蓦地吻上了唐艾的唇。

——完——

宠卿有道